菩提

李倩 著

金城出版社
GOLD WALL PRESS
·北京·

图书在版编目（CIP）数据

菩提 / 李倩著 . —北京：金城出版社有限公司，
2020.7
ISBN 978-7-5155-2014-8

Ⅰ . ①菩…　Ⅱ . ①李…　Ⅲ . ①长篇小说 – 中国 – 当代
Ⅳ . ① I247.5

中国版本图书馆 CIP 数据核字（2020）第 062379 号

菩提

作　　者　李　倩
出 版 人　丁　鹏
责任编辑　杨　超
责任校对　欧阳云
责任印制　李仕杰
开　　本　700 毫米 ×960 毫米　1/16
印　　张　16
字　　数　280 千字
版　　次　2020 年 7 月第 1 版
印　　次　2020 年 7 月第 1 次印刷
印　　刷　天津旭丰源印刷有限公司
书　　号　ISBN 978-7-5155-2014-8
定　　价　39.80 元

出版发行　**金城出版社有限公司**　北京市朝阳区利泽东二路 3 号
邮政编码：100102
发 行 部　（010）84254364
编 辑 部　（010）64214534
总 编 室　（010）64228516
网　　址　http：//www.jccb.com.cn
电子邮箱　jinchengchuban@163.com
法律顾问　北京市安理律师事务所　（电话）18911105819

卷首语

如果我们的人生难免裂缝，
可以哭着面对，不要笑着堕落！

目录

第一卷　灯火阑珊

一

午夜时分，她终于停下了键盘的敲击，心有余味地抬起了头。万籁俱寂，夜凉如水，因长久盯着这一方光亮的电脑屏幕，周围显得更加黝黑，眼睛有瞬间失盲的不适应。头有些痛，两边太阳穴青筋直跳，她闭上眼睛伸了个懒腰。隔壁房间那个男人睡得很熟，沉闷厚重的呼吸混着响亮的呼噜声，一下又一下，规律地撞击着薄而不隔音的木质墙板，让黑而幽寂的夜色增添了一丝温暖且说不清道不明的暧昧气息。

她在这温暖而暧昧的生活气息中微微翘起嘴唇，露出一个淡然的笑容。稍微适应了黑暗，她再次睁开眼，转过头去望了下后面那张狭小的单人床。被褥叠得方正整齐，床单抻得一丝不乱。这是他的习惯，每天早上起来后都会把床铺整理规矩。她延续了这个习惯，十年来从未变过。

她脸上的笑意更深，左脸颊上那个酒窝如同盛满了美酒的杯子，在明亮的屏幕光照下，开成一朵浓郁香甜的郁金香。她本来有两个酒窝，因为近来消瘦得厉害，右边脸上的那个已然消失不见，只有左边脸颊上还残留了一丝痕迹。只有她笑的时候，才能窥见一二当日的风采。

可惜，她很久都难得一笑了。只有看见他的时候，灿烂的阳光才能透过沉沉阴霾和乌云，洒下来金子一般的美丽风情。

她又看见了他，还是那身她喜爱的装束，深蓝色牛仔裤、绛紫色立领毛衣，毛衣领前面拉链滑到胸前，露出一段古铜色的皮肤和锁骨，健康性感，野兽般的男性诱惑如炭火撩拨冻僵的手掌，慢慢温暖至心底深处。他谈不上英俊，五官却极为端正，浓眉大眼、薄唇挺鼻、刮完胡子后的青涩下巴、似笑非笑的表情，就那样默默地凝望着她。

她亦微笑着，静静地屏住呼吸回望，不敢发出一丝丝的响动。这样的时刻总是来得很急，去得也很急。哪怕是细微如针落地、树叶扑窗的动静，也极有可能将他带走。所以无论她心中充满了多少欲望和纠结，她都须忍住。就算嘴唇咬出了血，也不能动，不能眨眼。

他似乎很明了她此刻焦灼的情绪，却故意不动声色，享受着她内心的煎熬和痛苦。良久，他终于败下阵来，缓缓伸出一只手招呼她。她小心翼翼地起身，不带一丝响声地踏着夜色向他走去。

一步、两步、三步……也许还是不够小心，她的脚踢到下午写不下去心情烦躁时随手扔在地上的一本书，“扑哧”，她胆战心惊地站住，绝望地看向他。他脸上的笑骤然变得僵硬，如雪域上最后那抹夕阳，一点一点地沉没，徒留下无边无际的寒冷和黑暗。

他就像那抹夕阳，给她留下最后一缕温暖，然后化作缥缈无迹的风，或是一片雪花，慢慢地消失在她眼前。

她在黑暗中僵硬地伸着手臂，过了许久后才慢慢转身，打开并不是很结实的木质房门，走到院子里。这是一处三面环绕的房屋，中间一个四方的小院，两边种满了茶花、牡丹和玫瑰，还有一棵据传活了百年的菩提树，枝繁叶茂。树下一张圆形石桌和四张石凳，年头久远而显得光滑锃亮。

民宿老板在每个方向的屋檐下都亮了一盏夜灯，朦胧微弱的光线正好可以看清地上的路和周围环境，这是给起夜的人准备的。她一直很喜欢那几盏灯的造型，繁复的朱红色花瓣，包裹着中间果实一般的灯泡，灯光温暖甜蜜，潜伏幽散的模样，极像某人的怀抱。

老板张哥说那是菩提花。菩提果她见得多，却从不知菩提树还会开花，更惊异它的花开得如此张扬而魅惑。张哥说菩提树三年一开花，去年刚开过，要看花需要再等上两年。她颇有些遗憾，两年的时间对她来说，实在太过漫长，她等不起。

她踩着细碎的石子去凳子上坐下。十月金秋，夜晚的石凳坐上去一片冰凉。她浑不在意地抱着手臂仰望天上那一弯细细的月牙，月牙旁边有浓浓的云层，延展入沉沉黑暗，今夜阴霾，看不见一颗星星。

她叹了口气。感觉身后有窸窣的脚步声，回头看见隔壁房间那个男子。他是下午近黄昏的时候才入住的，拎着一个硕大的旅行包，健硕挺拔的身姿风尘仆仆。那时她正好握着一本书斜靠在树下慵懒地翻看，感觉有人进来便随意抬头瞟了一眼。

他对着阳光眯着眼睛，一脸真诚的笑，说自己刚到，坐了十几个小时的飞机，又转机转汽车，现在很累，认识你很高兴，回头再聊之类。

她不置可否地缩回目光，盯着手中摊开的书页，没有回复行或不行。她本就不爱说话，更何况是匆匆而来又匆匆而去的行者。这些陌生的交集不是她的生活，她心里也很明白，在旅行途中遇到的形形色色的人，最终都会成为过客，在岁月中湮没得一丝痕迹也不会留下。

他刚刚还在呼噜中香甜的酣眠，此刻却悄无声息地在她面前坐下。她不确定是不是自己开门走路的声音吵醒了他，出于内疚便礼貌地颔首打了个招呼。

他穿着睡衣，幽暗的灯光下看着是一套青色棉布的材质，外面披了件长风衣，指尖修长，右手食指和中指之间夹着一支吸了一半的烟，烟头一点红，在一吞一吐中明灭闪烁。她不喜欢抽烟的人，眉头微蹙着侧了下头，便想起身离开。

他似乎看出她脸上的嫌弃，急忙掐灭了烟头，赔着笑脸道："抱歉，不该在女士面前抽烟。"

他这么诚恳地道歉，倒让她有些不好意思。他明明是被自己吵醒，睡不着起来抽烟打发时间，却要来给她赔不是。这一犹疑，她便不好意思就此抽身走人。

他伸出手，笑得更加真诚："我叫加诺·李，来自加拿大魁北克市，认识你很高兴。"

她抬起头，伸在半空的手愣了下，他也叫加诺，这个名字重名的不多。还好他姓李，而那个加诺姓王。她的手轻轻点了下他的手，算是礼貌回复："叫我左依就好了。"

她的反应比较冷淡，没有如别人那样刨根究底打听个没完，也没有一脸羡艳地夸赞几句诸如"魁北克市是个好地方，枫叶之城""你这么远过来真不简单"之类，除了这句简单的介绍，多一句话也没有。

他有些失望，讪讪地随着她的目光去望对面那盏菩提夜灯。他说："那灯的造型很好看，我以前从来没见过，像是一朵花，你知道那是什么花吗？"

她默默地静了一会儿，才道："菩提花，一沙一世界，一叶一菩提。"

顺手指了指旁边的大树："就是这棵树开的花，这就是菩提树！"

他满脸惊异地望着头顶叶繁枝茂的菩提树，露出惊叹不解的表情："这棵树还会开花啊，什么时候开呢？看起来好美的样子，要是能看见就好了！"

"这树三年一开花，老板说去年刚开过，要两年以后才能见到了。其实，我也没见过真正的花。"她勉强堆出一个笑来。安静陌生的环境，加上心中微弱的那点内疚，让她的话比平时多了些。

他似乎不太满意她的回答，继续追问道："这花，有什么寓意吗？"

她冷冷地看了他一眼。身处加拿大那么远的地方，信奉的是基督教吧，对于佛教的知识不知道也算正常。

她说："两千年前，佛祖释迦牟尼是在菩提树下悟得正果的，菩提花寓意圆满觉性。"

他似懂非懂地点头，看着那灯的眼神有些呆滞。一阵风来，吹落几片树叶，如蝴蝶般翻舞着落到她的肩头和桌上。出来的时候没披外套，她还穿着白天那件套头薄衫，此时突然觉得冷，身体也疲倦得快要支撑不住。

她抱着双臂起来，简单地说句"困了，晚安"，便快步回了房。关门的瞬间，似乎感觉他的背影挺了挺。那个姿态、那个动作，熟悉得让她一度恍惚。

因为睡得晚，她第二日起得便迟。揉着混沌不太清醒的脑袋，感觉顶门上青筋一跳一跳的疼。使劲捶打了几下，她在床上躺了小半个时辰才懒洋洋地起床穿衣服，一丝不苟地叠好被褥抹平床单，这才把洗漱用具一股脑噼里啪啦扔进脸盆出门。

这间民宿不大，总共只有八个客房，房间里没有私人盥洗室，出门左转是公用的浴室和洗漱间。循着他们曾经共同走过的路，她容色病态疲倦。最穷的日子，留给她最快乐的体验。她仿佛看见年轻得如同晨曦第一缕阳光的他，在前面雀跃着无比灿烂地笑。他纯粹明媚的笑容指引着她的方向，就算闭着眼也不会走错了路。

今天，可以看了吧，可以翻看下一页了吧！她在心中默默念叨着，心不在焉洗漱完毕，面无表情地走出盥洗室，一头撞在一个人的身上，手中瓷盆哗啦掉在地上，清脆的响声惊得她跳了一下。

李加诺手忙脚乱地帮她收拾好洗漱用具，不停给她道歉。她茫然地接过水盆，似乎没听见他在说什么，低着头从他身边走了过去。她的眼中攒着一汪委屈的泪花。好不容易鼓起的勇气，被这突如其来的变故搅得七零八落。

她暗暗责骂自己的胆小和懦弱，缩在房中一把藤椅上面，狠命咬着手指。眼睛瞪着桌上那本日记。日记摊开在第二页，两个月了，永远摊开在第二页。明明是那般轻薄的纸张，在她却如千钧重担万丈鸿沟，怎么也翻越不过去。

她一前一后摇晃着身体，麻木地瞪着那本日记，仿佛它是个吃人的怪兽。她甚至不用看就能想象得到里面狰狞可怖的字眼：她缩在暗夜的一个角落，像刚从阴寒潮湿的地沟里爬出来的老鼠，尽可以被嘲笑、被驱赶……

他那么描写都是应该的，她理解他的怨恨和愤怒。可是她不明白他在日记的扉页上为何要写下：给我最爱的小左依。这不是他的风格，她无数次见过他凶狠狰狞恨不能杀了她的目光，他不该为她写下这本日记。就算真的为她而写，扉页上也应该是：给那个最该死的无情无义的左依。

日记的第二页，他写道："我第一次带左依去旅行的时候，很穷。左依说她喜欢大理，当我攒够了一次穷游的钱，便带着她去了。我在网上订了最便宜的民宿，它有个好听的名字，叫作'菩提'，据说老板信佛，院里种了好大一棵菩提树……"

她眼睛濡湿一片模糊，突然一挥手把日记本打落在地，捂着脸，胸口疼得一阵痉挛。天花板在眼前打转，身体空洞麻木不听使唤。他一脸坏笑贴在天花板上，俯视着她，仿佛看一个怪物一般促狭而诡异。

二

她是第二次来大理，第一次是十年之前，早就忘了古城的样子。逛了两天才逛出点眉目来。第三天，她特意迎合当地的风俗和自己的心情，换了一条拖至脚踝的水洗黑白印花棉布长裙，套了一件修身红艳薄衫，显得飘逸轻灵。

昨天晚上辗转无眠到后半夜，早上又起得迟。过了早饭时间，其他几个房间的客人似乎都已经出了门，院落里静悄悄的。她随手斜挎了个布包出门。大理最不缺的就是阳光，这日照例丰盈饱满。

她沿着古街慢慢闲逛过去。此时日上三竿，所有的店铺都开了门，街上游人虽不如节假日那般拥堵，却也川流不息来来往往。她平时喜欢静，此时却安然享受着人群的喧嚣。看着形形色色的人从身边走过，心底滑过一丝带着生活气息的暖流。

他喜欢热闹，喜欢在拥挤的人海中紧握着她的手，替她挡开一个又一个快要撞过来的行人，拉着她避开那些绊脚的石头和障碍。她总是心不在焉，东张西望全然不管不顾。有他在，她就觉得放心和安全。然而此刻，只有心不在焉神思游离的自己，一路行去，她总是不小心撞着一个又一个的行人，便只能不断点头微笑和道歉，在别人或无谓或责怪或皱眉的神情中，想念他在身边的安全感。

大理古城的街道都是风雨侵蚀了百年的石板路，光滑透亮，缝隙里有墨绿的泥苔，两边是细细长长的河流。一道一道地流向下游，无波无澜、无声无息。河水清澈，摇曳着碧绿的水草，水底的石板和鹅卵石清晰可见。

她胸前挂着相机，不厌其烦地蹲下身仔细拍那些水流和依水而建的木板楼阁。她专注而怪异的举动引得路人侧目。一个女孩清脆悦耳的声音传入耳中："亲爱的，你说她在拍什么呢？我怎么一点没看出那水有什么好看和特别的？"

她蹲在水岸，循声望去。一个浑身上下都透着青春活力的女孩，娇小纤细的身体半吊在高大健硕、同样青春逼人的男孩身上，乌黑纯净的眼睛一瞬不瞬地盯着她。见她抬头，女孩不好意思地别过脸，鼻子碰着男孩的胸膛。男孩宠溺地低头吻了下女孩的额头，贴着女孩的耳朵低语了句什么，女孩娇羞地扭动着身体，长裙一摇一摆，春风拂柳般风光无限。

水有什么好看的呢？确实也没有什么好看的。她在心中自问自答了一句，起身往前。一切都于她无碍，她的眼中只有他想看的风景。他觉得好，就足够了。

中午的时候，她来到了三月街。三月街是大理古城最重要的标志性地点，每年农历三月十五日至二十日，当地人便会在这里举行三月会民族节，各种美食、歌舞、民俗活动都会出现在这里，素有"千年赶一街，一街赶千年"的美誉。可惜现在不是节日时间，没有节日的盛况。

因为里面没有什么活动，摆摊的也少，游人不如古城街道上多，三月街的牌楼显得有些孤鹜冷清，朱红飞檐的楼角勾勒出一抹轻盈的俏皮味道。“三月街”三个大字飞龙走凤，笔力遒劲气韵十足。

她站在牌楼下，仰头拍下飞檐入天的气势，湛蓝的天空，耀目的阳光，灵动得不太真实。仰得太久，脖子有些酸胀，她咔嚓晃动两下，余光中一张温和的笑脸挡在她和阳光之间。

李加诺笑得很兴奋，指着牌楼上的几个大字问她：“我早就听说大理有个三月街，非常有名，原来就在这里。这牌楼立得真有气势，几个字写得也很流畅有力，果然名不虚传。”

她心想果然是国外回来的没见过世面，若去看了西安的城墙、北京的长城还有故宫等等，随便拉一个出来就能甩这个牌楼几重天的地方，不知是不是要惊掉下巴。

她嘴角淡淡扯出一个表情，点了点头便朝里面走去。他跟在后面，认真地请教她三月街的来历。她其实并不太了解，依稀记得和两个传说有关：一个是说有个暴君想要长生不老，每天吃一对人的眼珠。有个白族勇士为了解救族人，在三月的一天把暴君骗到苍山的中和山麓，唤来神狗杀死了暴君。人们为了庆祝胜利和纪念勇士，每年三月的这几天便载歌载舞，最后形成了固定节日。另一个是个美丽的爱情故事，说洱海龙王的小女阿香，爱上了洱海边会弹三弦唱渔歌的渔民小伙阿善，便和她结成夫妻。每年三月十五，阿香便带着阿善去月宫的月亮街参加神仙买卖聚会。人们听了他们的叙说，觉得这个盛会很有意思，便也模仿起来，形成了白族的三月街会。

他一边东张西望，一边问她喜欢哪个传说。她说人们都更愿意相信后面那个，因为这个故事很美丽、很圆满。大家都喜欢圆满的结局。

李加诺不以为然，说：“前面那个故事的结局也很好啊，勇士救了他想救的人，成为大家的英雄，英雄就该被纪念，他会遇到自己心仪的女孩，成就幸福美满的生活。暴君也没有了，这不是很好的结局吗？”

幸福的生活，总要建立在杀死一个暴君的基础上，怎么算得圆满的结局呢？她不同意李加诺的观点，摇着头反驳：“从一开始就很圆满，才是真的圆满！”

“NO，NO，NO!”李加诺的头摇得拨浪鼓一般，转身一本正经地看着她：“现实是很残酷的，不可能从一开始就有圆满，所有的幸福都不可能唾手可得，都是建立在努力和苦难的基础之上。没有谁可以随随便便就获得美好的成果，一定是有人承担了责任，帮大家驱除了阴霾，才有可能阳光普照。”

一个传说而已，她并不想争辩，虽然细想之下，觉得他的话也很在理，本就辩无可辩。她将脚下一块石子踢飞，懒洋洋地说道：“你这个外国人，中文说得还挺不错的！”

他脸上依然一本正经的样子，道：“我是地地道道的中国人，虽然我出生在加拿大，但是我的父母从我会说话开始，就教我讲中文。我也和中国人做生意，我从来都当自己是加拿大国籍的中国人。”

她停住脚步，颇有些赞许地看了他一眼：“以前没来过大理？第一次来吗？”

他对此似乎很遗憾，说：“我其实经常来中国，可从来没到过云南。我一个朋友对我说，有机会一定要来云南看看，尤其是大理，美丽又有文化底蕴，不来会遗憾终生。”

她笑笑，觉得他朋友还真是有眼光。他也点头表示同意，说他这个朋友几年前相识后就一见如故，后来引为知己。他朋友曾和他说过一句话“我们都是这个喧嚣世界的勇士，无论遇到什么艰难曲折，只要有爱，心中都会种下一棵菩提。”

她茫然无措地顿住脚步，听他突然惊讶地叫了一声：“啊呀，他说的菩提难道就是那棵菩提树吗？”

她忍住心口的疼痛，一言不发转身往街外面走去。她记得他也曾经说过类似的话，他说心中有菩提，就不会忘了初心。她的心中早已没有了初心，何来菩提？

她走得很快，脚步零乱，似乎怕他再提起这个话题。她告诉自己，不要听不要听，还没做好准备，不要谈起和他有关的一切，一个字一句话也不行。

从三月街出来，他就一直跟在她的后面。见她脸色难看，询问了几句没有得到回复后，便也不再多话，只是默默独自欣赏街上风光。

她停在一个乐器铺子前面，凝视里面密密挂着摆着琳琅满目的葫芦丝、鼓和古埙。老板是个年轻的女孩，布衣长裙，漂亮黝黑的头发披散在肩上，脸上堆着清秀的笑，坐在铺子一角，双腿间夹着一个鼓，一边娴熟敲着叮咚的鼓点韵律，一边抬头示意她进去看看。

她瞧角落里有个小凳子，便过去坐下，托腮凝神听完女孩的一曲鼓点。女孩一曲罢，甩了甩有些酸的胳膊，对她柔柔浅浅的一笑，却并不问她买些什么。大理便是这样，随意走进一家铺子都可以闲坐半日，老板也不在意，也不劝你买东西。这是个有内涵有生活也有包容的地方。

她探身随手拿起一个古埙，在唇边试了试音，缓缓吹了一曲《枉凝眉》。她曾经也有过一个古埙，费死劲学会了最简单最初级的这首曲子之后，便再也没有学会别的乐曲。宝黛之情太过悲凉，她的曲调也吹得低沉哀伤，时间仿佛在这一刻停止，四周只有令人动容的音律环绕绵延不绝。

吹完一曲，她险些掉下泪来。他抱着手臂倚在门边，若有所思地看着她。女孩听完曲子，展颜一笑，从旁边拿出一个葫芦丝来："古埙的调子就是比较沉闷悲怆，不如葫芦丝轻快悦耳。姐姐会葫芦丝吗？"

她摇了摇头，想起他吹的那曲《月光下的凤尾竹》，便请女孩也吹一曲来听。女孩爽快地答应了，稍微调整一下，悠扬动人的曲调便自唇间传了出来。她吹得好听，很快店门外就围了一堆静静聆听的人。

真好听！她由衷地赞美。围观的游人也噼里啪啦使劲鼓掌，有几个客人忍不住，进来询问好不好学怎么学之类。女孩一一耐心作答，给几个购买的客人都送了一份乐谱，看着他们心满意足地离开，这才回头对静静坐着观看的她报以歉意的笑："不好意思，照顾不周！"

她不以为意地摇头，掏钱也买了一个。女孩说都是因为她才带了好几单生意，死活给她打了个折扣，用一个绒布袋把葫芦丝仔细装好，塞了一张乐谱，兴高采烈地递给她。

她拿着葫芦丝脚步轻快。他亦步亦趋地跟在后面问她："你会吹吗？晚上吹一个听听可以吗？我就是学不会乐器，什么乐器都学不会，回头你教教我啊，你吹的那个，那个叫什么，叫什么埙的，也很好听，就是有点低沉，那个什么埙能吹其他曲子吗？"

她没有回答，只是缓慢地停住了前行的脚步。此刻他们刚刚从博爱路转进一条无名小巷，脚下巨大的石块苍凉灰暗，与古城最有建筑特色的蓝白相间的墙壁连接处，一溜排开纤弱文静的低矮野草，倔强地吸取着黑色泥土中不多的营养，簇拥着为数不多的几株在风中摇曳的野生黄菊。

小巷坑坑绊绊延伸出去，能看见尽头处来来往往的游人。她把游人和行人分得特别清楚，她说行人都是匆忙而急促，游人总是背着硕大的包，挎着照相机或者永不黑屏的手机慢悠悠地无目的地晃荡。无论是游人还是行人，似乎都更喜欢古城几条主街的热闹和喧嚣，这样的小巷子鲜有人来，与咫尺相隔的地方对比分明。

她喜欢这样的宁静，拖曳着及踝的粗布长裙，平底软和的绣花布鞋，踩在光滑的石板上，两边是白族特色的白墙彩画，顺眼过去便能感受到飞檐串角勾勒的一抹蓝天，很多檐角上挂着铜制风铃，会随风传来清脆悦耳的动听铃声。

这个世界静谧得只能装下两个人，她和他，他们彼此拥有，融入阳光洒下来的无数阴影之中。李加诺有种锲而不舍的自来熟精神，放弃了主街更有诱惑力的建筑魅力和形形色色的满目货品，跟着她也转进了静寂幽冷的小巷。

他一路喋喋不休，她却心不在焉。然后她突然站住，皱着眉头慢慢蹲下身去，双手捂着腰腹呼吸急促，额头上也很快沁出一层细密的汗珠。他着了慌，不知她为何走着走着突然就做出这番痛苦的样子。

她忍着巨大的疼痛，侧仰起头看他，丝丝喘着气："我不是你要找的那个人，你走吧！"

他不明白她的话，懵懂地想要扶她起来，却被她一下甩开手去。他着急道："你不舒服吧？我带你去看医生！"

她咬牙摇头，冷冷地道："不需要，我只是从早上到现在没吃东西，饿得难受了。你不用管我，你走吧，我不是你想要找的那种人。"

他无奈地看着她："你知道我要找哪种人？"

她哼了一声，道："你们这些人，来云南不就是为了艳遇吗？你真的看错了，我不是你艳遇的对象，你去找别人吧！"

他瞪着眼睛，像看怪物一样地耸了耸肩，答非所问："你想太多了，你得吃东西！"他不由分说强行把她从地上拉起来，左右看了眼，找了比较近的出口半搂半拖带着她去找饭馆。

古城里面到处都是小而精致的饭店，他本想问她吃点什么，但是垂目见她脸色苍白虚弱无力的样子，又打消了这个念头。最近的一家是云南特色米线店，他几乎是搂抱着把她扶了进去。

过桥米线是云南历史悠久标志性的小吃，他不是很懂，看了下菜牌，觉得她应该补补才行，便要了两碗鸡汤过桥。老板夸赞说这是店里的招牌，他挥了挥手无心附和，只让快点上来就行。

她伏在桌上等着，闭着眼咬着牙，一只手搁在桌上，一只手依然按压住腹部位置，虚弱得说不出一句话来。老板似乎也看出她的不舒服，用最快的速度上了米线。其他桌来得比他们早的客人，也都很宽容，同情而好奇地注视着他们。

鸡汤很烫，他用一个小碗倒出来一些，一口一口吹凉了递给她。她唇边浮出一个浅得看不出来的感激的笑，侧着头慢慢抿了小半碗。胃里感觉温暖一点，她从随身背的布包里摸出一个药瓶，倒出几粒白色的药丸塞进嘴里。他体贴地递给她一杯温水，看她吞咽下去，又替她把砂锅里面滚烫的鸡汤和米线舀入小碗放凉。

她慢慢缓和点神色，对他说谢谢。他不以为然地耸了耸肩，露出一个甜美和煦的笑容。开始享受自己那份特色美食。所谓过桥，就是汤食分开，要有滚烫但不冒烟的汤料，其他辅料和已经烫熟的主食米线到客人面前后，再倒入汤中。这是滇南最具特色的传统美食，享誉海内外。

她说：关于过桥米线有很多版本的传说，但是每个传说中，都是一个贤惠的女人如何让心爱的男子吃上滚热可口的饭食。

他夸张地挑着眉毛，脸上露出赞叹的表情：“那说明云南的女人都非常贤惠勤劳，她们都很爱自己的丈夫！”

三

吃完午饭再休息了一下，抬头已经是下午三点多。她坐在临窗靠街的位置，目视着一波又一波来往的陌生面孔，惊觉时光流逝得如此之快。午后的阳光比上午烈了许多，十月的大理，不如北方降温来得那么快那么突然，白天充足的光照依然有些灼热。

她自觉剩余的体力不足以支撑接下来的行程，便灰心意懒地决定打道回府。李加诺对她这个决定很是赞同，说陪她一起回住地。虽然是他硬跟着她，但毕竟因为自己突如其来的发病搅乱了他的闲适游览，她深觉抱歉和遗憾。

她太明白大理这个地方，它就像活了千年却又不肯老去的曼妙女子，知书达理饱富内涵，却又不沉湎于守旧和拘束，新鲜时髦的现代物件亦可驾驭自如，让你不那么容易看透。若只是浮于表面做个擦肩而过的行者，追逐那些喧嚣热闹的华丽即可，可他看起来明明不是满足于走马观花拍照留念的人。

即便他很好地伪装了沉稳内敛的腹华，尽可能在人们面前表现出朴实懵懂及华而不实的一面，但他深邃的眼睛和收放自如的姿态，还有不着边际却绝对不碰触个人隐私的说话方式，都极好地暴露了他的本来面目。

他不是个猎艳求新者，也不是个上车睡觉下车拍照追逐到此一游此生纪念的肤浅游客。他带着秘密而来，试图探询一个几千年古城最内在最深隐的传奇，剥开那层用古朴和现代混搭得相得益彰的外衣。

他真正感兴趣的，是大理这座古城最完美的胴体。她不过是这个胴体外面那层衣衫上的一颗纽扣。她理解且完全无所谓。反正对她来说，他也不过是她滚滚红尘中的一个可有可无的过客。即便他恰好适宜地出现在她身边，还能热络几天。然而他终究和其他人是一样的，最终会成为她不那么漫长生命中的一粒倏忽即逝的风尘，不可能停驻其中。

能停驻其中的人，只有他，还有她至今无法翻阅的一本日记。可这都无关紧要，她明白殊途同归的道理，总有一天，在一个必然相遇的地方，她的灵魂会赤裸裸毫无遮挡地出现在他面前，恳请他亲自读给她听。而她坚信，那一天很快就会到来。

她不想打乱了李加诺的计划，也不想被他搅乱脚步。但是李加诺似乎对她着了迷，或许是出自内心深处还存有的善念，无论如何也不肯让她独自回民宿。

她没太矫情坚持。这是他的选择，她觉得随意或许也是他领悟古城的一部分。他开玩笑说反正他这次没计划回去的行程，时间可以很充裕，明天他们再出来逛就是了。

她淡然地笑笑，没有反驳也没有附和。按照她的计划，明天一早就要启程去双廊看海，住一夜后转道去香格里拉。他刚来大理一天，若不走回头路的话，应该是先把大理逛完再去其他地方，他们的行程其实只有这一日的交集。

下午她缩在厚实的棉被里面睡了一觉，把昨天晚上缺失的部分补回来不少。日落之后，她才餍足地睁开眼，感觉精神好了许多。起床又吃了一次药，随手把上午买的葫芦丝拿过来瞎摆弄了几下，又对着曲谱试了好久，看自己也吹不成什么调子，便颓丧地扔在一边。

有人敲门。她抬头发现周围一片昏暗，才想起来自己没开灯。按了电灯开关，抬起手腕看了下表，六点一刻。很多人都会用手机掌握时间，她还延续着以前戴表的习惯。下午回来睡觉的时候没力气换睡衣，现在还穿着白天那套衣服。随手抓了一件披肩裹在外面，她趿踏着鞋去拉开房门。

李加诺双手来回颠着一块烤得焦黄的红薯，脸上堆满了笑："听见有葫芦丝的声音，就知道你醒了。快快，老板刚烤熟的红薯，又暖又香，趁热吃，可好吃了！他们都在那边抢呢！"

他们指的是同住在民宿的游人，这个时辰估计是回来寻摸晚饭来了。张哥的"菩提"民宿价格不高，还可以预定伙食，他是湖南人，为人豪爽热情不拘小节，从不和客人斤斤计较那些小利，拥有不少回头客。他的湖南菜做得地道，住在这里的人大多愿意回来吃完饭再安排其他活动。有时候他们去古城泡吧，有时候去看大街小巷风情演出，有时候便围坐在不太大的院子里天南海北胡侃。

她总是独来独往，悄然而出悄然而回，若在外面吃了饭则很快钻入房间，若没吃饭则去随意找点什么填填肚子，遇到人低眉顺眼颔首点头，也不怎么说话，显得很不合群。一直以来大家也不很在意，旅途相识本就没有什么交集，对陌生人的戒备最是正常不过。

但是今夜，她一方面出于对李加诺白天的仗义相救，一方面想反正明天就要离开，这些人这些事都会定格终结在这个简单朴实的民宿之中，礼貌应和一下也无伤大雅。她双手捧着热乎乎的红薯，跟在李加诺身后走过去加入胡侃海聊的队伍。

今夜人很齐，东面那对年轻男女、西面两男两女结伴而行的大学生和一对四十开外的中年夫妻，北面的她和李加诺。老板张哥的妻儿月前回了湖南老家，现在就他一个人在店中留守。人多，大家把房廊下那张长条桌搬了出来，放在石桌旁边，东拉西凑了各种凳子椅子，显得杂乱。桌上摆了些瓜子花生和一些葡萄橘子类的零嘴，石桌和长条木桌上最显眼的是两个大盆，盆中满满堆着香气扑鼻的烤红薯。

她能感觉到烤红薯鲜香中的温热甜美，本不觉得饿的肚子也被勾得起了馋虫。大家看见她都觉得有些意外，但没人表现出更多更长久的惊讶，不过一瞬间的工夫，便娴熟地让出长条桌旁的一个位置，不拘谨不晦涩，自然到仿佛这是她从不曾缺席过的小型聚会，不过来晚了一点而已。

张哥是个实诚人，拿出家中好茶摆足了专业煮茶的架势，娴熟地给每个人泡茶斟茶递茶，略有些沙哑的嗓音在夜风中如小提琴的重音部分，厚重而充满了张力："左依醒了，过来喝茶，来了云南是一定要喝普洱茶的，这可是云南特产。普洱茶不但味道醇厚，不影响睡眠，还能减肥哦！"

年轻男女中的女孩轻声一笑："老板，人家小姐姐已经很瘦了好不好，不需要减肥呢。"

张哥哈哈一笑，递给她一小杯刚沏出来的茶。她手指轻轻握着杯子，灯光明亮，夜色纯合，杯中液体醇厚浓郁，微微晃荡着血一般的颜色，红的透亮的颜色让她心中也骤然透亮起来。红色，是生命的颜色，她喜欢那个鲜活灵动而又张扬的色彩。

茶一饮而尽，丝滑纯净香甘。味道不错，没有储存不好或者制作失当产生的土腥和涩味。张哥看她眉头舒展，说：你快趁热吃个红薯，不然一会儿就没了，这红薯我下午特意去郊外农民家中买来现烤的，特别香甜特别软糯。今天晚饭免费，只有这个了啊，不吃一会儿饿肚子我可不负责。

大家哄然大笑，打趣说老板抠门，请客就吃个红薯喝杯茶。她也跟着抿嘴浅笑，撕开红薯外面烤得焦黄的皮，一口一口慢慢咬。李加诺对茶的兴趣似乎更甚于红薯，他坐在她旁边，一丝不苟地看着张哥泡茶的手法，说："我在加拿大都喝咖啡，都说中国茶道博大精深，今日一见果然大开眼界。"

他刚来不久，大家白天都各玩各的，对他还不是很熟悉。听说他来自加拿大那么远的地方，便都七嘴八舌打听诸如加拿大哪里好玩，是不是特别冷之类。他很耐心，一一作答。

四个结伴同行的大学生本在独自窃窃私语，此时也转头来听李加诺说话。其中一个女孩突然高声对李加诺说："我知道加拿大，枫叶之国，秋天的时候据说美得让人窒息。我特别想去魁北克市，枫叶的城市，冰天雪地的纯净。"

同行的女孩敲着她的头道："你不就是看了韩剧《孤独而灿烂的神——鬼怪》才想去的嘛，你着魔了！你是想去看枫叶，还是想去看帅哥啊，加拿大的帅哥很多的哦！"

旁边男孩不屑而自信地嗤了一声："你们这些女孩子，怎么喜欢那个孔刘啊，他都大叔了好不好，有我帅吗有我帅吗！？"

所有人都笑。她也笑。年轻真好，可以随便挥霍青春，可以无所顾忌。张扬的年纪，张扬的岁月，她也有过。她眯眼，越过菩提树的顶端望上去，一轮弦月之下，又看见了他。他乱糟糟披肩的长发，下巴上留下的青葱痕迹，懵懂却满不在乎的神情，叼着一支烟斜睨着她："左依，你看我帅不帅？"

围炉品茶，大家相互闲聊并打听彼此接下来的行程计划，能同行的邀约同行，不能同行的互道遗憾。这是个奇妙的时刻，来自五湖四海天南地北从不认识的人，他们在现实中可能各种抵触各种戒备，并不那么容易敞开心扉，但是在旅途之中，却更能和陌生人诉说生活的种种不易，热情而宽容。

也许这就是旅行的真谛，去追寻现实中很难获得的满足，拥抱大自然的同时，也更容易拥抱自己最纯粹最本能的情感。在陌生人面前，无需伪装，无需隐藏，人性中被埋没的某些情绪，总要找到一个发泄的通道。旅行是最好的通道，反正不认识，反正短短相交后此生或许都不会再相遇，这些倏忽即逝的过客，不会威胁到任何现实存在，一切便都不那么重要了。

每个人都说得口干舌燥，吃饱喝足困倦不堪，于是纷纷起身互道晚安各回各屋。她早已精神不济，巴不得赶紧撤离。礼貌地和每个人都点头说"再见"，其实心中很明白，明日一早之后，也许再也不见。

别人问她行程安排时，她没有说实话，只道"随心而定"敷衍了事。她不希望有人碰巧和她计划相同趁机邀约，她的未来旅途是一个人的，不打算和任何人结伴同行。与其公开拒绝尴尬，还不如悄悄离开无人所知。

老板张哥曾忍不住差点提醒她明日行程的事，她一个眼神默默地制止住了。张哥似乎有些无奈，倒茶的手迟疑了一下，终究还是尊重她，什么也没有说。她最后一个离开，起身的时候，张哥叫住了她，沉吟半晌突然叹了口气："左依，过去的事就让它过去吧。"

她蓦然顿住，慢慢转身盯着张哥。她心中确然有个秘密，可这个秘密无人可知。张哥一跺脚，仿佛下了很大的决心，“左依，十年前你和一个男孩来我这个店，我对你们印象很深刻。那个时候大家都私下议论，说你们是金童玉女郎才女貌，天生的一对。你们总是笑，快乐得像天上飞的一对喜鹊。我们都觉得你们最终会成为幸福的伴侣。可几年前，男孩一个人来，说他把你弄丢了。唉，人生嘛，就是这样，一条道往前，谁知道哪一天就迷了路呢。加诺临走的那天告诉我，说也许有一天你会再来，如果你再来，如果你一个人来，让我照顾你。但是他不让我告诉你，他说，不想让你知道他后来又来过这里。”

加诺，你是说加诺，王加诺？左依心口一阵刺痛，眼泪落了下来。她抓住张哥的手，眼神几乎钉入张哥的眼底：“是么？他和你说的？他还说了什么吗？”

张哥抽出手来，让她等着，自己转身进屋去拿了个东西回来：“这串菩提，是他留下的，他让我以我的名义送给你，我本来想等你从香格里拉回来之后，离开的时候再给你，但是左依，我不知道你们发生了什么，你这样一个人，我不放心。我违背了自己的承诺，只是想告诉你，你口中的那个人，应该很希望你能平安。”

一沙一世界，一叶一菩提。加诺，你是在嘲笑我，还是在报复我。她慢慢展开那串菩提，真道之心若菩提，心有菩提可得正果。加诺让张哥送我菩提，可是希望我明白什么？

她转身，默默回房。张哥立在树下，怅然若失徒留一声长叹。这个女子，真是倔强得很。他知道自己也劝不住，当局之谜，只有她自己想明白了，才是真的明白了。

夜深人静。她辗转无眠，起身又开门出去，见隔壁房间亮着灯，窗户上映着一个剪影。他还没睡。在房廊下立了一会儿，她去隔壁轻轻敲门。

他很快过来开门，披着外套夹着香烟，见到她马上把拿烟的手藏在背后：“是你，怎么还没睡？”

她轻轻抬了抬下巴：“就要睡了，今天的事，还没好好谢谢你。过来和你说一声，谢谢！”

他似乎愣了一下。她瞥见一星微弱的红光从他身后落下，掉在地上，烟头还明灭着一缕轻烟，袅袅地细细地腾空而上，划出柔媚的弧线。

"你太客气，这都是举手之劳。你……现在好些了吧？你，在吃药？"

她沉默了一下，"没事，止痛片而已。我胃不好，不好好吃饭的后遗症。不过没事，我现在好多了，谢谢你的关心。"

她转身："你早点休息吧，大理挺好的，明天你可以去好好逛逛，"走到房门又回头："那烟，别忘了熄了，危险！"

四

张哥有两部车，其中一部用来租借赚点外快。她提前一个星期已经付了定金，约好由自己开到西当，用完后交给车场他的朋友。她没有计划归来的方式，张哥追问之下，她才轻描淡写说自己回来想体验一下公车加徒步的深度游方式，一路借助村民家中。张哥不知真假，但也只能随她去。此刻他已经把车子擦洗一新加满油停在房子外面。

她早早起床，收拾了简单的行装，一身运动衣出门。张哥跟在后面关切地叮嘱无数个注意事项，最后不死心再次确认："左依，香格里拉路程远又不好开，一个人不太安全啰，你确定不要拼两个人同路吗？我可以帮你找人，这个时候去香格里拉的人蛮多的，我昨天刚遇到两个，看起来都是靠谱的人呢，你要不要考虑一下？"

大理去香格里拉的路好几百公里，沿途还要上到海拔三四千米的高度，曲折陡峭，就是熟练的男司机也不敢大意。她看起来文文弱弱，还有种病态的纤瘦，也难怪张哥不放心。她拒绝了张哥的好意，租借合同里面写得也清楚，生死由命，概与他人无关。

对她来说，生死本就是无所谓的事情。她追寻的是一条孤独的路，是她和他两个人之间的路，怎么可能容得第三人参与其中。

十月云南，最是天高气爽的季节，风光绮丽，硕果累累。可是香格里拉却会很冷，她以防万一在汽车后座上塞了一床棉被和厚厚的羽绒服，后备厢里有睡袋，加上脚上的这双耐穿好走的厚实旅游鞋，她自信能足以对付前面可能出现的任何状况。

发动汽车的瞬间，李加诺突然跑了过来，扒着车门问她去哪。他说对这里的一切都很陌生，民宿里面住的人也只认识了她一个，很想和她结伴而行。她去香格里拉之前，还要去看洱海。看洱海最好的地方是双廊，她在那里预定了一个晚上的住宿，就在洱海的边上，躺在床上就可以听见海水拍打岸头的声音。

她淡淡地说他们行程不太一致，她已经在古城住了好几天了，他刚来，应该先游玩古城后再去其他地方。他显然有些失落，看着她的吉普车开出去很远才慢慢转身回去。

她从后视镜里看着他的背影，脸上冷漠得没有一丝表情。副驾上他似乎在嘲笑她。也许他也觉得她现在过得很偏激，对人不够热情吧。她瞟了一眼副驾座上那本日记，黑色缎面的封皮，在玻璃窗反射进来的阳光下，闪烁着温暖耀眼的光芒。

她还是没有翻到第三页。她一边开车一边在心里发誓，也许今天晚上就可以看第三页了。今天晚上一定不会有人打扰，一定要坚持看下去，就算字里行间都是割肉刮骨的利刃，也要坚持看下去。

他的日记，既然是写给她的，再难也不应该放弃。她永远也不会忘记，王曦把日记本交到她手上的那天，脸上刻骨的仇恨和嫌弃。她那个时候刚从医院出来，站在一片阴雨绵绵之中，心里空洞得厉害。

王曦幸灾乐祸地瞥了一眼她身后的医院和来来往往拥挤的人流，把包裹在一块红得如血的绸布中的日记塞进她手中，咬牙切齿地诅咒她："可怜我那个没心肝的弟弟，居然死在你前面了。要不是他临死交代一定把这个日记给你，我这辈子都不想见你。你放心，他的日记我没看，我看不下去，你自己看吧，希望你还能救赎你的良知！"

她看着王曦消失在人流中，一时之间没太反应过来。仿佛大白日里做了一个怪异的梦，梦里她是个十五岁的小女孩，有个瘦瘦高高的男孩走过来对她说："左依，我喜欢你，你不许喜欢别人，等我长大了，我要娶你。"

她眨了眨眼，发现自己在梦里又变成了一个成熟的女人，男孩转瞬消失，只有一个尖厉的声音在她耳边拼命呼喊："左依，你是个坏女人！"

是，我是个坏女人！她被那尖厉的声音震得耳膜疼，躲无可躲的时候，便抬起双手捂住耳朵。手中拎着的大包小包药袋子和那本绸布包裹的日记掉了一地，声音沉闷却刺耳。她恐惧地瞪着地上摊开的一地零碎，有种呆若木鸡的惶惑。

绸布散开像一摊艳丽的鲜血，黑色缎面的日记本静静地躺在上面，像血液中开放的黑色玫瑰，又如同一双黑得发亮的眼睛，狰狞嘲弄地看着她。

来往的人流没有一个人为她驻足，她哆哆嗦嗦地蹲下身，一点一点收拾起来，如同过街的老鼠般窜了出去。

她听见身后有个声音在大喊："王加诺，我不喜欢你！"那个声音苍白无力，如秋日里绵软的风，很快就消失得无影无踪。

中午的时候她把车停了下来，两边一眼望不到头的金黄碧绿，秋光正好。她坐在车旁边的田埂上接电话。电话那头是气急败坏近乎吼叫的声音，问她把车钥匙放哪里了。

她想了半天，终于想起来自己出门的时候，好像顺手把车钥匙扔在了客厅的垃圾桶里。门钥匙是通过保姆送过去的，车钥匙却忘了个干净。电话那头的男人还在喋喋不休指责她多么不负责任，多么健忘，她懒得争辩。一起生活了近十年，过了近十年同床异梦的日子，她从来都懒得吵懒得争辩。

她顺手扯下一棵野草，放嘴里嚼了两下，苦涩却又带点清新的味道。地上有几只蚂蚁爬来爬去，她饶有兴趣地盯了半天。手掌上蹭了些泥土，她抬起来对着阳光眯眼看得新奇。她觉得这才是自己的真面目，以前那个身不沾一点尘土的女人，根本不是她自己。

手机扔在地上，里面隐隐约约传来他的声音，说了些什么她却一句没有听清楚。里面依稀传来一个女人不满的嘟囔。她知道那个声音是谁，甚至都能活灵活现地浮现出那张总是装扮得极为精致的脸庞。

知道了他们的事，她一点也不惊讶生气，反而如释重负地高兴。在一起艰难地凑合了快十年了，这样的结果，她觉得挺满意。那个女人有个很洋气的名字，叫玛丽，一如她喜欢的洋气的衣衫首饰，珠光宝气地拿着一叠他们亲密的照片来找她。照片中还有个小女孩，稚嫩可爱，眉眼和他很像，灿烂天真笑成了一朵含苞待放的花。

玛丽趾高气扬得意地鄙视她："我们在一起三年了，孩子都快两岁了，你和他也没孩子，是留不住他的，不要纠缠不放了，还是痛快离了吧！"

她看着桌上那些照片，脸上慢慢攒起一个深浓的笑意，半晌之后，近乎同情和怜悯地看着她，只说了一句话：“是他不肯来找我，所以你才来的吧？不过没关系，既然都有了孩子，就好好过吧！”

她看着玛丽的脸色由轻蔑变得惊讶，由红润变得苍白，脸上闪过心虚而怨毒的表情，不觉微微一笑。早就该解脱了，不过是没有理由而已。玛丽给了她一个最完美最理直气壮的理由。

她优雅地将桌上照片收进自己包里，回到家打开电脑，一字一句认真写好离婚协议书，然后静静坐在沙发上等他回来。一切都很顺利，他们交割得也很清楚。临走的时候她平静诚恳地对他说：“不成夫妻也不是仇人。谢谢你放了我，也谢谢你给我的一切！”

她走得潇洒，听见他在背后歇斯底里地号哭：“左依，对不起！”她身体顿了一下，却没有回头，干脆利落地带上了房门。加诺，对不起！她记得十年前自己也曾经对别人说过这样的话，那时候以为一句对不起便可以抚平一切，现在才知道，这三个字实在太轻了，轻得不如一片鸿毛，不如一缕白云。

田野上走过来一个农妇，背着竹篓，远远就开始对她笑。她也含笑点头，像回到了十年前。那个时候她还青春活泼，扎着马尾辫跳着叫着要去帮人下地干活。他拉着她的手一起跑向金黄丰沃的稻田，却手足无措不知要做些什么。

她站起来拍了拍手，对农妇笑道：“大姐，我帮你干点活，你管我点水喝吧！”

农妇咧着嘴笑呵呵地看她：“不用咧，姑娘，我认得你，你不记得我了，以前你和一个小伙子来过我家，在我家吃了两顿饭，你还打烂了我一只碗。姑娘你一点也没变，还是那个老样子，我变老了，你不认得我了！”

她蓦然呆住。农妇大姐说的事她还记得，那个时候她和他徒步走到这里，又累又渴正不知怎么办才好，正好看见地里有人干活，他们便去提议用干活换水喝。大姐那个时候刚结婚不久，背篓里背的是几个月大的婴儿。她热情爽朗，邀请他们去家中歇息。

大姐的家在田野尽头的村庄，充满了原生态的美。他们流连忘返，在大姐家住了一宿才依依不舍地告别。大姐家有条黑狗，老缠着她脚后跟跑。她刚去的时候一害怕，慌里慌张掉了一只碗。

离开的时候，他塞给大姐钱，大姐死活不肯要。于是他提议给大姐拍张照。她记得那天的阳光特别灿烂，他们在大姐屋前一片花海中留下了好几张明艳的照片，还有一张他们的合影。大姐抱着女儿，他们两个人拉着手站在一旁幸福快乐地笑。

那张照片被放大了端端正正挂在相框里，她仰头凝望着他年轻灿烂如阳光一般明艳的笑，眼底蓄出泪花。大姐一边忙活摆放碗筷，一边絮絮叨叨："你那个小伙伴给我寄来的，我一直留着呢。你看，那个时候我多年轻啊，一转眼十年了，我头发都白了，二胎都七岁了。你一点没变，还是那么好看。对了，你那个朋友呢，男朋友吧，结婚了吧？有孩子了没有？怎么就你一个人来，他没陪你啊？"

她捂着嘴踉跄地跑出去，蹲在一丛菊花面前压抑地哭泣。大姐跟了过来，一双儿女也从旁边围过来，轻声问她怎么了。大姐打发姐姐带着弟弟去吃饭，拍着她的肩膀了悟地叹了口气："别哭妹子，谁还没个年轻的时候啊。有些事过去了就过去了，用你们城里人的话就是着眼未来，看开些。能回头就回头，不能回头就往前走，没什么大不了的！"

她哽咽着一把抱住大姐，压抑了许久的泪水终于不受控制奔泻而出："回不了头了，他没了，再也不会回来了。姐，我只想他活着，就算这辈子恨我，再也不见面，都没关系，只要他活着就好。姐，他为什么那么狠心，连个道歉的机会都不给我？"

大姐拍着她的背，怜惜地叹了口气："唉，多好的小伙子，怎么就没了呢！哭吧妹子，哭出来就好了。虽然大姐不知道发生了什么，大姐也没什么文化，可大姐心里透亮看得明白，他是真喜欢你，一定不希望你一直伤心难过下去，你哭一哭，哭完了继续过好自己的日子。我们农村人讲究个魂魄，妹子，他的魂魄在天上看着你呢，他会保佑你的！"

她从大姐的肩膀上抬起头望天，他若灵魂有知，该有多么痛恨她。她死后能不能找到他，他会愿意见她吗？也许他早就走了一条永远与她相反的路，连个路标也不肯留给她吧。

食不知味用了午饭，她拿出相机再次给大姐拍了几张照片。大姐的丈夫不在，她用大姐的手机留下了自己和她们的合影。墙上那张照片她没有，应该是当时留在了他那里。她用手机翻拍了一张保存。

下午四点的时候，她才从一场小寐中被狗吠声吵醒。她婉拒了大姐的热情挽留，走到大路上重新开车出发。这一路的田埂上都是结满籽粒的向日葵，金黄灿烂，迎着日光昂着高傲的头，显得极为丰硕饱满和壮观。

五

从大理可以直接上通往双廊的国道，但是她选择先走一段乡道再转去国道。真正的沿途风光在乡间道路，一路繁复的碧绿青翠和万紫千红，比花色复杂的彩色锦缎更加真实和绚烂。她喜欢云南。她并不是一个能快速融入某种新鲜事物或者环境的人，但是云南不一样。虽然她这也不过是第二次来到这个家喻户晓美誉中外的浪漫土地。自她从飞机上下来，脚尖触到大理土地的那一刻起，她就欢喜。

这样的欢喜来得自然毫不突兀。就像灵魂曾来过多次，一切都那么熟悉。她喜欢这里自由新鲜的空气，闻起来总有泥土和鲜花的味道；她也喜欢这里的阳光，充沛而不矫情，暴烈奔放。据说这里也不缺雨水，夏季的时候常常是连绵阴雨，滋养着人眼可见的各种花草植物。云南人爱花，只要有泥土的地方，都喜欢种植鲜花。尤其是茶花。她本不喜欢茶花，开得太过张扬炫耀。但是云南的茶花不一样，她觉得这样热烈的土地上就应该开得张扬，不然就对不起这么充沛的阳光。

张哥说十月的大理雨水不多，若是春夏季节，随时都要带伞才行。因为出门的时候可能阳光明媚，可说不上哪一个时刻，雨水就落了下来，就像老天爷的游戏，一下子来一下子去，反反复复不厌其烦。天气预报在这个地方从没什么效力。

她听从张哥的话，还是在车上放了一把雨伞。她想如果真的下雨，她可以不用缩在车上，去雨中走一走，或许能找到点什么。但是要找什么，她却茫然无绪。她车开得很快，七拐八拐转入一条土路。导航不停提示重新规划和掉头，她双眼直视前方，完全置若罔闻。

云南有很多独自一人的旅行者，或背包徒步，或骑行，或和她一样租车前往自己喜欢的地方。自由行比跟团好很多，可以随意安排自己的行程不用刻意早起，也不受按计划停留时长的约束。她本来也是打算骑行的，租个自行车在自然的田野中风一样奔放。但是她的身体状况不允许，时间也不允许，权衡下来只有租车一条路。

她从不觉得自己是一个人。她也不惧怕死亡。死亡是每个人最后的结局，谁都不可能避免。他常说："坦然面对死亡，但也绝不放弃活着的希望。"她不知道希望在哪里，她常常会觉得痛，是心里的痛。说不出来，能说出来的都是器质上的，吃药、按压都可以缓解，她的痛是说不出来的。那是真正的痛。就像能说出来的孤独都不是孤独，真正的孤独是说不出来的。

她不觉得孤独，况且旁边还有一本他写给她的日记。还有他如影随形从不曾离开。她开车的时候，他就在副驾上，开窗迎风，徜徉于风和阳光的快速抚摸；停下来的时候，他就站在她的旁边，陪她一起日升日落、月满月亏。

从大姐家出来，阳光变得柔和。道路两边都是大片的向日葵，金黄灿烂，迎着即将沉没的太阳贪婪地吸取最后的热度。她喜欢向日葵，面朝光明，从不曾回头看下背后的阴影。她觉得做人做事其实都应该这样，只有不断追寻光明，才有可能摆脱黑暗，也才不惧怕黑暗。

她对光明有着锲而不舍和近乎偏激的固执，都是因为她怕黑。在还年少的时候，黑夜在她眼中总是变幻不定的无限空洞。所以她从不与黑暗正面交锋，尤其是伸手不见五指的黑。她不喜欢那种感觉，闭着眼、睁着眼，一切都不在掌控之中。身边总有轻微的叹息，像失明的盲人，跌落在无底的深渊而不能自拔，不知道身处何方。

所以她的房间，母亲都会留一盏微弱的夜灯，清淡温暖的光线，可以照见所有的环境，却不刺目。这样的光线如同黄昏时候地平线最后一缕夕阳，柔和宽容，温润舒适，像极了母亲的怀抱，让她觉得安全。她蜷缩在绵软的被褥之中，感觉再次回到了母亲的子宫里面，被静静流淌光滑丝质触感的水包围，有一双手轻轻呵护着她的肩背。她可以睡得很踏实。

上大学后，她第一次离开家，离开父母，住在宿舍，带着母亲给她的那盏精巧台灯。但她依然有很长一段时间无法入睡。那盏夜灯的光线似乎变得更加微弱，微弱得不足以抵挡愈加空洞的暗色和黑得不见底的宁静。她整夜整夜地发呆、静坐，躺在床上数永远无法数清的羊。那个时候她总是想，如果他在，他们也不那么陌生，或许会给她带来一线光明。他叛逆的外表下，藏着让她归宁的海洋，温柔湿润，轻柔的暖意，让她觉得安全。

她在大姐家耽误了时辰，驱车到达双廊的时候，已经是华灯初上。

街上游人不算拥挤，五颜六色的衣衫在她眼前东游西荡。两边都是开放的店铺，浓郁的饭菜香味钻入她的鼻子，引得胃里一阵痉挛；那些形形色色琳琅满目的旅游纪念品在华灯下闪烁着微光，吸引着人们的眼睛一点点逡巡过去。店铺外面偶有几个摆摊的当地人，穿着粗布朴实的衣服，吆喝脚边的蔬菜瓜果或是手工制品。每个景区都是如此，她在心中叹息，还记得十年前来此，双廊没有那么发达，街道没有这么宽阔，行人也不这么嘈杂，两边更没有这么浓郁的商业气息。那时候双廊很宁静，很年轻，像个未曾出阁的白族少女，清纯洁净，天真得让人心疼。

那时候，她还是个对什么都感觉新奇的少女。他握着她的手，脸上洋溢着兴奋而快乐的光芒。他们沿着高低不平的石板路一家一家逛过去，有些地方的路面坑坑洼洼，她心不在焉东张西望，深一脚浅一脚走得跌跌撞撞。他总能及时扶住她的胳膊，将她从快要跌倒中拉回正途，或者突然抱住她快速挪动，闪开快要撞到的行人。她被瞪了无数白眼，咯咯笑着，快乐得像只小鸟。而他却一路点头哈腰给人赔礼道歉，指着她对别人说："她有点笨，原谅她吧！"她则捏着拳头一路追打，他的笑总是含着调戏和不正经的揶揄，坏坏的样子让她恨得无可奈何。

把车停在镇外面统一的停车场后，她只拿了个双肩包，把日记塞进包中内层，一身轻松地慢慢去寻找预定好的旅馆。旅馆是张哥推荐的，老板也是他的同乡，据说是个三十多岁的年轻女人。张哥形容她身材纤弱性格粗犷，典型的湖南女汉子，能吃辣，能喝酒，是个比一般男人还豪爽的哥们儿。

来双廊最主要的目的只有两个：夜晚听海和晨起看日出。她便不那么着急，缓慢悠闲地穿过步行街，低头数着脚下的石板。双廊古镇并不大，沿洱海环建，只有一条主要的街道贯通到底，但是沿着主道两边，却延伸了无数的小巷，每条小巷几乎都可以到达海边。小巷幽静曲折，开放的楼阁和檐角在昏暗的灯光下模糊成幢幢剪影，更增添了许多古朴和厚重。白色墙壁和青灰色砖块无一例外沉淀出几许岁月斑驳的痕迹。空气中有淡淡的香味，花的淡香和咖啡的浓郁，让这些清幽的巷子沾染了无数烟火之气。

今天她穿了一条粗布及脚踝的长裙，宽松的套头毛衣，这身装束她很满意，略有遗憾的是脚上是一双黑色的旅游鞋，不太好看，但舒适耐力，可以支撑更远的步行。但是她看着自己慢慢移动的脚尖，心里还是想——如果是双白色球鞋就好了。

她还记得曾经在笔下写过这样一段话：想穿一条粗布及脚踝的长裙，宽松的套头毛衣，白色球鞋，回到大学时代。在一个黄昏时刻，迎着余晖走过开满丁香花的巷子。远处的草坪上有几个男孩拨弄吉他的旋律，长发及腰的女孩抱着一摞书籍，倚在一棵梧桐树下，静静地聆听……

那个长发及腰、粗布长裙的女孩，总是在黄昏的巷口，看见他抱着双臂的身影，投射在一角微弱的路灯之下，孤傲又倔强。看见他的时候，她便停住脚步，目光沉定脸色平静，淡淡地注视着他。看得时光飞逝，看得眼睛刺痛，然后收回目光，目不斜视从他身边走过。他从不强迫她为他驻足，即便是一时一瞬的交流，他也从不要求。那个时候，他所有的桀骜不驯所有的狂妄凶狠都不复存在，在她面前，他只是那个柔软容易受伤的大男孩。

他跟在她的身后，看着她走过那条昏暗静寂的小巷，转入一条光明的主路，然后再前行，停在一座灯火辉煌人来人往充满生活气息的宿舍楼前，一秒、两秒、三秒……她从不转身，就那样静静地停驻在宿舍楼门外，几秒钟而已，身影便徐徐消失在门内。他会在不远的地方默默等待，等她的身影完全消失，等三楼右边第二个房间的窗口闪动她的身影，然后转身离开，头也不回！

那时候她总是穿着那样一条及脚踝的粗布长裙，一件宽松的套头毛衣，洁白的球鞋，长发永远及腰。她无数次在梦里回到那个时候，梦里的她总想在路灯下和宿舍楼门口转身，想要和他说句话。可每一次她都无法转身，像是被什么东西捆住挣扎不得，当她拼命挣脱绳索回头的时候，他却早已消失不见踪影。

后来他带她来双廊，她特意准备了这样一身装扮，那时候天气还有点热，她的套头毛衣根本用不上，他哈哈嘲笑她好久，然后在一个小铺子里买了一件薄的亚麻衬衣，还有一条波希米亚披肩，这非常具有民族特色。那条披肩被她珍藏数年，最后一次见他的时候，她当着他的面用一把剪刀剪成了碎片。她到现在还能清晰记得，剪刀滑过布匹时清脆的刺啦声，和随着刺啦声一下一下撞击她心脏的疼痛感。

路上行人日渐稀少，夜凉如水，她抬头望见烟霭沉沉的天空中漂浮着一轮清月。从一条巷子里钻出来的时候，两个擦肩而过的男人对着她吹了几声口哨。她抬头虚虚瞟了一眼，目光冷清。也许是她脸上那种孤寂不可接触的神色让他们心有畏惧，他们相互对望一眼后，从她前面快速走了过去。

她不喜欢那些抱有艳遇或者猎奇目的的旅行者，他们不够真诚。大部分怀有这种心思的人，在现实生活中都活得虚伪而胆怯，他们在熟悉的环境和熟识的人面前，努力装得一副正人君子，扮作家人、朋友、同事眼中的道德模范，可一旦来到陌生的地方，内心最阴暗最原始的情感便会暴露无遗，急切得毫无隐晦，连起码的矜持都不会残存一点。

她不会站在道德的制高点去指责他们，但也绝不会流于他们的俗套。每个人都有选择自己生活方式的权利，她无权责备，也没有义务提醒。她踩着自己的步伐，坚定不移地保持自我的内心，旁若无人地走到旅馆。

旅馆名字叫“迷海小栈”，让人一见如故。装修精致，一楼大厅的咖啡小座临靠海岸。床边一排榻榻米的隔断座椅，小小的茶几，暖暖的细羊毛毯，暗淡迷离的镂空壁灯，茶几上光线柔和的香薰蜡烛，可以照见环境，却不影响外面的夜色。轻缓低柔的音乐环绕，与海浪轻柔拍击石岸的声音相得益彰，如一曲大自然和人类创造的混合旋律，神秘而又耐人寻味。

客栈不大，没有什么服务员。老板亲自来迎接客人，帮忙办理入住，说一般晚上九点就让帮忙的小姑娘回去休息了，她吃住不离，所以晚上都在。客栈到十二点后就不会再有人来，她是个夜猫子，轻轻松松就到凌晨一两点钟，所以不用夜间留别的服务员在此。她静静地听，淡淡地笑。

老板果然如张哥所言，快人快语性格爽直，夜灯下脸色柔和，嘴里叼着一支燃了一半的烟，目光大胆而热烈，将她上下打量个遍，见她坚持不用帮忙拿包，就握个手电筒前面照亮：“张哥特意交代了，说是个美女，让我多照顾一些，果然是个大美女。张哥说你是从北京来的，大北方啊，到我们这里来习惯不习惯啊？如果有什么不习惯的，怕冷什么的，你就和我说，我给你加床被子！哦，对了，你别叫老板老板的，我就是开个小客栈打发日子，张哥他们都叫我海燕。你叫我海燕就行，不怕闪电的那个海燕啊，高尔基书中的那个海燕，你晓得喽！”

她跟在海燕后面，走过两排摆满书籍的木头架子，心想老板估计是读书人，所以在客栈里面也摆了这么多书。从书架过去，后面进入一道廊门，中庭一个小院，小院两边是三层的小楼，木头雕花的廊柱散发出淡淡的潮湿和油漆味。门廊转角一架楼梯，有些阴暗，她拎着裙摆缓缓上去，楼梯咯吱咯吱，回荡着她们的脚步声。

海燕回头照了一下，叮嘱她："晚上有点暗，你小心一点啰。你的房间在二楼，推窗就可以看见海，可惜你来晚了，双廊在海东，看日落是最好的呢。不过没关系，你这个房间的位置，明天早上可以看见日出，很美的呢。这里靠海太近，可能有点潮湿，我提前给你用电热毯烤了被褥，应该没问题。如果你怕海水的声音太吵，就把窗关紧了，今天晚上没有大风，声音不大的，我一般都当音乐听了，枕着波涛睡觉嘛，歌里面都这么唱，难得的感受呢，你说是不是？"

她点头说是。海燕帮她打开房间的灯，然后再次确认她没有其他需要之后，就离开了。她听着她渐行渐远的脚步消失在楼梯转角，默默放下背包，走过去把窗子全部敞开。海面黝黑深邃，一轮清月倒影其中，潮湿清润的空气扑面而来，她深深地贪婪地呼吸几口，缓缓地探出身体，舒展双臂。

他在黑暗的远方，正踏浪而来。那个深藏于背包内层的日记本，今夜终究还是没有拿出来。

六

这个秋日的夜晚，她来不及洗漱，便把一身疲惫直直地扔在床上。被褥冰凉，略带潮气，这是靠海房子无法避免的缺点。离身世外却又心念红尘的仓央嘉措说："世间安得双全法，不负如来不负卿。"没有人能两全其美。她没有关灯，闭着眼也能感受到光影流动，空气中弥漫月季和金桂浓郁的花香。这个地方没有太明显的季节之分，于北方是百花飘零的清冷时节，这里的花却依然开得热烈和倔强，像一种与众不同的宣示。窗帘没拉窗户洞开，风轻且慢，海水拍打石岸的声音比指甲滑过绸缎的声音大不了多少，缥缈幽微，沉闷缓和。像英国女提琴家杰奎琳-杜普蕾的《光影》提琴曲，淡淡的忧郁、辽阔的忧伤，坦然而委婉地低诉。

她静静地听了许久，睡意全无。身体和灵魂分裂，一边是疲惫不堪的肉体，一边是精神饱满的灵魂。在繁复浓郁的花香中，她分辨出矢车菊的味道。来的时候一路未曾见过这种野生野长的平常花卉，她分不清这是幻觉还是真实。轻轻转头能望见触手可及的桌上慵懒成一团的双肩包，包里有那本日记。她想会不会是日记本沾染了矢车菊的味道。

头顶一根青筋直通至脖颈，突突跳着，痉挛般的疼。她有种疾速下坠的空洞感。没有可以抓住的东西，茫茫一片，海洋宽广。牵扯胸口的时候，她的手终于触到一个物件，那是他托张哥留给她的菩提项链。她如同一叶孤舟，突然看见一线光明，牢牢抓住那些包浆滑腻冰凉的珠串。她从一场大汗淋漓的噩梦中醒来。

裹着被子下床，穿着客栈准备的白色轻薄、质地粗糙的拖鞋，她像猫一样无声无息。此时大厅里面空无一人，昏暗的灯光泛着黄色和蓝色幽光，转角、书架，还有那些装饰古典的桌椅，木头门槛，无一不显得幢幢隐隐。院里没有矢车菊的影子，大门被从里面加了横栓，她蹑手蹑脚爬到窗边的榻榻米上，将自己缩成小小的一团，裹在棉被里面，从窗户望向外面的洱海。

月光清淡冰凉，没有星星。海面上泛着幽幽的粼光，远处暗黑山峦起伏。灯光稀疏寥落，将沿岸一带错落有致的房屋剪影倒映在水中，光影沉没，恬淡孤清。她抱着双腿，下巴抵在膝盖上，厚实的被子将她团成臃肿的一个影子。

她在榻榻米上睁着干涩的眼睛，迷迷糊糊地打盹。直到天边一线曙光晃眼，才不知所处地抬起头。没有日出，只有绵绵细雨滴落海面，溅起细碎的水花和涟漪。她怔怔地望着，有些失落。

早起的人开始慢悠悠下楼。海燕拿开大门上的横栓，扑面而来的空气中夹杂着熹微细雨，穿堂而过的风让大家都紧了紧衣衫。海燕以为她是起得早，过来告诉她说没想到今天下雨了，日出是看不见了。又问她昨天晚上睡得可好，被褥暖和不暖和。

从大厅经过的人都忍不住看她一眼。她知道裹着棉被蜷身于此有多怪异，但她不在乎别人的眼神。心情坦然表情平静，她对海燕撒谎说感觉很好，抱着棉被回房间洗漱。这里比菩提客栈好得多，房间内有独立的卫浴。她洗了个滚烫的热水澡，感觉神清气爽，收拾了简单的行囊就要出发。

这个早晨她忘了吃药。客栈不提供早餐，她需要去外面寻觅吃食。

她对云南不熟，除了米线外知道的不多。还好她对饮食一向不那么计较，吃与不吃处于两可。若不是怕空胃吃药犯恶心，她也许就不吃了。

下了楼办好手续，走到门口她才发现张哥千叮嘱万叮嘱让她带的伞，根本就没从车上拿下来。从客栈走到停车的地方还有一段距离，她左顾右盼，斜对面有一家早餐店，门口泥火灶上一摞蒸笼冒着腾腾热气。捂着头跑过去，男老板热情地来招呼。要了一碗素米线，一个素包子，她捂着从烫手慢慢转凉的碗边，看着外面的雨。

店里只有三四张桌子，坐着和她一样起早赶路的人，都在怨怼这个突如其来的雨天。她心绪平静，慢吞吞吃掉早饭，又坐了一会儿。因为雨，石板路上显得泥泞湿滑，两边未曾砌好的土路被踩踏出重叠的脚印。

一场秋雨一场寒。即便是这个四季温暖的城市，因为一场十月的雨，凌晨的空气依然冷清薄凉。因为雨，路上行人稀少，不太着急行程的人可以窝在客栈或者某个屋檐窗下，静静聆听难得的幽宁。和她一样起早又不想乱了计划的人，此时大部分也呆坐在街道两旁零零散散开着的几家早餐铺中，热汤热水，捂着暖暖的生活气息，尽量安顿着自己的身心。

她看着绵绵细雨不像很快停止的样子，便起身，背上双肩包，将脖子上随意耷拉的一条围巾包裹在头部，冒着雨往停车场走去。此时还早，除了早餐铺子开了，其他店铺清一色紧闭房门。偶尔有人从她身边走过，举着花式各样的雨伞，姿态优雅地踩过那些滑腻的石板。

她走得不疾不徐，不像个雨天赶路的人，倒像是在雨中漫步。雨滴清凉，顺着围巾浸入发丝，滑入裸露的脖子，长裙濡湿，被溅起的雨花和泥点沾污，笨拙而沉重。她深深吸了几口气，细棉糖一样的雨随着呼吸飘入口中，吞进肚子，刚喝了热汤的胃部很快变得冰凉。这股冰凉沿着胃部、肠道，弥漫至腹部，刺激得她猛烈地打了个寒战。

走到车旁边的时候，她已经因为腹部疼痛而抽搐不止，从背包里拿钥匙的手哆嗦着不听使唤。脚步虚软，眼冒金星。她没办法支撑自己的身体，连坐上车打开暖气的力气也没有了。摸索着车门蹲下身去，她在车门旁边缓慢坐了下来。

一双手强有力地撑住了她。她头上冒出虚汗，抬头看见李加诺蹙眉瞪眼。他从地上捡起她掉落的钥匙打开车门，把她扶起来塞了进去。

她哆嗦的手指颤巍巍指向背包："药，黑色的药瓶！"她靠在副驾座椅上面，眼神泛散，李加诺镇定从容地从她背包里找药的动作和姿势，极为熟练，像个老手。她在心里猜测他是个医生，或者一段时间里曾经照顾过病人，否则不会那么娴熟沉定。他从自己高大结实的背包中摸出一个硕大的子弹头保温杯，旋开盖子，倒出温热的水让她吃药。

她乖巧地听从指挥，吃了药闭上眼靠在椅背上喘息。她等着他问，却并不准备回答。这个从未与她的生活有过交集，甚至远得无法想象的男人，有种让她熟悉的味道和感觉。她厌弃生活给予她的一切，厌弃现在的自己，更厌弃过去的自己。她不准备和任何人分享自己的痛苦，她不需要怜悯和同情。她从未给过任何人开口的机会，她在自己的世界高傲地忍受和煎熬，极具韧性，她并不坚强，只是做好了准备。当一个人做好了迎接最后结果的准备，也就无所畏惧。

但是她准备给李加诺一个开口的机会，虽然她打定主意，他可以问，但她不会说。李加诺并未打扰她短暂的歇息，而是收好背包，连同她的双肩包一起顺手扔在后座上。他坐在司机的位置，错身去帮她把副驾座椅靠背调低了一些，让她躺得更舒服，还顺手帮她绑好了安全带。

她没等到他问话，却听见车子发动的声音，蓦然睁开眼睛："你做什么？"

他一边调座椅一边拉安全带，目视前方表情平静："开车啊，你这个样子肯定是不能开车了，看你眼睛下面的黑眼圈就知道，昨天晚上是不是为了看海一夜没睡，你需要休息。我睡得挺好的，我先开一段，你睡觉。对了，你今天的行程是哪里？"

她确实很困，但思想清晰："我们的行程不一样。大理古城我已经住了好几天，你还没仔细看它的风貌吧？我在双廊的计划只是看日出，既然没有日出，我也不等了，我主要的目的地是香格里拉，你不用和我一路。我没什么事，休息一下就可以了。双廊、束河、沙溪都是不错的地方，你还没去过丽江吧，很近，你应该去看看。我没有多少时间，我一定要去香格里拉。"

他耸耸肩，不置可否地开车往前。他说："其实我想去的地方也是香格里拉，詹姆斯·希尔顿写的那本《消失的地平线》我看了好几遍，我一直很向往那些神秘的雪山，宁静的世外桃源，山谷中清澈的湖泊。"

"是我们发现了世界，还是世界发现了我们。"她低低地念诵书中的名句。她的神思开始离散，连日未曾好好睡觉而绷紧的神经此时松散下来。

他侧头看了她一眼：“你也看过这本书？”

她翻了个身，侧躺向车窗一边，语调低微混沌，梦呓一般自语道：“很久以前的事了！”之后便再无声息。她权衡之下，算是默许了他的暂时同行。去梅里的路陡峭狭窄，下雨，可能会有山石滚落的危险，一个人开车犯困。他说他没租到车，也是一个人，但是曾经多次去过户外自驾，是个走山路的老司机。她虽然默许，却保持着敏锐警醒的距离，她有她的目的和归属，与他注定不会有交集。

他看出她很疲倦困顿，还是低声问她具体路线。都是走香格里拉线路，中途却有很多值得一去的地方，他不确定她是否要一一前去，或者有其他路线。

她身上搭着他为她披上的灰色长羊毛呢子宽松休闲外套，思绪淡得模糊，听得他的声音仿佛自遥远的地方传来，强打精神随口说先去纳帕海吧。她说，纳帕海是高原上的一滴眼泪，宁静的蓝色湖泊像天空遗落在草原上的一面忧郁的镜子，绿色的草原一望无际，有散养的马群和牛羊悠闲漫步，草原上开满了格桑花和黄色紫色的野生雏菊。那是泊于人世间的一弯桃源，那里有她和他最初的旅游记忆。

他专心开车，让她先好好睡一觉，等她醒来也许就到了。他开了个玩笑，说：“你放心，我不会把你拐去加拿大的，那个地方太冷，你这只南方的蝴蝶，受不了那样的严寒。”

她没有听见他最后那句玩笑，因为她自言自语般说完那番话后就直接沉入了梦乡。她已经很久没有这么熟睡过了。当他倾身过来帮她整理盖在身上的衣服的时候，她恍惚中似乎听见他的心跳，铿锵有力，稳健规律，不知为何，她觉得很熟悉很亲切，还觉得安全，身体也放松下来。人放松就容易入睡，她一觉醒来的时候，已经是午后一点钟。

车停在路边，他站在外面抽烟，一圈一圈的烟雾从嘴里喷吐出来，有种氤氲的迷离和模糊。他的脸在烟雾中显得朦胧隐约，线条若隐若现，更衬托出挺直的鼻子如同雕刻般硬朗。她侧躺在座椅上，静静凝视着那个陌生的男人，恍如梦境。

从梦境中醒来，发现不过是又一个梦境。梦境之外没有真实。座椅放得低，她只能看见他高高仰起如同嵌入天空之中的脑袋，云端之上，他的侧脸显得凝重，失去了平时所见的那股轻松和诙谐。她翻了个身，慢慢调直椅背坐起来，灰色外套滑落下去，她怔然抱着衣服，摇下了车窗。

他刚吸完最后一口烟，烟蒂扔在地上用脚捻熄，转头露出温暖和煦的笑容，那个笑容让她又是一阵迷糊。他说："你终于醒了，要不要下来松松筋骨，这里的风景也是不错的。"

她不置可否地下车，雨已经停了，太阳从云层里面钻出来，新鲜明亮，不那么炙热烫烤。四周张望一下，发现这是一处缓坡，两边绵延的土地黄绿相间，杂陈一些黄色雏菊和格桑花。雏菊和格桑花之外，长势旺盛的狼毒草顺着山坡绵延起伏，低矮匍匐在植被上，红色覆盖了深褐色的土地和开始泛黄的绿色草滩，耀眼而妖娆。再远处，可见两三个村庄散落在绿色沃野之中，灰白色砖墙和屋顶裸露于空，星星点点的牛羊和马群恬淡安静。村庄之外，隐隐青山呈现深蓝色和墨绿色，起伏跌宕绵展辽阔，山峦之外更有山峦，气势宏伟，虚渺却沉定。众多山峦托起一座雪白孤峰，距离太远只能看见一个尖尖的山顶。云层袅绕，破开的一处口子里撒下明亮温暖的金光一片。

七

天气变得晴和，陆续有车辆停下，三三两两的游客开始四处活动，为他们的旅行寻找最佳的留影地点和角度。狼毒草红艳出挑，惹人眼球，是吸引他们拍摄的最佳风光。他见她下了车，便把车门锁上，从后座的包里摸出相机，说："我们也去拍几张照片，那些花还不错，你这身装扮很适合拍照。"

她穿宽松白色套头毛衣，深紫色粗布长裙，黑色老爹鞋，肩头随意搭着条黑色围巾。不像个准备去香格里拉的行客，更像要去参加一场老同学聚会的年轻女子，休闲干净。他笑："围巾的颜色暗了些！"

说笑的同时，他已经边走边退到了狼毒草边际。她抬手阻止他："小心，这是狼毒草，不是什么野花，有毒！"

他觑了一眼已经走入花丛摆各种姿势的人们，眼中露出不解和担忧。她看出他是想要去提醒他们，便立着没动，让他转身去扯着嗓子告知大家狼毒草有毒。山坡风大，他的声音被撕扯着显得暗哑，一口冷风灌入喉咙，他蓦地呛了一下，嗓子痒而干疼，剧烈地咳嗽起来。

部分人因为他的警告而有却步，但仍有几个似乎并不在意，笑着高声嚷着给其他人释疑，说只要不吃进肚子，不划破皮肤便无碍，很多人把狼毒草和断肠草混淆，其实是不同的品种。山风轻拂，阳光温和。没有人心怀芥蒂，大家都坦荡而热情，无关同行或熟识，因了他这句引子，反而彼此更加热络，相互攀谈询问诸如你从哪里来、行程计划如何、几个人一起等等。那些问候和笑容，显得无比真诚明朗。

离开生活中熟悉的地方来到陌生的旅途，没有利益牵扯、关系纠缠，都卸下了各种学识、金钱、地位包裹严实的面具和枷锁。没有了沉重负担，每个人都脚步轻快心情舒畅，无论年龄大小，在朴素纯真的自然面前露出最初的天性。四十开外的男人，叉腰抬头，一副指点江山的豪情气概；五十岁左右的女人，双手做出心形托着脸庞半蹲花丛，脖子上红色围巾迎风飞舞；年轻情侣，正在客气礼貌地指引一个男子帮忙拍合影，按下快门的瞬间，他们的身体迅速跃高，融入蓝天白云，拍照的男子是被临时请求帮助的，他的伴侣正一边微笑着用手机自拍杆自拍，一边调侃那个男子技术太差胆子够大……

一切如此有生活气味，却又完全脱离熟悉的生活。她微笑目视，觉得很真实很熟悉，却又恍然如梦虚无缥缈。那是她曾经熟悉的场景，十年来再不曾经历。她曾经无数次想要逃离的地方，却又无数次梦想着能再回到那里。她也曾经鼓起勇气再回去过一次，下了火车，走过熟悉的栈道，打一辆不太熟识标牌的出租车，穿过依然宽阔喧哗的主街，在转角大门口下车。跨入大门，一路走过，来回走了两遍，却发现再也找不到当初那条熟悉的步行巷道，那一排低矮却前后平坦的老式房屋。那里早变成了十几层的高楼大厦。楼下门禁铁门庄严厚重，每个单元都房门紧闭。

她找不到自己的家。虽然那里很多年前就已经卖掉，但是她在心里一直固执地认为，那依然是她的家，是心归处。那次回去，她彻底明白，那些尘封在记忆中的过去，不是深巷里面的老酒，不会因为岁月久远而变得更加醇厚香甜。那只能是开在房门前的一粒金桂花，或是养在院子里的一朵栀子，从时光隧道逡巡一遍之后，零落成泥，最终化作一缕烟尘而已。无法触摸的烟尘。

拍照或者短暂歇息、欣赏风景的人陆续离开，彼此友好地告别，谦逊坦诚的笑容含着疏离。一个旅途中常见的缓坡上大自然真诚慷慨的馈赠，吸引了人们驻足之后，最终归于沉寂，只留随手扔下的一些生活痕迹：零食包装袋、纸巾、烟头，散落其间。这里不属于他们中的任何一个人，他们内心完全明白，清楚了然自己过客的身份，所以毫不心痛和遗憾，他们不在乎后来的人可否能看到原貌，只要自己内心满足即可。

她从车上腾出一个空置的塑料袋，随手找来两根细小称手的干直树枝，弯腰一路捡拾过去。他默然凝望片刻，也加入了收拾人类随意任性制造的残局之中。她弯腰、蹲下、起立，感觉他的目光跟随，心里并不在意。她坦然地承认自己并非品德高尚，她只是不想自己曾踏足过的地方留下千疮百孔、满目狼藉的模样。她希望至少在自己这里，他们一路纯粹干净前行而来，也可以如此纯粹干净地离去。

废弃的垃圾很多，他们捡拾了足足一个半时辰之久。太阳褪去热度，像一块温凉的红色血块，寂静无声俯瞰大地。高原上的风干烈爽直，即便是微微一过，也带着深凉寒意，掀起她足踝的长裙，勾连着那些已突兀如平头的草坡和狼毒草、雏菊，还有格桑花。围巾一端耷拉下来，与裙角一起纠缠不清。她把围巾从脖子上扯下来，顺手围在腰间，还在前面打了一个大大的结，远远望去显得腰腹笨重臃肿。这一刻，她无比接近自然，长发飞扬，脸色红润，有点像路边遇见过的那个当地妇女。

再次启程，她开车。他坐在副驾上，随手翻看带着的那本《消失的地平线》，他第一次来，希望在进入之前，能更早触及一个真实的香格里拉。他不想一带而过，在它的表面蜻蜓点水之后，全然不知香格里拉的灵魂和精髓。这是最早描绘香格里拉的书，虽然书中对很多当地风俗秘境点到即止，但那反而激发了他内心原始而强烈的探索热情。

他说："轻而易举获得的东西，都是表面的。作者给我们留下了悬念，设置障碍却又埋入鼓动的线索，那才是书中真正的魅力所在。在别人的描述中获得的美感，永远只是别人的感受，就算疼，我们也需要自己经历，这也是旅游的魅力！"

她对此表示赞同，说："很多人都喜欢旅游，离开自己熟悉的赖以生存的地方，去别人赖以生存的地方，希望通过短暂的目光和脚步，了解得更多。我们都想知道别人如何生活，是因为自己不知道怎么活着。其实我们都是从一个地方到另外一个地方的迁徙者。带着固有的生活印记和疼痛，羡慕比自己惬意的，俯视比自己弱势的，离开的时候留下自己的印记。感觉更像是一种侵犯。人类天生喜欢侵犯。”

他闻言沉默了一阵，慢慢合上书本。此时道路平坦，虽然海拔在不断攀升，却并不是很高，缓慢温和，完全感受不到平原拉升的紧迫。车速不快，摇下一半的车窗，近处油绿青翠的田野、远处深蓝起伏的山脉，路边没有高大的树木遮挡，只有纤瘦的花枝摇曳，雏菊自然清瘦、狼毒草艳丽饱满、五颜六色的无名野花淡泊恬静，天气清寒高阔，一望无垠，和大理的温婉秀丽全然不同，这里带着野性的狂傲和庄严。

他从窗口伸出一只手，感受风因为速度拍击手掌的力道，心中陡然生出激情。他说：“有时候去旅行，不是因为我们天生喜欢侵犯或者想要逃离熟悉感，有时候过于熟悉反而是种束缚。去到一个陌生的地方，有利于思考。我们安静下来，抛开一切烦心的、快要脱离掌控的熟悉环境，更能胸襟高远，反思和审慎。”

此刻山势增高，海拔继续上升。植被越来越稀薄，随处可见的野花零星几点，唯有格桑花依旧倔强，纤枝笔挺，花色纯净艳丽，给红褐色的土地增添几丝活泼灵动。空气清冷干涩，风开始变得干冷刺骨。他们关上了窗户，车内温暖，有种泥土的味道。

安静。只听见车轮快速移过硬路面的沉闷声，还有发动机响亮的轰鸣。她沉默，抿着嘴唇，双眼盯着前方，眉头微蹙。

许久之后，她打破沉默，率先问他：“你为什么来这里，就因为一本书？”

他靠在椅背上，微微仰着头，这个角度正好可以看见车窗外广袤疏阔的天空。碧蓝清透，白云如洗。连绵山势高大险峻，反射着天的光芒，一片黑蓝。树木稀少。他认真地看了许久，手臂交叉叠放在膝上，双目炯炯，皮肤被透过车窗的天光笼罩，沉定凝重。

他说：“我在加拿大认识一个男人，他土生土长在中国，后来移民去的魁北克市。他让我一定要来云南，要去一趟香格里拉，他说只有在这里，才能寻觅到我真正寻觅的。”

她微微侧头看他，说：“你真正想要寻觅的是什么？”

他坐直身体，绷紧脊背，似乎这个问题需要无比严谨和认真才能回答正确：“其实我也不知道。我从小叛逆，不知规矩是何物。吸食大麻，逃学，打架，少年的时候我从不知道活着是为了什么。我父母都是地道的中国农民，通过常人难以想象的努力才移民加拿大，他们害怕失去，所以拼命获得。我从小经济条件优渥，却和家中的保姆最为亲近。我可以轻而易举得到丰厚的经济支持，他们起早贪黑经营公司，赚钱就是为了给我花。他们认为只要能给我最好的经济条件，我就应该感恩戴德，我不懂得他们的辛苦。至少在我少年的时候，人生迷茫，心无信念。后来我认识了他，他让我来这里，他说我可以在这里找到心中想要的答案。”

他顿了一下，问她：“那么你呢？你来这里为了什么？你想找到什么？”

她说：“我最想寻找的，其实是依米花。那是一种长在贫瘠的荒漠之中的花。它不开花的时候，低矮匍匐，摇曳于黄沙和烈阳之下，干瘦纤弱，稀疏暗绿的叶子没有任何奇特之处，普通得你以为它其实就是一株长在沙漠中的小小植物。然而弱小的躯体里面，却有着其他花木无法企及的能量和韧性。它默默无闻，不争不抢，只是在不经意间，将根茎深入黄沙之下，纠缠蔓延，深入腹地，吸取能吸取到的任何一滴水分和营养。它集聚的过程非常缓慢，需要至少五年到七年的时间才能完成。一旦时机成熟，生命一夕绽放，每个花瓣一个颜色，四瓣四色，号称一花四季，比太阳还要绚烂耀眼。孤独和苦难中的顽强灵魂，却只有两天的花期，极致之后的华丽落幕，转瞬即逝的灿烂和明艳。一朵沙漠之花，会给人们带来灵魂的安息！即便只有两天的生命，短暂如烟花即逝，可它依然不惧怕绽放，那么努力地活着。我们都应该努力活着。生活的真相可能会很残酷，但死亡是更残酷的结束。消亡纵然可怕，没有努力绽放的消亡更令人难以接受。”

他说：“传说看到依米花的人，灵魂能遇到真爱。可是只能短暂相遇，即刻消亡。依米花寓意转瞬即逝的奇迹，短暂而热烈的绚烂之爱。它长在荒漠深处，七年才能绽放一次，就像沙漠中的海市蜃楼，非有缘不得见。你想找依米花，为何来香格里拉？这里没有依米花。”

她没有回答。方向盘往右打了半圈，一脚刹车停在山脚下的豁口处。他猝不及防这脚急刹车，身体猛地往前倾。还好是上坡山路，速度不快。他双手反应迅速，抵在身体前面，惊魂未定地喘了口气，顺着她的眼光望过去，前面瑟缩着两个身影，正一前一后贴着山崖向他们走过来。从他们手拉手的样子，能看出来是一对情侣。

年轻情侣贴着山崖一边，显得极为无措。他们决定骑车穷游的时候，考虑了自行车损坏维修的问题，却并未周全到预见车子滚下悬崖的情况。此处前不着村后不着店，山路盘旋往上，海拔已近三千米。两个人共用一辆车，进退都不太现实。徒步穷游的人也不少，背着必要的照明用具，还有折叠睡袋，背包鼓囊硕大，耸立肩头高过脑袋。平地是无所谓的，夏季也会好很多，可现在接近十月底，早晚温差能达到十五度以上，夜晚寒意刺骨，若遇到霜冻，先别说高原反应的问题，冻也能把人冻死。况且文质彬彬柔弱纤瘦的两个年轻人，独自宿在野外，安全问题无法保障。

男孩显然斟酌再三，推着一辆自行车徒步到飞来寺的路上，他们将面临太多的危险。他不愿意让女孩跟着自己冒险。途搭成为他们最好的选择。其实在香格里拉和西藏线，随着近几年旅游的旺盛，途搭早已风靡一时。许多年轻人没有足够的金钱支撑，可又不愿意等待积淀，便用徒步的方式穷游，无法走路的地段，采用公交出行，若无公共交通，便随路举起大拇指向上，祈愿过路的车辆能搭载一段。这种传自西方的穷游方式，没用多少时间，便成为当下许多年轻人的首选。这种方式出游的以年轻人居多，间或有些老年人。

姑娘叫西华，性格开朗快人快语，苗条的身材套着厚实暖和的卫衣，一张娃娃脸总是笑嘻嘻胸无城府的可爱天真。她说他们已经贴着路边走走停停招呼了许久，一路过去十几辆汽车，除了她们这辆之外，无一停留。

山路崎岖蜿蜒，她不敢分心回复西华的话，心里却极为理解。社会太乱，人心不古，谁能轻易放下戒备载上两个陌生男女。再者大部分人自驾，都会先期凑够一车人，不让资源浪费。确实也没有多余的位置可供路途搭车。而且这里地势盘旋往上，一边是万丈深渊，一边绝壁乱石，雨后随时会有塌方和细小碎石崩窗的危险可能，没有谁愿意拿一车人的生命开玩笑。

李加诺侧身对后面两个忙着整理衣服和随身小包的年轻情侣也嗤之轻叹，说：“你们这样在路边搭车太危险了，山上就是掉下一块小石头，也有可能造成车子偏离，这可开不得玩笑。你们也是，听回去的人说，前几天一直小雨不断，若遇到塌方，你们在山根下非常不安全。虽然我不反对穷游，你们有你们的出游选择权，但是年轻人，还是应该安全第一啊！”

两个年轻人使劲点头，不知是真的内疚还是觉得给他们添了麻烦，都微微低下头，不好意思地红了脸。西华把自己腿上的小包推到他们中间，向前倾着身体双手把着李加诺的椅背，探头笑着：“所以我们很幸运啦，要不是姐姐踩脚刹车，我们今天晚上真的不知道该怎么办了。哥哥姐姐是好人，就是上天派来搭救我们的哦。这就是缘分，是吧周周？是藏族的雪山之神在帮助我们，让我们可以顺利去瞻仰她的真容！”

她左右看看，一副胸有成竹的样子，说：“哥哥姐姐真是郎才女貌的一对啦，去了神山，会得到保佑的哦！看姐姐这个气质，是老师吧，哥哥是做什么的？也是老师吗？”

李加诺神色尴尬，瞄了一眼专心开车的她。她双目凝视前方，紧握方向盘，似乎并未听见他们在说什么，神色平静。时间凝滞了几秒，她伸手旋开了车载音乐开关，一曲舒缓低沉的曲子慢慢传出，在车厢里轻轻弥漫。

男孩周周不易觉察地捅了捅西华的胳膊，嫌她不该打听别人的私事。萍水相逢，结伴前行一段，到了目的地，他们便会分道扬镳，也许此生再无相见的机会。每个人都有自己的隐私和不愿与人分享的秘密，她和他相敬如宾礼貌有加，却又默契暧昧，他不想去探听他们的隐私。西华吐了吐舌头，绕过这个话题开始絮叨他们穷游的见闻和经历。

她从后视镜里看见男孩女孩私下的小动作，虽然不打算作答，却也并不觉得反感。年轻人精力旺盛，没有太多的世俗心机，想到什么就说什么，反而坦诚，比甜言蜜语口不对心的人更加让她喜爱。他们亲密无间，除了彼此和出游，似乎没有什么烦恼的事。她任性娇嗔，小鸟依人将自己的身心都交给这个并不能让她物质丰富的男子，却毫无怨言一往无前。男孩文弱的身躯，却有包容的心，眼神中都是蜜糖般的宠爱，即便拿不出称手的、被赋予各种世俗概念的身外之物，却倔强努力，尽他所能撑起她的一片心空。

她不排斥穷游，欣赏他们的勇气。多少年前的那个时刻，他们一样幼稚无畏，以为凭着两颗热忱滚烫的心，就可以笑傲一切。他和她，也曾经在这样的落魄中相互搀扶，彼此安慰。

八

渐至黄昏的时候，他们终于抵达纳帕海。纳帕海在香格里拉县西北八公里远的地方。三面环山，地势平坦。因为晚上准备住宿在纳帕海野外，他们特意选择从县城驱车而过，可以大致游览下县城风貌，顺便采购一些食物和夜晚露宿必需的东西。

进县城之前，换了他开车。精神高度集中太久，她觉得疲惫。从背包里翻出药来吃了两粒，靠在椅背上闭目养神。西华和周周一边一个，脸贴着玻璃窗看外面景色。他们的目的地也是飞来寺和雨崩村，纳帕海是必经之地。一路讨论过来，已经决定和他们同行到达飞来寺，然后分开。

李加诺计划从雨崩村回来的时候在香格里拉县住一晚，所以现在不急着游览。她说，黄昏时候的纳帕海是最美的。他们要在黄昏之前赶过去。县城道路宽阔平坦，两边房屋低矮，灰白色砖墙、装饰华丽的门楼和店铺，随处可见的金色屋顶黄色经幡，街上行人车辆不多，没有大城市的高楼大厦、浓密绿树和拥挤人潮，一路高远开阔。经历了长长一段没有人烟的路途，突然出现的浓郁藏族特色建筑，在蓝天白云下面，显示出勃勃生机。

她此时有更多的闲情逸致观览完全不一样的风俗人情和地理风貌。将车窗摇到最底部，侧身趴在窗沿，干硬的风刮过脸皮，有冰冷的刺拉痛感。她觉得很好。她需要这可以承受的疼痛来让自己保持清醒。几乎开了一天的车，脑子里早就麻木空洞，如同被掏空的一截树干，思绪总是无法在线。皮肤被冷风刺激的感觉，让她脑子激灵，能集中精神。

头发被吹得零乱飞扬，她把围巾扯上去，兜头罩下，顺着脖子缠了两圈，紧紧包裹压制住头发，只露出一张白皙光洁的脸庞。她眨着眼睛，双手拢了下眉头，难得地对他展颜一笑："我这个样子，像不像当地藏族妇女？"

西华听到这话，好奇地忘了看窗外风景，扒着她的椅背急忙说道："姐姐，让我看看让我看看。"

她轻笑回头，让西华能看清楚她头上的装束。西华仔细打量一番，抱着周周的胳膊使劲摇头，咯咯笑着："不像不像，姐姐这个样子一点也不像当地妇女。姐姐的皮肤太白，脸颊上没有高原红，没有沧桑感。

周周你看，左姐姐黑色围巾包裹的样子，像不像电视里面中东的阿拉伯妇女？”

她突然轻松俏皮的一笑，让他有些吃惊。自在大理第一次相见以来，他从未见她笑过。她明亮黝黑的眼珠，总是藏在眼睑深处，忧郁凝重的神色游离在身体之外，缥缈虚无，捉摸不透。他一贯诙谐，语调中含着些许赞扬：“过几天脸上添了高原红，就像了。但是你得吃胖点，这里天气寒冷，当地人多以肉食为主，当地妇女的身材也比较壮硕，你这么纤弱干瘦，一阵风就能把你吹天上去，差距还是很大的。”

西华吐了吐舌头，夸张地叫了起来：“姐姐才不会听你的呢，我们女人多瘦都觉得胖，减肥是终身的事业。这里可能觉得壮硕是美，城市里可不会这么觉得。对吧周周，反正我是不会让自己胖成那样的！”

他眼含深意看了她一眼，笑着反驳西华：“你们小姑娘不懂。健康才是最美丽的生命状态。你们减肥减得身体虚弱，走两步都气喘，无法明白生命赋予我们生活的奇妙在哪里。很奇怪，中国的女孩子都以瘦为美，加拿大的女孩以健康为美。她们不崇尚瘦，喜欢锻炼，肌肉结实，健步如飞。暴露于阳光之下，裸露古铜色的皮肤，和男人一样干活。她们都有一种健康的魅力。”

西华瘪瘪嘴：“我也喜欢锻炼啊，也喜欢健康的身体，但是我不认为健康的身体就是壮硕。瘦也可以很健康啊，我和周周喜欢爬山，徒步，胖了走路都累，还是瘦点好，轻巧。”

周周笑笑，宠爱地拢了拢西华脸颊上挂下来的一缕头发。她正好翻着镜子整理略有些疲累的脸颊，将围巾包裹得更严实一些，年轻男女的一幕被她尽收眼底。她唇角上翘抿了下嘴，眼神变得呆滞空洞。年轻真好！她在心里感叹，年轻就可以自由挥霍青春，可以不顾旁人眼光尽情展示。爱得炙热无畏，恨得不惧后果，再甜也嫌不够浓烈，再腻也觉得差点距离。

她说：“其实身体健康，胖瘦都无所谓。壮硕、苗条，故意为之，便不如自然之美。中国女孩子对美的标准和国外有些不同，我们喜欢苗条，喜欢白皙，喜欢无瑕疵。她们更崇尚自然，脸上有斑点会觉得这是层次和个性，古铜色皮肤更接近阳光，至少可以无所畏惧地暴露在阳光之下，中国女孩子怕黑，所以出门总是装扮严实。各有各的特点各有各的优劣吧。

我还是觉得，健康就好！”

一直很安静的男孩周周从窗外收回目光，点头赞同她的话：“姐说得对，其实我们男孩子并不喜欢瘦得竹竿一样的女孩，是她们女孩子自己以为瘦才是美。我就喜欢健康活泼，皮肤黑点的，亲近自然，那些娇滴滴出门走两步就嚷嚷的女孩，适合放在大城市的高楼大厦。她们出来旅游，就是车上补觉，车下拍照，发个朋友圈到此一游，太肤浅。”

西华噘嘴：“你们男的都是嘴上一套心里一套，男人是最怕麻烦的动物了。出门旅游的时候，不希望同伴麻烦自己，喜欢女孩子独立自主比汉子还汉子。美其名曰：自然原生态。回到大城市，分分钟就抛弃了原来的观点，看见娇滴滴皮肤白皙身材苗条的女孩子就转不动眼睛。女为悦己者容，你们男人天生就喜欢女孩为你们装扮，觉得越多的女孩为你们精致妆容保持身材讨好取巧，就越有成就感。天生的征服欲。男人都是‘外貌协会’的，有几个男的最初看中的不是外貌而是内心。再强大的内涵和修养，都抵不过一张姣好的脸蛋和一副完美的身材。看看现在的娱乐圈和网红为什么这么火，就会明白，天生丽质这个东西，才是你们男人眼中最实质的。”

西华因为一连串的吐槽，有些激动，脸色涨得红润，愈加显得直白可爱。她觉得西华这么大的女孩能有如此思维实属不易。无论他们赞同与否，目前的社会现实却是有很大一部分是这样的情况。简单直爽开朗，这样的西华，像极了年轻时候的她。只是那个时候，更多的无畏和勇气，遮盖了其他表现，她根本没有时间和精力去思考外貌的问题。但她和西华一样，遇到了一个更懂得珍惜内涵的男孩。

周周性格温良，被西华抢白一通后，也并不恼怒。他只是一个劲表白自己并非看重外貌，还举了好几个诸如身边有比西华更貌美、家庭条件更优渥的女孩，但是他不为所动，心里只喜欢性格爽直相貌平平的西华。西华虽然谈不上难看，相貌也确实并不出众，属于扔在人堆里一眼捡不出来的那种。周周不爱多话，外表清秀，身材挺拔，浓眉大眼，有着晒不黑的白皙皮肤。这样的男孩确实容易招女孩喜欢。他说的是实话，西华心里承认嘴上却并不认输，她喋喋不休开始数落周周身边那些女孩如何像个花瓶或者温室的蝴蝶。

人总是很难承认真实，即便知道这就是真相，却依然难以接受。尤其是女孩，在越亲近的人面前，越难以承认和接受不利于自己的丝毫事实。很多人觉得恋爱的女孩像春天里的花，娇艳灿烂。她却觉得恋爱中的女孩更像刺猬，受不得一点点的惊吓。

他把车停在路边的一个小卖部前面，下车去采购必需品。她也跟着下去，说是想要走走，其实是不想听西华那些喋喋不休不甘示弱的争论。她不反感，却在西华的身上看到过多的自己的影子。她不想怀念和回忆过去，至少现在不想。她和他一前一后走入小卖部，他在前面抬高手帮她撩起门口的布帘。

对于野外露宿，她并没有太多经验，只能跟在他后面，看他一排排仔细检视过去。小卖部不大，却样样俱全，罗列整齐的货架上，有他们需要的几乎所有物品：蓄电池照明灯、塑料防潮布、驱虫喷雾、军工刀……罐头、方便面、饮用水、面包……

满满两大包被他拎在手中，他说开后备厢放背包的时候看见有顶折叠帐篷，就不买了，多了也放不下，这些吃的都是可以放很久的，去飞来寺的路上如果没遇到吃饭的小店，也可以拿来充饥。雨崩村那一路需要绑腿，在西当准备就可以了，那个地方应该有很多徒步装备售卖。

她说："你第一次来，了解得很全面，也是那本书里面告诉你的吗？"

他把东西放入后备厢，说："不是，是我在旅游攻略上查看的，上面有很多去过的游客留言指出最好的行程和路线。我喜欢做好准备，去之前先查看好攻略，这样不会太盲目。"

她说："你是个有心的人，不打无把握的仗。你注重细节，关心体贴，你这样的人应该会很成功，你在加拿大是个很成功的人吧。你这样的人，和周周一样，也会是很多女孩喜欢的对象。你为什么一个人来旅游？你做好了各种攻略和准备，却没有提前订好车子，没有提前找好旅伴，你真是个让人捉摸不透的人！"

他"啪"一声关好后备厢，拍了拍手，说："你这是在给我相面？你是不是开始对我好奇了？你不相信我说过的话？你怕我是坏人？"

她无所谓地耸耸肩，脸色阴冷到极点："你一连串的疑问，表明你才是那个在意和害怕的人吧。你和你那个中国朋友，关系很好吧，他一句话你就一个人来了，你很信任他。我不怕坏人，我现在最不怕的就是坏人。走吧，太阳都快下山了，再不去就来不及了，天黑是看不到纳帕海的美丽的！”

她的情绪变化很快。不知是因为一下子说话太多，还是内在情感难以抑制，她的胸口剧烈起伏，脸色也从青白转向潮红。他默然凝视着她，不仅没因为她突然爆发的坏情绪恼怒，反而含着一种风轻云淡的笑意，好像她能发脾气、能恶语相向是种让人开心的事。她在他的凝视中意识到了什么，脸上闪过一抹惊讶，突地闭住了嘴，避过他的目光，转头望向身后那一排长长的蓝白相间的房屋。

他没有再说其他，嘴角依然留着那抹隐含深意的笑，淡定地去开车门。她无法控制内心深处涌上来的一股气息，不知所谓地深叹了一口气，也紧随其后上了车。

从香格里拉县到纳帕海，即便一路限速，也不过十几分钟的路程。这里的旅游旺季是五月至九月，国庆节一过气温骤降，加之不是节假日，游客并不是很多。看得出来他是老司机，驾驶技术一流。车开得又快又稳。穿过县城主道，往纳帕海的路被仔细地修整过，平坦夯实。两边是一片一片整齐排列、黄绿相间的玉米秆，饱满的果实沉甸甸地挂下。玉米田之外，还有些迟收的青稞，金黄灿烂，反射着傍晚柔和的阳光，缎子一般闪烁光芒。

她趴在窗沿，目视丰硕田野一一远去，告诉他哪些是玉米哪些是青稞，哪些是太阳花哪些是格桑花。田野间有一群群散漫吃草的牛羊，偶尔几个藏族人打扮的农人扛着锄头伫立眺望，神情悠然从容。时间似乎凝滞，天地笼罩在一片祥和安宁之中。身在此中，感觉内心纯净。那像是不真实的世界，远离尘嚣和繁华，除了这条路上来往而过的车轱辘声，没有一丝俗尘。

她说：“这是一个边界，连接着两个完全不同的世间。香格里拉是边界上唯一的牵引，出去是烟火人生，往前是清凉化境。你在这里看到的不是终点，也不是其中一个过程的点，只能是起点。一会儿我们会走过那段路，迈出第一步有点难。你可不可以牵着我的手？”

他说：“好！左依，我会牵着你的手。你不要害怕。你总是在害怕，害怕回忆，害怕忘记，你总是在躲避。”

西华从美景中回过头，说：“姐姐，既然是过去就应该忘记才对哦。我们的观念是属于回忆的就让它归于回忆，活在当下，把握未来，这才能随时享受人生最美丽的时刻。”

他笑着说：“是，西华说得很对。社会发展，科技进步，迟早这些边界都是会被打破的。不要吝啬我们的知识，这里的人也不应该只属于过去，这里的风光也属于未来。黑格尔说过，存在就是合理的，我们不要对什么都怀有戒备。左依，活在当下才是最重要的。”

她嗤之以鼻：“活在当下才是最大的伪命题。谁能抛开过去的一切，谁能忽略未来的一切，然后理直气壮地说活在当下。能活在当下的人都需要良好的经济基础，幸福饱满的过去，不需要因为内疚和负罪沉浸纠缠在回忆之中。西华他们当然可以，他们年轻，他们未来的人生比过去长。他们活在一个幸福的年代，在家中大多是独生子女，有无数的宠爱可以让他们任性。他们的过去比一张白纸还干净，他们可以无所畏惧，活在当下展望未来。可不是所有的人都这样，很多人背负着巨大的责任和过往，过去未清，未来已无。他们没有资格潇洒地说一声：活在当下。”

也许觉得一直温和的她语气太过激动，周周紧张地拉了拉西华的胳膊：“可是姐姐，我们出来旅游的时候，不就是活在当下吗？为什么不能简单一点，一定要给生活加那么多概念和束缚。开心就好啦！”

她意识到自己有些失态，紧握车窗的双手慢慢松弛下来，回身靠上椅背，轻叹了口气：“很多时候，旅游并非是活在当下的一种状态。有人为了逃避现实中无法掌控的令人压抑的沉重枷锁，有人为了寻求一线刺激，在荒漠无奇的岁月红尘之外，回归原始的冲动。旅途结束，一切还原，似乎从未发生。还有的人为了追寻别人的脚步，他们喜欢探询别人的生活，指手画脚毫不吝惜夸夸其谈的言辞。”

她们说话的时候，车已经开进景区停车场。邻近黄昏，来游玩的人大部分都已归去，停车场空空荡荡只有几辆车，显得清寂。他指挥大家下车拿必要的东西。从停车场走到纳帕海还有十几分钟的路程，但是已经可以远远看见大片的山脉和山脉下的草场。这里的草不高，寸头一般密密铺陈，深秋，有点黄的暗绿，拥抱着一汪碧蓝的海子。

西华和周周早已被惊呆，扛起背包手拉手狂叫着撒腿奔跑过去。他们两个断后，把所有可能用到的东西都塞入一个大背包，事无巨细。帐篷裹在一个外套里，他身材高大魁梧，摔过肩头背在背上轻松平常。她负责那个装着照明灯、驱虫水和食物的小包。一前一后，夕阳把他们的影子拖曳得很长。

两个男子扛着硕大的专业相机，与他们擦肩而过。一个男子大声招呼："你们这么晚才过来，是打算晚上宿在这里吗？"

他点点头，同样爽快回复："你们不拍夕阳吗？据说这里的夜景也很美，繁星满天，错过了多可惜！"

两个男子乐呵呵拍了拍手中的相机，说他们昨天晚上拍了，今天白天过来拍候鸟。每年冬季来临之前，会有大量的各种候鸟前来纳帕海一带度过寒冬。黑颈鹤、赤麻鸭、斑头雁、绿头鸭、黑鹳、灰头鹤、大白鹭、中白鹭、金雕、秃鹫等等。它们成群结队，在草地上、水岸边、山峦中、沼泽等等可能的地方筑巢。鸟儿们相亲相爱，与当地人、牛羊马群和谐共处，引吭高歌。其中以黑颈鹤最为罕见，修长柔滑的脖子黑得发亮，头顶一点红明艳动人。藏族人奉之为"神鸟""吉祥鸟"，认为它们是来自天上的神的使者。其次要算斑头雁，传说它是飞得最高的雁类，可以穿越喜马拉雅山脉；还有红隼，砖红色覆羽，三角形的黑色斑纹，喜欢高傲地翱翔，速度迅疾猛烈，以草地和沼泽中的昆虫为食。

以前随时都可以看见，后来随着游客增多，偷捕的也多，来的鸟就少了，现在能看见一些黑鹳和斑头雁就算运气不错。看他们两个人兴高采烈心满意足的样子，估摸是夙愿得偿。

他兴致很高，凑过去和那两人一起翻看相机里的杰作，还不时赞叹几句，招呼她也过去观赏。

他是个开朗热情的人，她觉得他应该生在一个富裕且不缺乏爱的家庭。她觉得他说他少年时候的那些事，不像真的。她默默微笑摇头，示意时间已晚，夕阳正好，她不打算在别人的喜悦和成就中耽误太多时间。

他礼貌感激地与他们挥手告别。小跑两步追上她的步伐。他说："左依，每个人都有不愿面对和回顾的过去，很多人都有难以揭示的伤疤和隐痛，可那些不代表什么，他们依然可以拥有美好的未来。你看，你曾经拥有的那些景色，夕阳，候鸟，最终还是会回到你的面前！"

她站住，侧身，盯着他因为紧走两步而微微红润的脸庞："你知道我曾经来过这里？你怎么知道？"

他夸张地耸了耸肩，说："左依，在大理的时候你自己告诉我的，你忘了吗？"

她侧头想了很久，似乎记得提过几句，似乎又完全没有印象。也许那日她病得糊涂，趴在米线店的桌子上或者那夜蜷缩被子里的时候，头脑不清晰吐露过一两句也有可能。他一脸无辜，来自遥远的加拿大，与她从未有交集。虽然他有一颗跳动有力让她熟悉和迷恋的心脏，但他们过去，从未熟识。

她不喜欢被人窥视，不喜欢被熟识的人看破包裹在厚实躯壳中脆弱的灵魂。她换上一副冰冷的面具，像刺猬一样蜷缩起来，才有足够的勇气面对活着这个事实。

西华和周周在远处招手呼喊、跳跃。他们已经拉好帐篷，用石头压好边角。此刻正在海边嬉戏追逐，相互拍照。肆意挥洒的青春和活力，将这一片草滩照耀得无比明亮。

夕阳西下。余晖满地。他们来得太晚，候鸟几乎都回了巢穴。如同被描了一层金光的远山和草滩，浸润着华丽的光芒。海子蔚蓝，倒映着蓝天白云，一轮红日懒洋洋沉入水底，清冷孤绝。周围一片空旷，除了干冷的风和对岸几匹悠闲啃噬青草的马，一切归于沉寂和安宁。再远处是最后一波滞留游客，五个身着藏族服饰的年轻女子，正摆着各种优美弧度，对面一个看起来很专业的摄影师“咔咔”不停按着快门。落霞与孤鹜齐飞的黄昏时刻，人与自然和谐共处。

西华欢蹦乱跳凑过去，让周周偷偷给她入了几个镜头，她开心地咯咯笑着，银铃般的声音随风远去。五个年轻貌美的女子和摄影师一起往外走去，慢慢消失。最后剩下的，是两顶帐篷和他们四个。

坐在草滩上，夕阳已经完全沉入远山。就着最后的天光，他们在一张塑料餐布上用了简单的晚餐。原本就安静空旷的纳帕海，此刻显得更加静寂。

她说：“纳帕海是雪山之神遗落在这里的一滴眼泪。只有在夜晚的时候，你才能感觉到它的清凉和咸涩。它太美，所以更让人心痛。传说雪山神女觉得香格里拉这个地方实在太绝色，不忍离去，所以才化作梅里雪山守护在此。她被这里的美感动，化作雪山之前落下一滴泪，这滴泪便化作一个海子。藏族人认为它是藏在神心中的湖泊，取名叫纳帕海。”

他陪她静静坐在帐篷前的草地上，给她披上一件厚实的外套。凝视眼前祥和宁静、意境深远的风光，说：“据说藏语‘香格里拉’意为心中的日月。纳帕海是日月交汇的一个奇迹。左依，你相信奇迹吗？”

她说：“我从不信有奇迹存在。所谓奇迹不过是人们认命的一种心理暗示。我也不期盼奇迹，我相信一切都是努力和不努力的结果。也许，我们常说的奇迹，只是量变到质变的最终状态。如果这样算奇迹的话，那我相信。”

他说：“奇迹是存在的。你看这里的一切，不就是大自然的一个奇迹吗？”

她说：“明天我们会去飞来寺，看到梅里雪山的最高峰卡瓦格博。那是大自然的馈赠，它比人类的历史还要长久，在我们造出奇迹两个字之前，它就已经存在。它不是奇迹，是真相，本来就应该的真实。也许在雪山之神的眼中，如果神真的存在，人类的出现可能才是他们猝不及防的奇迹。”

九

她再一次梦见了他。凌晨两点的小巷子，逼仄阴暗，高瘦挺直的电线杆尖锐地刺破夜空，薄而细弱的白色灯罩下，不盈一握的白炽灯泡年久污浊，灯头沁入黑色阴影，无法驱除，却依旧固执地撒下一圈清瘦纤弱的光晕，一如他固执的身影，立在光晕之外，和夜色融为一体。

她从未那般清晰地在梦中见过他。虽然他的身影几乎沉没在暗夜之中，她却能将他的五官看得明白透彻。自带忧郁的眼睛坚定执着，薄唇轻抿，线条硬朗，神情肃穆，看不清衣服的颜色，只有手中一盆栀子花花瓣雪白厚实，在沉沉黑幕中闪烁耀目的光芒。空气中飘来的却是浓郁的金桂香味。他们住的房门前面，种着两棵硕大的金桂树，梦里挂着星星点点繁复的细小花蕊。

她不明白在金桂花开的季节，为何他的手中还存有灿烂开放的栀子花。她光脚、散发，一袭红色睡裙，向他靠拢。他伸出手来，笑着对她说：“左依，给你的花！”

她在梦中紧紧抱着那盆栀子花，裸露的双臂寒凉而不知意。她说：“加诺，你吃饭了吗？我给你送饭！”

他轻轻摇头，说此身不在，此心惘然，以后不用再惦记给他送饭了。他不再需要她的帮助。她腾出一只手去拉他的胳膊，却发现一切虚空，他不过就是昏黄路灯下的一个影子，是她的影子。她从未如此恐惧，来自内心深处的茫然和空洞将她一点点蚕食吞没，如同身处无边无际的黑洞，深不见底，坠落无根。

手中的花盆“啪”地落下，清脆响亮碎了一地，她木然追寻渐行渐远消散的影子，光脚踩在碎陶片上，鲜血淋漓，却不觉得痛。他已不见，花香也随之而去。大颗大颗的眼泪顺着眼睑滑落，冰凉刺骨……

她从睡梦中惊醒，心口悸痛喉咙干涩，梦中那场歇斯底里的痛哭似乎并不是个梦。脸上泪痕未干。她擦了一把被濡湿的脸颊。

他静静地坐在旁边，披着外套，野外照明灯的光线柔和地映在他脸上。他说：“你做噩梦了！你哭了！”

她依然躺着，手和脸上一片湿凉。她若无其事地侧过脸去，抬起一点脑袋。不远处的帐篷里面，躺着年轻情侣。夜色沉静，他们均匀甜美的呼吸轻柔平静。男孩起伏规律的鼾声暧昧而迷人。她可以想象得到女孩如何放心安全地蜷缩在男孩的臂弯之内，枕着这沉稳鼾声甜美入睡。

她说：“我很久都未曾哭过，在无常命运的苦难之中，从不掉落一滴眼泪，自从那日医院门口遇到王曦之后，我就再也哭不出来。我在医院门口，将人生中所有未曾流下的和将要流下的眼泪一次性倾泻干净。那天阳光太过暴烈，它吸干了我身体里的最后一滴水分。”

她不是为了隐藏内心深处无法愈合的伤口，或者逃避被看作软弱的性格。她是真的无法再掉下一滴眼泪。所有人都看错了她，以为她和柔弱外表一样，内心必定同样软弱，稚嫩可欺。其实她比任何人都要坚强，至少在他消失之后，她必须顽强坚韧面对一切。心如死水，再无可惧。

“但是我会在梦里哭。因为我每次做梦，都会回到那个彷徨茫然的懵懂岁月，稚嫩天真，丝毫不知如何保护自己，却总是高高在上以为可以救赎一切。我以为所有的人性都可以被救赎和软化。我总是梦见自己长着一对翅膀，在天空中自由飞翔，我释放自己的心灵如天使，我想抓住他，抓住他越堕越深的浑浊和狂悖。可我每次都发现一切不过是一厢情愿的徒劳挣扎，无助使我羞愧。我在羞愧中痛哭失声、心悸难耐，我可以在梦中哭得声嘶力竭、全身痉挛，醒来的时候带着满身伤痛。那些哭泣和羞愧都是真实的，有时候不全是梦。”

他说：“我们都会梦哭，每个人都有梦哭的现象，弗洛伊德说梦都是愿望的满足，潜意识的一种释放。你在现实中太过压抑自己，你把自己包裹在厚实的蛹壳里面不让人触及，现实中太过清醒和理智。你需要释放的通道，只有梦不受我们的控制，你在梦里得到释放的满足。可左依，梦毕竟是梦，你应该回到现实中来，剥离掉你身上一层层厚实沉重的包覆物，即便它已经长在血肉，深入骨髓，拔除的时候会鲜血淋漓带着皮肉，可忍过那锥心的疼痛，你就自由了。就像蝴蝶，冲破束缚就能破茧而出，最终得到自由。”

她冷冷笑着：“得到自由又如何呢？不过是又一次死亡。再美的蝴蝶，也只有短短几个月的寿命，经历了痛不欲生血肉撕扯，放弃了养护它依附它的生命载体，最终也不过是一场死亡，只是更华丽而已。越是华丽，越是虚妄。”

他不同意她的观点，说：“虽然蝴蝶的生命短暂，可它毕竟获得过自由。见识了美丽的自然万物，飞跃过山川河流，感受过阳光雨露微风轻拂，它知道自己是可以飞的，可以舞蹈，而不是只能蜗居在漆黑逼仄的蛹壳里不见天日。至少它得到了机会，展示自己的机会，真正的活一次的机会。你想要寻找依米花，不也是因为这个吗？”

她眼神迷离泛散，似若有所思：“再美的神话也只是神话，最绚烂的烟花也是最短暂的存在。我不在乎如何活着，我只在乎如何死去。死是我最终的归属，我希望真的有传说的那个空间，会在我死后出现。这个世间的生命太过短暂太过无助，也很脆弱，我们都容易失去，得不到想要的生活。可我听说，在那个世界里，我们可以想怎么活就怎么活，能遇到你真心相待的人，可以永生相守不会消亡。那才是蝴蝶应该展翅的地方，那才是真正的自由。”

她裹着睡袋坐起来，望着远处黝黑沉寂的草原，和草原呵护的那汪海子，半晌沉默不语。月色清明，海子闪烁蓝色微光，能看见浅浅的縠纹，一圈一圈的涟漪，神秘幽宁。

那个总是在梦里让她哭的男子终将不再，最终会从她的生命中彻底消失。那许多年来，她从未想得明白，到底是他需要她，还是她需要他。他们在繁杂零乱的俗事中无望沉浮，彼此需要又彼此伤害，从未想过这么做的目的和初衷。她给他送了几年的饭，他为她打了几年的架，可他们依然没有想过，缺失的到底是什么。

她从不知道他要什么，他也从不知道她要什么。那些年，他们就是最亲密的陌生人。最终分道扬镳，各自不知踪影。谁都不敢走入回忆的豁口。许多年后的今天，他再也不会回来，终究还是给她留下了点什么。而她，却连打开一本日记的勇气都没有。想到此处，她就觉得心痛如死。

她身体弯曲，双手紧紧抱住膝盖，像一个濒临死亡的溺水者，拼命想要抓住点什么，却又什么也抓不住那般无能为力。她低垂的脸上线条明晰，鼻子挺拔秀气，眼睑垂下来，光在脸上投下淡淡的一线影。

她这个样子，让他觉得很美。不是那种浮于表面的精致或明艳，有种孤清空灵的仙气。他曾去过新疆的天池，高原上的一颗泪滴，纯净得能照见人心底的影子。她就像天池里面倒映的那朵白云，触手可掬却又遥不可及。在她面前，所有世俗的杂念都可耻。

他为她挡开一只游走眼前的小蛾虫。挡虫子的是手中的一本书。她恍然看出那是余华的《活着》，一本艰难剖析人生的书，苦痛和伤痕，负重累累，真正的人生总是伴随着厄运和艰辛，没有多少人能坦然笑对。

她说："这本书太沉重了，很多人都看不下去，你带着这样的书来旅行，会影响心情。"

他掂了掂手中的书，笑着说："有些书读着就是一种煎熬，但是你依然无法自拔，控制不了一探究竟的欲望。就像飞蛾身体里对于光的渴求，明知是焚烧和毁灭，可与生俱来的本能，还是会奋不顾身勇敢地扑上去！了解苦难了解生活的真谛，却不放弃它，才会明白它赋予我们的魅力所在。"

她目光中些许赞叹和敬佩："你是个勇敢的人。很多人，包括我，都是弱者。我们惧怕了解，只愿意在表面的光鲜亮丽中假想自己真的活着。我们甚至都不愿意承认生活是什么，鸵鸟一样，只承认眼睛看到的，一旦把头埋在沙子中，就当一切都不存在。在生活面前，我们都是失败者，我们都不敢直面过去。"

他说："人最难的不是勇往直前，而是面对过去。每个人都有一段自我厌弃的岁月，懵懂无知狂傲难驯。我们自觉地把那些岁月封存在心底最无法触及的角落，不愿意让它面对阳光，因为看见它就照见了自己内心的软弱。其实不是强大让我们离经叛道，反而是软弱。不愿意承认曾经有一天我们的懦弱和无助，所以不接受一切来自阳光下的真和善。那是我们都会犯错的年纪，我们都想忘记。”

她直视前方，默默地想了片刻，“也许忘记才是最好的。你也有想忘记的岁月吗？”

他仰头看天，淡淡地说：“每个人都有，我也不例外。可忘记并一定就是对的。直面那些懵懂岁月，也许会发现你想忘记的，可能根本不是你想的那样不堪。左依，你应该勇敢。虽然我不知道你想忘记的是什么，可我看得出来，你在做鸵鸟。头埋在沙子里，该存在的还是会存在，你无法回避。你应该正视它审视它，告诉自己，那些都过去了，现在的你才是最该抓住的。”

她说：“假如逃避和惧怕不是因为面对，而是因为回不去呢？因为再也没有回去的路，甚至都不曾有机会站在十字路口进行选择，只有一个方向，却没有路，只有悬崖和无尽的深渊，面对无法跨越的时间鸿沟，除了无助还是无助，这才是不愿意面对的理由。”

他叹息：“时间只能向前，你我都无法逃避。既然注定无法跨越，为什么要执着一念呢？转身、回头，找一条可以走的路。作为人，你我在时间面前都是渺小的，只能向前无法后退。何不向前走？”

她苦涩地扯出一个若有若无的笑：“后退无路，前行也无路，我只是个站在路口等待风化、且必然风化行将枯朽的一棵树而已。若是如此，你还觉得可以转身吗？”

他沉默良久，“只要还有一口气在，就不应该放弃希望。你怎么知道转身后是一番什么样的广阔天地。左依，勇敢回到过去，去寻一条未来的路！”

一时无话。周围静得可以听见彼此的心跳。不远处的帐篷里面，那个年轻男孩沉缓均匀的呼噜声此起彼伏，山峦淡得没有影子，乌云笼罩过来，遮挡了月色和星辰。空旷无依，十月的凉风扑面而来，寒冷僵硬。

她犹豫了许久，脸上滑下一滴泪，恳求似的抬起头看他：“你，可不可以帮我做件事？”

他点头。

“帮我读一本日记，我自己，不行，我看不了，你能不能读给我听？”她扭头看了下身后那个黑色的双肩包，鼓起勇气快速说完，仿佛怕自己一犹豫便再也说不出来这样的话。

他再点头，一句多余的质疑也没有。他的脸色平静，仿佛洞悉一切的深邃眼神在星光下显得极为柔和。

她吁了口气，仿佛卸下千斤重担，因为用力而变得僵硬的手臂舒展开来，侧身从包里翻出一个黑色缎面的本子递给他。他接手的时候，她犹豫了一下，但很快又快速撤手，就像那本子正冒着熊熊大火灼烧了她一样。

他看了看她。她侧过脸避开了他的目光。

他把照明灯移得近一点，低头翻开，第一页、第二页、第三页……

她咬着牙鼓着腮帮，拼命压住心底的恐惧和抵触。她似乎又回到了小时候，独自一人在外婆家，被不小心锁在那个总会发出各种怪声的阁楼，哭哑了嗓子也没人来打开房门，她疲倦得睡着了。夜幕降临，她从地板上慢慢苏醒，伸手不见五指的黑，像一个无底的空洞将她吞噬。她那个时候才知道，真正的恐惧是没有声音的。她觉得自己就快要被黑暗杀死，无声无息的恐惧让她浑身疲软、目光呆滞，脑子没有一点思想，身体变得轻盈像要飞起来。原来死亡就是空洞。

外婆打开房门，屋里照进来一缕光亮，她在死亡的半路重重地跌落下来，摔得很疼。赤着脚散着头发，她没有目的没有思想没有灵魂地撒腿奔跑，追不上她的外婆苍老的声音在身后拖曳绵长的尾音，最后消散在夜色中。

她一个人，在荒凉的街道上跑得气喘吁吁筋疲力尽，最后撞在他的身上。他双手强有力地拖住她，见鬼一般瞪着黑亮的眼睛。她看见他皱着的眉头和苍白的脸色，骤然觉得安全，哇一声跳进他怀中，双腿盘在他的腰间，哭得声嘶力竭。他被吓了一跳，说："小黄毛丫头，你见鬼了？"

李加诺伸手在她失神发呆的眼前晃了晃："你说，这是日记，不太像啊，没有时间年月……"

她从漫无目的的思绪缥缈中回过神，恢复了一贯的冷淡，拂开挡在眼前的手："是回忆，我想，是他的回忆。"停顿了一下，又嗫嚅道："我刚看到第二页，第三页我就没看了，你从第三页开始就可以了。但是……"她语调突然变得很低，低得像自言自语："你能不能不要读那么快，一次读一段就可以了，每次给我读一段，就一段。如果你，你很忙，没关系，我可以等你……"

他快速回答：“我不忙，我可以慢慢读，如果我有事，我们就停一下。其实我也觉得不用那么急，好东西是要慢慢享受的。只是，你能等吗？既然你托付给我，那我就要对你负责任，以后读日记的方式、时间，都要听我的，如果你答应，我们就一言为定了。”

她认真地看着他，眼中闪着星辰般浅淡柔和的光芒，看了很久，点头：“好！”她翘起嘴唇又苦涩地笑了一下：“反正也找不到别人来帮我读了！”

他脸上闪过细微不易觉察的表情，看不出来是什么情绪。他垂着脖颈，侧脸就着不是特别明亮的照明灯翻开那本黑色缎面的日记本。他的剪影很挺拔很瘦削，而他有着健硕的身材。

他脸部线条硬朗，垂头的时候只能看见一线嘴唇，微微开启：“我的左依站在水边，头微微后仰，迎着温暖和煦的阳光，睫毛很长，黑而浓密，如蝴蝶振翅轻轻颤动，充满了灵气，清风拂过，她披肩的黑发缎子一样顺滑飞舞……她总说我不学无术，不肯好好上学，但她哪里知道，我其实是个诗人，我会把那些笨拙朴实的文字，组合成天下最美丽的诗句，只是，我所有的诗句只能在描写她的时候才会如泉水般涌现，我所有的才华，也只能展现在她的面前。在别人面前，我还是那个小混混，那个粗鲁暴戾的街头霸王……”

她背对着他，静静地听着，手指搅弄在一处，拧得生疼生疼。白天还丰沃碧绿的草地、清澈明亮的纳帕海，还有远处绵亘不绝的青山和隐隐雪顶，此刻都堕入了暗夜之中，虽然月光明亮、繁星闪烁，依然模糊得看不清楚，只有一团团一片片的迷离，妖娆鬼魅，随时有将他们吞噬的可能。

那个张扬跋扈玩世不恭的男孩，就在那无限的可能中，慢慢向她靠近，走得越近，身材变得越小，最后成为一个七八岁男孩的模样，倔强的眼睛、紧咬的牙齿，跪在青色蒙尘的地板上，高高地昂着头。

第二卷　海市蜃楼

十

自她记事以来，他给她最深刻的印象便是这样。他父亲酗酒，一醉就打人，母亲在他两岁的时候抛下他和姐姐一去不回。他姐姐王曦只比他大三岁，胆小怯弱，面对父亲的暴戾只能缩在角落里默默哭泣。

但她是个好姐姐，隐忍坚强，小小年纪便承担了该一个母亲去承担的几乎所有责任。洗衣、买菜做饭、收拾屋子、照顾弟弟吃喝拉撒、帮酒醉的父亲打扫呕吐污秽……他姐姐身上有着中国女性最传统也最可贵的人格品质。而她对他姐姐王曦的记忆却不是很多。在她的记忆中，王曦瘦弱的身躯总是在忙碌，或者缩在一个不起眼的角落，恐惧而无助地望着酒醉的父亲。

她对于这个家庭最初的记忆来自他。能记得他的第一个时刻，他是个八岁的顽皮男童。他几乎每天都会被父亲责打，因为他实在太叛逆太惹是生非。几乎每天都有到他们家去告状的人，大人小孩，个个义愤填膺争先恐后诉说着他如何毁坏他们的东西，打破他们的头。

他们两家隔壁。那个时候她刚五岁，懵懂天真，却开始记得事情。第一次给他送饭，是在一个下雨天。他照例是去偷了谁家的黄瓜茄子之类，正好那天晚上，他父亲又喝醉了。她在家中吃饭，听着外面风雨送来他父亲语无伦次的咆哮，和王曦姐姐压抑的哭泣。

她觉得恐惧，抓着母亲的衣角问为什么王叔叔又要打他。母亲没有回答，她听见母亲沉重而绵长的一声叹息。母亲转头去看父亲。父亲坐在椅子上，手里握着一本书，但是她能看出来他其实很久都没翻页。

母亲去厨房洗碗，父亲依然在翻看他的书，她去门口看雨。雨还在下，断线的珠子一样落在地上，迸出的水花溅起来，落在她的脚面上。她们住的是平房，是那种老式的排屋，父亲单位分的，前后都有一条宽阔的路面。

隔壁没了动静，她好奇地伸头打量。王曦猫着腰从黑暗中钻过来，对她嘘嘘两声："左依，左依，帮王曦姐姐个忙好吗？"

她要她帮的忙，就是偷偷给他刚挨过打的弟弟送吃的。她说她父亲打累了在另外一间屋睡着了，她弟弟从中午到现在还一口饭没吃。

她好奇：既然她父亲都睡着了，为什么不自己去送？王曦忸怩半天才让她弄明白，她之所以不去，是因为她父亲的房门开着，如果让她父亲看见她偷偷给弟弟送吃的，不但她要挨打，弟弟可能还会被连累再挨一次打。

"可是你不一样，你不要怕。我爸再凶，也不会打你的，就算被发现了也没事，毕竟你不是我们家的人。他要打你，你爸也不肯的，对不对？"

王曦父亲平时不爱说话，总是吊着脸子横眉冷眼，她其实很怕他。可是王曦近乎恳求的态度又让她无法拒绝。她盯着王曦向她伸过来的手，手上放着两个馒头，期待地等她点头。她抓起馒头，转身回自己屋："我去问问我妈妈！"

王曦愣在原地。她抱着两个馒头进厨房，仰头把王曦和她说的话还有理由都一并告诉了母亲："妈妈，我可以去给加诺哥哥送吃的吗？王叔叔会不会打我？"

她母亲闻言也愣了下，然后蹲下身对她温和地说道："好孩子，王曦姐姐说得对，叔叔不会打你的，妈妈会保护你的。"母亲起身从灶台上端了个碗，碗里是吃剩下的半碗红烧肉，母亲把她手中的馒头放进碗中，想了想对她说："宝贝，你偷偷去，别让叔叔看见。如果……如果叔叔看见了，你就说爸爸让他来家中下棋！"

她对母亲的话似懂非懂，但是记得清楚。端了碗走出去，站在房檐下，她把拿碗的双手藏在背后，扯着嗓子使劲叫唤："王叔叔王叔叔，我爸爸叫你过来下棋！"

所有的人都被她这一声高喊惊呆了。过了一会儿，他父亲从屋里出来，衣衫凌乱脚步踉跄，揉着眼睛看她："你说……你爸爸叫我去下棋？"

她认真而又诚恳地使劲点头，眼睛清亮纯净，那么可爱单纯的样子，让他瞬间就相信了。恰好这时屋里传来父亲的声音："老王啊，今天下雨无聊，来杀两盘！"

其实那个时候她还不是很清楚，他们两家相邻一年多来，她父亲从未叫过他的父亲一起下棋。她父亲是教师，知书达理温和亲切，对谁都有着无比的耐心，在学校很有人缘。但他的父亲只是学校职员，脾气暴躁性格粗鲁，又因为常常酗酒，喝醉了就便四处撒酒疯或回家打孩子，几乎没有几个人愿意搭理。

她父亲和他的父亲，就像两条永远不可能相交的平行线。他们每天低头不见抬头见，却仅限于点头之交。就是两家的孩子似乎都默默恪守着这条难以逾越的分界线，她在父母的呵护下，以前从不曾踏足过他的家。他和他的姐姐也从未踏足过她的家。若不是这个雨夜她那一声稚嫩高呼，也许他们会永远在分界线的两边各自长大，然后各自飞翔，一生都无交集。

五岁的她懵懂幼稚，却在不经意间成为第一个跨越楚河汉界的兵卒，并且带领着两家人，尤其是她和他未来的岁月勇往直前再无可退。她看着他父亲转身进了她家，慢悠悠端着碗进了他的家中。家中简陋，却也整齐，她知道这是因为王曦姐姐勤快。他跪在客厅的地板上，脸上一抹揶揄的坏笑，扭头看她："小黄毛丫头，你来干什么？"

她把碗递过去："给你送吃的啊！你快吃吧，我妈妈做的红烧肉，可好吃了。你要快点吃哦，等下你爸爸下了棋回来，你就没得吃了！"

他也不说话，抓过碗狼吞虎咽。她看着他吃，天真稚气地让他别惹爸爸生气了，不然老挨打！"挨打多疼啊，我妈妈打我那回，我哭了好久！"她认真地说，看见王曦在门口冲她竖大拇指，捂着嘴就乐。

他嘴里塞着馒头和肉，对她翻白眼，含混不清轻蔑地嘲笑她："你个小黄毛丫头，懂个屁！"

他跪着，狼吞虎咽，眉眼清隽，身体瘦弱，却桀骜不驯，流露出不属于八岁孩子的成熟气息。他姐姐王曦，倚在门框外面，瞄着隔壁砰然落子的动静。她蹲在他面前，托腮，不到他肩膀的位置。瞪着溜圆黑亮的眼睛，看着他一噎一噎鼓胀的腮帮快速滚动咀嚼吞咽。新奇而又胆怯。她小小的身体里，从未有过关于责打跪罚这样的经历和记忆。她有知识渊博亲切慈爱的父母，严厉却从不让她感觉惧怕。无论她多么调皮惹下她认为的天大的错事，得到的只有语言上的教训，她难以明白他的父亲为何会用不许吃饭、鞭子抽打和罚跪这样的手段来对待自己的孩子。

他的额头破了块皮，挂着一丝早已凝结的血迹，手背上两条明显的伤痕。她看着都觉得疼。她是摔了一跤都会哭着不肯起来的娇娇女，无法忍受这样的伤痛。她挪着步子凑过去，在灯光下怯生生伸出白嫩的小手，轻轻抚摸他额头上的伤口，吹了一口气："加诺哥哥你疼不疼？你一定很疼吧？我给你吹吹就不疼了。"吹完又好奇地加了一句："你爸爸为什么要打你啊？你做错事了吗？"

他正吞下最后一口饭，就着碗不耐烦地推开她，不屑地说："才不是我爸爸打的，你小黄毛丫头不懂，你别碰我！"

她猝不及防被推了一个跟头，坐在地上咧嘴哭："我不是黄毛丫头，你才是黄毛丫头。我头发是黑色的，我妈妈说只有坏孩子才说别人是黄毛丫头！"

据说她生来头发偏黄，稀疏且立着长了五年才开始平顺变得黝黑浓密。半年前她还被人戏称黄毛丫头。虽然她自己也不甚明白为何那么在意这个称呼，但她确实在意。她一度以为自己满头的稀疏如带电般的黄色头发会成为别人不喜欢的对象。她有一日夜间起来上厕所，听见母亲担忧地对父亲说："这孩子的头发都快五年了还这样，是不是缺少什么，要不要去找医生看看？"父亲彼时正闲散地翻看一本书，闻言头也没抬回答："黄毛丫头不都这样，过两年就好了！不用管它！"

她当即误会了父亲的意思，委屈地哭了，扑过去紧紧抱着父母的胳膊，以为他们因为她的黄毛再也不想管她。母亲要送她去看医生，这于她来说简直就是天大的噩梦。虽然父母惊讶之余极尽安抚，然而也再不当着她的面提黄毛一事，亲戚也不许提。好在这半年来她的头发突飞猛进，一改以前稀疏脆黄的模样。她终于拥有了一头漂亮的黑发。可她依然忌讳别人叫她黄毛丫头，这是根植于内心的恐惧和顽疾，不能触及。

她突然号啕大哭让他当即懵在原地。王曦也慌慌张张进来安抚她。她的父母和他的父亲也被哭声骇得急忙赶了过来。看见她坐在地上手背揉着眼睛哭得忘乎所以、歇斯底里，第一反应就是他打了她。她母亲过来将她抱起全身查看，父亲阴沉着脸在一旁一言不发。他父亲的第一反应便是转身找鞭子。他依然跪着不动声色，倔强地抿着嘴，一句辩解的话也没有。

她紧紧攀着母亲的脖子，停止了号啕大哭，抽噎着对母亲说："妈妈，不关加诺哥哥的事，是我看加诺哥哥头上有伤，我替他疼得哭了！"

她的话让所有人都为之一震。他父亲刚扬起来的鞭子软软地垂在脚尖。她母亲抹掉她脸上的泪，温柔地哄她，说加诺哥哥很坚强，疼也不哭，你太脆弱，这样不好！她一听又委屈地扁着嘴说："可是加诺哥哥叫我黄毛丫头！妈妈，不是坏孩子才这么说话的吗？"

母亲有些尴尬，不好解释她对于黄毛丫头无法根除的固执偏见，只能劝慰他的父亲不要再打骂孩子，罚也罚了就算了吧。父亲也在一旁顺势劝说："还是个孩子，老王，算了算了，这么晚让孩子去睡觉，明天还上学呢！"

这一夜在哗哗的雨声中平静过去。第一次给他送饭的经历成为他们后来永远无法回避的笑谈。后来，他依然如故，撒野、捣乱、挨打……她开始成为他固定的送饭者且越来越娴熟。她不用编撰借口，不用王曦帮她望风，也不用父母帮她打马虎眼。她自有一套瞒天过海的技巧。她再也不像最初那样端着碗大摇大摆地过去。她有吃不完的各种零食，用零食袋藏着切好的牛肉和其他食物，揣在衣兜里，走到两家共同的房檐外大声叫喊："加诺哥哥，你不是有道题不会做吗？"

他在屋里默契回应："小黄毛丫头，进来吧！等我跪完就做。"事实上他总是跪不够时辰。在读书一事上，他父亲完全力不从心，虽然她比他还小三岁，可她有个知识渊博能辅导作业的父母。他巴不得因为她的关系能让她父母免费教导这个顽劣不服管教的儿子。

他父亲依然酗酒，工作之余只有壶中日月。一半的收入都被他用作酒资，家中捉襟见肘。他姐姐十五岁那年虽成绩优异却辍学了，在离家一公里之外的包装厂做学徒，赚钱贴补家用。他并没有因为困难而磨炼心志，他愈发狂野不羁，狠辣无情。

她九岁那年，他十二，小学毕业。那个暑假他进了少管所，因为伙同街上一帮小混混打群架，他冲在最前面，手中握着半截砖头，打破了一个孩子的脑袋。这次事故比想象中严重，无论王曦如何哀求，对方父母不肯用钱私下解决。他们那几个为首的孩子分摊了昂贵的医药费后，一律进了少管所。

他进少管所的时候，脊背和胳膊上带着累累鞭痕，那是他父亲借着酒劲疯狂留下的。她瑟缩在母亲的怀中，听着隔壁传来皮鞭抽打在地上和身体上的不同声音，响亮、沉闷，没有听见他的哭喊。王曦跪在地上，哀求的声音比父亲的咆哮更加尖锐。那日黄昏，房门紧闭，她从母亲胳膊处望见窗外一挂夕阳如血，心中有堵塞的疼痛。她父亲去敲了几次门，最终都无功而返。那是一个漫长的黄昏，残阳如火，沉甸甸地压在山头，最后隐没于无边无际的暗夜之中。她不知那夜为何感觉恐惧，仿佛周边都是无底的黑洞，有无法触碰的根须魔法般弥漫，缠绕、吞噬。她无法独自成眠，光着脚跑到父母的床上，躺在父母身体之间，将被子从头蒙下，听着母亲轻柔的安眠曲才能稍微觉得安全。

她在半梦半醒之间，无法想象没有母亲怀抱的他，如何在这个漫长漆黑的夜晚安睡。急欲求证的她没有睡好，第二天一大早便起来，来不及吃早饭便猫着腰去隔壁寻他。但是她没有看见他，他的床铺零乱，桌面摊开的书本上有淡淡的落尘，地上扔着一双破洞的黑色棉袜。她如匆忙一瞥的惊鸿，心惊胆战地转身，看见王曦一双肿得水蜜桃般的眼睛和一头蓬乱的头发。王曦眼神呆滞，沉浸在无法释怀的痛苦之中，眼底还蓄着一泡欲滴未滴的泪水。她原本圆乎乎的脸颊凹陷，憔悴不堪。

王曦似在喃喃自语，又似在和她说话：“我妈临走的时候嘱咐我要照顾好弟弟，我没照顾好他。”

她从未见过他们的母亲，当然没有深刻的同理心。她拉着王曦的右手仰头问她：“加诺哥哥去哪里了？”

母亲及时赶来将她带回家，她是从母亲的口中知道他进了少管所。她不知道少管所是什么地方，甚至不明白为何要让他去那么远的地方。但是母亲说犯了错的孩子都要接受惩罚，他们要为自己所做的事承担后果。所以他要去少管所悔过自省，重新做人。从父母断断续续的交谈中得知，王曦找他们借了钱，赔偿了受伤孩子的医药费、营养费等等，又因为那个孩子本来也是参与打群架的挑衅者之一，所以加诺只判了三个月。

三个月，她再也不用给他送饭，皱着眉头稚嫩地指责他为何不乖一点，为何要惹父亲生气而挨打。日子过得流水一般。暑假很快结束，她再次踏上学途。平静祥和，一切都如同从未发生。只是每次从他家门前经过，看见虚掩的房门内，他父亲穿着背心裤衩躺在破旧污浊的竹躺椅上，脚边倒着一只空空的酒瓶、仰面鼾声如雷的时候，她就会想，他在少管所挺好的吧，至少不会再挨打。只是她担心如果他没饭吃的时候，会不会也有一个她一样的女孩给他偷偷送饭。这样的担忧让她偶尔焦灼。她是独生子女，不像他那样有个疼爱自己的姐姐，她把他和王曦，看作兄弟姐妹。

入秋的一日傍晚，气温骤降。她早起上学的时候穿得单薄，此时便觉得冷。她抱着手臂，书包在后面噼里啪啦敲打着脊背发出清脆的响声。一路喧嚣回去，路过他家房门，瞥见里面瘦高的影子一闪。她啪一声顿住脚步，转身推开他家房门，一眼看见他站在小小的客厅兼饭厅的房间中央，捧着一个硕大的杯子喝水。

她定定地看着他，觉得熟悉又陌生。三个月而已，他身高蹿出一大截，原来清瘦的身板也壮实了不少，平头，黑了些，脸颊鼓着一堆肉，声音变得粗浊沉重。依旧的倔强、不变的桀骜和不屑，皱眉看着她："小黄毛丫头，看什么看？"

十一

李加诺合上日记本，低声嘟囔了一句："原来他小时候过得这么苦！"

她没听清，转身问他："你说什么？"

他摇摇头，扯了下因为翻看日记本而滑落下去的外套："没什么，那，后来呢？后来怎么样了？"

后来？她眯着眼更紧地抱紧双臂，海边风大，草原上的湿气一点一点地从脚底侵袭上来，寒凉越来越重，她的身体在微微颤抖。

"后来我就经常给他送饭，直到他再也不需要我送饭了。"她淡淡地回答，"今天就到这里吧，我有点冷！"

他也看出她在发抖，急忙帮她拉开睡袋，看着她钻进去，全身蜷缩成一团。这是景区，绝对禁止生火，他只能把自己身上披着的外套搭在她的睡袋上。她感激地笑笑，把身子深深缩进去，只露出一张脸和几缕被弄乱的头发。

道了晚安，她就再也没有任何精神和力气说话。裹着睡袋侧躺在地上，她闭着眼，觉得眼前有朦胧的影子晃动。有熟悉轻柔的脚步声由远及近，气息均匀的呼吸在她的耳边环绕，他从不在黑夜中失约。她满足地放松了身体，感觉他也躺了下来，就紧紧挨在她的旁边，一只手伸过来连睡袋一起搂住。他的下巴抵着她的头顶，温柔低微地对她说："不要怕，左依，我会陪在你身边！"

她睡意蒙眬，听见李加诺的声音淡而遥远："那个人，是我此生最信任的人。他让我一定要回中国，要来云南，去寻找他失去的那些记忆和岁月。我虽然没来过，但我记忆和灵魂早已无数次在这里游荡。每次来，似乎都能看见他，还有他心爱的女人……"

她没有听清他最后的那些话，因为她实在太过疲倦而沉入了梦乡。他转头看着睡袋中露出来的小小的脑袋和几缕头发，不觉深深地叹了口气。

凌晨五点，她被他叫醒。她裹着睡袋坐起来，睁眼看见他垂下来的眼中含着惊喜浅笑："左依，快起来看日出！"

她已经许久没有看过日出。记忆之中最后的一次，也早已想不起来。很多人都对她说，生活本身就是一团乱麻，斩不断理还乱。她把自己放置在乱麻的边缘，有所牵扯却又不深入，置身事外却又触手可及。烟火人生的岁月，没有多少时间关注其他，同样的路无数次走过，却从未看过路边的树木如何叶绽叶落，风如何引领春来春去，云如何沉浮月满月亏。越是靠得近，越是无法注目。

她上班的那条路，有浓密的观景树和各种人工养殖花卉，春暖花开，深秋叶落，盛夏浓荫和寒冬覆雪，四季变幻，很多人都说是最美的一段城市风景。但她从未真的关注过，她目光越过那些修剪得整齐美丽的花草树木，看着那些耸入云端般的高楼大厦，遮挡住了大片蓝天白云。有时候会惊觉时光飞逝，岁月如梭，感叹不经意间的年岁增长。她和许许多多住在格子里的大城市人一样，没有时间看日出日落。

旅游是最好的见证路径，让生活有了某种仪式感。很多人觉得一年不出去一两次，简直没有存在感。他们忽略身边的日常风光，看不起熟悉的环境和人文。唾手可得的东西，不足以显示急欲挣脱的浅薄和孤陋寡闻。见识广博、知识丰富需要足下见真章，即便只是到此一游，能留下一线脚印也是证明。她很少出去旅游，主要是时间难凑。节假日拥挤不堪，人比风景夯实，非节假日又忙乱琐碎，没那个心情。偶尔几次出门，她和前夫也总是不欢而散。她无法集中，无法坦诚心态融入其间。她思绪游离泛散，像个没有灵魂的空洞躯壳。

除了十年前那次，她从未像这次这样将自己代入得如此彻底，抛弃一切，抹掉过去和身边所有，手机大部分时间处于联系不上的状态。除了梦中的那个影子和包里的日记，没有熟悉的印记。她在完全陌生的环境和人群中，觉得自由舒畅。

西华和周周还在熟睡。他们疯闹了半夜，早已筋疲力尽。此时睡得正香。她就地坐起，未曾完全苏醒过来的神经反应迟钝，远山一片深蓝，山峦起伏，屏障一般围着山脚下闪烁微微白光的草地。海水泛白，波光粼粼，珍珠的色泽，缎子的縠纹，温润如玉。深蓝的天空和青黛的山峦连接处，慢慢撕开一线天光。晕染的红色光辉温和清透，干净纯粹，慢慢弥散出来。太阳如同一个害羞的女子，红艳的脸庞明丽耀目，从层层云海之中，偷偷露出一双眼睛、半个脸庞，然后俏皮如脱壳的鸡蛋黄骤然跃出。金光万丈、五彩缤纷，幻如仙境。

她无法形容此时的心情。像一潭死水的古井被投入细碎的石子，波荡涟漪；又如早春荒漠的土地突然冒出来一缕鹅黄的草芽，清新好奇极具张力。她想起行走在寸草不生的荒原中的迪伦，绝望无助的时候突然回首看见那个帅气的大男孩崔斯坦的场景。欢喜、惊叹、希望和爱，复杂情感交织，无法描述。

他和她一样，目光痴迷凝望太阳缓缓爬升，说："只有见过日出的人，才知道夕阳并非是落幕，而是开始。"

他们并排席地而坐，习惯了城市和人群的嘈杂，周围静得不太真实。他们听见彼此的呼吸和心跳。她呆若木鸡又灵慧异常，才思突然迸发，快速从他包里摸出日记本，把他刚才那句话写在扉页上的"给我最爱的左依"一行下面。

她说："我不确定，也许他会喜欢。他总是比我乐观！无论经历多少苦难，无论身处何种险境，他总是能看到阳光。"说完，她突然意识到什么，眼神发愣，半晌后，又默默地低语了一句："但他自己却从不知道！他在少年的时候，总是满腹戾气。"

他说："你一直坚持写文字吗？这是很好的习惯！"

她摇头说："我以前从不写什么。我看书，但不写书。我从不愿意把内心的情感流露在纸上，我不愿意记录，强迫自己一字一句剖析那些家长里短，甚至剖开自己的血肉。我的悲伤喜悦，都属于我自己，没必要去连累别人。"

他笑笑说："很多人写的东西，未必都是自己的故事。作品来源于生活，可高于生活。杜撰也是写作的一种方式。"

她沉默，垂下雪白瘦弱的脖颈，说："你不懂。没有人能逃离真实的自己。无论是谁，无论如何海阔天空穿越过去跨越未来，故事是假的，情感和灵魂是真的。最终书里面展示的，或多或少都是作者自己的内心。价值观、情感、喜好，无一不是。"

"人活一世，总有一些东西是要留下的。金钱、地位、权力、爱情，随着我们死去都会幻为灰烬，一切成空。我们能留下的，可能只有文字而已。如果能把自己内心的情感和经历集结成册，警醒教导后人，又有何不可呢？"

"死便死了。一切成空。留下这些东西又如何？红尘滚滚，岁月漫漫，一朝离去，几人追逝？著书立说亦逃不过一个空字。每个人都有自己的人生，需要自己去经历不一样的生活。谁也不能复制谁，谁也不能逃过自身的命运。谁又能记得谁？除了自己，谁又在乎谁？"

"无论是谁，就算十恶不赦，死后也总有那么一个两个人记得他。会去想念他的好，惋惜他的不好。左依，你心中是否有那么一个人，你就算不那么经常想起，可他在你的心灵深处，从不离去。即便世间再无别人记挂他，他也活在你的心中，成为你生命中不可或缺的一环，就像长在骨髓里面的血肉，拔不掉，也不能动。动会疼，拔会死。挖了，生命就无法完整。你现在开始写书，难道不是因为那个人。那个写日记的人。虽然你不说，可我知道，他在乎你，你在乎他。你无法抛弃和忽视，他是你血肉中的一部分的事实。"

"如果是包裹在皮肉中的脓疮，再疼再不完整，也只能抛弃。这是无奈的事实。我们在成长过程中，总要放弃一些什么。为了理想的人生，抛弃前进路上的障碍。青春岁月里，我们可抛弃的东西其实不多。"

他看着她的脸，眼神充满怜悯。这个沉默的女子，拖着罹患重病的躯体，一路前行从不叫苦。她心中伤痕累累，远比身体上的病痛更消磨意志。他说："没有经历过，你永远不知道结果是什么？左依，有时候你认为的并非是你认为的，你看见的也并非是你看见的。年轻的时候不懂，你以为丢掉的是爱情，也许爱情从未失去。"

她脸上挂着清冷的笑。本来应该留下的眼泪，被她硬生生憋了回去。

晨曦清寒的风露和薄薄的潮气，瞬间凝结了眼中的水雾。

她说：“其实无论是少年还是青年中年老年，人们为了理想的生活，为了得到更好的，首先丢掉的都是爱情。就像一个负重前行的人，当不得不丢弃某种东西以获得继续前行的力量和空间的时候，人们首先丢掉的就是爱情。其次才是金钱、荣誉和生命。最有意思的是有时候人们往往在爱情之后丢掉的，首当其冲的是生命，即便他们知道没有了生命，其他一切也就没有了依托的载体，终将随之消亡。但依然无法改变其选择。就像每个人都知道生命必须以健康作为基础作为生产条件，可很多人却在拿健康、透支生命来获得其他，明知糟糕却不计后果。”

他说：“那是因为人们都清楚，健康的生命需要众多的物质才能实现，活着本就不易。何况现代社会的竞争多么残酷惨烈，要在芸芸众生之中杀出一条血路摘得桂冠，是多么难以做到的事。人都希望体面和尊严，自由和随性，但这些都取决于你是否有更多的话语权和选择权。所有的话语权和选择权都来自复杂的社会属性，是通往金字塔的必要元素，需要多重、丰富、广阔的知识获取，日复一日地忍受孤独，抛弃浮华和享乐。孤独的人才能创造丰满人生。”

她说：“从小父母就告诉我们要努力读书，努力考名牌大学，获得各种头衔和荣誉，不就是为了让我们在未来的生活中多一些选择和话语的可能性。甚至我们选择什么样的朋友、什么样的爱情，都在权衡利弊的基础上完成。可这些是我们真正需要的吗？如果不能遵从内心，努力活出想要的样子，这样做的意义在哪里？那不是我们的生命，不是我们的生活，我们不过是把别人的路走了一遍，把别人的生活又过了一遍而已。我们活出来的那个人，只是别人想要的，是父母亲人朋友想要的，不是自己想要的。我们抱着初心来到这个世上，单纯如一张白纸，以为我们可以开启一段属于自己的美丽人生。可走着走着就忘了当初想要的是什么，很多时候，幸福只是一种无奈的展示。你的幸福只存在于别人的眼中。而我们之所以展示幸福，不过是为了证明自己存在而已，可悲又可怜的存在感，像黑洞一样消耗掉我们的童真、青春和爱情。我们太在意别人的眼光和评价，甚至都不敢承认自己失败，也不敢从头再来。”

他说：“你刚才那句话很对，你的幸福只存在于别人的眼中。在别人看来，你其实过着理想的人生，虽然不富裕却比上不足比下有余，不缺少爱人，丰富满足的内心世界，你可以恣意快活，不必去追寻曾经的断裂和缺失。左依，你可以拥有完美的余生。”

她再次沉默，似在仔细咀嚼回味他的话中深意。如他所言，她是公司高管，有着足以满足日常用度的丰厚报酬，有经济条件优渥、事业成功的丈夫，有不算无话不谈却也亲密无间的密友，有房有车有爱，她可以很满足，可以窝在那方温室里小鸟依人。可她放弃了一切，只带着一身病痛和一本日记出走了，她不满足。

离婚后她和前夫坐在一起吃最后的晚餐。她那般平静温和，一如曾经。含蓄疏离的笑，优雅轻柔的话。只字不提他外面的那个女人。甚至吃到一半他电话响起来的时候，她眉头都没动一下，仿佛他不过是一个路人，一个熟识却不亲切的朋友。她置身事外，那个女人才是他自始至终的妻子。她只是个看客。前夫盯着她的眼睛，深深探询她的内心，想要找到她强忍的悲伤，哪怕一丝一毫也觉得满足。在她面前，他从来没有存在感。她游离于他之外，他在她的心灵远方。婚姻十年，他们不过是住在一个屋檐下的两个陌生人而已。彼此熟悉，可以在夜晚放心把脊背交付的人，仅此而已。

她慢条斯理端起碗，喝干最后一口汤汁，对前夫轻言细语说：“她不是为了钱，是真地喜欢你，你好好珍惜！”她只说了这么一句，多一个字也没有，然后从盒子里抽出一张纸巾，揩了揩嘴，拿过座位旁边的小包，起身离开。前夫愣在那里，半晌没有反应过来，直到她的身影即将消失在转门，才恍然大悟歇斯底里狂叫一声：“你就是不满足，你心里从来就没有我。如果，如果当初不是因为你父亲，你是不是根本不会嫁给我？十年了，你哪怕为我吃一点点的醋，我也甘心！”

她说：“其实他错了，我从没把他放在心外。他在我心里有很重要的位置。他陪我度过了最难的那段时日。我感激他。只是他不明白，他以为我心里没他，所以在外面找别的女人。他不知道这对我的伤害有多大。我是个失败者，我只是不愿意承认失败，不愿意让他看到我的软弱。我父亲去世了，我在这世上，只有他和母亲两个亲人。他和我在一起不开心不幸福，我希望他快乐，就像我希望母亲幸福一样的。他和那个女人在一起才能得到幸福，才能得到完美的家庭和人生。”

他说：“我是男人，我能理解他。你心中从未放下过另外一个人，无论你怎么掩饰，你都无法改变这个事实。你是个善良的女人，你这么做只是希望他能忘掉关于你的一切，因为只有彻底遗忘，才是最好的开始。”

她说：“那个男人，也叫加诺。王加诺。我不是放不下他，我欠他太多。在我最不应该放弃的时候，我放弃了。我是那个需要抛弃什么的时候，首先抛弃爱情的人，我是个自私的人。”

十二

他在加拿大认识的那个中国男人，有个很好听的名字，叫安格斯。不是安格斯牛排的那个安格斯，是凯尔特神话中的爱与青春之神，众神之父达格达之子，也是爱尔兰伟大的魔法师。爱神安格斯长得十分俊美，在他的头上总盘旋着四只神鸟。中国男子安格斯黑而健壮，眼神犀利目光沉定，极具威慑力。

认识安格斯那年他二十岁，出奇叛逆的年纪。抽大麻、逃学、打架、飙车，他住的那个镇上，街头混的小子们有一半都知道他的狂野和拼命。人们都叫他 Lucifer，中文翻译过来就是魔王撒旦。他是地道的中国血统，父母来自中国西南农村，通过读书考学的途径才拼命在加拿大占据一席之地。他们成绩优异，头脑灵活，经营着一家建筑材料公司。为了打拼，年近四十才生下他。他自小得到的宠爱就比别人多。可他父亲根据自身经验，信奉棍棒底下出人才，对他管教甚严。母亲与父亲相反，从不舍得动他一根手指头，但工作繁忙没有更多时间陪伴他。每次他被父亲教训之后，母亲便偷偷塞给他大把零花钱作为安抚。

他在极度丰厚的物质和极度缺乏关爱的矛盾中成长。性格乖张暴戾，在家里表现得乖顺听话，在外面狂暴不羁性格张扬。他跟着一帮不务正业的所谓兄弟学会了吸食大麻。他在大麻的兴奋和痛感中沉迷，越陷越深。父母渐渐发现他早已不是那个乖顺的孩子，却日渐心有余而力不足。再后来，他被查出心脏有问题，非先天性，却成因不明。

从知道自己心脏有病的那天起，绝望就包裹住他和他的家庭，几近窒息的感觉笼罩着每个人。母亲日夜啼哭，父亲再也不动手却总是唉声叹气。祖父母也从中国农村搬到加拿大同住。他被爱包围，却像锁在笼中的困兽，挣脱不出，烦躁不安。但他再也不能像以前那样狂野奔跑，他的心脏随时可能骤停。他比以前更加堕落，有很多次，他拿起刀在手腕上一下一下割开，看着鲜血滴滴落下，心中觉得满足。痛，是证明活着的唯一方式。

母亲日夜紧守着他，唯恐他再做出伤害自己的事情。他站在华丽宽敞的客厅里，看着母亲哭泣得泪人一样，冷眼旁观。他甚至没有一丝情绪波动。他一度以为自己天生冷血。有一日夜间，他去厕所的时候偶然经过父母的房间，听见父亲对母亲说："想开点吧，他就是我们前世欠下的孽债，这辈子来偿还的。"他在门外停了很久，然后漠然转身离开。他再次回到那个圈子，那个从不去想明天只过今天的圈子。

他在二十岁之前，从未想过生命赋予他的任何意义。别人只争朝夕是为了获得更好的生活，他对物质的丰厚程度已经很满足，无谓朝夕。生命就是一日又一日的浑噩和消耗，死亡随伴左右，不过早晚而已。他有时候独自面对黑暗的时候，会突然觉得恐惧。他不知道人死后会去哪里，会不会有知觉，会不会有另外一个更加美好的地方，没有七情六欲，只是平静地生活。但他大部分时候都不给自己恐惧的机会，他在打架斗殴中麻木，在纸醉金迷中沉睡。

他过得颓废沦丧，常常希望那一天快些来到。早就判定的结果并不可怕，比起预料之中的结果，随时可能却又不知何时出现的等待过程，更让他觉得煎熬和绝望。酒喝得一日比一日多，大麻抽得一天比一天频繁。他比行尸走肉还要空洞虚无。就是在这样的状况下，他认识了他。

那天凌晨五点，中国城，小酒吧。他从一场烂醉中醒来，发现自己躺在一张朱红色的木头沙发上，头下枕着红色枕头，身上盖着红色羊毛被。干净整洁的屋子，桌椅摆放无一不具有中国风的特色。一挂红艳的窗帘被风吹拂，带进来清新温暖的惬意。他鼻子感觉到酸涩腐烂的气味，侧头发现身边沙发地下，放着一个垃圾桶，污黄发白的秽物，一看就是他昨天晚上的"杰作"。

他记不起是如何来到这里的，只依稀记得几个零星片段。他和几个一起混的兄弟，凑在一起喝了许多酒后发现没有了大麻。其中一个总在中国城混的男孩便领着他们来中国城买。他们醉意醺醺，进了一家酒吧。他和两个人坐在旁边等，领他们来的男孩和另外一个去里面找人。他当时觉得头痛，靠在椅子上休息。一会儿后，听见嘈杂和呼喊。然后就是一片混乱。他被人拉着快速奔跑出酒吧，后面有人追赶，有刀挥舞。他迷迷糊糊浑浑噩噩，跌倒爬起，再跌倒再爬起，最后一次跌倒后，就再也没爬起来。

今天凌晨，他在逃命，但他并不知道自己因何而逃。这个陌生的地方让他警觉，却不感觉害怕。明艳的中国红让他有种沉定和亲切。他祖母来自西南农村，喜好大红的棉袄和外衣。他在这分外鲜艳的色彩中寻找到一丝熟悉的气味。他从沙发上坐起来，腰酸背痛龇牙咧嘴。胃里吐得干净，此时腹内饥饿难耐。

大红的门帘掀开，他从外面进来，手中端着一个托盘，盘中是白玉般的瓷碗，热气袅袅香气扑鼻。青菜鸡蛋挂面。他记得那个味道，祖父母曾做给他吃过无数次。也许是饥肠辘辘，他觉得这碗面味道更香浓，面条爽滑。他把汤汁也喝得干净，一滴不剩。

他坐在对面一把藤编椅上，抱着双臂微昂着头，目光犀利，定定地看着他。他说：“我叫安格斯，昨天晚上你朋友惹了中国城虎大帮的女人，你没被砍死算你走运。”见他玩世不恭浑不在意、却又流露担忧的表情，他笑了：“你那些朋友们都没事，不过有个矮个子的男孩可能要在医院躺几天，他被砍了三刀。你在跑的时候晕倒了，他们以为你受伤晕倒，没补你几刀算你命大，不然你现在可能已经见上帝了。”

他满不在乎地抽了抽嘴角，狼吞虎咽吃完了面，顺手把碗放在旁边的凳子上，这才感觉后背有火辣辣的刺痛。

安格斯说：“你后背的伤都处理过了，不严重。胳膊脱臼也帮你接好了，这是跌打馆，看你是中国人，会讲中文吗？叫什么名字？”

这是他第一次见安格斯。安格斯比他年长许多，温润如玉，却自带忧郁和沧桑，有种出离尘俗的落寞。虽然他看起来沉稳而内敛，脸上漾着宽厚清白的笑容，但他觉得他的眼中藏着秘密，一个巨大的黑洞，深邃幽暗，装满故事却又不轻易让人阅读。

他后来知道，这个充满纯正中国味道的房屋并不在中国城内，而是在魁北克市的南部郊区。茂密的树林中，有条幽深的小径，还有两条肥硕的阿富汗牧羊犬，优雅却凶猛。安格斯一个月去一次中国城送货，平时不住在那边。那天晚上，他的老主顾心情甚好，送完货后非要留他一起畅饮几杯。他喝了酒犯困，在老主顾家的客厅沙发上睡着了，醒来后已经是凌晨五点。安格斯悄悄出门，开车离开的路上，正好遇见晕厥在肮脏破旧的一堵墙下的他。

安格斯似乎洞悉一切，他终日穿梭中国城内，了解这里的所有人。不用太费力，一个电话便能打听出了何种变故。他从安格斯平静自若的神态中可以看出，安格斯并非胆小只求平安的弱小之辈。他眼神犀利深邃，眉峰不怒而威，淡然的笑容隐含孤傲决绝。

安格斯警告他不要惹中国城的虎大帮，他们盘踞在那里，拉帮结派势力广泛强大，从不轻易放过入侵的人。他不屑地说自己是Lucifer，从不把别人放在眼里，虎大帮也不过是不入流的混混而已。他涨红着脸辩解自己晕厥不过是个意外，是喝多了酒又抽太多大麻所造成的麻痹和无意识，否则他绝不是个临阵退缩的怂兵。

安格斯仔细看他一眼，对他的话不置可否。他在他犀利的眼神中显得慌乱，却又不肯示弱地故作镇静。虽然他早已过了懵懂无知的青葱少年时代，思想却并不成熟。但他那个时候以为自己洞悉一切，对世间万物都有看穿和领悟的资格。他不在乎生死，生命于他不过是迟早失去的华丽外衣。他比一般人都更懂得生命的无意义，命运将他踩在脚下，他能一眼望到尽头，距离终点不过几步路而已。

他以为通往终点的那几步路毫无悬念、通畅无比。无数次他在夜店和空无一人的街头买醉，躺在冰凉的地板或是温暖的某个床上，疲倦空洞，闭眼的时候都以为再也不会醒来。他越来越害怕独自一人，却又无法面对父母悲哀绝望的脸庞。他和那些不在乎太阳是否升起的兄弟们一起吃住、不分离，在最热闹喧哗的地方沉睡，拥抱在一起相依取暖。摧毁他的不是死亡判决，而是判决之后无法自拔的沉沦。

他不愿意面对黑暗，甚至无法直视黄昏夕阳。每一次日落对他都是煎熬，他必须在那个时刻用酒精或者大麻来麻醉自己，假装一切都不曾发生。他在日渐明晰的终点之前一路踉跄，从没想到在这短短的路程中会遇到安格斯。

安格斯说，他几年前才从中国来到加拿大，没有父亲，只有一个母亲在魁北克市，但是他们各住一方甚少联系。安格斯经营一家中国特色产品外贸公司，就是通过他的进货渠道，把中国诸如丝绸、中国结、瓷器等等传统商品卖到加拿大，中国红是他主打的特色，他的生意兴隆、客户稳定。

安格斯能给他的个人信息仅限于此。但他坚信安格斯是个有故事的人，他的身上藏着秘密。一个有秘密的人最具有魅力和诱惑，就像黑洞，无情地将他吸入无法逃离。

他赖在安格斯的木屋里不肯离开。这里的风景很好，林木茂盛，野草青翠，周围开满了各种野生雏菊，外面种了几棵金桂，花香袭人。金桂之外，还有两棵桉树。他对植物知之甚少，但一眼能认出桉树。他曾经在父亲的老家见过太多，知道这种树木生命力顽强，身价低廉极好养活，乡野之地随处可见。桉树有多种用途：用作木柴、制作工具、充当房梁、做成墙垣……它存在的最大价值，不仅仅是环境的需要，更是人们的现实需求。

漫不经心查看环境的时候，他在后院的花圃中看见一片低矮的植物，倒卵叶片，繁茂紧密，翠绿而充满光泽。他在房间的照片上见到这种植物，顶端开满了繁复包裹层层花瓣的雪白花朵，厚实的白花边缘，明净翠绿勾勒出一圈细细的色彩，相得益彰恰到好处的搭配，香艳中透着空灵。

安格斯说那是栀子花，产于中国，他花了大价钱才在魁北克市这么寒冷的地方种植成功。他蹲下身侍弄那些花枝的时候，高大挺拔的身姿略显佝偻，宽大粗糙的手掌无比温柔，仿佛那不是可以开出雪白花朵的植物，而是随时能孕育出美丽女子的仙根慧草。

他突然对这个男人产生了浓厚兴趣，也许是快至终点的生命实在无聊，他想给这段无聊的旅程找点打发日子的事情。他试探着打听栀子花在安格斯心中的隐秘。他相信一个男人绝对不会仅仅因为喜欢就千里迢迢不计代价移植一种花卉。它所蕴含的神秘代码才是安格斯心中的真实目的。但安格斯似乎并不愿意透露内心，他轻描淡写说只是想做个试验，如果种植成功可以在加拿大卖个好价钱。

十三

那年冬天下第一场雪的时候，他在医院醒来。第一眼看见他所有的亲人，神情悲戚，目光中含着怜悯和疼痛的意味。母亲一双眼睛红肿如五月成熟的桃，汁水四溢。他们看他的样子，仿佛面对一个已经步入死亡的人。当然，他本就是和死亡同步舞蹈的人。他已经想不起来自己为何在医院，镇定剂带来的后遗症，让他脑子糊涂迟钝，无法思考。但他还是极为震惊病房中居然还有安格斯。安格斯抄着双手，站在几步远的地方，眉头紧蹙，默默而淡然地凝望着他。

他更乐于见到安格斯的表情，不会觉得悲凉，也不会感觉到穷途末路、生命到头的空茫和无助。他不怕死，但真的面对，却又无法割舍生的欲望。死是虚无，消失，腐烂，他不知道是不是真有另外一个空间，可以容纳灵魂的存在。假如真的有那个世界，灵魂是否还记得这个世界的一切？是否能看见祖父母和父母日渐消沉的岁月？他曾经以为自己浑不在意的人和事，此时却让他心怀牵挂，不能面对。

医生护士进来查看，在打印表格上填写结果。他们戴着口罩，看不见表情，露出的眼睛中明显含着不满。他们口罩下的声音显得沉闷、瓮声瓮气地告诫他好好休息、按时吃药打针之类。父亲赔着笑脸相送，背影看起来有些佝偻，他突然觉得心酸，那个沧桑年老的人，不是记忆中那个严厉呵斥、动辄打骂的高大男人，而是个陌生的、行将老去的男子。

他在母亲的碎叨中得知，自己饮酒过量，引发了心脏问题而休克，被人送到医院之后，经过简单救助苏醒了一会儿。医生问他联系人，他说了安格斯的电话号码。安格斯到医院后，从他手机里找到父亲电话。家人这才知道他进了医院。他沉默闭眼，不知如何回答母亲的话。过度疼爱他的母亲，并未让他感觉特别依恋和亲切。祖父母已经年迈，两鬓斑白，脸上沟壑纵深，眼神浑浊而悲伤。他不是个有点病痛便理所当然博取更多关注的人，他希望得到安静。

他冷漠的态度让家人心痛，他们却又不知所措。父母最后因为他的坚持而离开病房，守候在外，相对无言。他听见母亲压抑的哭泣自走廊传来。同病房的另外一个男子正安静沉睡，厚厚的雪白被子遮住了面容，看不出年龄大小，他在心中猜测肯定比自己年长。那个男子没有陪护，病房里一时安静至极。他感觉口渴，翻身想要坐起来的时候，才发现自己手背上还挂着针，白而透亮，刺破皮肤，深入血管，用一条创可贴稳定固形。针管之上，同样雪白透明的细长输液管里寂静无声，液体缓慢流动，一滴、两滴……

他用不曾输液的手去撕扯贴布，想要终止输液。安格斯及时按住了他，把床头位置摇得高一些，给他倒了水，递到他可以自由活动的那只手中，看他喝完，又帮忙接过来放在床头，这才缓慢坐在一张椅子上。这个男子身材高大，眉目粗犷，照顾人的手法却细致娴熟。他斜靠在床头，仰头望着缓慢下滴的液体，感觉困惑，不明白为何在半醒半迷之时，会说他的电话号码。他们相识不过短短一个月而已，而他在安格斯的家中，也不过逗留了短短三天。他离开的那日，他们互留了电话，但从此再无联系。

他理所当然把这些归于陌生。他当时以为自己即将死去，如同许多次睡下之时，以为从此不会再醒来。他心中惶恐，不想孤独一人。在弥留之际，或许会有未完的话想要说出，但又不知如何开口。他不想在家人的哭泣和哀痛欲绝中离开，也不想让任何熟识的人见到自己濒临死亡的模样。虽然早就做好准备，也告诉自己不会恐惧，但他心中没底，怕到时候会软弱。他希望有双手拉着自己，缓缓让他入梦。他希望那个人，是安格斯，或者任何一个陌生却让他心生欢喜的人。

安格斯一直陪着他，一如他预料的那般，没有开口多问一句。他沉静、内敛，眼睛忧郁却黑亮发光，深邃的眉头隐含故事。他相信，只有一个经历了刻骨铭心的情感裂变的人，才会有安格斯那样沉定厚重的举止和眼神。他的情绪疏离于人群之外，却绝不空洞飘忽。他是个有故事的人。他一直想要探寻安格斯的内心，想要知道那个饱含沧桑的悠远旧事，并固执地相信和爱情有关。

输完液，他极度困倦，但滋生于内心的恐惧却阻止他入睡，他怕睡过去后不会再醒来。他还没了解安格斯的隐秘情感，突然生出来的好奇，让他心生期望，多活几天的热切期盼如一桶透心凉的冰水在炎炎夏日迎头浇下，每一根神经都激灵而兴奋。他乐于保持亢奋的状态，心知如果人可以带点什么离开这个世界，他希望是一场轰轰烈烈的情感传奇。就算是别人的，也聊胜于无。

他十六岁的时候，曾经交往过一个女孩，与他一样是华裔，黑黑的长发、明亮的眼睛，古铜色的健康皮肤，东方女人的娇媚中却有着西方女人的独立豁达。女孩的家境一般，父母工作繁忙，他们有着相似的成长经历。他们相识于夜店，拼了一夜的酒，醒来躺在一起。坦诚而无所畏惧的年纪，大胆开放的观念，他们不觉得羞涩，反而感觉各自性情中人，又有着相同的肤色，境遇相仿。他们之间谈不上真爱，彼此需要，相互慰藉，贪婪吸吮对方微薄的情感汁液来滋润内心的荒芜。他们都是情感缺失的少年。

他之所以把这个女孩当作正式交往的女孩算，是因为她不同于那些萍水相逢一夜情缘，他们在一起度过了近两年的疯狂但快乐的时光。虽然后来他们分手了。分手是注定的，他们太过相似，自觉情感贫瘠，吝惜付出。他们对于真正需要的感情渴求近乎贪婪，如同沙漠中极度缺水的人，无法施舍和给予，只想索取。这样相似的两个人，在感情渴求中反而无法和平共处，他们最终分道扬镳各安其好。

护士过来检查的时候，严厉要求他必须入睡休息，并赶走了所有人。安格斯答应第二天过来陪他，说反正这几天也没什么要紧的事。他得了这个保证，才安心入睡。也许是镇静剂的作用，他一觉到次日凌晨，医生过来检查、打针、输液。忙完这些，他昏昏沉沉想不起来心中惦记的事情。但转头的时候，看见安格斯站在门口微笑。

阳光明媚，温度适宜。他们去楼下的花园散步沐浴阳光。长椅后面是几株高大浓郁的糖枫，棱角分明的叶片层叠累积、繁复茂盛、碧绿油亮。他仰头望着那些葱翠的枝叶，声音暗沉，说："我最喜欢枫叶，小时候拿它做各种书签，但从不珍惜，总是随手丢弃。我那个时候以为，枫叶就像我的生命一样源源不断永无止境。现在才知道，枫叶的生命远胜于我，它们落了还会生长，春天一到就会发芽。但我不会，我可以一眼望穿，一眼到底看见我自己的结局。结局从不可怕，可怕的是走向结局的过程，我有时候希望它早点到来！"

安格斯沉默一会儿，说："我们都有相同的结局，早晚而已。也许死亡并不是结束，而是开始，我们应该尽最大努力获得来到这个世界的意义，在那个世界才能重新开始。我们应该坦然面对死亡，但也不能放弃任何活着的希望！这个世界的意义，只有活着才能感受。"

他说："我的结局已经注定，被标注好的人生，毫无意义。"

安格斯伸手摘下一片碧绿的枫叶，说："这片叶子注定等不到秋天的颜色，因为我扼杀了它的生命，但它会明白，它的发芽、成长、失去，一样有意义。它和你我注定有缘，因为我用它来和你说明生的意义。"

他沉默一会儿，说："我不知道为什么在这样的时刻会想见你，但是真的很感谢你能来。"

安格斯说："我问过医生和你的父母，你的病不是不能治，你要有信心！"

他说：“对我来说，生与死不过一念而已，我其实并不怕死！”

安格斯说：“我知道，你害怕数着时间等待的过程，害怕看见亲人的眼泪，你冷漠疏离的外表下，掩藏着柔软脆弱的内心，你想通过这种决绝的方式，让你的亲人对你心生厌恶和嫌弃，这样你真离开的那日，他们不会那么悲伤！”

他蓦然抬头：“你什么都明白！”

安格斯淡然一笑，那种游离的神情再次回到脸上，说：“我没有直面过自我死亡，但我有着相似的内心经历。我做过和你一样的抉择，却没有得到想要的结局！你并不是表现出来的那个人，藏在内心深处的你，和我以前很像。我知道你想了解我的故事，我可以告诉你，但你得先活下去！”

他选择活下去，不是因为惧怕死亡，而是对安格斯产生了强烈的猎奇心理。他决定要探寻这个男人背后的故事，尤其是情感经历。他甚至想在生命终结以前，写一个和情感相关的故事。故事的主人公，就是安格斯。带着这种心理，他很快出院，死皮赖脸搬到安格斯居住的地方。

安格斯的家在西南方向的郊区，与市区相隔三十公里，他的房子大部分用木头垒砌：橡木、杉木和枫木，最大程度保留了原生木头纹路、色彩。院子里种了许多中国花卉：月季、牡丹、菊花……靠墙的地方有几株绿色幼苗，纤细挺拔，枝条稀疏。他本就对植物不甚了了，很多都叫不出名字。见安格斯宝贝一样呵护这几株树苗，以为是什么稀有的珍贵植物。安格斯说这是中国红梅，长在中国的南方，不是什么值钱的东西，但树苗来之不易，漂洋过海颇费了些周折。

他只在电视和书籍中见过梅的花朵，第一次见到它的枝干，还是不远万里从中国本土移植过来的，感觉非常神奇。他祖母喜欢唱歌。年少时在家中，偶尔听祖母在房中一边做事一边低声吟唱歌曲，都是年代久远的曲调，他几乎从未听过。大部分都已忘记，但他记得一首中有这样的句子：“红岩上红梅开，千里冰霜脚下踩，红梅赞，红梅赞，三九严寒何所惧，一片丹心向阳开向阳开。”祖母每次唱这首歌的时候，声音都会哽咽颤抖。他不知祖母为何唱这首歌就会流泪。有一次问祖母，祖母却什么都没说，只轻轻叹息一句：“回不去啰回不去啰！”

他对梅树产生浓厚兴趣，期待它能早日开花。但那些本很香艳易开的花朵，却从未绽开。安格斯似乎也并不在意。安格斯家不远处，是一片森林。其间林木旺盛，植被厚实，内有一条弯弯曲曲的泉流，水质清澈，游动着许多野生的鱼。林中有很多菌类和野兔，还有蛇。他们常常一起去林中徒步，晚上睡在自带的帐篷之中。几乎全程关闭手机，夜空繁星密布，深林里却暗黑一片。

他躺在铺着绵软野草的地上，听安格斯给他讲故事，一段一段，漫无边际。他们在森林里缓慢而悠闲地度过时光，安静地在河边垂钓，有时一上午毫无收获，但并不觉得浪费时间和精力。他在很长的时间里，不记得自己身患疾病。他们忘记了时间，也被时间所遗忘。

十四

她十二岁小学毕业那年，他十五岁。他甚至没有参加中考，彻底中断了读书的路。她永远不会忘记那个炎热的夏季，中考结束后的当天晚上。她刚放暑假没几天，轻松自在，不那么着急写作业。父亲给她报了绘画兴趣班，每天上午两个小时之后，便可以惬意地待在家里吹着风扇啃着冰镇西瓜消暑。

那天晚上，父亲不在家，她刚吃完一块西瓜，和母亲在客厅里看电视。她早已不记得电视的内容，只记得突然的那声暴吼。隔壁传来他父亲歇斯底里的狂啸和桌椅板凳摔落水泥地板的杂乱响声。

她被这突如其来的杂乱巨响吓得呆住，颤巍巍抱着母亲的胳膊赤脚跳上沙发。隐约的争吵中，她听出起因是他父亲知道他这几天虽然按点出门，按时回家，却并没有如约前往考场，而是和一帮闲散人员游荡在城市边缘。在他成长的岁月中，他父亲没有承担过关心爱护的责任，但他发自内心的父爱依然希望他能顺利读完高中。至少在他父亲看来，只有他在学校和老师的看管之下，才不会惹出太出格的祸事。他父亲早已没有精力管教和为他无休止的祸端善后。

她母亲长吁短叹，怜爱地抚摸着她的头发。她在母亲的呵护下感觉无比庆幸。她有一切皆道理的父母，给予她相对的自由，她从未真正挨过父母的打骂。她在心里盘算厨房还剩下什么饭食，冰水里还镇着半只西瓜。多年来常常给他偷送食物，她早已身经百战、经验老到。

但这一次她没有听见惯例中的皮鞭脆响。砸在水泥硬地板上的回声来自破裂的桌椅和搪瓷罐子，还有王曦尖厉的喊叫。电视的声音被调至最小，母亲盯着屏幕的眼神未曾聚焦。她看得出母亲内心的煎熬和纠结。她母亲是个善良的女人，无法漠视隔壁正在上演的暴力。

母亲终于起身，叮嘱她不许跟着，只身前去。她无法听从母亲的吩咐，蹑手蹑脚扒着门框偷看。眼前的一幕彻底震惊了她。他的父亲并未占到上风，十五岁的他因为打架斗狠练就了一身强健体魄，身高和父亲一般无二。他一手拽着父亲皮鞭的一头，一手拽着一把铁凳，眼珠暴烈，眼眶血红，腮帮鼓起，扭曲的脸庞与他父亲毫不示弱地对峙。

父亲忽略了他快速成长的，不止内心还有身体，他再也不是那个任他打骂的瘦弱男孩。他若反抗，他父亲根本不是对手。他发狠的劲头，仇恨的目光，让他父亲心虚胆怯。他父亲愣在原地，似乎没明白过来他是如何一夜之间变得陌生。王曦比他矮一个头，怯弱无助地扒着他拿铁凳的手不敢松开。

她听见王曦带着哭腔在央求："放开，快放开，他是爸爸，他是爸爸啊！"

她母亲及时过去解围，从他略有松懈的手中抢下凳子："老王，别和孩子较劲啊，加诺长大了，什么事都好好商量，这么打着给邻居们看见也不好。加诺，听阿姨的，你爸爸也是关心你……是着急。你呀你呀……你这个孩子，怎么就不明白大人的心情！"

她看见王曦感激的眼神、他冷漠绝情的目光。她从未见过这样的他，悲怆、绝望、愤怒……她从门框上松手，一脚踏空，绊在门槛上直直摔了进去。

所有人都被她这一摔惊得转头，母亲疑惑惊讶，忘了手中拽着铁凳。他在这一刻松手，铁凳从母亲手中滑落，哐当一声掉在地上，凳角碰到母亲穿着拖鞋的赤裸脚尖。母亲疼得跳了一下。

她从地上抬起头，撑着半身坐起，喃喃地叫了一声："加诺哥哥，你怎么了？"

因为这个小小插曲，他和父亲暂时冷静，气氛变得缓和。母亲借机让他父亲出去走走散心，说家中太热太闷容易燥气，出去找人下下棋吹吹风，可以头脑冷静。万事都需在冷静的状态下处理。他父亲深深地剜了他一眼，看不出是痛心还是愤恨，或许是无奈，随着她母亲出门。王曦收拾残局。他一言不发进了自己房间。她被遗忘，自己默默爬起来呆了许久。

他和衣躺在床上，双手枕在脑后，眼神呆滞地望着天花板。她回家抱了半个西瓜折回来，走进他房间的时候，他便是这个姿势，听见脚步声，依然一动不动。她站在床边居高临下看他，有些不知所措。他鼻子翕动，嘴唇微张，眉头紧蹙。她无法判断他此刻的内心，她不是他。十二岁的少女，还很懵懂无知，看不清事情的真相和人的内心。

她是个循着规矩和方圆长大的孩子，无法理解他叛逆的性格和悖妄的行为。她把西瓜放在收拾整齐的桌上，转身离开。他的桌面总是杂乱无章，但床铺却非常整洁。他身下的床单抻得平整利落，被子叠得方正规矩，被子未及展开而被他压在腿下。

她听见他在后面唤她，声音暗哑低沉："左依，别走！"

她转身回去，拖了桌子旁边一把破旧的藤椅抵着床脚，双腿并拢规矩地坐上去，两手叠加垂在膝盖上，轻轻捻着长裙柔软的棉布。她安静地望着他，不知该如何开口安慰。他没有说话，依然圆睁着双眼望着顶上一片空洞。夜幕降临，房间里没有开灯，狭小的窗户透进来暗淡微弱的天光，朦胧幽暗，刚好照射在他脸上。

她怕黑，但这样的光线不会引起内心恐惧。她感觉他脸上有光泽流动，看出来那是一行他极力隐藏的泪水。她在这一刻感觉柔软，那个倔强桀骜的男孩，十五岁就有一副成人的体魄和胆量，他就像动物园铁栅栏里面的凶猛困兽，随时警觉，不曾示弱。她无数次看见他带着一身伤痕，头皮破裂，眼角流血。她也曾有几次从街上路过，看见他和比自己高大许多的男孩打架，动作凶猛干练，利索迅疾。他在他父亲的皮鞭之下，跪在坚硬的地板上，挺直瘦弱的脊背，从不开口求饶。他是个可以流血但不流泪的男孩。

他任由眼泪滑落脸颊，默然滴入裸露的手臂，滑入身下的床单，黑暗中看不见洇出的痕迹。这一刻他在她眼里，骤然从她父亲那样的男人蜕变成一个十五岁的脆弱男孩。他让眼泪流淌许久，才故作镇定地说："以后你再也不用给我送饭了，我不再需要任何人给我送饭。"

她有许久的静默，实在不知道如何才能表达此刻的心情。她能感觉到他的坚硬外壳下随时崩塌的软弱内心。他们说到底都是尚不能自立的少男少女，情感不被重视，顺从才是值得赞扬的行为。没有人可以逃离，他在困缚和叛逆中挣扎沉沦，一面想要独立，一面却又痛恨还不够坚强的青春年少。

“左依，你是不是觉得我无可救药？是不是觉得我忤逆不孝？”他在昏暗的阴影中喃喃自语，语调压抑强忍悲伤，“我从未像今天这样充满仇恨。理智告诉我他是我的父亲，我应该和以前一样跪在他的面前，任由他毫无怜悯地抽打我。但是理性最终无法战胜心里涌动的愤怒，我不知道我为什么那么愤怒，我甚至都无法判断我的对错。”

她茫然无措，不知该如何回答。她只是个被父母宠大的十二岁少女，在他无助的时候给他偷偷送饭，却不能解决他面临的难题。她无从判断事件本身的对错，她只能用自己的处境思考。

她听着他念叨许久，才轻声说道：“我们都有自己的无奈，选择与被选择，接受与被接受，没有什么能随心所欲，我们需要证明或被证明存在的价值。加诺哥哥，读书是证明的一种方式。”

他转头看她，墨色光影投射到他的脸上，闪烁黯淡的光泽：“左依，你觉得证明我们的方式只有读书一种吗？”

她摇摇头，不确定地说：“不是。我爸爸说过，若你想在人生中获得更多权利，在每个阶段都要明显优秀。我们存在于社会之中，是群居动物，谁也不能逃离社会独自存在。也许有很多种方式，但在我们这个年龄，读书是唯一的方式。你应当理解你的爸爸，他虽然严厉，但他希望你好！”

他盯着她的眼睛半晌没有说话，良久又转过头去望那扇狭小半掩的窗户。因为他们住的都是老式平房，窗户很小，为了安全一律用拇指粗细的铁条焊死，即便玻璃窗户大开也无法探出一个头去。透过竖直铁条空隙看出去，天空如同一块方正画纸被粗黑一致的线条区别成长方形的区域。所有的东西似乎都被切割成条了。条状的夜空中没有繁星没有明月，灰蒙蒙一片深邃。

他说：“他不是为了我好，我只是他厌恶自己的一个情绪发泄口，他将自己所有的不幸和痛苦都归结为我们所带来的累赘和负担。我和姐姐是他内心最大的裂口和羞辱，看见我们就如同清晰地看见他自己失败的过去，母亲离他而去，他一事无成，我们不够优秀，达不到他的要求，不能给他仅剩下的尊严带来丝毫炫耀的资本，甚至还拉下他仅剩下的那块遮羞布。他恨自己，所以恨我们。我们是他的镜子，照见他所有的软弱和疮口。”

她默然而踯躅，能领会到他通过声音传达出来的隐秘伤口撕裂的疼痛，但她领悟不到他话里的深刻含义。她在十二岁的思维蓝图中搜罗，试图站在他的角度和内心去揣度。五岁记事开始，她以参与者的身份无限接近他成长的疼痛，她理解他，懂得他所有的愤懑和委屈，因为懂得，她才怜悯，也因为怜悯，她无数次希望能抚平他撕裂的内心和破碎的情感。但他从不给她机会，他游离于她纯粹洁净的情感之外，给她的只有无比冷漠的外表。

她站起来，走到床边，俯视着他，明亮闪烁光泽的眼睛一瞬不瞬地盯着他。她的表情不那么清晰，朦胧如一帧温和的剪影，带着深秋里最后一缕余晖的热度。他在她的光环笼罩下，突然觉得软弱想要逃离。

她说：“加诺哥哥，你记得吃西瓜！”

那个暑假，她学习绘画的地方，在离家两公里的一座老式居民楼的楼底，那是美术大学毕业后回到这个城市执教的一个中年男子开设的兴趣班。班级后面的门外，有一个细长狭小的花园，她坐在教室里，闻着外面浓郁的栀子花香气，觉得清凉。

她喜欢栀子花，叶片翠绿厚实繁复，花枝纤细挺拔，低矮却绝不隐匿。雪白的花朵缀满枝头，香气馥郁，浓烈张扬。栀子花是这个城市最常见最廉价的植物，好养活，又能让燥热潮腐的空气得到净化。她喜欢它，可母亲嫌弃，说它颜色太过素淡。母亲喜欢红艳明丽的花朵，所以墙根下种的都是月季。一样好养活，不用付出太多精力，但花色鲜艳。

男老师的妻子身形矮胖，对学生却十分体贴，看出她总为院中的栀子花分神。那天下课后，女人叫住她，递给她一个黑色塑料袋。袋里是用废旧塑料盆做的简易花盆，里面一棵开得正盛的栀子花。她欣喜若狂地抱着花盆，背着画架一溜小跑回家。夏日傍晚的风黏腻燥热，花香透过及膝的飘逸长裙浸润着皮肤。她觉得全身都沾染了那种美妙的浓郁香气，脚步因此变得极为轻快。

从狭长通道穿过，走上繁华热闹的街道，马尾辫随着身子晃动左右摇摆，像一只跳动的燕子。她双手紧紧抱住黑色塑料袋套着的花盆，几朵雪白花蕊从她的手臂中探出脑袋。她说不清为什么这么高兴，那样普通的花，随处可见，她却感觉到拥有的喜悦。突然得到之后，仿若珍宝。她甚至能感觉到擦肩而过的人流露出的羡艳目光。她抬头，小心翼翼地隐藏着雀跃姿态，却看见街对面熟悉的人影闪过。

没有丝毫犹豫，她抱着花盆冲过街道，快速追了过去。穿过主街的一条小巷，那巷子年岁久远，高高耸立的灰色砖墙斑驳残旧，地面是大块的青砖，高低不平。阳光无法完全照射，这里逼仄阴暗。几个衣着新潮打扮出格的年轻人围着一个角落窃窃私语，他们的手上都夹着与年龄不太匹配的香烟，烟雾缭绕，渲染出他们阴晴难定的脸色。

她背对阳光立在巷口，胆怯却毫不退缩，目光沉定。他们被突然出现的少女打扰，困惑地停止低语，都转头看着她。时间有一瞬间的停滞。他们就这样僵持了半分钟的时间，谁也没有开口说话。他们终于从困惑和惊讶中回过神来，站立、分开，面面相觑。两个人迎着刺目的光线向她走来，因是背光，她看不清两人的面容。走近之后，她才知道其中一个是比她高一头的女孩，平头、灰色 T 恤，深色短裤，左手食指和拇指之间夹着燃了一半的廉价香烟，右手插在裤兜里面，嘴角一抹嘲弄和轻蔑。

她认得那个女孩，与她同级一个瘦弱男同学的姐姐，在左依的学校出现过几次。那个男同学长得清瘦矮小，却顽劣胆大，喜欢挑战比自己高大的同学，可每次都哭着让他姐姐来帮忙。他总也洗不干净的脸上挂着脏污的泪水，高傲地昂着头说他姐姐很厉害，他姐姐会帮他报仇。事实上，他这招很管用，许多让他吃过苦头的人最终都在他姐姐这里再吃回去。

女孩和他一样，父亲在他们姐弟很小的时候就离家远去不见踪影。她见过这个剃着和男孩一样平头的女孩如何勇猛，打架的时候拼命而不顾后果。她对她有天生的畏怯。在她的逼视下，她往后挪了两步，却并未转身逃跑。

女孩斜睨着她，似乎很不屑她这个低了一头的小姑娘。她指着女孩后面那几个男孩说找加诺哥哥，王加诺哥哥！女孩挑衅地吹了个口哨，转头高声叫嚷："王加诺，你家隔壁的那个乖乖女找你！"

男孩们开始起哄，口哨或尖笑，戏谑地看着他："哟，不错嘛，找了个这么嫩的，还管上了。哈哈，王加诺，你耳朵要变软了！"

她听得出那些话里的不怀好意。不曾受过的屈辱噌地蹿上耳根，脸涨得通红。她父母常告诫她要远离这些人，他们都是不学无术的混混，他们对人没有善意。可她不相信他也是那样的人，他昨天还躺在床上软弱流泪，他和那些人不是一路。她不懂堕落和沉沦，但她坚信，如果他和他们在一起，就一定会堕落和沉沦。

她要带他回家。他在一片哄笑中脸色通红，嘴唇发白，强忍着羞恼问她："找我干吗？"

她紧紧抠住花盆的边沿，一字一句地说："王曦姐姐让我叫你回家吃饭！"她从未撒过谎，这话却说得利落干脆、铿锵有声。

又是一阵哄笑。他恼羞成怒说他不回去，让她赶紧走。他的话充满不耐烦。她倔强坚持，站在原地不动："你和我一起回去！"

平头的女孩皱着眉头厌恶地看着她，突然抬手把她手中的花盆打翻在地。花枝和泥土哗啦一声翻在地上，空气中弥漫着烈而破碎的香气。女孩踩了两脚，花瓣被蹂躏残落。她怔怔地望着地上零乱的一团，无助而委屈地流了泪。

他终于扔下手中的烟蒂，快步走了过来，对那女孩怒吼："你他妈神经病啊，发什么疯？"

女孩咬着嘴唇，突然发狂地扑到他身上捶打撕咬："你骂我，你他妈骂我，为了一个黄毛丫头骂我。王加诺你这个混蛋，我和你拼了！"

突如其来的变故让所有人都呆住了。她没想到女孩的情绪变得这么强烈，一时忘记了流泪，不知所措地咬着拳头发愣。其他人过了好久才反应过来，急忙去把撕缠一起的两个人拉开。然而女孩似乎不肯罢休，她虽然力大，却也无法胜过身材结实的男孩。她上半身被抱住，面孔狰狞，两脚乱踢乱打，口中骂着难以入耳的污秽言语。

她茫然胆怯，进退不是，不知道事情是如何快速转变成目前的样子的。她只是想叫他回家而已，全然不知女孩为何如此暴怒。但她能感觉出女孩看她的目光充满仇恨。

巷子外面来往的人开始注意到这里的打闹，不时有人探头侧目。他深深地盯着她，看她没有半点要退缩的样子，终于决定要结束这场闹剧。十五岁的男孩比她高一个半头。她仰着头目光坚定，心却如学校演出时那个鼓手下的鼓点般快速跳动。他拉着她的手，在一片哄笑声和女孩尖厉的哭骂中快步离开，头也不回。

"左依，以后在外面看见我就当作不认识，不要再叫我！"走过两个街口之后，他终于停下来，放开她的手，转身看她。

她被他拽着，需要小跑才能跟上脚步，一路踉跄。他的力道很大，她的手腕生疼。她嘟着嘴揉着被拽得一圈微红的手腕，低头轻声说："可我认识你啊！加诺哥哥！"

他近前两步，几乎贴着她的额头，眼神冷漠。他说："不要以为你看过我流泪，见到我曾经软弱的内心，你就和别人有什么不一样。左依，你是父母掌中的乖乖女，你应该和我保持距离。我再不是那个需要你送饭的瘦弱男孩，我不会回到过去。"

十五

从香格里拉县城到飞来寺的路，属于县级公路。因为是环绕山势而上，多为盘山路，一边是高耸入云的红褐色巨石堆砌，险峻巍峨，一边是深不见底的悬崖，陡峭如削。他们在群山中蜿蜒直上，山路绵延不见尽头。偶尔远眺另外一方的远处，能看见倏忽即过的澜沧江，如一条细细的白练。更多的时候还是山，清晰的、模糊的、远景近景，阳光下呈现不同的色彩和阴影。

她说："我们运气不错，今天没有下雨。下雨的时候容易落石，很小的一个石子都可能让车打偏滚下万丈悬崖。"

他专心开车，这样的时刻分心分神绝对不是明智之举。周周和西华还跟着他们的车去飞来寺。昨晚太过兴奋睡得不好，西华此刻恹恹地靠在后座睡着了。没有了西华的叽叽喳喳，车内显得沉寂。她开了一道窗缝，干冷的风裹着雪的气息，却没有雪花飘落。冷风吹着她的脸，有种僵硬的红润，衬着红艳的围巾，显得气色饱满。

他说："给我讲讲你上次来的经历吧，免得我犯困。这个道路犯困可是非常危险的。"

她关了窗，将两手放在嘴边哈了哈气，举着温热的手掌搓僵硬的脸颊："如果你犯困就找个地方靠边，我来开！我一点也不困，精神很好！"

他点点头，说："你没忘记吃药吧，我记得你胃不好，路上胃疼的话会很麻烦，根据路程我们到达飞来寺至少傍晚，你撑得住吗？"

她懒懒地点头，看着前方弯曲向上的路，不想深入探讨自己的病情。既然结伴而行，她便不想让他觉得她是累赘。她目光所及之处，无数耸峙在高山峻岭的奇峰异石，千姿百态，云端之下，恍若仙境奇观。开出去没有多远，艳阳的天空突然变得晦暗，大块乌云聚拢，零星的雨滴飘落，不大会儿，变成绵绵雨丝，气温骤然下降。

沿途景点中，他们只计划了松赞林寺。那个海拔三千多米的山脊之上，星星小雨迷蒙一片，如轻烟一般，让这个屹立了三百年的古寺显得端庄神秘。他穿着冲锋衣，帽子遮住了半张脸。她没带连帽的冲锋衣，撑着雨伞觉得累赘，干脆把围巾裹在头上，又在脖子上缠绕了一圈，远远看去，像枝头上盛开的一朵格桑花。

西华和周周不惧细雨，连帽衫一裹，拉着手跑到前方没了踪影。他和她在外面细细品鉴。松赞林寺院外围筑有椭圆形城垣，外面看不到内在，显得神秘。因是建在山坡地带，殿堂递进向上，主殿威严华美，被称为小布达拉宫。殿内四处是色彩鲜艳笔法细腻的壁画，画中人物生动而真实。

她做了些功课，便依次给他讲壁画上的故事，说松赞林寺的壁画都以历史事迹和典故为主，记录藏传佛教的教义故事。站在最高点的五层藏式雕楼建筑的扎仓和吉康两大主寺面前，仰望那些镀金铜瓦、兽吻飞檐，目光逡巡左右墙壁上的“万卷橱”藏经阁，庄严宁静。正殿前座供奉五世达赖铜像，后面排列供奉的是著名高僧遗体的灵塔，还有那些贝叶经卷、唐卡、传世的法器。她一一进行过查询，然后细细讲解给他听。

在五世达赖的佛像前，她默默站立了许久，然后双手合十长身跪倒，口中念念有词磕了三个头，这才和他前往下一个地方。他侧身看她，似乎想要问点什么，但是她暗暗摇了摇头，止住了他的问话。他们并没有把寺庙的所有地方都看过。细雨如丝，寒气侵袭。她裹了厚厚的棉衣依然感觉手脚冰凉。

寺庙大门之外，一片开阔，远处依然是层峦起伏，墨色山势因为蒙蒙细雨而变得缥缈，从右前方极目远眺，能望见一片树林，生长茂盛，延伸出高阔的平台，上面盘旋着几只黑色秃鹫，振翅飞翔，比一般的秃鹫个头大了许多。她缓步下了台阶，站在庙外的空地上远望出神。

他站在旁边，拂了一把脸上湿漉漉的雨水，还是把心中的疑问道了出来：“你信佛？相信真的有轮回吗？”

她说：“我心中的佛，和你们心中的上帝是一样的。我相信善，喜欢充满敬畏。我们心中必须有敬畏才能控制欲望。轮回就是敬畏本身，相信轮回就是相信因果，相信因果就会相信报应。报应是敬畏的结果，怀抱敬畏的人，会更加心存善意。上帝没有告诉你们轮回，可上帝告诉你们有地狱，地狱也是报应！”

他说：“无论我们做错了什么，只要我们诚心忏悔，上帝就会原谅我们。被原谅的人，都会进入天堂！”

她目光追随远处山林中盘旋的几只秃鹫，默立良久：“你相信灵魂吗？人死后，肉体消亡最终化作一抔尘土，而灵魂不灭，去往极乐或者地狱，或者在尘世里不断轮回，经历磨难。”

他说：“不到死亡的那一刻，谁也不知道灵魂是否存在。不过我希望是真的有，至少这样我们可以在生的终点回望一生，还能有弥补的机会。”

她缩着的双手抬起一只，指向远方灰白迷蒙的天空：“那是藏族的天葬台。藏族人相信，人死的时候可以完成最后一次布施，他们认为把遗体献给鹰或者秃鹫，这是最大的功德，能赎回生前所有罪孽，有利于灵魂快速转世。藏传佛教没有天堂和极乐世界，他们相信灵魂，会以另外一种方式轮回。做的好事越多，布施越大，越能换来更好的来世。灵魂不净或者未能赎回此生罪孽，来世会受很多苦，甚至转入畜生道。”

他说：“我不知道人会不会轮回，灵魂会在何处，但是我相信无论是哪种情况，我们都会忘了曾经经历过的一切。我们现在也不记得前世，也不知道我们的灵魂已经有几世轮回。所以我更希望我们过好这一世，过好我们能看得见摸得着的。”

他们面前是石头砌成的栏杆，隔不多远一个一米高的石墩，光滑锃亮。她伸出手去抚摸石墩上细细的一层雨珠，感觉冰凉柔软：“人只有经历过，才知道什么叫经历过了。时间流逝，永不可回转。我们无法把握更多，也不能后悔。我其实很愿意死后到这里来天葬，将我的皮囊献给那些自由飞翔的鸟，完成最后一次善的布施。它们飞翔的时候，或许可以把我的灵魂带走，哪怕一次，能让我自由自在高傲地飞翔，就算一次，我也觉得圆满。生而为人，圆满是我们终极的追求。”

他看着她兰花指形的中指轻轻在石墩上无意识地画圈，翘起的手指和手背纤细瘦弱，骨节突出，意识到她其实无比羸弱。他说：“什么叫圆满？”

她说："每个人对圆满的定义不太一样，有些人获得至高无上的权力就觉得人生圆满，有的人追逐金钱乐此不疲，有人希望美好爱情，有人宁愿把一生平淡健康寿终正寝当作最大的愿望……人们在追求圆满的过程中缺失、迷茫，越是想要的，越是得不到，越是看得淡的，越是容易得到，这就是生活的矛盾所在。上天总是喜欢和我们开玩笑，不让我们得到想要的，给我们不想要的。"

他沉默半晌，对她说："左依，你的内心潜藏巨大隐痛，虽然我不知道那是什么？但是我能感觉到，它隐没在你的血脉之中，骨头缝里，你总是无休无止地去撕裂本已经结痂的伤痕，鲜血淋漓，你不应该被它左右，是毒瘤就应该挖掉，已经结痂就不应该再次割裂，它会让你伤得体无完肤，吞噬掉你本来完好无损的血肉。我不会为你再读那本日记，如果它就是那道结痂的伤疤，我不会帮你撕开。"

她停下手上的动作，感觉手指冻得僵硬麻木，凛冽的气息穿透全身，厚实的棉袄外层已经濡湿，鞋底也是冰凉一片。这感觉让她警醒，她需要割裂般的疼痛来维持还活着的清醒事实。她乐于享受这种痛感。没有痛感的人生是不完整的，对不起我们生来就哭的第一感应。她承认自己带着无法愈合的伤口，甚至觉得自己本身就是一个伤痕，但日记不是。他留下的那本日记，是治愈的良药，她不在乎身体上的病痛需要大把吞下那些难以下咽的处方药，她只知道，她不能带着未曾愈合的伤口死去。她希望她死的时候，能再次回归那个天真完美的灵魂，见到他的时候，她依然可以低头浅笑，毫不怯弱，也不心虚躲闪。

她说："我病入膏肓，即将迈入死亡，我需要保持清醒，来完成这一次旅行。"她从脖子上取下那串藏在衣服里面的菩提项链，握在手中递给他看："这是他留下的菩提，这就是我想要的圆满。"

十六

到达正乙山的时候，已经是下午两点半。正乙山海拔 3500 米左右，因飞来寺而出名。沿着山势徐缓往下排布着不少客栈饭馆，两三家小型超市。游客不多，房源不那么紧张。他们大致甄别了一下，选了一家看着还不错的客栈。来这里的游客，一般都有三个目的：游览飞来寺、朝拜藏族梅里神山主峰卡瓦格博、以这里为基点去往雨崩村。

他们选择面向梅里雪山的房间，推窗出去，站在阳台上就可以眺望庄严神圣的雪山之神。梅里雪山主峰卡瓦格博峰，藏区八大神山之首，海拔 6740 米，是云南省的第一高峰，全世界公认为最美丽的雪山。白雪压顶的群峰终年云环雾绕，水汽蒸腾，很少露出真容。它的真容不是谁都可以见到。

据说要看见它的真面目只能靠缘分，要见到日照金山除了缘分，还需要福分。有许多人无数次带着希望而来，又带着遗憾而归。很多人在这里住半个月也无缘日照金山。更有甚者，实在不抱希望而离去，走的时候细雨绵绵雪花菲菲，可刚下山不过一刻钟，云雾飘散，阳光普照，金光闪闪的峰顶神奇地显露出来。那些人得到消息急忙回赶，可当他们再次回到正乙山的时候，阳光却突然消失，云雾又重新聚拢，卡瓦格博峰顶再次隐没难觅。

她放下行李，简单梳洗了一下，换下被雨水浸湿的棉袄，穿上干净暖和轻柔的及膝羽绒服，抱着双臂站在阳台上，眯眼眺望远处，对紧挨着的隔壁阳台上的他说道："卡瓦格博是有灵魂的雪山，它保护着脚下数百里的土地和土地上虔诚朴实的人们。可惜今天有雨，估计是看不到日照金山了。不知道它是否能感受到我们的虔诚和朝拜之心，让我们能瞻仰到它圣洁的面容。"

他在手机上百度了一下关于梅里雪山的传说和地理介绍，对她的话不置可否。他说："虽然没有阳光，不过你看雨已经停了，说不定明天能有好天气，可以看到日照金山。现在的云层太厚，阳光透不过来。"

她说："我一直相信詹姆斯·希尔顿在《消失的地平线》中所描述的那座神山就是卡瓦格博。它是藏神传说中噶举派的保护神，神秘而伟大。至今依然是一座处女峰，没有人能攀登上它的峰顶，它是不可征服的神，谁也不能将它踩在脚下。你顺着直线望过去，是不是能看见它锋利如削的脸庞，挺直刚强的身体，它是佩戴银盔玉甲的威武勇士。你知道吗？在青海一带流传的藏族木刻经文中说它'山体像坚竖的长矛，山尖似白色的多玛，色彩如悬张的白绸'。右边的山如雄狮踞据，左边的山似玉龙翻腾，后面的山如鹏鸟展翅，前面的山似黑熊舞爪。绒藏卡瓦格博远望云雾笼罩，近看雪瀑纷飞，至前雪花飘扬……"

他们遥望远方，中间隐隐可见奔腾翻涌的澜沧江蜿蜒而去，如一条白色游龙。澜沧江对岸无法望到尽头的数百里冰峰绵亘起伏，接踵重叠，山势巍峨险峻，势如刀劈斧削，气度庄严神圣不可侵犯。太子十三峰如众星捧月，围簇于主峰周边，地势高峻，层云环绕中，一条柔软细长的雪白云带在山腰环绕，像藏族的圣物“哈达”。

他们凝望片刻，感觉等候云层散开阳光照耀下来的可能性实在太小，便决定先去游览飞来寺。天气干冷，她换下了粗布长裙，穿了一条厚实加绒的休闲灯芯绒条纹裤，灰白色的套头毛衣，高领抻开护住脖子，淡青色羽绒服外面，换了条紫色围巾，给灰蒙的环境增添了不少生气。

信步出来，周周和西华早已不见踪影。飞来寺这里是他们最后同行之地，到了这里便各自分别。但他们约好了晚上一起吃顿饭，当作分别的晚餐，此时也就不在意他们的去向。但是从客栈走出去路过外面的瞭望台的时候，她还是瞥见了西华雀跃的身影。

飞来寺依正乙山山势拾级而建。最初建于明万历四十二年（公元1614年），距今已近390年的历史。从客栈过去，顺着山势要走一段缓坡，沿途古松森列，石径斑驳，林木悬崖之下，有曲折细流的小溪，风吹起松涛低鸣。一路都有拉高的绳索，累累重叠着五颜六色的经幡和雪白哈达，在风中海浪一样翻腾。

据说自豆温村边仰望寺庙，山峦叠宕，深林环绕其外，檐角斜插入空，仿若飞去之势。庙前一座藏族风格的白塔直冲云霄。立于白塔之下，正好直面飞来寺庙门。石柱坚实，“飞来寺”三个大字中正有力，两边一副对联：“古寺无灯凭月照，山门不锁寺云封”，使人浮想联翩。山寺背山而建，殿堂屋宇高低错落相互呼应，飞檐翘角，露出风吹日晒雪润的斑驳痕迹，显得庄重古朴。

海潮大殿采用单檐悬山顶，七檩抬梁式结构，檐头舒朗厚重，圆柱沉稳结实。在须弥座束腰处细致镌刻有人物、花卉及其他纹饰的浮雕图案。木雕柔丽别致，殿前格扇齐备，棂花纹样精巧，雕工洗练纯熟。他们一一看过去，都屏住呼吸，惊叹在这干冷荒芜的雪山之巅，竟然还有如此精细手工。

她立在匠人于山石上凿刻出的“海潮龙王送女出嫁图”壁画之前，颤抖双手轻轻触碰一下，又急忙弹开，生怕自己微小的动作损伤了这些无法用金钱估量的人类瑰宝。

他不太明白飞来寺的名字缘由。她告诉他，其实飞来寺原本选址在几公里之外，人们历经艰辛，所有材料齐备，然而第二天破土动工的时候，那些备好的材料却不翼而飞。当时的住持派人多方打听，终于循着一丝踪迹来到这里，发现失踪的那些材料完好无损丝毫不缺，都整齐排列在这里。所有人都认为这是神的旨意，这是面对卡瓦格博最好的位置，是卡瓦格博神山选择将庙建在此地。他们决定遵照神的旨意，将庙宇就建在材料所列之处，因为这些柱梁飞来自立，所以命名“飞来寺”。

望见天空开始转晴，灰蒙蒙的云层中似乎露出一丝金色的光芒。他们正好结束飞来寺的游览，沿着原路回住地外面的观景台。一路碎步，因来的时候缓步游览过去的，所以这一路的风光虽然很美，他们也没有耽误脚步。

观景台有十三白塔，并排面对远处的梅里雪山。许多穿藏族传统服饰和出家僧袍的人神情凝肃，无比虔诚全身扑地，一下又一下磕头朝拜。游客们都从房间里面冲了出来，有的边跑边发出欣喜若狂的呼喊。很多人的相机早已对准前方，他们的心脏都在不规律跳动，脸色潮红，头发凌乱。

这是一个奇迹。才下过雨，天气阴沉，所有人都以为不会见到卡瓦格博的真容，更不奢想日照金山的盛景。然而令人意外的是，刚刚还云层环绕白雾蒙蒙的雪山，突然如平地冒气一般。厚厚的云层飘浮散开，环绕腰间的白色哈达慢慢下沉，雪白山顶从白雾中钻了出来。此刻没有阳光，只能看见清冷的雪白顶峰，尖如刀削的山顶有点像埃及的金字塔顶，三角形，边锋凌厉。

庄严肃穆的峰顶之上，天空呈现黛色，然后一片飞云过后，细细碎碎的橙色光影投下，随着投下的光影增强，璀璨温暖的金色光芒自高处洒下，但没有肉眼可见的太阳。从云层中洒下的金色光芒笼罩着卡瓦格博山顶，只此一处，周边依然是黛色的山峦和灰蒙的天空，还有缥缈厚重的云层。

日照金山，这就是传说中的日照金山。观景台上所有人都被这突然出现的壮丽瑰景震撼，他们停止了喧闹，屏住了呼吸，忘记了按下相机的快门。一切来得突然，让人措手不及。远处那灿烂闪耀着金子般光芒的神山之顶，默然静谧，温暖慈蔼，充满母性的光辉，静静地注视着这一群手足无措悲喜交加的人们。许多人已经自然地跪拜在地，他们相信那是雪山之神，是勇者的慈悲光环，给他们带来了无上的福气。

她垂手而立，遥望远处一顶金山，只觉得胸中丘壑，无法言语表达。她相信这是雪山之神的启示，一定是他听见了自己内心虔诚的朝拜。她退后两步，如那些朝拜的人一样，双手高举头顶，长身跪倒在地，匍匐于卡瓦格博脚下。她能感觉到脸上有冰凉的濡湿，那是她略带悲情和欣喜的眼泪。

从地上站起来，她轻轻揩拭了下脸上的水渍，对他说："其实我没和他一起来过这里。我也是第一次来飞来寺，第一次见到卡瓦格博。那年我们的钱，只够到达香格里拉的纳帕海。他曾经对我说，等他攒够了钱，就和我一起来这里，我们要从这里去最美丽的圣境雨崩村。可我最终也没有等到他攒够钱的时候！"

她凝视远方，轻轻说道："我们都没有等到有钱的时候，等我们都有了钱，却各自走散，再也不能一起来了！"

十七

那年暑假，她被一个剃着平头、喜欢穿宽大上衣短至腿根短裤的女孩追了许久。女孩有个秀气的名字"鲍雨竹"。她见过雨中直立的碧绿翠竹，细长坚韧的叶子滚着晶莹水滴，清润新鲜幽静挺拔。她无法把这个浑身透着野性、目光凶狠的女孩和那般宁静柔软的植物相联系。

鲍雨竹干瘦如柴的身体在宽大不合身的衣服下确实有几分竹竿的意味，脸色蜡黄、颧骨高凸，嘴唇薄而苍白，营养不良的模样，几乎没有性别特征。眼白多过黑色眼珠，喜欢斜睨外翻，目光阴冷锋利，一看就是狠角色，吊儿郎当神出鬼没，在她可能出现的任何地方守候、直视、仇恨、怨毒，却不动手。

她觉得这个瘦而弱的女孩，像夏日里的疾风暴雨，突如其来变幻莫测。很多次她背着画夹，拎着装有绘图纸绘图笔和一些杂物的塑料袋，丁零咣当地穿过画舍那栋老房子的廊道，背阴狭窄的巷子，两边高高的院墙挡住了阳光。走出巷子，一片开阔的街道，人来人往车来车去，繁华喧闹，午后炙热的阳光晒得人慵懒昏聩，或者黄昏夕阳血红的颜色投下余温。各种体味和食物混合的复杂味道在大街上飘散。那个叫鲍雨竹的女孩宽大的衣服在风中零乱，目光如薄薄的刀刃之光，在巷口的对面直视着她，一眨不眨。

她知道那个女孩小小年纪就痛失父亲，没有文化的母亲靠做清洁工养活她和弟弟。家境贫寒、无人帮衬，母亲工作繁忙没有时间顾及儿女的成长，也不觉得儿女们成长中遇到的苦难和诱惑是很重要的事。这个勤劳的女人受了太多苦楚，因此认定人生来就是受苦的，在苦难中才能坚强和顺利长大。因为母亲的忽视，鲍雨竹姐弟自小受尽欺凌，从而认为欺凌是理所应当的事。当她们的母亲意识到的时候，她良善卑微、怯弱不安的性格早已无法约束一双儿女。

没有约束力即带来无畏道德和恐惧。鲍雨竹惧怕自己也会像母亲一样卑微至尘埃之中，比一滴落入大海的水还要无助还要波澜不惊。对现实和强者的恐惧造就了她们姐弟畸形叛逆的成长，为了彰显强大，她们不断欺负弱小，只有这样才能感觉活着的尊严。这是人性，是人面对恐惧的本能选择和自我催眠。

鲍雨竹在催眠中沦为彻底的失眠者，丧失几乎所有的正义和美好的想象。她恨一切阳光下的东西，用想象的黑暗假装坚强。当她看到男孩目光柔和注视下的小女孩时，根植于内心的恐惧无法压制地蹿至全身。女孩健康红润的脸色、挺拔秀丽的躯体、干净素雅的裙子，明亮纯粹的眼睛，属于阳光的笑容，岁月静好的恬淡和明艳光芒将她打败。自惭形秽，相形见绌，她好不容易建立起来的自信如一张脆弱的纸，轻易地撕开。她无法控制扭曲的心灵。她恨那个女孩，却不知道恨从何来。

她在鲍雨竹的身上看到了与他相同的内心卑弱，她懂得那种无助，所以心生怜悯。但她依然惧怕鲍雨竹锋利如刀刃的冰冷目光。看见鲍雨竹，她从不开口多话，总是抬腿就跑。那个炎炎夏日的小城，一条繁华古老的大街，两条蜿蜒曲折的巷子，一段缓坡，出现一个非常有意思的奇怪现象。及膝素净连衣裙的马尾辫女孩，背着深绿色画夹抱着黑色塑料袋，一路叮当在前面奔跑；宽大衣衫看不出性别特征的平头女孩不疾不徐在后面追赶。她们总是差着十步远的距离。奔跑的女孩气喘吁吁，追赶的女孩气息平稳，双臂摆动身体跳动的姿势像电视里的小鹿，怪而可笑。

她们成为这个夏日里的一道清凉风景。人们总是见怪不怪地呵呵笑着观看，旁边的店铺主人偶尔还抬头指点：“左依，你快被追上了！”或是："鲍雨竹，你的鞋带松了！"

她不置可否不发一言，低头闷声向前，到了父亲学校家属楼的那道铁门前才停下脚步，转身默默地望着也停在十步远的地方回望的鲍雨竹。这样的追逐游戏半月有余，她从开始的恐惧到现在的坦然无绪，无奈又心力疲惫。她不明白鲍雨竹追赶自己的意图，她在这之前也从未问过。鲍雨竹可以轻易地追上自己，但她不知是故意还是为了什么，却从不靠近，但也从不放弃，坚忍顽强。

她终于忍不住，远远地叫喊："鲍雨竹，你不要再追我了，你到底追我干什么？"

鲍雨竹身躯一震，被她突然开口弄得有些无措和茫然。她握着拳头在胸前比画一下，嘶哑着嗓音回答："我恨你，我就追你，我就不让你快活好过！"

她被鲍雨竹的回答惊住，无法理解她恨自己的目的和原因。她犹豫了许久，叹了口气，东张西望，确认光天化日下的安全后，才慢慢往鲍雨竹身边走过去。她比鲍雨竹矮一个头，隔着两步远仰脸望着她。鲍雨竹背对阳光，脸上阴霾一片。

她委屈地嘟着嘴，带着哭腔说："鲍雨竹，我又没得罪你，你打烂了我的栀子花，我也没怪你，你为什么要恨我？我和你弟弟也没矛盾，我从没和他打过架！"

鲍雨竹顿了几秒，微低头对着她的眼睛，咬牙切齿腮帮凸起，说："我就是恨你。我那么辛苦那么努力也得不到的，你不声不响一声不吭轻易地就可以获得。我好不容易得到的东西，没有人可以轻而易举夺去。"

她在鲍雨竹凌厉的目光中退后一步，低声说："我没有抢过你的东西！"

鲍雨竹说："左依，没有人可以从我手中抢走加诺，就算他自己也不可以！"

她看着鲍雨竹的眼睛变得柔和。原来她是为了王加诺，她从不认为自己在和别人争夺什么。她只是不能看着他在背离的路上越走越远。她了解他，知道他看起来冷漠坚强的外表下藏着一颗柔软脆弱的心和易碎的情感，而他的冷漠坚强其实不堪一击。

鲍雨竹偏执的性格让她对人缺乏信任，她警告她远离王加诺。她不知要如何解释才能让鲍雨竹相信自己无辜的内心和情感。她也无法理解鲍雨竹面对可能失去王加诺的情感恐惧。失去太多获得太少，她必须牢牢掌控。

她们在大门对面的街道上目光复杂相互对峙，保持身体距离。王加诺从大门内出来，只穿了一条黑色短裤和白色背心，裸露的结实肌肉在阳光下反射着明亮光泽。这个十五岁的男孩有明显异于同龄的成熟和执拗，深邃的内心放荡不羁。

他看着鲍雨竹，眉峰紧蹙目光犀利：“你们干什么？”

鲍雨竹明显落势于他的气魄和胆略，她不顾一切的狠劲在他面前分崩离析。她摊开双手急于剖白：“没有啊，我们什么都没干啊，我什么都没做，不信你问她？”

她在鲍雨竹突然转变的态度中略显迟钝，茫然地点了点头，附和说确实什么都没做，她们就是在聊天谈话。他半信半疑，但并不深究，拉着她的手转身回去。他对鲍雨竹恶狠狠地抛下一句话：“我记得我告诉过你，她就是个小黄毛丫头，你离她远一点！”

她被他轻蔑不屑的语气刺激，不满地摔开他的手，但没有停下小跑着跟上去的脚步：“我已经告诉过你了，我都十二岁了，马上要上初中了，我不是黄毛丫头。你再叫我黄毛丫头，我对你不客气！”

他满不在乎地回头，嘲弄地看着她：“那你能把我怎样呢？小黄毛丫头！”

开学的前夕，她结束了绘画课程，有几天的休息时间。母亲说外婆好久未曾见到她了，来电话说很是想念，希望她抽空过去住上两天。她父母都是知识分子，懂得教育的循序渐进和引导，但依然无法真的做到放任自由。他们对她的要求甚高，读书学习、内心修养，艺术素养，不希望她有落后于别人的地方。除了上学，假期都会安排一些业余课程，诸如画画和乐器。

她算了算，确实有一个多月的时间未曾见到外婆。外婆年迈，腿脚不太灵便，跟着舅舅舅母住在城市的另外一方。都在一个城市，说起来很近，见面却并不频繁。她是外婆唯一的外孙女，自小被爱如珍宝，老人家总在活一天赚一天的心理中矛盾重重，担心突然一天就再也醒不过来。外婆希望能常常见到自己的宝贝外孙女，这样就算哪一天意外来临，也不至于遗憾而去。

她和母亲拎着大包小包出门，路过他的家门。他趿踏着一双拖鞋，背心短裤，硬而直的短发固执地竖立，睡眼惺忪站在门户洞开的客厅。他父亲和姐姐都去上班了，只有他如此悠闲散漫。他看见了她和她母亲，还有手中的各种袋子，但是没有说话。

走过窗户的时候，她突然回头叫了一声："加诺哥哥，我去看我外婆！"

没有任何声响，他默然不在乎的态度让她感觉失落。母亲在前面催促，她紧走两步跟上，细声细气地问她母亲："妈妈，加诺哥哥为什么老不搭理我啊？"

母亲同样没有回答，只顾低头走路，走出去很远，才低声对她说："左依，以后不要老去找加诺了，他现在是社会闲散人员，你和他不一样，他每天和那些街头流氓混在一处，他已经不是以前的加诺哥哥了，你不要管，你自己好好读书。听妈妈的话，有些事情，我们无法改变，也无法掌控。每个人都要独自面对内心伤痛，自我愈合，我们无能为力帮不了他。"

她不能理解母亲的态度和语言，她反问为什么不能帮助加诺哥哥，她天真地相信加诺和那些街头流氓不一样，并试图说服母亲和她一样相信。她知道他不被过多疼爱，有个醉酒就打他的父亲，可她不明白这些为何就能造成他内心无法愈合的伤口。她也曾有过受伤的时候，因为犯错而被惩罚，但她很快就能自我调节恢复如初。她有父母在侧，加诺有她。

母亲在她喋喋不休的话语中站住，转身面对她，蹲下定定而认真地看着她，说："左依，加诺进过少管所，他打架、早恋，逃学，做了许多我们可能都还不知道的错事，他再也不是那个被人欺凌被父亲责打的孩子。妈妈希望你远离他，因为这样你才能安全。他身边包括他自己，都是巨大的危险和隐患。妈妈知道你是个好孩子，你想帮助他，但是宝贝，有些道理你现在不懂，妈妈和你说的你未必能全部明白，可你记住妈妈的话，生活从来不是一帆风顺，每个人在成长的过程中都会经历风雨和苦难，或多或少，但绝不缺席。我们可以诅咒生活的不公平，但我们不可以因此堕落，那是软弱和逃避。无论生活给我们什么，我们可以哭着面对，但我们不能笑着堕落。加诺变成现在这样，不是因为生活和他经历的磨难，这是他的自我放逐和自我沉沦。"

正如母亲所说，她确实无法完全理解和消化母亲的这些话。但是她在母亲的强烈要求下做了承诺和保证。她保证自己不会因为挫折而自甘堕落，但她的内心无法答应母亲远离加诺的要求。在这点上，她比任何时候都要执拗和坚持。

无法说服她而气急的母亲，第一次动手打了她后背两巴掌。她无比委屈，到了外婆家也无法消逝内心的抵触。虽然她相信母亲对她的爱和慈母之心，但她依然不能快速原谅。外婆心疼她，当着她的面把母亲一顿数落。母亲不好和年迈的外婆辩驳，只好沉默不语。她知道母亲很快就要回去，留下她在这里陪外婆住上几天。

她没有和外婆打招呼，径直上了后面的阁楼。外婆家有个堆放杂物的小阁楼，小的时候她不开心，就会一个人躲在上面。后来随着年龄增大独自怄气的机会较少，她便不常上去。阁楼的灯坏了许久，她也不知道。她悄然上去，安静地躺在阁楼杂物一侧，没在意厚厚的尘土。

她被一堆杂物挡住，胡思乱想和母亲的对话，心绪烦乱，最终筋疲力尽地睡着了。

舅母上来拿个东西的时候也没听见她在里面的动静，顺手上了锁。夜幕降临，外婆和舅母做好晚饭，去她房间才发现她根本不在屋里。她们里外找了一圈，以为她和母亲拌嘴受了委屈溜出去玩耍，便一起出门找她。

她在阁楼中睡醒过来，发现四周一片漆黑。她怕黑，那伸手不见五指的黑，如同巨大的空洞，有吞噬一切的力量。她慌忙中起身去摸索墙上的灯绳，被什么东西绊倒。龇牙咧嘴爬起来，抖索着双手摸了半天才碰到一根悬吊的绳子，一拉，灯没亮。她瞬时慌了神，扯着嗓子想要喊叫。但对黑暗至深的恐惧，无法让她张嘴。此刻她脑子一片空白，抱着膝盖坐了下去，头埋在膝盖里面，无边无际的无底深渊和魑魅魍魉从脑海中翻腾出来，她觉得自己被巨大的吸力牵引，直直地跌入深渊之中。

她从没有那么无助和恐惧，以至于腿脚发软嗓子干哑，她无法求救。她在这样的黑暗中沉沦，感觉被吞噬。

许久之后，外婆和舅母终于想到她小时候常用来避难的阁楼。外婆不顾腿脚不便，坚持亲自爬上来打开阁楼的门锁。当手电筒的光亮照射到她身上的时候，她们都被她的状态吓坏了。

她蜷缩在地板上，眼神空洞脸色苍白，表情狰狞地瞪着前方。光亮照来，她很长一段时间无法适应，在外婆呼喊了无数次后，才终于缓过一口气来。但此刻，她无法控制自己崩溃的情绪，她推开外婆，赤着脚散着发，从阁楼往下连滚带爬，然后消失在外面璀璨的街灯之下。

她一路狂奔，吸引了路上行人的目光。但她无知无觉。她向着家的方向脚步带风，耳畔呼呼作响。拐进学校外面的那条街道，她一头撞在一个人的身上。

那人一把抱住她，强而有力，语调温柔在她耳边轻轻说道："小黄毛丫头，你撞鬼了！"

听见那个声音，她僵直的躯体突然软和下来，两眼一闭倒了下去："加诺哥哥……"

十八

晚上七点，他们四人聚在一个不分菜系的小饭馆。饭馆不大，二十多平米的厅堂直通到底，拐进去是暗黑潮湿的厨房。厅堂两边摆着十几张长方形木桌，桌下是在大城市很难觅到踪迹的长条木凳。灯光昏暗，白色的墙壁石灰脱落，裸露出斑驳残破的泥砖混合的灰色墙面。直接用水泥抹平的地板光滑油腻，一些地方开始破碎裂开，凹凸不平。店里每张桌子都有客人，他们正好占据最后一张靠外面门口的空位，此处有风进来，比别的地方显得更加寒冷。

他们围坐在油污肮脏的桌前，拿桌上粗糙的黄色纸巾揩拭，纸巾上很快沾染一层黑色污秽的油垢和尘土。既来之则安之，他们也没有过多计较，店中央黑色的炉子烧着炭火，一根粗壮的黑色管道通向屋顶。炉子上有黑色笨重的铁质水壶，炙热的炭火之上，滋滋冒着热气。

他们都没有脱下外套，穿着厚厚的羽绒服或者棉袄，严实包裹的围巾，露出光洁冰凉的手和脸。简陋发黄的菜牌上只有十几道家常菜谱和面食，老板乐呵呵地过来，说自己是山东人，热情推荐两道山东特色菜：猪肉白菜炖粉条、蒜爆肉，说这个天气吃着暖和。又说当地特色有野生菌菇，煎炒烹炸都非常美味。他们没有过多讲究，听从老板的安排点了菜，又加了一大盆酸辣汤。她喜欢吃米线，老板特意在汤里丢了大把米线，说看几位老板面善，免费添加的。

西华心直口快，和老板玩笑说山东人都身材高大声音雄厚，但老板身材苗条纤瘦，语音也缓慢温和，没有山东人那般豪爽朗阔。老板给他们拎了一壶白开水，放在桌上说句“慢用”，然后对西华又是风轻云淡地一笑：“小姑娘第一次来这里吧？我已经在这里住了十几年了。在神的脚下，我们是多么微不足道。这里的每个人都态度温和，待人诚恳，众生向善。你们今天都见到日照金山了吧，说明你们是神赐福的人。”

也许他们并不那么虔诚，也无法发自内心把一座雪山奉为神，但今日意外所见的一幕瑰丽壮阔景象，确实震撼了他们。他们把天气和运气糅在一起解释为巧合，但无法否认大自然对人类的慷慨馈赠。每个人的内心都希望得到好运和赐福，老板的话让内心潜藏的愿望得到加持，他们倍感欣慰。

但周周依然困惑，老板为何抛开城市富足方便的生活环境而来此开店。作为当地人无可厚非，他知道此处有不少当地的或者深山僻壤出来做点小生意养家糊口的店主。看老板的模样，谈吐和见识，绝非养家糊口的目的。

老板笑呵呵给他们一一上菜，最后一道酸辣汤摆上桌子之后，他拖了一把凳子过来坐下，招呼他们趁热用餐。其他桌子的客人吃喝中也都竖起耳朵，似乎都想了解店主如何回答周周的问题。

老板微微一笑，从兜里摸出一根香烟，拿到嘴边的时候看了下西华和她，又默默地放下。他礼貌而克谨地干咳了几声。他的声音浑厚，语调不高，却能让店中所有客人都停下来，目光专注等着听他传奇的人生经历。

他喝了口茶，微蹙了下眉头，慢条斯理地说：“我是青岛人，也许是老天眷顾，也或者是我拥有一颗聪明的头脑，我很年轻就轻松拥有一切该拥有的东西：美满家庭、小有成就的事业、比大部分人更多的金钱，但是我从不知道什么是满足，对所有事和人无所畏惧。我赌博、打架斗殴、酗酒，最后输掉了曾经轻松获得的一切，妻儿离开了我，连我的母亲都对我很厌弃。”

他在诉说这些事情的时候，表情平静，娓娓祥和。他是个朝圣者，注定要走很长一段孤独的路。但真正的孤独，才是灵魂所依附的地方。他胸前和手腕上戴着菩提、砗磲等各种加持的法物。他说这些都曾经是他赖以活着的自我安慰。

他去了很多地方，大海、草原、沙漠，越是荒凉越能安放他孤独又暴躁的情感。但无法持久，就像冬日雪地里卖火柴的那个小女孩，手中火柴点燃，却只能温暖一时，短暂即逝。他无助得像在深海的巨浪里随波逐流，抓不住一根稻草。但就算是短暂如烟花，也有它绚烂光芒的瞬间，这于当时的他，已经难得。为了获得那仅有的宁静和安全感，他只能一直向前，不停下脚步。他必须在持续而艰苦的旅途中感觉活着的真实。在旅行的时候，他只是个行者。只要不停下来，不回归熟悉的地方，他就可以像一只鸵鸟般自我迷惑地活着，不考虑任何过去和未来。

后来他去了西藏，在日喀则的一个藏族同胞家中住了三个月，那里偏僻宁静不染俗尘，远离人群，只有一望无垠的蓝天白云和看不到边际的丛林草原，还有在草原中活力四射奔跑的马群和羊群。在那里他得到净化，每天晚上都可以安然入睡不再恐惧。他以为那是他的归属。可有一天藏族阿妈说，只有朝圣过卡瓦格博的人，才能得到真正的安宁，才能免除这一世的罪。于是他和阿妈，还有附近十几个老乡们一起，来到了这里，卡瓦格博的脚下。

他刚来的时候没有见到日照金山，阿妈说缘分未到，一切都是神的旨意。他们一起去转山朝圣，沿着雪山磕长头，一步一叩，足足用了半年的时间才朝拜完。再次回到飞来寺的那天，下着大雪，一片洁白，他们无法下山，便决定先在豆温村住下。他说他清楚记得那天傍晚，雪突然停了，阳光从灰暗的云层中洒下来，照在卡瓦格博的峰顶。金色明丽的阳光撒在雪白的山尖，折射出金子一般的光芒，圣洁光亮。

他说，你一定不会相信，绵亘的山峦，十三座雪峰，只有卡瓦格博的峰顶有阳光笼罩。他匍匐在卡瓦格博脚下，感觉温暖和祥和。他看见自己混乱无助的过去，电影一样从眼前闪过。饱含悔恨的泪水，模糊了眼睛。那一刻，他突然就明白了，这里才是他的归处，是他灵魂的安放之所。阿妈说，这是雪山之神的启示，只要怀有信念足够虔诚，他就会在你的心中，永远也不会离开。

后来他留在豆温村，村主任和村民都非常憨厚朴实，他们像接纳亲人一样给他划了个方寸之地，帮助他一砖一瓦一柱一梁建起温暖舒适的家。他结束了流浪，终于不再逃离。他说每个人都有一段想要逃离的过去，厌倦永无休止、单调机械不断轮回的生活，但很多时候，人们并不清楚逃离的意义，甚至不知道自己逃离的到底是什么。一次次跳出来，又一次次地回去。以为抛弃大城市脱离快节奏，挣开束缚在身的功名利禄锦绣繁华，就获得了另外一种圆满和心灵慰藉。其实很多人，根本不知道自己到底要什么，在厌恶什么，又想逃离什么？

他说："我们都是迷失在虚幻假象童话中的孩子，我们需要成长，需要回到现实，只有经历过现实的人，才会真的明白所求所往，得到宁静。"

他后来在十三白塔后面的这条街道上开了饭馆，因为附近有很多穷困家庭的孩子得不到好的教育，他赚来的钱一部分用于维持自己最基本的生活，一部分寄给他远在山东的母亲和孩子，剩下的部分全部用于供当地孩子们上学读书。他做了许多善事，却从不认为自己是在行善。他觉得这不过是自己应该尽的职责而已。这是他生命中不可或缺的平常，与行善无关。

"小伙子，你还年轻，还不懂得失去与获得的真正含义。只有积累足够丰富的生活阅历之后，你才能明白人生缺失，"老板拍了拍周周的肩膀，"没有谁的人生不蕴含断裂和缺口，我们都在遗憾和满足的矛盾中负重前行，权衡得失，我们的心中都有裂缝，需要阳光照射。不畏惧裂缝，不阻挡阳光，你终究会明白！"

西华咬着嘴唇，不是很同意老板的观点，城市长大的90后女孩，生活富足，不缺少疼爱，自小接受良好教育，她无法把一座雪山想象成神。她把很多事情归结于自身努力或者选择的结果，不相信缘分，只相信巧合。

西华说："难道这不是一种逃避吗？因为在现实中受到伤害，面对挫折无法自拔。所以把一切缘由推给虚幻的信仰，期望神的指示。赡养父母、抚育孩子，承担社会责任，如果神真的存在，他应该明白，发展和进步，需要我们在现实中付出更多努力和学习，而非沉湎于神或佛的膜拜中逃离。我们都看不见自己的后背，可我们依然把他暴露给别人。谁心里都有黑暗，但不因此躲避光明。光明需要自己去寻找，就像顾城所说，黑夜给了我黑色的眼睛，我却用它寻找光明。对光明的向往，是人的本能，不是神的旨意。"

"神让我们向善，心生敬畏"，他说，"心怀敬畏，才能有所收敛。西华，你和老板的观点并不冲突。信仰神，或者皈依佛、还是上帝，不是阻挠承担责任。每个人的使命不同，承担的自然也不同。”

他们在辩论中结束了分别前的最后一顿饭。来自天南海北的游客们，也各自发表了自己的意见。身在旅途，每个人都是旁观者。不在其中，他们更乐于站在自己的位置看待别人，分析事情。但很少感同身受，因为那不需要。作为旅途相识的行者，谁都是谁的过客。在她的世界和内心中，西华、周周也是过客，短暂的相遇相伴，不了解彼此，也无须深入。他们都知道，多年以后回忆起来，这段旅途和旅途中所遇到的彼此，都是路上的一段风景而已。

十九

写给左依：

左依十三岁那年秋天，我突然开始恐惧。我自来知道我如尘埃一般卑微的存在，并不在那些居高临下俯视我的人的眼中，甚至也忽略于我的父亲。王曦对我所有的在乎，都是源于她自身的恐惧，她需要在照顾我的责任中找到存在的痕迹和理由。

但左依不是，她和所有那些怜悯、厌弃、畏惧的目光都不一样，她的眼睛如天空之镜，泉水一般澄澈干净。她照见我坚硬外壳下软弱卑微的心和情感。她站在我的身边，看得到我所有的伪装。

那个残阳如血的黄昏，我独自一人，躺在狭窄晦暗的房间里，被噩梦缠绕。汗流浃背、泪湿脸颊，我在狂乱漆黑的暴风中沉沦。我梦见了母亲，虽然我不愿意承认那个给予我骨肉的女人。我憎恨，她抛下年幼的我和姐姐，无助地面对父亲和无法挣脱的黑暗现实。但她依然时不时出现在我的梦里，固执而又顽强。

她在黑暗中向我伸出手来，羸弱的身躯似有无穷的力量，蜡黄干柴的脸颊，有让我错乱的温和笑颜。那样的笑颜让我软弱沉沦。我挣扎着逃离，不让自己沉浸其中无法自拔。我需要保持清醒，即便是梦中，也要记住现实的彻骨疼痛。依恋会让我软弱可欺。我知道软弱可欺不能立足和生存下去。

但我在挣扎中依然不能自抑地流下眼泪。有一双手为我揩拭掉脸上的泪痕，温柔软和，如那抹即将落下山峦的夕阳余晖。一线光明之处，我看见左依一袭长裙，红色的围巾随风飞扬。她脸上灿烂的笑容为我厚重的阴霾撕开一道裂口……

我睁开眼，左依穿着蓝色的校服，正俯身看着我。她明亮的眼眸、抿紧的嘴唇、微蹙的眉头，还有温暖的手，让我一度不知身处何方。木格子撒下来的光影一道一道，明灭空茫，却有种圣洁的力量。借着这股力量，我抓住了左依的手。小巧柔弱，纤细光滑，带着刺痛的美。

左依嘟了嘟嘴，轻轻地对我说："加诺哥哥，你做噩梦了？梦里你哭了，叫着妈妈。你想你妈妈了吗？"

左依从不知道，我总是无比清晰刻骨地回忆起那个黄昏。一个孤独无依的男孩，在汹涌翻腾没有一线光明的海浪中沉浮。四海茫茫，他抓不住一根稻草，也不知道方向，只能随波逐流才不会被巨浪和黑暗吞噬。

软弱和眼泪都是可耻的，不容许出现在他的内心。可是左依，她就是那个男孩最大的软弱和缺陷，从她五岁第一次给男孩送饭的时刻开始，就注定了这个悲剧。我不想把我的幸福撕裂给别人看，我的心中容不下那个笑容灿烂的女孩。我是尘埃，注定沉沦，左依是菩提，她注定有圆满的人生和未来。

左依的手还在我的手中，她慢慢在床前蹲下来，静静地望着我。她说："加诺哥哥，你不要哭，你妈妈不在你身边，但你还有我。我会永远站在你身边的。"

我在阴暗的光线中侧脸看着她的明亮熠熠的眼睛，轻轻地靠过去，翻身把脸埋在她的手掌中。我不知道为何而哭，但这一刻，我不想假装坚强。左依任由我的眼泪濡湿并顺着她的手掌洇进枕头。她的身上有淡淡的洗衣粉的草香味。马尾辫垂下来，落在我的头上和脸上，洗发水清幽淡雅的味道融进我的骨肉。我喜欢那个味道。

过了许久，我停止了啜泣。左依从我的脸下抽出手，拍了拍我的头发，对我说："加诺哥哥，你来……"

我随着她的牵引起身，站在窗前。左依指着窗外对我说："你看啊，加诺哥哥，那些桂花都开了，金黄色的桂花，香气迷人。"

她的眼中充满了期待和憧憬。那是学校校工种植的金桂，沿着家属楼通往教学楼的步行道两旁，整齐排列，繁复茂盛。此时正是花开季节，小巧圆润的花瓣累累叠叠，繁星一样矗立在层层茂盛的深绿叶片之中。桂花香味浓郁，满校园都能闻到它散发的迷人芬芳。

我让她在家中等着，然后揣了剪刀和黑色塑料袋出门。学生已经放学，校工也正好下班回家吃饭，没有人注意到我偷偷摸摸的身影。我不惧怕被人看见，但为了左依，我不想与任何人纠缠。我迅捷地剪下几枝花束，藏在塑料袋中，趁着昏暗暮色路灯未亮，猫着腰疾步回来。

左依瞠目结舌，看我从袋中取出脱落了一半花瓣的枝丫，哭笑不得地看着我。她说："加诺哥哥，你为什么要去偷花？这些花摘下来活不长久，多可惜啊！"

我从未想过花离开枝头后还能活多久，我只知道左依喜欢。我对她说："你喜欢，就应该握在手中，就算只活一天，也值得！"

二十

十四岁那年，她第一次见到了他的母亲。一个瘦而高的女人，眉眼低顺，却有着倔强的气质和灵魂。他体内无法被驯服的固执来自他的母亲。他母亲让他姐姐偷偷叫了他出去，在一个散发着浑浊气味的小饭馆，点了一大桌好菜，慈爱而讨好地看着他们姐弟。

母亲离开的时候他还小，没有多少深刻印象。那个十月怀胎给予他骨肉和血脉的女人，在他的梦里面目模糊虚无缥缈。他似乎无法面对早就在他的生活中退化成一个符号却突如其来的真实母亲。

他已经长大，早过了需要母亲的年龄，若不是姐姐王曦骗他，他不会出现在母亲的面前。他并不恨母亲，也从不觉得母亲抛弃他们姐弟而去是不可饶恕的罪过。相反他更乐于见到这个结果，给了他骨肉的母亲，能逃离酗酒的父亲是件好事。

但他无法表现出亲昵，他对母亲没有更多的感情。他母亲心怀愧疚，不停给他挟菜，但她早已忘记，这个和成年男子一般壮实的孩子，口味早就变了。母亲殷勤讨好的态度，他执拗厌弃的表情，王曦手足无措的茫然，她站在饭馆外面一览无余。

那是午后三点，秋日里的阳光温暖和煦，饭馆的玻璃窗反射着银质光芒。下午第一节体育课，她跳马的时候崴了脚，老师准许她回家休息。

她一瘸一拐穿过学校外面那条杂乱嘈杂的街道，不知为何就走了这个僻静的小街。

路过玻璃门的时候，她看见了他们三个，坐在最后面的一张桌上，神情各异。他母亲扯起袖子揩拭不断掉下来的眼泪，王曦给她递过去几张揉皱的粗糙纸巾。他表情木然，眼光越过两个女人的头顶，正好看见了她。

他们目光对视，一时觉得无比安静。他的脸上很快浮现出羞愧难当的神色，似乎做了什么错事被她当堂抓住一般难堪。他从不愿意示人的心中隐痛，在这个阳光灿烂的午后，赤裸裸暴露在她的面前。

她从他羞愧懊恼的神色中，很快猜想那个低声啜泣的女人便是他消失很多年的母亲。她隔着玻璃窗仔细打量那个让她想象过无数次的女人，猜想她突然出现的目的。他焦灼不安的目光引起了王曦和他母亲的注意，她们抬头，看见外面蓝色校服的女孩，阳光朝气，粉嫩可爱。她内心惊愕却不露声色的神情显示出优秀品质和良好教养。

见他们三个的眼光都注视过来，她的脸腾地红了，有种偷窥被抓的尴尬和心虚，急忙一瘸一拐地往前离开。走出去没几步，她的胳膊被人架住，他皱眉看着她："谁把你的腿打瘸的？"

她愕然地抬头看他，不明白他为何会这么想。学校周边常游荡一些小混混，欺负一些胆小的学生，也许是她的世界太过简单，除了学校就是回家，还没有和那些混混有过瓜葛，也从没遇到过。但她还是认真而诚恳地和他解释自己因为跳马而崴脚的真相。

她看见他眉头舒展，似乎放下什么心事。她回头的时候，望见他母亲和王曦追出饭馆，站在房檐下注视着他们，阳光在她们身后拖曳出细细长长的影子。她能感觉到那细长影子在阳光下的阴霾和忧伤。

他扶着她的胳膊，连拖带拽拉着她回家。她跳着脚，跟不上他的脚步和节奏，便停下来看他。她说："那是你妈妈，你不应该这么弃她离去，你应该和她说说话！"

他咬着腮帮，眉头锁成一团，厌烦地甩开她的胳膊。他说："别以为你崴了脚就能名正言顺地指责我。我的事不用你管，她和我的人生早已分道扬镳，我们注定没有同行的未来。又何必彼此心生牵绊、徒增烦恼！"

他挣扎的内心矛盾重重，冷漠的表情下掩饰着痛苦的情感。她不知如何安慰，她无法感同身受。她沉默了许久，才对他说道："没有一个妈妈不爱自己的孩子，你妈妈肯定有她的苦衷，她既然回来找你，肯定是因为对你和王曦姐姐的爱，你应该体谅她的不容易。"

他们默默地缓慢前行，一阵小风吹来，一片树叶落下。他接住落叶，摊开来细细观看。他说："她说这些年东奔西走过得很艰难，洗过盘子、做过清洁工、卖过衣服，现在认识了一个朋友，要带她去远方跑生意，她不知未来如何，无法带走我们姐弟。左依，我和姐姐注定是母亲生命中的一片落叶，脱离了她的身体，终将飞离而去。她却不是那棵大树，她无法掌控未来，觉得给不了我们稳定的生活。可她哪里知道，我从不惧怕生活动荡，我曾经只需要一个母亲。"

她说："她是一个母亲，可她更是一个女人。她不能活在一个整日醉酒还要打人的恐怖男人身边。我听我母亲说过，你妈妈没有多少文化，她离开的时候分文没带，她把能留给你们的所有东西都留了下来，她的痛苦和煎熬不会比你们少。加诺哥哥，你的痛苦和愤怒我都理解，可她毕竟是生你的妈妈，她一个女人独自去远方求生，前途未卜福祸难料，她不是不想做好一个母亲的角色，她是不敢拿你和姐姐的安稳人生做赌博！"

"把我们留给一个酗酒暴力的父亲就是安稳人生？她以为这是对我们最好的安排，可她从没想过，我和姐姐到底需要什么，我们认为的最好安排是什么。现在我们长大了，再也不惧怕父亲拳头的时候，她回来扮演慈母的角色，她从未想过我们需要不需要。我早已习惯了没有母亲的人生，我不想打乱阵脚，我有我自己的生活，不需要她来指手画脚。"

他的人生早已被撕裂成两半，她无法劝服。后来她知道，其实他母亲那次来，知晓了他目前的状况之后，痛心疾首后悔莫及，她本想带着他一起离开。但被他冷漠无情地拒绝。甚至在他母亲离开的那天，他也没去送行。

他母亲走的那天，他和别人打架，出手凶狠，一凳子砸下去，对方当即晕厥。居高临下看着那人脸上血肉模糊，他面无表情，毫无愧疚和怜悯之心。所有的人都被他凶狠冷绝的气势吓到，没有人上前阻挡。胆大的人叫来救护车，那人被送进医院，幸好及时抢救，捡回了一条命。

他被抓进派出所，等待调查。接下来的几天，她看见王曦肿着桃子一样的眼睛和憔悴面容。他父亲喝得酩酊大醉，在房间里咆哮，咒骂他的母亲如何狠心，把一双不省事的儿女丢弃给他。他让王曦去告诉还身在派出所的儿子，让他死在里面永远不要出来。

她看见怯弱胆小的王曦，第一次面红耳赤声嘶力竭地反驳她醉得晕头转向的父亲，她哭着吼叫：“如果不是你天天酗酒，狂暴地打她，她会离开这个家吗？我和弟弟会变成没有妈的孩子吗？如果不是你见天打加诺，他怎么会变成这个样子。现在出了事，你却诅咒他去死，你算个什么父亲，你配做父亲吗？”

他父亲在王曦的责怪中如同一摊烂泥，瘫在客厅坚硬光滑的地板上，手掌绵软无力地拍打着地面，发出沉闷黯淡的噼啪回响，愤怒的声音被拍打声掩盖，微弱如蚊蝇嗡嗡：“好，都是我的错，都来怪我，我拼死拼活养大你们两个，我没有一点功劳。你们翅膀硬了，都可以不用我的照顾了，你们都滚吧，滚得越远越好，去找你们那个不负责任的妈，永远也不要再回来！”

王曦沉痛地凝视着地板上的父亲，绝望而无助。她的性格不源于父亲的暴戾，更多来自母亲的隐忍和脆弱。她和母亲一样，在无力改变的现状中，总是选择逃避、视而不见。她曾经以为周旋于父亲和弟弟之间，待到弟弟长大成人独当一面的时候，她就可以放心地看着他开始新的生活。她没有办法狠心抛下父亲和弟弟，她对外面社会的认知欠缺，她没办法迈开脚步。

但无论王曦如何痛心疾首，闯下大祸的弟弟还是要想办法救的。她生平第一次去求助父亲的亲生弟弟、她的叔叔。因为父亲酗酒、打跑了母亲，对爷爷奶奶多有不顾，叔叔早已和他们一家断绝往来。

她从大人的闲谈中得知，王曦连夜坐着汽车，去到叔叔所在的城市，低声下气地央求，最终获得了一笔钱。她又连夜赶回来，不眠不休，去受伤孩子的家里赔礼道歉。她第一次见识到一个女性看似羸弱的身躯下潜藏的巨大能量。王曦就像一个沉默的火山，休眠的时候任人踩踏，集聚到一定程度，突然爆发烈火烈焰，来自骨髓深处的滚烫岩浆能焚毁一切，让人生畏。

王曦不动声色走访了诸多混社会的半大孩子，掌握了受伤男孩盗窃恐吓的许多违法证据。她拿着这些证据去和那男孩的父母晓之以理动之以情，软硬兼施，最后终于取得那家人不情不愿的谅解，加之那时候他还未满十八岁，属于未成年人。最后以赔钱了结，他没有承担刑事责任。

回到家中，面对父亲和姐姐的责备，他始终一言不发。他从未说过为何打烂那个人的头，那个受重伤却大难不死的男孩，在很长的一段时间里，也从不提及这个话题。他的屡教不改行为让她伤心异常，有一个月的时间，她对他不理不睬。路过他家门口的时候不再脆脆地招呼，回家也目不斜视不再扫视他的窗口。

她也不用时不时满城市地追着他的身影奔跑。起床、上学、放学、回家，这是她每天规律的生活，记住旧的知识，不断补充新的知识，她的人生在循环往替中一片静寂。

二十一

山顶的夜色极为深邃幽渺，沿着山崖边缘所建立的狭窄街道万籁俱寂，路灯稀少昏暗。因为寒冷，此时所有店铺都已关门闭户，大部分人已经缩在温暖的被窝中熟睡。她坐在阳台的椅子上，凝视前面反射着白色光芒的十三白塔，还有远处深浓不知边际的黑暗。今夜没有月亮和星星，看不见雪山的峰顶。

他房间的阳台与她的相连，中间只有到腰间的阻断栏杆。他也坐在阳台上。他们可以看见彼此的肩膀以上部位。老式日光灯的灯泡边角发黑，光亮明显不足。但在黝黑的夜色中，依然亮得执拗，光影流动，浮现细细薄薄的一层透明轻纱。

他们彼此并不相望。但能听见低低的说话声。他给她读日记中的一页，那个叫王加诺的男孩，十六岁的叛逆青春残缺不全，支离破碎。他在日记中说自己是个不知恐惧的街头痞子，消磨日渐残损的内心。但那个身体成熟的速度远超越心智成长的霸王少年，却控制不住自己的眼泪，在十三岁少女的面前，伪装轰然倒塌、无所遁形。

她说："十三岁那年，我学会了奔跑，在那个小城市的大街小巷，山头林中，跟着他的脚步，锲而不舍固执蛮横。他看见我就躲，像猎物遇见猎人一样，跑得特别快，一转眼就不见了踪影。我为了抓住他，只能想办法跑得比他更快，奔跑是我成长的方式。但我终究还是追不上他，很多次眼睁睁看着他消失在前面，背影如豆，一瞬即逝！"

他有种画面即视感，清晰灵动。那个扎着马尾辫的女孩，有着甜美的脸庞和笑容，不服输的性格和善良品质，在人流中穿梭、田野里飞扬，只为了追逐一个脱缰不肯回头的男孩。

他说：“我从未见过你这样锲而不舍的女孩，为了把一匹野马拉回来，从不肯放弃。一个十三岁的孩子，需要多大的勇气和耐心，要抵住多少闲言碎语，在你生活的小城市，一定很不容易吧？”

她脸上浮现出一丝苦涩的笑，说：“那个时候所有认识的人都说我和他早恋，甚至无法理解，为什么我这样一个出身良好、成绩优异、表现乖巧的女孩，会去倒追一个不学无术、打架斗殴的社会不良少年。我母亲因为这个事，气得要和我决裂。可他们从不知道，从我五岁第一次给他送饭开始，他就成为我生命中无法割舍的一部分，我不能看着他一步步滑入深渊而假装不知。”

他眼含深意目不转睛地望着她。她的脸在惨白的日光灯下浮现暗淡的红晕，眼神迷离泪流满面。她抱着双臂不停颤抖，似乎无法抵御这深夜的刺骨寒风。他觉得她有些异样，来不及转身出门，从阳台上直接翻了过来。

她在发烧，额头烫得吓人。他蹲下身抱住她，扶她去房间里面。她纤瘦的身体软软地靠在他身上，混乱迷糊，低声地叫着：“加诺，加诺……”

他把她放在床上，用被子捂住，跑下楼去使劲拍打老板房间的门。睡眼惺忪的店主披衣起身，听说有房客发烧，第一反应便是高原反应。在海拔四千多米的地方开店，他早已习惯应付各种突发情况。店里也备有氧气罐和治疗感冒发烧的药片。老板随意裹了件厚实棉袄，穿着拖鞋和他一起上楼，指挥给她吃药，吸氧。

他似乎很清楚她发病的原因，从她随身携带的双肩包里翻出一瓶白色药片，就着温水喂了两粒。她神思恍惚，顺从地吃了药咬着牙关忍受身体的剧烈不适。额头上有汗珠沁出，细细的一层如月光下的露晶莹剔透。如此的剧痛之下，她强忍着未出一声，坚韧的性格让他和店主都自叹不如。

她服了药，又吸了半个时辰的氧气，出了一身透汗，烧退了一些，脸色也不那么苍白。药里面有催眠的成分，她困倦不堪，喉咙里咕噜几下，吐出一口滞闷的气息，迷迷糊糊地睡了过去。

她在梦中长出了翅膀，像秃鹫一样自由翱翔。她比秃鹫飞得更高，迎着金光灿烂的一片光明，穿越茫茫绵亘的雪白山脉，停在卡瓦格博的峰顶之前。她看见卡瓦格博顶上圣洁的光辉，日照金山，神秘的隐喻，想说话，却被扼住咽喉般发不出声音。

他守候在她的床前直到她醒来，一步也未曾离开。她在睡梦中紧紧抓着他的手，用尽全力。惊悸的眉头和眼皮下快速转动的眼珠让他明白，她在做噩梦。他轻柔地拍打她的手背，抚摸她的脸颊还有额头，替她拂开贴在额头上的汗湿头发。她在他的安抚下慢慢平静，又突然紧张，反反复复很长时间才稍得安稳。

她在噩梦中挣扎的时候，掀开了被子，露出白皙瘦弱的脖颈。他给她拉上被子，掖好被角，凝望着微蹙眉头的一张清秀脸庞，心口一阵绞痛。他不明白那阵绞痛从何而来，但却完全知晓它为何而来。

在她强忍痛苦的时候，他轻轻在她身边躺下，隔着被子，把她的头抱在怀中，紧紧靠着他的胸口位置。她听着他强而有力的心跳，突然就沉静下来，情绪无比顺和安宁。他听见她在梦里低语，叫着“加诺”这个名字，缓慢温柔，夜色流动中显得极为满足。

第二天一早，她醒来的时候，转头看见他侧身躺在床沿，身上搭着她的羽绒服。她的一只手压在他的胸口，牢牢握着。她和他贴得很近，能清晰听见他的心跳，强而有力，亲切从容，有种莫名的熟悉和安全感。

他在她身体的翻动中醒过来，急忙爬起来，俯身用手背试探她的额头，见烧退了，不觉放心地笑了笑，为昨天晚上不经同意就留宿她的房间向她道歉。发烧出汗让她身体虚弱绵软，她挣扎着坐起来，为他的道歉感到内疚。她也为自己突然生病而觉得歉疚万分，同时非常感谢他的帮忙和陪伴。

她没有提及夜里的软弱和哭泣，清冷的面孔依然倔强，不露声色。他告辞去自己房间洗漱，留给她空间和时间起床换洗衣物。她喝了一大杯温水之后，体力得到一些恢复。起来梳洗之后，换下夜里汗湿又干掉的黏腻内衣，穿上加绒长裤和高领羊绒衫，红色围巾看起来显得肮脏，有股滑腻的类似腐烂的味道。她用热水冲洗干净后放在取暖的火炉旁边烘烤，戴了一条黑色围巾，更显得肤色憔悴。

早餐在客栈里解决。有稀粥、米线和馒头，外加老板自制的咸菜丝，非常简单。她因为发烧出汗，口味不佳，用了一小碗稀粥之后便吃不下什么东西。他的胃口很好，显然是忙碌一晚又没有休息好，吃了一碗粥一小碗米线，外加两个馒头。他劝她尽量多吃一点，因为今天他们将要开始雨崩村之行，前路漫长需要体力。

她在他的劝说下强咽下半个馒头，觉得心口堵塞喉咙苦涩，摇着头放下碗筷。老板体贴地给她专烫了半碗蔬菜，加了少许花椒油，淡淡的辛辣味和蔬菜汤的鲜香，让她觉得好了很多。她又给老板道了谢。

结完账出来，他们去相隔三家铺面的小卖部买了地图和一些装备。店主听说他们要去雨崩村，上下打量一下她，热情地推荐一种包裹腿部的绑带，说这样可以避免山林中的虫子和蚂蟥，还能保护小腿肌肉。他们一一采购停当，扛着两大包去停车场取车，一切收拾好，已经是上午九点。

从飞来寺到雨崩村，可先开车到西当。西当是最后的停车地点，再往前便必须徒步。他们在网络上查找攻略和别人推荐的最佳路线，基本确定徒步有三个选择：从西当—南宗拉垭口—雨崩上下村，周边玩耍之后再原路返回。藏族群众内转山路线与此不同，一般从西当—扎郎—尼农—雨崩河—雨崩下村—雨崩上村—南宗拉垭口—热水塘，之后返回西当。这条路线要经尼农到雨崩七彩峡谷，路途险峻，许多当地人也不再选择。大部分人会将第二种路线反过来走，既可观赏雨崩的美景，又可感受徒步雨崩的惊险，而且回程时伴随着雨崩河一路下山，轻松愉快，关键还可以欣赏七彩峡谷。

去西当的路上，他们在车上商定后选择了第一种徒步路线。之所以选择这条最简洁且最快速的路线，源于他的坚持。他觉得以她目前的身体状态，若坚持其他两条线路，都太过冒险。他说一路人烟稀少，天气又冷，无论出于何种原因，都应该选择相对安全的方式。

她不以为然，分辩说旅游就是冒险，对前途的未可知和未来的难以预料，刺激着我们的神经，让我们有了无限想象和憧憬，不再是个早九晚五、按部就班的职场人士。家是最安全的地方，熟悉的场景和千篇一律的生活轨迹，能给我们带来安稳和舒适，却无法满足我们对追求的执着和想象。我们都追求未知，在未知的追求中突破边界，带来发展和变革。

他不以为然："旅游是既定生活的补充，并非为了冒险存在。还原别人的生活，比较自己的生活，按部就班但又偶尔冲刺，这才是旅游的真实意义。靠牺牲生命换取的旅途，是不负责任的寻求刺激，不值得推广！"

“所有美好的东西，都隐藏在内，不被轻易得到。怕危险和荆棘，没有勇气涉足未知，如何能看到？”她说，“就像人的内心，藏于皮囊之下，惧怕探索和交谈的勇气，看见的就是昙花一现的外在皮囊，再美也是花瓶，不值一提。旅游给了我们不一样的探索方式，对生命的另类尊重，我不喜欢走马观花到此一游，囫囵吞枣的目光触及点到即止，是最没意思的事。要的就是在旅游中对自我极限的探索和认知。其实旅游真正的意义不在于风景，而在于认识自我。离开了舒适和安稳的环境，因为陌生，我们更能看到自己的胆怯！”

“你说的也有道理，我承认陌生的环境更能看到自我的真实。我十五岁那年，第一次回中国看望祖父母。我天不怕地不怕，胆大妄为，但是那次回到中国农村，我却突然觉得恐惧。不认识路，完全陌生的人，夜晚漆黑的村落，感觉无比软弱和无助，因为一次迷路，我站在一个小得不能再小的乡镇街道中央，流下了眼泪。我甚至都不知为何流泪，我内心也知道我可以不用害怕，这里很小，祖父母很快就能找到我，我会讲中国话，我可以问路，无数办法摆在眼前，但我还是发自内心的恐惧，无法克制。但是左依……”他摇头叹息，说，“即便如此，我们不能为了消弭恐惧而不去恐惧，为了刺激而寻求刺激。突破自我不是冒险，更不能盲目。为了挑战自我而盲目地选择危险，是愚蠢的行为。”

他们一路前行一路辩论，时间过得很快。飞来寺到西当，本就一个多小时的车程，不知不觉便到了。她很少顺从别人的意见，但这次，她却默默接受了他的意见。她可以不在乎，但毕竟两人同行，她要考虑到他的顾虑和安危。他是来自大城市的富家公子，身体健康、生活如意，他有权利选择更安全的追求未知的方式。她没有也不会告诉他，她来这里之前就已经定了结局，属于她的结局。

把车停在西当的停车场，他们收拾好必要装备，一人一个背囊，适合徒步的衣服鞋子，保暖遮阳的帽子，开始前往中国最美的原生态村落——雨崩村。驱车前来的路上，没有见到多少车辆和行客，他们一度以为这个季节进山的人寥寥无几。到了西当之后，他们才发现，这个想法完全错误且可笑。

从停车场和外面三三两两聚集成堆的人群来看，进山徒步的人并不少。着藏族传统服饰的、穿僧袍的、时尚衣衫的、各种大小的背包……

装备精良，计划周密，看得出都是做好攻略出行的人。阳光很好，撒下金子般灿烂的光辉，此处一片祥和温暖。每个人的脸上都洋溢着激动欣喜的神采，对即将踏入的传奇地带，都带着童话般的憧憬和展望。

不远处七八个藏族传统服饰的男子聚拢一起，正窃窃私语些什么。他们身上挂着斑斓色彩的各种装饰，皮肤黝黑发亮，眼神纯净和善，看见她和他走过去的时候，都转头来露出阳光般温暖干净的笑容。

二十二

左依：

从西当到雨崩村，需要徒步三天的时间。途中有供短暂歇脚的小型客栈，大部分都是外面进来不愿意出去的人开设。价格低廉、朴素温馨，在深山老林之中，像一个个指引方向的灯塔，照亮迷失之人的路途。

我曾许诺要带你来这里徒步，但我没有兑现承诺。很多年后，我独自前来，沿着狭窄陡峭的山谷、枝叶繁茂错综厚密的树林，想象你在我身边，和我一起走完这段朝圣的旅途。你轻盈纤瘦的身体，脚步稳健步态优雅。马尾辫高高荡起，因为赶路而脸色红润。你还是那个十几岁的青涩少女，而我却已经老去。

我是一个懦弱的人，为了寻求心中的安全感而固步自封，不敢前行。我不敢改变，但又把这种无法得到的焦虑和恐慌归咎于颠沛流离的情感所失。我强拉着你进入我荒芜的情感沙漠，想象自己需要一方水土丰沃的绿洲，因为我的自私，让你跟着我一起流失水分。

很想给你写一封信，或者打一个电话，告诉你我从未忘记过自己的承诺。想告诉你，左依，和我去徒步吧！但我怯懦的性格、羞愧的过往，让我无法开口，甚至不敢面对你的眼睛。我只能躲在离你很远的角落却步不前。默默看着你越来越丰满的人生。你实现了你的理想，工作家庭圆满如意，我真的为你高兴。我来到这里，在卡瓦格博脚下为你许下诺言和祝福。

雨崩村是掉落凡间的仙子，是菩萨的眼睛。她温柔、宁静、朴素又不失妩媚。来过这里的人都说它是天堂，是人间净土，但我觉得它不仅仅如此，它是卡瓦格博遗失人间的爱人。雨崩村，卡瓦格博的心，我觉得它更像是雪山的灵魂。没有雨崩村的卡瓦格博是不完整的，就像被撕裂的人生，缺口无法愈合。

传说卡瓦格博是藏族雪山之神，是勇士的化身。但他这样一个勇敢无所畏惧的勇士，为何要化作一座雪山？人的情感都是自私的，我从不认为他仅仅为了保护他的族民，他之所以在此万年，定是为了守护他的爱人。

卡瓦格博是个勇敢的神，他不会忘记对爱人的誓言和承诺。但我不够勇敢，我是懦弱的人。我只看到自身的伤口和缺陷，看不到你的。左依，我在最冷的季节来这里，在雪地里感受你的温暖，可惜这里没有梅花。但不要紧，我会在这里种上一株梅花树，我要循着它的足迹，为你写一个真实的、关于卡瓦格博和雨崩村的爱情故事。

我会告诉你，左依，在远古时候，这里还是一片广袤荒原，天地相连，水云相接。卡瓦格博勇士和他的爱人在这里快乐而幸福地生活。这里春暖花开、盛夏清凉，秋天有五彩斑斓的果实和树叶，冬天有洁白无瑕的茫茫大雪。卡瓦格博勇士骑着白马，迎着风云驰骋疆场，他的爱人裙裾飞扬，长发飘飘，追逐他的身影。但是有一天，卡瓦格博勇士丢失了心爱的女子，他找不到她的踪迹。因为他心爱的女子，为了让勇士累的时候有歇息之所，便化作最美丽的村落，周围开满鲜花，有清澈的泉水流淌。卡瓦格博回首的时候，才知道他已经错失所爱，但他发誓要生生世世陪伴心爱的女子，于是便化作高耸入云的雪山，守护着这里，永不离弃。

左依，此刻我在雨崩村的一个木制小楼，白天抬头可以望见皑皑雪山，阳光灿烂洒下金色光芒。我能感受到卡瓦格博宽广博大的胸襟，结实沉稳的肩膀，他锋芒尽敛含情脉脉。晚上可以仰望天空，皎洁的明月和闪烁的星辰，笼罩着雨崩村，静谧安详。

左依，我撕裂的人生和残缺的灵魂，在这里得到宁静。我抛弃了一切象征文明的东西：手机、电脑……甚至是那些华而不实的衣物。我穿着藏族僧袍，戴着当地人那样的青色毡帽，七分的头发剃成板寸。我喜欢上当地人穿的厚实棉靴，它让我感觉无比踏实。

我在这里皈依，匍匐在卡瓦格博的脚下，看到自己断裂的前半生，如何在虚无缥缈、浮华喧嚣中沉沦。我曾经肆意挥霍青春，却从不知青春为何物。在我很小的时候，我的童年被迫终止，跳跃着进入成年世界。我没有品尝过少年滋味，所以成年的世界一片迷惘和荒芜。我曾经无比痛恨剥夺我童年和少年的家庭及社会，不曾停下来审视到底为何。我只是在自我放逐中牢骚满腹，放弃爱和被爱的能力。

左依，我曾经拼命想抓住些什么，却从不知道自己到底想要抓住什么。我在这里，找到了我的内心诉求。我和当地人一起日出而作、日落而息，饿了吃饭、困了睡觉，无欲无求、随缘而定。生死皆可随心，一切都是最好的安排。我不是一个游客，我是一个迷路的孩子，循着光明来这里安放躁动的灵魂。

…………

二十三

那年的第一场雪来得特别早。簌簌雪花无声无息、铺天盖地从半空中飘落下来，洁白透明、柔软轻盈，只用了半天时间就让城市笼罩于一片白茫和清冷之中。潮湿且冰冷刺骨的风吹得脸有种干裂的疼痛。她坐在教室里冷得瑟缩发抖，即便穿了棉鞋，脚也冰凉麻木。所有同学都在不断哈气跺脚缓和冻僵的手脚。好不容易挨到放学，大家饥肠辘辘，颤抖着争先恐后冲出教室。她在人流中缓慢前行，不时用手接住落下的雪花。她在飞舞的雪花中看见他的身影，目光犀利，有种穿透铁甲的分量。他们已经两个月未曾见面。她停下脚步，他却转身一闪而去，头也不回。

为了阻隔她和他朝夕相见，最大可能断绝他们之间的联系，那个时候，她已经随父母搬离了学校的房子，住到相距学校半个多时辰路程的奶奶家。她知道父母为此付出了巨大忍让和耐心，尤其是母亲。因为不曾为左家延续香火，一向不受奶奶待见。性格清傲的母亲，如非万不得已，绝不肯主动向奶奶示弱承受白眼和委屈。母亲恪尽儿媳之责，孝顺但不卑微，温和却不低声下气。但这一次，她主动给奶奶打了电话，要求回到老房子居住。

爷爷奶奶家在老城区，古老朴实的青石板街道，两边低矮老旧的房屋，家家都有一座狭窄逼仄的阁楼，阁楼上有推开就能直接俯瞰街道行人的木格窗户。楼下是杂货铺，租给别人打理，他们通过杂货铺旁边的黑暗巷道走至里面才是两间卧室和一个吃饭的客厅。客厅后面是阴暗潮湿的厨房，不通风不透气，白天也感觉压抑。

好在爷爷奶奶为了照顾更受他们喜爱的孙子，三年前开始基本常年居住在一百公里之外、另一座更大城市的叔叔家中。母亲虽在征求爷爷奶奶意见的时候受了些重话，但住进来后，暂时与以前无甚分别。除了上下班会比以前多一倍的时间。每天早上，他们一家三口用过早饭，分别向不同的方向各自行进半个时辰，上班、上学。因为距离原因，她的午饭和晚饭都在学校食堂解决，晚自习之后，母亲用自行车将她接回家中。

她住在阁楼，从客厅一角的楼梯拐上去，便是她的方寸之地。母亲给她报了课外辅导班，购买了大量课外作业。她每天的时间被各种学习和辅导填充，分割成块，毫无余暇。仅有的时间也被困在阁楼之上，唯一的自由是推开窗户看着外面初露曙光或者漆黑暗沉的天空。她像一只断翅的鸟，束缚在这个牢笼之中，呼吸困难无法挣脱。

她记得小时候父母常带她去放风筝，那是她很长一段时间里面最喜爱的野外活动。她手握细细长长却牢固不断的白色风筝线，穿着红色连衣裙，在碧树绿草间、蓝天白云下快速奔跑，父亲亲自做成的各种简易风筝随着风慢慢升起，在天上如鸟一样飞翔。但风筝飞多高多远，她手中长线轻轻一拽便会回来。母亲说她就是那个风筝，无论长多大，离开多远，爸爸妈妈手中的线都不会放开。但现在，她突然发现自己在父母心中并不是那个可以飞到天上的风筝，而是握在手中的砂砾。父母拼命合掌，想要牢牢掌控留住她和她们曾经亲密无间的情感，想要让她跟随她们的脚步和思想，重新变回那个唯命是听的乖乖女。越是用力，砂砾流失得越快。

她并不怨恨自己的父母，她理解他们的良苦用心。只是她无法明白，为什么曾经那么开明通情达理的父母，突然之间变得不可理喻专横霸道。她从未做过任何错事，襟怀坦荡，可父母不再信任她。他们恨不得寸步不离将她牢牢绑缚在侧。她曾试图解释，但父母点头表示相信，却并不因此放松警惕。她便不再解释，不埋怨也不自省，在父母面前话语越来越少，终至无话可说。她们就像拔河，用尽全力不肯放手，都有一种筋疲力尽的感觉。

后来她明白父母紧张的根源，来自大街小巷的无稽谣言。小城市最擅长飞短流长，关于一个不知廉耻自甘堕落的女孩，倒追一个打架斗殴辍学的不良少年的传奇故事，激发了每个人的吃瓜神经。他们津津乐道不厌其烦，乐于站在道德的制高点判定对错、一锤定音，不容别人分辩。市井传言甚至说他因为争风吃醋才打烂了那个同样不学无术的少年的头，她是红颜祸水，天生长着一副妲己的面孔和褒姒的心肠。

流言蜚语越传越邪，潮水一般涌来，将她撕裂。父母引以为傲的所有自尊和知书达理，很快就被击得支离破碎。她深陷其中无所遁形，像个赤裸的婴儿，被所有人围观。她成绩优良，表现上佳，可这也不足以抵消谣言的伤害。生性倔强隐忍的她，咬着牙视而不见，她不再有朋友，也不再阳光灿烂。埋头苦读成为她反抗的武器和唯一表现。

那个冬天异常寒冷。

那个雪天，他的身影消失之后，她没有去追赶，而是在寒冷的风雪中，穿着太阳一般艳丽的红色棉衣，穿过学校操场，在一群窃窃私语和白眼中昂然抬头。校门口对面街道，杵着一个人形，腿部纤细，不协调的藏青色巨大棉袄里面缩着一个平头发脑袋。鲍雨竹站在雪地之中，暗色的衣服长过膝盖，她瘦如竹竿的身躯在巨大的衣服里面极不相称。

但那身棉衣在一片雪白中极为醒目，她一眼就看见了她。这一次她没有逃跑，而是静静地站住，隔着街道回望那道犀利的眼神毫不退缩。鲍雨竹在她清冷坚定的目光中显得局促不安、躲躲闪闪。她慢慢走过去，站在鲍雨竹的面前，此刻她已经和鲍雨竹身高相差无几。

从她十二岁开始，鲍雨竹就对她充满敌意，两年过去毫无改变。鲍雨竹眉目萧索，面色疲倦，这个十七岁的女孩，就像被催熟的花，早早就突然盛开又快速枯萎。她的身上看不到属于女孩的特质，只有俗事烟尘。

她在鲍雨竹的嘴角发现一块乌青。鲍雨竹有种被看穿的恼怒和羞愧。她气急败坏心绪烦乱，故作镇定地努起嘲弄的表情，看热闹一样得意扬扬向路过的人抛下洞悉一切的虚假笑容。挑衅的神态，幸灾乐祸的表情，她一眼看穿，却不屑争辩。

她说：“我知道是你故意散布谣言诋毁我，诋毁加诺哥哥，你明知道我和加诺哥哥清清白白，你狭隘的心，容不下我和加诺哥哥的真挚友谊，所以你就用最卑劣的手段来毁掉我和我身边的一切，你伤害我，你就得到快乐了吗？鲍雨竹，你内心可曾有过一时一刻的阳光，你可怜的不被重视的生活，让你的心充满阴霾和尘埃，你自己看不到阳光，就假想阳光根本不存在，你不觉得你很可怜很可笑！”

鲍雨竹在她淡定的语气中恼羞成怒，她不能忍受一个身处污泥沼泽中却还能如此平静铿锵有声的人面对她，她自以为扬眉吐气的得意被面前女孩镇定自若的态度击打得粉碎，灰飞烟灭。她可以被敌视、被辱骂、被践踏，却无法忍受无视。女孩对她的无视和不屑，让她心怀怨恨。

鲍雨竹恶狠狠的声音尖厉而刺耳，她叫喊道：“你以为你是高傲的公主，可以任意践踏我的自尊？也许你曾经是朵莲花，自以为出淤泥而不染，纯净洁白，但现在，你和我一样，你有什么可得意？有哪里比我强？你是人们口中那个不知廉耻的坏女孩，你关心王加诺，你自以为襟怀坦荡，可你骗不过我，这世上就没有无缘无故的好，没有毫无条件的付出，你敢说你对王加诺没有非分之想？你以为他为了你打我一巴掌，你就可以嘲笑我？他本是个男人，从不动手打女人，可他为了你，沦落成一个不折不扣的混蛋。让他回归你的世界，你别做梦了，他和你，是两个世界的人，你们从不在一条线上。就算我是烂泥沼泽，他也和我一样，我们注定是一类人，不能自救也无须他人来救，我们有自己的生存法则，不需要你的道德标准来指手画脚、说三道四！”

她对鲍雨竹充满怜悯。鲍雨竹偏激的价值观和颠倒的逻辑，来自她的原生自卑，她厌弃自己，却又不知如何改变，她粗糙枯瘦的躯体之内，藏着一颗卑微的毫无安全感的心。

她说：“我从未想过对你们的生活指手画脚，是你假想我在破坏你的生活，在争夺你的东西。谁的人生都有裂缝，如果你只看到裂缝不断撕扯，它就会越来越大，如果你不去管它，面对阳光，裂缝就会被温暖填满。鲍雨竹，我们都有可以选择的自由人生，为自己的选择承担后果。冬天下雪很美，也很应当，可要在夏天去强求雪的清凉，就是自寻失败。秋天开不了桃花，春天也催不熟莲子，你做这些毫无意义！”

鲍雨竹被她的淡定从容打败，她无法理解一个女孩面对这样突如其来潮水般的脏污泼洒时，怎么能表现得那样平静。在她面前，鲍雨竹自惭形秽，她只能提高声音来壮声势，因此显得声嘶力竭：“有没有意义轮不到你来评判，你自以为高贵的灵魂，哪里知道我们的处境，我努力认真地活着，争取我要的，我没什么不如你！”

她看着鲍雨竹绝尘而去渐行渐远，雪地里缩小成一个黑色的点，留下一地混合泥土的脏污脚印。她在心里努力压制悲伤。她其实没有鲍雨竹以为的那么坚强，她只是不愿意示弱。她转身的时候，再次看见了他。

他在不远的一根电线杆下，衣着单薄，深灰色棉袄敞开衣襟，露出里面绛紫色立领毛衣，拉链滑下颈窝。雪花落在他短硬的头发上，一片零星的白。她从未在学校外面的这条街道上见过他，他也从未主动来找过她。看见他的时候，她以为自己眼花，拉了拉头上红色的帽子和裹在脖子上的红色围巾，揉了好几下眼睛才能确定雪地上萧索的身影。

漫天雪花飞扬，空气潮湿阴冷，景物朦胧，他不动声色面目清俊，就那样静静地望着她。接她放学回家的母亲还没有来，她站在校门口发愣。陆陆续续走出校门的学生开始好奇打量，发出尖啸的怪声。她看见他脚步移动，目光变得阴冷，于是她转身开始向前面奔跑。

她跑得急，带起的风吹落了帽子，围巾也散了下来。她弯腰快速捡起帽子，双手握着压住胸前晃荡的围巾，脚步踉跄气喘吁吁。棉鞋中进了水，嘎吱嘎吱地响，脚掌冰凉。身后传来和她一样的疾速脚步声，更重更稳健，呼吸沉静。

她知晓他会跟着她来，一点也不觉得意外。城市很小，穿过大街转过几条巷子，就能穿梭到城乡结合的边缘。这里有起伏绵延的小山包、丘陵，和大片田野。林木森森，冬天不会落叶，颜色深绿，覆着浅浅一层洁白雪色。

万籁俱寂，只有簌簌雪花飘落的声音，田边那条清澈的小溪此刻也因了雪而变得宁静。除了他们，没有别人。她停住脚步，站在苍茫野地之中，伸展双臂，仰头感受雪的清冷和寒凉，咯咯笑着招手叫他过去。

他跟随她的身影，气恼地吼叫："你疯了吗？出了这些事，你为什么不告诉我？我他妈还是从别人口中知道，你还能笑得出来，你知道对于你来说，陷入这样的谣言有多么可怕！"

她放下手臂，眼神清亮地看着他，像不认识一样眨了眨眼。她从不记得他在乎过谣言，惧怕过口舌。她说："既然知道是谣言，又何必理会？你我都知道那是无稽之谈，是鲍雨竹故意编造出来的谎言。可你为了这个，就去打她，不是此地无银三百两不打自招吗？"

他说："你和我们不一样，我们早就沦陷于泥沼之中，当然不怕谣言，可你是乖乖女，你还有大好前程，要考重点高中，考大学，有美好的未来，你的生命不应该有任何污点。我明白你是想让我变得和你身边的那些人一样，走所谓的正道，不明白的是你，我有案底，早就洗不清了。左依，我和我姐说过了，以后有事不要再去找你，你也不要再管我的事！”

她说：“谣言止于智者。如果你真的明白，就不该把自己变成野兽！你天性中从不缺善良，是你自己选择视而不见！你抓扯着那些久远的伤口不放，它就永远不能愈合！你不知活着的意义，麻木懈怠，你只是需要一遍遍确认活着的事实而已。用鲜血淋漓和彻骨痛感来确认，这是杀鸡取卵得不偿失，只能让你伤得更深更彻底！”

“不要拿你的标准来要求我，我有自己的生存法则。你和我分属不同的世界，你可以像月亮一样高高在上闪烁明亮，但我不能，我就像你脚下的脚印，一场雨、一场雪之后就会被覆盖，你不懂我的世界！”

“为什么要否定自己？你不是父母一时冲动的附带产品，你就是你，活生生的生命，有思想有血肉的你，你可以独立自由的存在！”

“我找不到方向，不知道生命所为何来。我厌弃自己，原生带着罪恶和自卑，我就是个无法结痂裹着脓疮需要割除的毒瘤，我的存在没有意义！但我害怕死亡，没有勇气面对，死带不走任何东西，留不下一点怀念！肉体化作泥土和尘埃，一场虚无！左依，我害怕虚无，害怕虚无中的自己，茫然、无知，不知所处！”

“不，生命本身或许没有意义，可生命带来的存在就是意义！我们存在，就应该留下些什么东西，为我们终将留下的，去寻找一个意义！寻找本身，就带着意义！我们生来就喜欢美好的事物，因为人的本能和天性如此，这是生命赋予我们的奇迹！我们应该活出生命本该有的样子！”

他用脚踢着泥地上覆盖的一层薄薄白雪，很快那些原本洁白的雪地便糊成污黑的一团。他在内心自责，那个面红耳赤紧咬嘴唇、胸口因为激动而剧烈起伏的十四岁女孩，早超越那个年纪应该有的思想，她对生命的深刻领悟源自她学习认真、博览群书、惯于思辨的良好习惯。但她过于成熟敏锐，脱离一个青春少女的天真无邪。他知道，这都是因为他。

她浅浅笑着，努力恢复过于激动的情绪。她拉着他的手，说：“加诺，你来……”这一次，她没叫他哥哥，直呼其名。她想用这种最直接的方式，向他证明自己早已长大，自己的观点不是出于一个幼稚女孩好奇而天真的成年想象。

她拉着他的手向覆盖白雪的旷野走去，开阔天地被高高低低的林木遮挡，农田里褐色土地如披上一层雪白棉被，四野苍茫，远山浩渺起伏，灰而沉重。天地一统之间，百米之外原本不那么醒目的一株梅花独秀，枝头繁复的花朵红艳饱满，白雪无法遮挡，红白相间的色调反差，绽放夺目光彩。

她说："顺着这条路往西，穿过那座丘陵再左转，有一条捷径直达万合街，你知道的，我外婆就住在万合街。小的时候每次去外婆家，外婆就带我来这里玩，她喜欢这里，说这是幸运的福地。"

他在城市长大，几乎踏遍了城市和郊区的所有地方，但却没来过这里。但四下张望，并没看出什么特别之处。这座城市的郊区，几乎都是如此。

她指着远处那棵梅花，说："外婆说冬天的时候，百花凋敝，只有梅花，能傲雪而开，因为它用了一年的时间集聚力量，它有内敛低调不惧寒冷的高尚品格。加诺，我要告诉你一个秘密，藏在我心中无人可知的秘密。"

他们走到树林之中，她站在一棵树下，树枝挡住了部分飘雪。她拂开几缕粘在脸上的头发，正了正帽子，仰望着他，说："加诺，每个人的生命都有裂口，我也不例外。我是个孤儿，生下来三天就被亲生父母抛弃，扔在那棵梅花树下，那个寒冷的冬夜，我毫无知觉，如果不是外婆鬼使神差来这里寻找一枝梅花，我就冻死在那里了！"

他震惊而无措地看着她，无法判定她所说是不是一种安慰他的玩笑。她表情平静，脸上带着淡然的笑容，看不出一点的伤心和怨恨。她像在诉说别人的故事，但她的眼睛明亮真挚，没有一丝玩笑的意味。

她说："我的母亲因为一次难产而失去了生育能力。外婆无意间捡到的我，与母亲有着无法割舍的莫名缘分。父母收养了我，瞒着所有人。别人都以为我是母亲亲生的女儿，除了爷爷奶奶、外婆和舅舅舅母，他们没有告诉过任何人。但他们不知道，我其实在八岁的时候就已经知晓了这个秘密。那年在外婆家，我独自躺在阁楼中午睡，母亲和外婆以为我睡着了，但一只野猫从窗户跳过的时候惊醒了我。我听见了母亲和外婆的谈话，我知道她们谈论的是我，但我没有声张。我从不觉得被抛弃，我有父母，他们就是我亲生的父母。我假装一切不知，他们都不知道这些年，我其实什么都知道。”

他说：“你不恨他们，抛弃你的亲生父母？”

她摇摇头：“我不知道，至少我没想过这个问题。我不认识他们，他们也不认识我，在他们心里，我或许早已死去。我不想念他们，也不好奇他们的一切。我也从不觉得自己缺少什么。加诺，我之所以告诉你这个秘密，是想说，没有谁生来完美，没有谁的人生一片坦途，我们的内心都带着缺口，只是未曾说出来而已。有些缺口，只能自我愈合，加诺，你内心的伤痕，除了自己，没有人能帮你抹平！”

八岁那年，她在阁楼中被迫一瞬成长，就像揠苗助长中的那株禾苗，突然拔高但根基不稳，无法抵挡风雨。她在骤然的成熟中思考关于“我是谁”的命题，却不得所终。那一刻她突然想到了王加诺，那个自小失去母亲的男孩伤痕累累跌跌撞撞，桀骜不驯的野性中隐含恐惧。她突然觉得恐惧，源自对自我血脉的突然陌生，更害怕被抛弃，重新回到那棵梅花树下，面对簌簌飘落的雪花无依无靠。

一个八岁女孩的幼稚和浅薄，无法把生、养两个概念完全区别，困惑、不解、惧怕和探索，各种复杂情绪让她多年来深谙幸福的理所当然瞬间倒塌。她默默地缩在阁楼一角，努力将自己的身躯隐没在那个巨大残破被丢弃此处的旧衣箱后面。无人可说、孤立无援。她选择独自承受，将这个秘密压在心底。

但多年之后的今天，她斟酌再三，告诉了他。也许是出于一时冲动，也许是背负太久，她需要有人分担。无论如何，她觉得这样，他就能明白，他们其实有某种必然联系，完全背离的轨迹，却千丝万缕缠绕相通的情感。

她在十四岁这年，因着这千丝万缕的莫名情感，成为学校的名人。她再不是那个成绩优秀表现上佳的三好学生。她被迫顶着污点行走，别人指指点点、闲言碎语、冷嘲热讽，潮水一样包围着她，一波又一波，无法平息。

一些从不去招惹她的不良少年，开始循着她的足迹骚扰。这个老师、同学和家长口中最优秀的榜样，突然成为他们一样的人，这让他们有了某种加持和成就感。但她泰然处之，如一朵泥塘中饱绽的洁白莲花，睥睨一切污垢杂烩。她把内心隐秘告诉他，以此明了他们其实有相通的情感伤痕。她从不因此而怨恨、堕落，他也应该如此！

二十四

从西当出发的时候，他一度担忧，怕她的身体承受不住巨大的运动量。他甚至建议不要一天到达，路途中有休息站，他们可以住一个晚上，第二天再去雨崩村。他不知道徒步的时候，看起来羸弱的她，却有着坚韧的耐受力。迅捷轻盈、脚步稳健，轻易避开硌脚的石头和阻拦的枝丫。她在凹凸不平泥石混合的山路中如履平地！

她身体里面似乎潜藏着巨大能量，有他不曾明了的信念支撑。沿途还未被外界文明同化，原始自然，没有手机信号，没有琳琅满目的旅游纪念品摊点，甚至没有人烟。山势高大险峻，依山凿出来的曲折道路蜿蜒前行，坑洼不平，硌脚的大小石子顺着鞋底滚动。不时听见山坡滚落下的石子的细碎声响，他们尽可能靠山行走，避免一脚踏空而落下另一边的悬崖峭壁。但落石也是不容忽视的问题，他边走边提醒她小心。走了一段之后，他开始沉默，发现她其实比瘦弱外表看起来要坚韧和强健许多。她并不是养尊处优的大小姐。而他自己，自以为在加拿大的时候也不是个喜欢宅家的男人，运动、娱乐，花费更多的时间在户外，觉得身体强健。但他很少走这种山路，崎岖不平，坡度陡峭，一边是落石，一边是悬崖，不留意便有踏空的危险。在她面前，他自惭形秽，还不如她一个吃着药的女子灵活。

从西当到第一个休息站，据说是最难走的陡峭路段。山路狭窄，穿过荆棘丛生的原始树林。上坡时泥石混合，脚步打滑。他们花费了三个小时。一路碰到和他们一样的游客，背着硕大的旅行包，打着绑腿，手脚并用。几个穿着时髦的年轻男女，体力较好，边走边嘻嘻哈哈地开着玩笑，超越他们的时候，大声喊着加油。他们在香格里拉路上休息时有过一面之缘的那对中年夫妇，走得气喘吁吁，停在一棵断裂的树桩前休息，见到他们两个，惊喜地站起来。他们也正好休憩一下，就地坐了寒暄一会儿，补充了些水。休息的时候，陆续有好几拨人从他们身边走过，各自露着疲惫而善意的笑容。

到达第一个休息站的时候，他感觉腿部肌肉紧张僵硬，旅游鞋上沾满了泥土，手掌上也乌黑一片，疼痛难忍。她比他强了许多，虽然脸上也露出了倦容，但走起路来还很轻快。休息站聚集了不少人，因为空间的问题，很多没有位置的人顾不得脏乱，选择席地而坐。说是休息站，不过是个简陋的泥石堆砌的土坯房，用毛毡遮盖的房顶、就地取材的木头横梁，内里敦实温暖。屋外有一个小巧的玛尼堆，上面插着光滑浑圆的尖细木杆，细细绳子四周几条拉下，用石头固定在地，绳上飘扬着五彩缤纷的经幡和雪白哈达。

他们在店里倒了热奶茶，点了两碗面条。因为没有空余桌椅，等待的时候便在屋外就着背包坐下。五六个藏族打扮的人，三男两女，围着玛尼堆转了三圈，然后从怀中取出彩色经幡虔诚细致地挂上绳子。一切做完之后，他们寻了个平坦空地，围成一圈席地而坐，从看不清颜色和花纹的背包中摸出干硬的酥油粑、干牛肉分成小块，每人拿着一块慢慢啃咬咀嚼。

他们没有交谈，只是细细地慢慢地咀嚼，偶尔喝一口自带的水。安静祥和，处身事外，和其他游客迥然不同，不好奇周边景致，也不过多攀谈相互寒暄，秩序井然，谦恭有礼。她知道他们不是普通游客，也不是猎奇的行者，他们是朝圣者，因着卡瓦格博神山而来。各地藏族群众和僧侣，也有一些驴友，来梅里雪山不仅为了饱览秀丽的自然风光，更多是怀着朝圣转山的信念。

梅里转山分内转和外传，神女峰和五冠峰之下的雨崩村神瀑，是内转山的重要起点。云岭乡永久村，则是梅里雪山“外转”路的起点。她曾听说永久村里有个小型藏传佛教寺庙，转经者会先在寺庙烧香祈福，然后正式开启转山之路。而守寺的僧人也会日日点燃酥油明灯，为前来跪拜的转经者祈福，她对他说自己很向往一次那样的转经之路，但这次恐怕没有机会，因为她不知道自己的身体是否能支撑那么远的路途。

根据藏族群众行走的这条路线，应该计划去内转山。她坐在不远处，小口抿着碗中热烫的酥油奶茶，默然观察好一会儿之后，才倾身在他耳边低语：“他们都是常客，应该来过很多次，对当地的地形和路线比较熟悉，我们一会儿跟在他们后面，会节约很多时间。”

休息站的老板娘是个身着青色棉袄黑色棉裤的矮胖女人，用完全不符合外形特点的灵活姿态穿梭在客人之间，热情招呼、安排就座、上茶上菜，嗓门粗大洪亮。他们跟在女人后面，小心避过进出的人们，在一张残破油污的桌前坐下，等待面条上桌。山里气温低，喘息时带入清寒的空气，她需要一碗热烫的饮食温暖胃部，好给即将吞食的苦涩药丸打好基础。等待的空档，他们扫视了一下休息站里的环境。简陋苍白的墙壁、乌黑发亮的地板、脏污桌椅之间，绿色垃圾桶里扔着各种食物包装袋、粗糙纸巾和残羹剩菜，空气中弥漫着食物的香气和人体散发的汗味及其他复杂味道。她对这一切都感觉新奇，偷偷打量那些来自五湖四海的行客。

为了不错过那几个藏族老乡，他们几乎是狼吞虎咽地用完面条，又喝了一大碗甜腻的酥油茶，急急忙忙走出店堂。但还是晚了一步，几个藏族老乡已经启程前行，他们没看到他们的身影。她略有些遗憾。进出雨崩村的路途并不复杂，只有一条被踩踏出来可供行走的小道，只要不在树林中穿梭走岔，完全不必担心迷路。但他还是安慰她，说只要加快脚程很快就能赶上那几个藏族老乡。

整理行装的时候，矮胖老板娘正好出来，听见他们的对话，以为他们找不到前行的路，便热情地贴过来，声音爽朗给她指道，让他们顺着斜坡上去，沿着一条羊肠小山路曲折过去，就可以看见雨崩村的指示牌。她说话的间隙，对着不远处的林中大声呼喝了一句。他们这才看清那边有个七八岁的男童，一身鲜艳地在林中跳跃。老板娘笑呵呵地对他们说："那是我儿子，自小野惯了！"他们从老板娘嗔怪的语气中听出浓厚的甜蜜和溺爱。

她不觉多了句嘴："上几年级了，今天放假了吗？"

老板娘挥了挥手道："我们这的娃，比不得城里方便，上学远着呢，他还小，大些再送去学校。平时也不怎么管他，随他疯玩去吧。姑娘，人生苦短，娃小的时候就让他多得意几年，大了就由不得我这个妈了！"

她面浮微笑，赞同地点头。店中忙碌，有人在叫，老板娘顾不得多说，对着林中孩童又叮嘱了几句，和他们随意点了个头便去店中招呼客人。他们顺着老板娘指的方向走去，一前一后，感叹老板娘活得通透，看起来其貌不扬，语句中却满含哲理。从他们身边超越的两个男女，听见他们的话，回过头来告诉他们，说香格里拉这个地方，很多看起来其貌不扬、做点小生意的人，其实都有着自己的故事，他们很多来自大城市，有不错的人生轨迹，但最终选择来这里定居，不为赚钱，都说是为了心灵净化。她知道这话不假，在大理就有许多这样的人，卖掉大城市成千上百万的房产、处理掉盈利卓越的公司，去大理买一套小房、一个院子，一家几口人自己种菜、自制家具，粗布衣服、粗茶淡饭，闲来煮茶养花、家中教子，偶尔和朋友们相约出行，饱览风光，过着简约单一的生活，没有过多的物质追求，也不羡慕别人的功成名就，自得其乐，颇有归隐田园的自在和闲适。

他说，加拿大有很多这样的人，喜欢简约，住在郊区，不崇尚名牌和奢侈生活，相比来说，中国人更愿意追求名利，自古就是功成名就衣锦还乡，他们自己如此，教育和要求后代也一定如此，生活得非常辛苦。在加拿大，很多人更愿意享受生活，也更看中自己的生活品质和快乐。我觉得这个老板娘的态度就很不一样，你看她很忙碌，但是非常快乐，孩子的童年也不过多要求，所以那个孩子也很快乐。

她说："有句话，叫理想很丰满，现实很骨感。在这个地方，没有比较，生存压力也不大，或许她还可以，但有一天孩子长大，离开这里去到城市，就会知道现实有多么残酷。没有压力的童年，必定会带来淘汰的少年、中年，中国人多，竞争压力大。父母对孩子要求多，也是希望他们长大后多一个选择的机会。"

他好奇地说："为什么长大了就一定要去城市，难道在这里不好吗？这么多人来这里旅游，说明这里很美，很有吸引力，他长大后也可以如他的父母一样，在这里快乐地生活！"

她说："人是很奇怪的动物，都喜欢追求存在感和荣誉感，这是天生的。而这些需要在群体中完成，老板娘或许是经历过了，看得淡了，所以才能有这样的心态，但孩子还小，父母的意愿不代表他自己的意愿。有一天他会长大，会反思、抵抗父母加给他的观点和态度。他不会愿意拘束在这个人烟稀少的地方，他会去城市完成自我成长。成长是痛苦且需要付出代价的，他终会明白知识缺乏意味着什么。你看这些人来这里旅游，大加赞叹，甚至说自己多么愿意放弃一切来这里永远生活，但那都是一时冲动，是旅游带来的短时思想障碍。他们很快就会明白，这种想法多么不切实际，他们多么放不下城市里的一切，所以几乎没有人会最终留下。人们都喜欢得不到的，而很多得不到，反而是因为无法放弃已经得到的。有舍才有得，他们舍弃不了现在的生活。你看自古多少文人墨客，感叹田园归隐如何如何，但真心归隐的又有几人，李白这样的浪漫诗人，皇帝召见的时候，不也‘仰天大笑出门去，我辈岂是蓬蒿人’嘛。我们都是名利的附属品，真的看淡功名利禄的人，反而是已经得到的人，只有站到了高处，才有指点天下的平和，也才有一览众山小的胸襟。”

他说：“我的父母在中国长大，接受了许多你这样的传统思维，禁锢在一个狭小难以自拔的方寸之地。他们从不为自己而活，孩子的优秀高于自我荣誉。他们的快乐建立在别人的夸赞和羡慕之上，很少考虑这样的需求是否真的是自己的需求。他们用自己的观念管束我，要求我也如此，却没想过我是否也愿意这样生活。”

她说：“中国父母，很难接受自己孩子的平庸，无法忍受他们与优秀孩子之间的巨大差距。但其实，绝大部分的家长都应该正确认识到自己孩子就是个一般人，长大后会过着与他们相同的普通生活。父母的期望总是高于孩子的实际成长，自欺欺人地把这种偏差归于不够努力、不够全面等各种理由，所以给孩子报无数个课外班、兴趣小组，辅导课，不放过任何一个微乎其微可能出人头地卓立人群的机会。问题是家长把孩子的教育理所当然交付他人，他们付出过多的时间，却不肯停下来陪伴和倾听。中国的孩子都活得很累。”

他说：“国外的父母可能陪伴更多一些，但孩子一点不会轻松。这同样要看父母的期望值，选择做个精英阶层，承担的压力和付出的努力也很大。但相对来说，可能父母会更多考虑自身的幸福和生活。”

她点头，说：“只有要求和鞭打，没有亲情教育的成长是可怕的。有些父母喜欢把自己的不幸强加于子女身上，他们视孩子为私人财产，从不赋予独立思维和性格。我就见过这样的孩子，他在单亲家庭中长大，缺乏关爱，所以最终也失去了爱的能力。但他通过自身努力，一点一点寻回内心温暖的过程，实在太过痛苦和漫长……”

她突然住口，像想起了什么一样，刚还平和温良的神色骤然收敛，眼中露出阴郁。他心中透明，自然知晓她说的那个人便是日记的主人，便也不挑破追根问底。气氛一下变得很是宁静，周围没有人，甚至也没有一只鸟在空中盘桓的影子。只听得见彼此略变粗重的喘息和节奏分明的脚步声。

翻过一道垭口，脚下的路变得更加狭窄陡峭，从崖壁上滚落下来的石块棱角不一，粗糙硌脚，散落在暗褐色的土路之上。他们一前一后，走得极为小心。这条路一直延伸往下，两边林木茂盛，形态各异，树木粗细和叶片明显不同，分属许多种不同的科目。她唯一能分辨的只有高山松、栎树和香樟。树林下面匍匐着低矮的灌木丛、暗绿野草，杂乱无序中间杂着一些红色、黄色和白色的羸弱花朵。红白相间的花是格桑花，黄色的她不认识。她记得曾在何处见过相关资料，说这里盛开一种叫绒蒿的花，耐高寒和缺氧状态。她猜想这应该就是那种被称为高原牡丹的绒蒿花。

远处隐隐传来水流的声音，她支起耳朵辨听，恍然觉得不太真实。此处山林之中，一路未见溪流，也不是化雪的季节，他们不确定听见的是泉流之声。林中光线阴暗，看不见飞翔的鸟。林木高处，有鸟的清脆鸣唱倏忽来往。她照例听不出是何种鸟的叫声，只觉得清越动听。

她说："我只知道最常见最耳熟能详的植物和鸟类名称，我无法知晓更多。从小到大，我几乎不去关注身边的任何陌生花草树木，不能分辨各自特征，说不出名字，描述不了它们不同的美。忽略最近的风光，却总向往远处的景色，我们有时候很可怜。"

他停在一棵树下，抬头仰望，说："不仅是你如此，大部分人都不关注生活之外的东西。我们置身于自然风光之中，觉得一切理所当然，除了物质享受和精神追求之外，对理所当然的东西视而不见。无法蹲下身来，花费时间去探询一棵树、一株草、一朵花的生命轨迹。我们羡慕鸟的自由，却不愿意张开翅膀。人为什么不能像鸟一样，因为我们背负的东西太过沉重，想要的东西太多。"

她说："我小的时候曾经异常迷恋一株梅花，那个时候南方的冬天也下雪，鹅毛般的雪片覆盖在枝丫和花朵之上，干瘦的躯体突然变得臃胖，便不那么清孤，可茫茫一片雪白之中，又只有它卓尔不群地开放。我从未将它当作一株植物，它在我的眼中具有无比灵动饱满的生命色彩。树根延伸向外的泥土绵软清凉，潮湿温润，它是孕育我生命的摇篮。那是我唯一关注过的植物。"

他弯腰从地上采了一朵红色的格桑花，举过头顶，透过花瓣的空隙漏下来的一缕天光青白如缎，她的脸在银质的光影中显出病态的红润色彩。

他说："我自小到大，只关注过糖枫，因为它实在太随处可见，浓墨重彩的叶片，是我做书签的唯一材料。采下喜欢的、干净饱满、没有破损的叶片风干，然后刷上一层透明的乳胶，用热热的硬塑料夹在中间，塑封之后可以永久保存。我喜欢在叶片上写下好听的话，落下自己的名字，送给别人作为礼物，好看实用，成本低廉。可十岁以后，我就再也没有做过。”

她看着他，目光中含着笑意：“能用钱买来的东西，未必是最好的，亲手制作的那番心意，才是最珍贵的。我儿时也做过书签，没那么频繁，我们那里没有糖枫，我用稍硬的卡纸，裁剪起来，画上彩色的画，写几句祝福语，上面打个孔，穿一条细细的绳子。我喜欢写一些简洁的名言，可惜……”

她突然停住，目光变得呆滞。他发现她常常如此，突然就从一种状态跌入另外一种状态，心绪游离难以捉摸。这是一个内心饱满且绝不张扬的女人，看似从容淡定平和的外表之下，掩藏着沧桑起伏的情感。冰与火的割裂，山与水的纠缠。明亮如星的眼睛深处，有着独立且深邃的思想，如一汪千年的不老古泉，平静的血脉之下，汩汩翻腾游离俗尘之外的传奇故事。

他自以为深谙她的过去，却总是在这样的时刻显得手足无措。他琢磨不透她的真实内心，甚至无法了解她的想法。她在他默然探询的凝视之下，突然醒过神来，抬手撩了下鬓角发丝，莞尔一笑，扭头去张望前路。目光尽处，隐隐一片彩色翻飞。他们都知道，那应当是下一个垭口，随风飞舞的是玛尼堆四周挂满的彩色经幡和雪白哈达。隔着老远，他们都能感觉到那种神秘虔诚的古老意味。

风拂过，有零星水滴落在裸露的皮肤上，他们惊觉这里的气候不愧是变化多端，一路过来空气湿润，云雾密层，但绝没有下雨的征兆。可此时，雨滴明显落下，让他们猝不及防。好在装备齐全，他们从背包里翻出雨衣套在外面。雨衣长至小腿，宽大得足以挡住她整个身体和背包。

雨天路滑，他们不敢掉以轻心，各自折了一根粗壮树枝作为支撑，缓慢前行。前后无人，三三两两的游客散落在偌大的山林中，稀疏难觅。走了十几分钟之后，雨突然变大，天色骤然阴沉暗黑，密集的雨点笼在四周，能见度不足两米。雨水滴落在树木和地上，发出瘆人的巨大回响。本就难行的小路泥石混流，更是污沼滑腻寸步难行。他们在风雨中歪歪扭扭，一步一滑走得极为艰难。

他们都是城市里长大的孩子，干净光滑的柏油路面或是整齐打磨的青石板路，他们可以自由奔跑速度迅捷，像鸟在天空飞翔般娴熟自在。但他们没有见过这样的烂泥路，雨水冲刷着污泥和石块，厚实的旅游鞋深陷在因浸泡变软的泥水之中，裹着细小石头的泥水顺着鞋口流进里面，硌得脚板生疼。鞋里面进了水，黏腻冰凉，肿胀的脚很快麻木。雨越下越大，不知什么时候才会停止。

他们寻了一棵枝叶繁茂的大树，靠着树干稍微整理了下鞋子。雨太大，生长旺盛的枝叶被敲打得上下点头，散开又合拢，无法挡住迅疾雨势。他们的雨衣紧贴在身让动作迟缓僵硬。环顾四周没有更好的避雨之处，若到天黑还没有到达下个休息站，林中无处不在的危险以及入夜之后的寒冷更加可怕。他们无法停下，只能硬着头皮往前。

早上打好的绑腿已经湿透，他们解下来拧干水分后再次绑在裤腿外面。手电筒在此时发挥巨大作用。强烈的白光似乎也显得潮湿温润，含着潮气的漉漉流光之下，眼前的小道明灭隐约，一切显得怪异诡谲。突然暗下来的天色、毫不熟悉的环境，仿若一个巨大的空洞，快速吞噬掉他们仅有的热气。

她很快就感觉不到自己的脚尖，全身发冷，嘴唇不听使唤地颤抖，牙齿发出咯咯的碰撞声。他在后面觉察到她的异样，急忙紧走两步与她并齐。她的脚步开始变得虚浮，头重脚轻无法支撑身体。他拉着她的手，帮她从雨衣里面取出背包挂在自己胸前。她的脸上流淌着晶莹水滴，眼眶发红，仰头看着他。他无法确定那是雨水还是泪水。

她嘴唇翕动，响亮的雨声掩盖了话音。她贴着他的耳朵，大声喊道："我没事，你把背包给我吧，你背着两个包不好走路。"

他也大声喊叫着回话："没关系，我力气大。我估算了一下，到下个休息点至少还有五公里的路程，天快黑了，这雨也不知道什么时候停，我们加快脚步。到了休息站就好了。你身体还行吗？要不要吃点药再走？"

她挺了挺脊背，抬手揩了一把脸上的水，指着前面的路说道："我不需要，我挺好的。开始降温了，我们必须赶快走，你不用担心我，我没问题。"

她脸上散发出坚定且桀骜不驯的异样神采。她看似瘦弱的身体，却绽放出不服输的倔强。他知道，此时一切语言皆是多余，她自有勇往直前的耐受力，有种巨大的精神力量在支撑她的身体。即便是比现在更加艰苦的环境，她也能坚强面对。他有一瞬间的恍惚，无法把这个独立傲然的她和在暗夜纳帕海边哭泣的女子联系成一个人。

他们相互搀扶，顶着密集雨点，向着下一个目标继续前行。

二十五

十五岁那年冬天，梅花开得特别好，雪却很迟。干燥冰冷的空气中总弥漫着一股尘土的腥味。她在这个冬天，前所未有地感觉慌乱，胸闷难受。还有半年就要中考，父母对她的学习督促更严，课外辅导班又增加了两个。她几乎没有业余时间。

外婆去世的那天。傍晚。刺骨的风呼呼穿过校园，落叶纷纷，麻雀归巢。一只硕大的乌鸦停在教室外那棵光秃秃的大树枝丫上，叫声凄厉，同学们感觉头皮发麻。天空晦暗阴沉，雪花将下不下，滞闷、沉重。

晚自习开始之前，教室里一片哄闹。她安静地坐在中排自己的位置上，对着摊开的语文书发愣。没有缘由的心慌、烦躁、恐惧。母亲面带疲倦焦急、脚步匆匆……她在别人的叫喊声中抬头，突然手一软，笔掉落桌上，发出短促撞击的闷响。

她跳起来，跟在母亲身后跌跌撞撞冲向城市的另一头。母亲一路絮叨了什么，她一个字也没有听见。但她心中知晓，外婆油尽灯枯，已是弥留，撑着最后一口气，就为了等她。

她并未靠近外婆，躲在门口，呆滞麻木。外婆努力睁着微弱光芒的眼睛搜寻，叫着她的名字。母亲拖了她一把，她没动。情急之下，一巴掌落在她的肩上。她这才如梦方醒般挪过去，跪下来，把头伏在外婆的胸口，抵着外婆的下巴。

外婆喉咙咕噜噜响了一阵，呼出一口微弱的气息，拼尽全力也只来得及对她说出几个字："依啊……好好的……"

外婆的话停在最后的尾音上，她听见母亲和舅舅突然爆发的号哭、舅母压抑的啜泣、表哥捏紧拳头的咯吱……

她茫然无措，保持着那个姿势，如同幼时与外婆躺在床上，她也常常这样，头伏在外婆的胸口，听着规律的心跳、感受温暖的体温，慢慢沉睡。她不记得自己是如何被父亲半拖半拽离开外婆的身体，也不记得后来发生的许多事。她没哭，转身跑了出去。雪终于下来，白茫茫一片迷乱，却遮不住那株红梅的娇艳。

虽然她一直知道，这两年外婆的身体大不如前，母亲有意无意也暗示过她很多次，外婆老了，各种器官行将衰竭，生命于外婆已近终点，她终将离她们而去。但她总是做不好这种心理准备，她固执地认为万事皆有例外，外婆就是那个万里挑一的例外。她还没有长大，需要外婆的关心和爱，即便不能时常相见，可只要知道外婆在那个熟悉的院子里活着，她就觉得心有归处。

她在梅花树下，白雪之中，像被遗弃的孤儿，瑟缩发抖，感觉自己也已随外婆而去。她在雪地里躺下来，身体蜷缩成一个蛹的形状，背抵在梅花树粗壮的根部，把头深深地埋在手臂之中。这一刻她似乎又回到了那个夜晚，刚出生三天的她，从一个温暖的怀抱中丢弃于地，如同一场盛宴之后的垃圾、一双敝屣。她落不下泪来，只剩下无边无际的孤独和恐惧。她看见外婆的脸，在翻飞的雪花中梅花一样绽放。外婆佝偻瘦弱的身躯也变得挺直，脸上的皱纹被梅花抚平，满头白发也回归黑亮，年轻的外婆仙子一样从天而降，温暖光滑的手掌抚摸着她的脸庞……

那天没有人知道她去了哪里，她的母亲病急乱投医般第一次去找了他。红肿的眼睛、憔悴的面容，咬着牙，下嘴唇一片青紫，母亲一下子老了十岁的模样，吓坏了他。母亲流着泪对他说："加诺，你一定知道小依去哪里了对不对？外婆走了，她和外婆感情最好，可她却没掉一滴泪。加诺，小依一定是悲痛得麻木了，她那么直性子的人，我怕她做傻事，你帮帮阿姨，帮我找到她好吗？"

他看着这个在焦急中压抑悲伤的母亲，突然觉得心里好痛。这个可怜的母亲，将自己所有的爱都倾注给了孩子，可她却从不没有真正了解过自己孩子的心。她不知道在左依的心里，外婆不仅仅是尊卑长幼意义上的外婆，还是给予她生命的人，是她最自我认同的来源和基础。但他理解这个善良的母亲，他安慰了她几句，便冒着雪出门去寻找她。

他踏出门的那刻就已经猜到了她此刻所在的地方，几乎没有走一点多余的路，他很快便在梅花树下找到她。她已经冻得不省人事。蜷缩在地上，散乱的头发被雪覆盖。苍白的脸颊有未干的泪痕。他脱下自己的棉衣，裹着她的身体将她背了回去。他在她的耳边轻声说："左依，你不要怕！"

她浑身绵软，瘫在她的背上，迷迷糊糊中听见他的声音遥远且清晰：“左依，你不要怕！”不知从何而来的勇气，让她骤然有了点力气，她抬起双手紧紧环抱住他的脖子，然后开始哭泣。从小声的啜泣到声嘶力竭地干嚎，泉涌般落泪到眼睛干涩无泪可流，她哭得放肆、哭得张扬，几乎动用了全身每一个细胞。他被她勒得喘不过气，无法迈动脚步，只好停下来，就那样站在雪地，任由她哭。等她累了平息下来的时候，他的脚已经冻僵，刚一抬腿，便跌了下去，他们一起摔倒在雪地中，衣服上裹满了浑浊乌黑的雪泥。

外婆走后，她的生活没有太多变化，课业紧张，母亲没有给她喘息的机会。她内心巨大的空洞未曾填满，便被催着前行。但她学会了忍耐。她从来没有那么近距离地感受过死亡。有时候觉得不太真实，仿佛那就是一个梦，一场醒来后就会消失和被遗忘的闹剧。外婆还在那个房子里，门前的小院，坐在竹编的藤椅上，眯着眼打盹。她回去的时候，外婆会睁开视力模糊的眼睛，慈眉善目地笑着喊她。

但她内心无比的疼痛提醒她，外婆确实走了。消失在他们所有人的生命中，激起短暂的涟漪后，平静得似乎没有任何影响。所有人都按部就班过着本来的生活，外婆缩小成记忆中的一个影子，一张挂在厅里的黑白照，除此之外再无其他。只有她自己知道，被掏空的身体，如同连接着筋骨皮肉的一线血脉突然折断，久久无法愈合。

一个月后，寒假开始。她背着硕大沉重的书包走出校园，穿过两条街道之后，被两个青涩的少年挡住去路。她认识他们，城西的社会人员，无所事事惹是生非，不止一次拦过她的路。

名叫东的少年扯着喑哑油滑的嗓音：“左依，做我女朋友吧！我不会像王加诺那样对你！”

她冷冷地昂了下头：“走开！”

两个少年都是缺乏管教的孩子，他们的思想和肉体在毫无牵引和制约下自由赛跑，但很明显，思想远落后于躯体的成长速度。她有时候觉得这些自以为有别于同龄人的男孩们无比幼稚和愚蠢。

两个少年嬉皮笑脸纠缠不休。她气恼地闪过一边。这个时候他突然出现，一拳打在少年东的身上。两个孩子面对身强力壮的他，知道打下去也是吃亏。毕竟他在这一带的拼命和凶狠人所共知。他们悻悻地自嘲着跑开。

他们一月未见，感觉却很熟悉。他笑着问她的心情和考试成绩，她却没有回答。眼里含着委屈的泪水。他们一前一后去了那片梅花开放的郊外。那是他们的秘密，是他们心中最隐秘的地方，简陋却温暖，他们心情不好时的宁静港湾。

她是被母亲抓回去的，那时他们凑在一起，正在读一本普希金诗集。自从那日，她将内心的秘密透露给他，他便再不同以往。他不可能重新回到学校，但愿意阅读书籍。她把房间书架上的很多书偷偷带给了他。《安娜卡列尼娜》《少年阿莫的烦恼》《世界地理图鉴》《简·爱》《人生》《狼图腾》《在细雨中呼喊》《普希金诗选》……

他没有耐心，就喜欢诗选，尤其是普希金的诗歌，简洁明了的语言，直达灵魂的鼓舞。浪漫和现实交织，在抑扬顿挫的优美语言中引领他的思想，孤独绽放。他读《歌手》：

你们可曾听见树林后面那深夜的歌声？/ 那是一位爱情和哀伤的歌手在歌唱。/ 当清晨的田野一片寂静，/ 那忧郁、朴素的声音在鸣响，/ 你们可曾听见？/ 你们可曾在林中荒芜的黑暗中遇见他？/ 那是一位爱情和哀伤的歌手在歌唱。/ 你们可曾看到泪痕和微笑，/ 看到那满含忧愁的静静的目光？/ 你们可曾遇见？/ 你们可曾叹息，当听见那静静的歌声？/ 那是一位爱情和哀伤的歌手在歌唱。/ 当你们在林中看到这个青年，/ 遇见他那黯淡无神的目光，/ 你们可曾叹息？

他的声音浑厚，带着磁性的魅力。他低垂的脖颈、闪烁的眼神，脸庞清明的光辉，演绎得极具张力。她的声音清脆悦耳，眼光明亮，马尾辫一摇一摆，胸口剧烈起伏，张着双臂高声呼喊：

假如生活欺骗了你 / 不要悲伤 / 不要心急 / 忧郁的日子里须要镇静 / 相信吧 / 快乐的日子将会来临 / 心儿永远向往着未来 / 现在却常是忧郁 / 一切都是瞬息 / 一切都将会过去 / 而那过去了的，就会成为亲切的怀恋。

他们像两个斗士，对着一树梅花宣誓。野外很冷，寒风刺骨，但他们浑然不觉。他对她大声喊叫："左依，今天我就成年了！"

今天是他十八岁的生日，没有鲜花、没有礼物、没有仪式，只有一本诗集和两个少年不屈服的灵魂撞击，他们忘了时间和烦扰。她曾被抛弃在这里，却又在这里获得新生。外婆是那个给予她新生的人，仿佛她的血脉从不神秘，本就源自外婆。母亲不过是将她养大。她经历了一个月的沉沦和打击，根植于内心深处的隐忧、恐惧、不安和痛苦，压得她喘不过气来。今天，她对着空旷延展苍茫的野地，直抒胸臆，畅快淋漓。

他从不过生日，这个日子于他，仿佛不是新生，而是罪孽。除了王曦每年的这天早上，给他煮一碗鸡蛋面之外，没有人记得这个日子。但今天不同以往，他成年了。十八岁预示着他迈入成年人的世界，必须承担成年的责任。他曾经以为，除了承担自己的未来，再也不会承担什么。而他以前也感觉最可悲和惘然的，是自己根本不知道未来是什么。他还有什么未来。但今时不同往日，现在的他心里再不像以前那样空洞虚无、一片茫然和冰凉。他的心如同贫瘠荒芜的戈壁上慢慢挺出来一棵绿芽，苍茫干涸的沙漠中蕴含一朵依米花的种子，虽然还羸弱细小，但他相信，只要有阳光和雨露，迟早一天会发芽开花。

那是希望，更是渴求和方向。他终将沿着这个方向走下去，一路向前！

她说："我曾经无数次在梦中遐想，看到我的亲生父母，他们面容模糊声音缥缈，在白雪茫茫中对我微笑。但我看不清楚他们的样子，触摸不到他们的身体。以前我会想他们为什么生下我又抛弃我，为什么那么恨我。我不是废品，我是他们的血脉和情感延续，但他们就那样将我随手丢弃，不管死活。"

他看着她，说："我更愿意我的父母能像你父母一样，就那样将我丢弃在野地，让我自生自灭。我宁愿自己不知道他们是谁，他们虽然没有把我丢弃，但又有何区别？他们并不爱我，只爱自己，养育我不过是他们无奈又无法抛弃的责任而已。左依，等你考上大学，我在这里就再也没有牵挂的人，我要离开这里，去远方，去没有人认识我的地方！"

她皱眉，对着他大喊："王曦姐姐怎么办？你不管她吗？她像母亲一样照顾你，把你带大，你一走了之，她会很伤心的！"

"她会有自己的生活，等我成年，她会结婚生子，会组建美好家庭，没有我在她身边，她会过得更加轻松自在。她是个好姐姐，她值得拥有美好的生活。她应该脱离我们这样的家庭！”

“那你要去哪里？你想过吗？怎么生活？”

“左依，你大学在哪个城市，我就去哪个城市。我会赚很多钱，很多很多钱，我长大了，我有能力，我一定能赚到很多钱的，你相信我！”

她转身面对他，坚定鼓舞地点头：“加诺哥哥，我相信你！我同学说，云南大理是个特别美丽的地方，等我们有钱了，我们一定要去大理！”

他握着她的手，看着她的眼睛，郑重地对她说：“左依，等我存够了钱，我一定带你去大理！我一定能做到！”

他们跳跃着，简直可以预见那些美好的设想。仿佛不需要用力，也不会有悬念，它们就在眼前，一伸手就可以够着，时间早晚而已。对未来的美好期盼和想象，让他们无比激动，诗也念得铿锵有力掷地有声。远处夕阳沉没，远山勾勒出梦幻般红彤的色彩。寒风袭来，浸染着最后的余温，不再那么冰冷刺骨。

她母亲站在远处，默默望着两个又哭又笑的孩子，心却像那落日，慢慢沉下去。几年以前，她还很同情这个总是挨打没有母亲的男孩，但是现在，她却和其他人一样，不那么喜欢他。在她的印象里面，辍学、打架、抽烟、偷盗……做出这系列行为的孩子，都是堕落的不良少年，需要远离。虽然她也同情他们原生家庭的遭遇和悲苦，但她无力改变，也没有勇气去尝试。她爱自己的女儿，她绝不会冒险让她陷入泥沼。

他们在雪地里追逐，欢快的笑声和衣裾带起的风，吹落一树梅花，簌簌飞扬。已是梅花快要开尽的时候，他们能感受到白雪下面深埋的野草的力量，正在滋滋弥漫。她在几片梅花的间隙，看见母亲呆立的表情和僵硬的身体。

她和母亲一前一后进了家门，沉重的书包取下，转身面对母亲压抑的怒火和剧烈起伏的情绪。父亲刚结束假期前的最后一天课程，安排好作业和学生，此时正疲惫地靠在椅上喝茶看书。

母亲压着声音把所见的一切告诉父亲，寻求父亲的配合与支持。她觉得心力交瘁，很长时间的努力似乎在一瞬间化为灰烬，她不能原谅自己的忽略，更不能容忍女儿毫无愧疚的态度和表情。母亲暗哑着声音对父亲诉苦：“她又和加诺走在一块儿，他们一起去了郊外。我不知道该怎么办。我是个失败的母亲，我不知怎么才能教导我的孩子，我教了半辈子的学生，却不知如何才能让我的孩子听话，懂得我的苦心和我传授给她的道理。老左，我真的身心疲惫，我已经累了，你告诉我，我该怎么做才能让她明白，我做的这一切都是为了她好！”

她一直不明白为何在她幼时，父母可以通情达理，但她成长之后，却极度不信任他们培养的孩子。她从不觉得自己做了什么不该的事，坦荡、光明磊落，她和他之间，没有什么不可告人的秘密，可放在别人的眼中，却显得那么不可理解和污秽肮脏。

面对母亲的指责，她哭着分辩：“加诺是你们看着长大的孩子，他和我一样，有着纯洁善良的心，他所有的那一切，不过是面对无法改变的生活的发泄和抗争。为什么你们不肯相信我，我已经长大，我有自己判断是非的能力，我知道自己在做什么。为什么你们不肯相信我，我是你们的孩子，你们应该相信我不会做不应该的事。”

母亲失声说：“你以为的长大，不过是一种不成熟，你只有十五岁，你经历的还太少，你根本不知道什么是对什么是错。你还没有分辨是非的能力，你还需要学习，还需要长大。我们是你的父母，我们都是为了你好。没有人能不努力就成功。左依，你的未来有无限可能，你成绩优秀，头脑聪明，你能考上重点大学，展现一技之长。作为你的母亲，我不能让任何人阻碍你的脚步。”

她摇着头，说：“我从没有停下脚步，妈妈，我从没有松懈对未来的追求。我现在成绩名列前茅，这次考试是年级第五名。没有人在阻碍我，那都是你的假想。爸、妈，加诺也可以拥有无限可能的未来，为什么你们都不肯给他机会，不肯相信他？难道他就应该拥有烂泥一样的人生，为什么所有人都恨不能在他成长的路上踩上一脚，他做错了什么？”

父亲终于放下茶杯和手中的书，叹口气说：“机会从来都不是别人给的，是自己争取的！左依，你妈妈没有提过加诺，是你自己敏感，总想到加诺身上。我们从没有想把他往泥沼里推上一把。没有谁的人生完美，他生在不幸的家庭，可堕落是自己的选择，有很多人都在逆境中坚强向上，是他自己选择了不同的路。”

她说：“选择都是艰难的，他只是缺少时间和鼓舞。我们都面临抉择，我们都缺少时间。”

母亲说："你和他不一样，你不需要选择，你生来就有光明的路……"

"有什么不一样，我和他都是被抛弃的孤儿……"话出口，她突然顿住了，惊愕地张大嘴巴，注视着同样震惊的父母。他们相互对望，似乎不相信这话出自她的口中，被深埋于心底的秘密，本早已成为被遗忘的往事，突然涌上心头，可能被暴露的恐慌和惧怕，让他们手脚发麻、全身冰凉。

面对母亲眼中的惊惧和慌乱，她畏缩了。她从未见过母亲那般恐惧和软弱的表情。父母从不吝惜给她更多的爱，她自小到大，甚至得到超越一般人的疼爱和怜惜。为了不让她感觉委屈，父母甚至更少和爷爷奶奶碰面，为了乞求奶奶能高看她一眼，母亲在奶奶面前总是唯唯诺诺殷勤小心。

她把这个秘密深埋在心，从未想过吐露半分，在她心里早就认定，这就是她的亲生父母，尤其是外婆，是给予她血脉的亲人。想到外婆，她突然就落了泪，嗫嚅着低声说道："外婆抛弃了我，她在我还没有做好准备的时候，就离我而去，我是被她抛弃的孩子！"

父母一颗悬着的心突然落地。父亲绷直的身体松软下来，说："左依，外婆没有抛弃你，她身不由己，就像机器，零件老化总要放弃，这是无法回避的自然规律。外婆最惦记的人是你，无论她在哪里，她都不会抛下你。你心中有外婆，她就在你的身边，从不会离开！"

母亲声音软了下来，说："我知道你和外婆感情最好，外婆去世，你很难过。可外婆希望你能拥有完美的人生，出人头地，你不能辜负外婆的期望。你的未来，需要你自己去努力！"

母亲声泪俱下痛不欲生，说："你以为人生来就可以拥有想要的一切，可以得到无忧无虑的生活。可以不用付出任何代价高高在上？你错了，你之所以享有不错而相对稳定的生活，是因为我们做父母的在帮你负重前行！但终有一日，你需要独自面对，独自承担，我们会老去，无法替你背负一生！就像外婆，她也无法背负我的一生一样，终究我们会撒手人寰留下你独自一人。左依，我们只希望未来的某一天，你不会因为我们现在的放任而后悔，这世上没有后悔药！"

那天晚上，他们本来相互对峙的紧张气氛因了外婆的话题又转而缓和，她在母亲的眼泪和苦口婆心下丢盔弃甲败下阵来。她终究还是不能不在意母亲的态度，虽然她勉强接受母亲的约法三章，也表明了自己的态度，但心里的抗拒和不认同无法根除，就像堵了块大石头般沉重滞闷。

母亲睡下之后，她独自坐在阁楼的书桌前，面前摊开一本数学练习题，眼神和思想却久久无法集中。窗户外面，有野猫细碎的脚步和风穿过的声音，云层笼罩下的半弯明月撒下柔和却不清亮的光影，昏暗的路灯照不见更远的物体，暗夜里面有种说不清道不明的情绪涌动。

父亲敲开她的房门，给她带来一杯温热的牛奶。她眼眶潮湿，握着牛奶杯的手缓慢温热。父亲坐在床头，目光温柔地看着她一口一口喝完。灯光之下，父亲两鬓夹杂的斑斑白发异常明显，眼角的皱纹一条条刻进她的眼中，她突然发现，父亲开始老去。这个发现震惊了她。她嗫嚅着嘴唇为自己的冲动给父亲道歉。

父亲仔细而认真地看着她的脸庞，似乎想要从中找出点什么来。他的表情复杂，眉头紧锁嘴唇轻颤，明显有话要说，但最终还是长叹一声，没有再说什么便起身离去，顺手拿了她喝完牛奶的空杯。父亲走到门口的时候，她扭头望着父亲的背影，说："爸爸，我已经长大了，知道自己该做什么不该做什么，您放心吧！"

听见她的话，父亲默然停立片刻，又转身回来重新坐下。父亲说："小依，有时候父母和孩子对于长大的定义不完全相同，和年龄无关。在我们心中，真正长大的含义是你拥有安稳和握在手中的未来，有分辨和权衡利弊的能力，懂得取舍去追求更适合自己价值和理想的方向。你现在以为的长大和成熟，并不是我们认为的长大和成熟。"

她把凳子挪到父亲身边，与父亲促膝并对，她说："爸，您和妈妈一直教导我，不能成为温室花朵，所以你们以前总会给我更多自由和选择的权利。我今天的思想、选择，我的生活，无不受益于此。我自己也会牢牢记住，我不是握在你们手中的那根线，我是那个风筝，无论我飞到哪里，飞得多高，我都知道线头来处。只要我记住线头的来处，我就不会飞出边际。我不是想要挣脱束缚的风筝，但我希望你们的线能放得更长更远一些，不然我怎么看得到远处的风景。"

父亲叹口气，说："小依，我们不是怕线断了你回不来，而是怕线断了，你飞错了地方，找错了路！当然，我们也知道你早已不是那个在我们膝下环绕的小女孩了，你有了自己的思想和翅膀，终将飞离我们。你母亲是个坚强高傲的人，从不愿意示弱。她从来没表现出什么，但我知道，外婆去世对她的打击也很大，她其实一直没有真正放下。你母亲的半生，都受外婆的影响，她那根线，几十年了也从未离开过外婆的手。有些事你现在不明白，以后终会理解我们的想法。

“有时候真希望你永远都是那个长不大的孩子，可爱又单纯，一时一刻也离不开我们，小依，我和你母亲年龄都大了，总是怀念过去，常想起你小时候的样子。像只蝴蝶，像只小鸟，我们一家三口去郊游、放风筝、划船、爬山……”

一向寡言少语的父亲开始沉浸在回忆里面，变得有些絮叨。她在父亲的絮叨中，似乎也看见了那个扎着马尾辫在绿草和风中奔跑的自己，跌倒后扑在母亲怀中哭泣……那天晚上，她和父亲一起回忆那些消逝的快乐时光直至深夜，若不是楼下突然传来的一声狗吠提醒已是凌晨，他们还兴致勃勃乐此不疲。父亲离开后，她躺在床上许久才入睡，做了无数个梦，梦里的她依然是那个稚嫩的孩子，小鸟一样在风中快乐地奔跑、飞翔……

二十六

夜色幽迷，月光如玉般柔和温润，流淌着绸缎般丝滑的银质清辉。街道两边的店铺和居屋沉浸于夜的酣梦之中。木头的陈腐味、油漆的刺激味、泥土的腥甜味、饭菜的香气，以及各种混合的复杂味道在夜色中弥漫。

他骑着不知哪里倒腾回来的二手黑色自行车，嘎吱嘎吱穿过滑腻的青石板街道。停在她奶奶家的房门外面。细长挺直的电线杆底部泥土松动，有些歪斜。黑色的伞盖灯罩之下，白炽灯泡年久发黑，光线昏暗，拖曳着细细长长的影子。

他的身影在路灯下一团昏黑，脸部表情看不清楚。他学野猫的叫声，三长两短。然后静静地等待。她在阁楼之上，听见这样的声音便知道，他按照约定来了。她猫着腰，打着手电，蹑手蹑脚把准备好的一本或者两本书放入竹篮，推开那扇小而旧的窗户，用一根绳子吊下去。

他在路灯下露出不易觉察的坏笑，并从自行车前篮里拿出看完的旧书，附带着还有一个纸包，换出没看过的新书。有时候她会在篮了里放上自己喜欢的一些零食。他还回去的纸包里偶尔是山里采摘的野果、偶尔是几颗糖果，更多的时候是一些涂鸦的诗歌或读书心得。

他学着记录生活中的点滴和情感。篇幅都很短小，十几句，甚至是几句，但都很真实。他用这样的方式和她交流。在很长一段时间里面，他们两个通过这种方式见面，很少说话，心照不宣地对望一眼，挥一挥手、点一点头。她趴在窗户上，摇手让他离开，用口型告诉他，她困了要睡觉之类。

他点头回复，把书小心放入自行车前兜，嘎吱嘎吱穿过来时的路回去。她望着他的背影慢慢缩小、消失在街道的尽头，转身关好窗户，脚步轻快地躺回床上，几乎没有任何辗转过程，很快就沉入梦乡。

她和父母在某一天晚上做了一次推心置腹的交谈。虽然她尽力向父母表白自己和加诺之间清白纯真的友谊，也希望父母能发自内心理解，她和加诺那种无血亲却胜似血亲的奇妙联系，相信他们悉心教导给她的理智和道德品质不会发生偏差。她举了很多生动真实的例子，说服父母相信加诺天性上的善良和激情。她说，加诺那样的人，只要给他一点点的关心和爱护，他就会铭记于心，从苦难的日子中感受到美好。

但是，她所有的努力并未换来父母的完全信任。他们并不反对她的观点，也绝不否认加诺的品质。但是他们却依然禁止他们过多来往。母亲严肃认真地告诉她，每个人的人生都是一条直行的不归路，经不起任何的偏差和冒险。作为她的父母，他们可以理解，但是无法赞同。母亲也请她谅解，说为了她的未来，他们不敢冒险一试，因为他们的能力有限，没有改变偏差的能量。

那次谈话不欢而散。她上下学的路途被父母轮番陪伴接送，父母的理由是谣言让她成为瞩目焦点，社会上和学校里不学无术的顽劣少年对她构成了威胁，他们要保护她。她彻底失去了自由。

成年之后，他不再依附姐姐王曦的资助，他开始自食其力。没有学历，进过少管所的前科，街头打架的流氓“英名”，让他无法找到像样的工作，他去了建筑工地卖苦力。搬砖、和泥、抹墙，灰头土脸，被工头呵斥，每天十几个小时的重体力劳动，他累得腰酸背痛，但他却安于承受，从不叫苦。

他们用阁楼传书的方式隐秘交流，更加袒露心声。在她面前，他从不隐瞒，也不羞耻自卑于目前现状，他要赚每一分坦荡的钱，等她高考结束，他要带她去大理。

她从不嫌弃和低看他的工作，在给他的书中夹上纸条，写下鼓励的话。她说：加诺，每个人都有不同的人生，有多种价值实现的途径。不仅仅只有站在金字塔顶尖才叫成功，能勇敢面对自己，不伤害他人，才是真正的成功。用金钱和事业衡量的，是人才，用品德和本性衡量的，才是人。

她的字娟秀工整，在一张张小巧的白纸上散发着灵动的气息。他没好好上过学，也很少好好写字，总羞于出手。他喜欢她的字体，温婉秀气，画钩的时候总是笔锋上转，留下意味深长的淡淡痕迹。

他买了一个黑色缎面的笔记本，把她写的纸条端端正正从后往前一页一页贴好，然后在旁边一笔一画誊写一遍，认真细致。他歪歪扭扭的字迹如同蚂蚁上树，杂乱无章。但他从不气馁，在一个个夜深人静的时刻，看着自己的杰作满意傻笑。

他从未告诉她这些。这是他的秘密，就像心里的一束阳光，温暖甜蜜，怕失去，怕别人觊觎，只能独自默默享受。自从知道了她的身世，他仿佛得到某种启示，感觉和她之间有了一些莫名的联系，情感寄托相互依存。他在鲍雨竹身上从未有此感受，虽然鲍雨竹和他有类似的成长经历和环境，但他无法在鲍雨竹身上感受到她带给他的那种光辉。

就像一个在黑夜中摸索太久的人对光明的渴望，她身上带有的光辉和明亮，便是他的渴望。她超出同龄人的成熟和睿智，完全捕获了他游离无依的心和情感。他曾经一度以为，人生或许就会如此进行，不完美，却也有所补偿。他可以这样终了一生，没有多余奢望。

然而生活并不总如人意，他这点小小的满足随着她母亲的到访而很快破灭。他记得那个夜晚，空气清新，弥漫着一股浓郁的花香，满月清辉，撒下一地如银光芒。他很晚回家，看见她母亲和父亲坐在厅中破旧的沙发中轻言细语，面色凝重。姐姐王曦站在门口，脸色阴沉。

他很久没有见到她母亲了。这个看着他长大的女人一度是他关于母亲的所有想象，温柔、甜美，浅浅的笑，不算漂亮的脸蛋却总是让人感觉亲切。但后来，他们全家搬离的那天，他站在窗户前，看见她母亲回瞥一眼的意味深长，突然感觉到了某种敌意。虽然他不明白那敌意从何而来。

他父亲一根接一根抽着劣质的香烟。烟雾缭绕，散发着呛人气息。她母亲不待他开口，率先表明来意，声泪俱下极尽恳求。她的要求在所有人看来都正当正确，无可辩驳。他是顽劣不堪的堕落小子，许多人畏惧的社会闲散人物，他没有前途，也没有抱负，理所应当离开那个正值阳光般灿烂的女孩。

她说："加诺，有一天你也会有自己的孩子。当你有了自己的孩子的时候，你就会明白和理解我作为一个母亲的执拗。我只有左依这一个女儿，我们对她寄予厚望，她聪明灵慧，成绩优良，她有无限大好前程。我不能让她被任何事影响和耽误。她是个善良的孩子，喜欢帮助别人，以为自己可以改变那些木已成舟的事实。我不想打击她，所以我只能来找你。加诺，请你理解我作为一个母亲的心，请你远离左依。"

他一时茫然，不知如何接续她母亲的话。他呆坐在凳子上，低垂着头，一个字一个字回味她母亲的话。血液翻腾，思想迟钝，脸色苍白，跌至谷底的冰凉和空洞瞬间将他包围。他甚至无法愤怒，面对她母亲湿润和憔悴的脸，他只能暗暗捏紧拳头，喉咙堵塞，许久才能嗫嚅出一句："我和左依从没说过做过不正当的任何事，我们从没有耽误和打扰过彼此。我们只是相互鼓励，为什么你不相信你的女儿？"

她母亲深深地看了他一眼，说："我相信我的女儿，可她还没长大，她不知道什么是对什么是错，她的人生不容许犯错。加诺，你如果真希望左依好，就应该远离她。因为你的存在，她无法远离是非，她身边永远围绕着不怀好意的人。我相信你是个好孩子，你会明白，你要给她这几年清静时间。我不反对你们的友谊，但我不能眼睁睁看着她陷入流言蜚语。这是一个还不够开化的小县城，谣言从不会止于智者。"

他抬起头，直视着她母亲，说："我不会让他们伤害左依，我会保护她！"

她母亲说："你保护不了她，你的人生尚且一塌糊涂，你有什么能力保护她，能保护她的只有她的父母。你们没有未来。左依现在还小，她分不清是非，看不到外面的天地有多大。但她会上重点大学，会离开这个落后的小县城，去繁华的大城市找到自己的位置。她会重新审视，会发现自己现在的所作所为多么幼稚，她会因为这段幼稚的过去而懊悔。加诺，左依和你注定是完全不同的人生，你们的未来没有相交的可能。你们彼此，不过是成长路上的一个过客。加诺，你已经长大，可以拥有你的完整人生，你应该放眼你的未来，而不是左依的。”

他父亲自从他回来后一直沉默，此时抽完一支烟，突然抬头近乎咆哮地对他说：“你就当着我们的面，发誓以后再也不去见左依就是了。你毁了自己的未来，难道还要毁掉左依的。我没有教育好你，但也不想你成为别人嫌弃的笑话，你发誓，发誓以后再也不见左依。”

他被父亲的话语激怒，腾地站起来，指着父亲大声说道：“我的人生是被我毁掉的吗？我本该是什么样的未来？你告诉我？”

她母亲缓缓抬头，说：“加诺，你连自己的情绪都控制不了，你连自己的父亲都不能尊重，你如何保护左依？你带给左依的价值观和生活态度，不是她该接触的。”

他眼睛瞬间血红，却无法滴出眼泪。疼痛让他肌肉痉挛扭曲，面部狰狞。她母亲在他的眼光之下，却丝毫不畏惧，眼中含着无比深切的疼痛。他对这个女人的敬重却增加几分，他羡慕左依有这样的母亲，即便不一定对，却是发自内心的关切和爱护。她不容女儿有任何闪失，她是个“不讲道理”的好母亲。

王曦走过去，蹲在他的面前，双手放在他的膝上，抬起泪眼婆娑的眼睛，低声说：“加诺，听阿姨的，我们不见左依。左依是个好女孩，但我们和她不同，我们走不进她的世界。姐姐求你了，听阿姨的，我们不见左依了好不好？”

他无法拒绝软弱善良的姐姐，他红着眼哽咽了：“可，这对左依不公平，她有权决定自己的选择。我的人生已经被摆布了，左依的人生不应该被人摆布，她应该自己做出决定。”

王曦依然轻言细语：“决定她的那个人，是她的母亲，不是别人。加诺，你的人生从没有被人摆布，你就是因为不受人摆布，所以才过得一塌糊涂。”

她母亲插话说：“加诺，别怨恨我。你还有机会，你的人生还很长，你还可以选择走一条正确的路。无论这条路上有没有左依，你都应该努力坚持走下去。虽然你和左依没有未来，可你自己有，你还来得及回头。我知道你现在工地上做工，你看，你已经开始选择正确的路。很多伟大的人，也不是拥有学历的人。知识和学历并不能绝对成正比。你要相信自己，可以脱离过去，重新开始！”

那天晚上，从未示弱过的他第一次顺从王曦，他咬牙答应，再也不见左依。所有人都如释重负，仿佛这是值得庆祝的大好事情，只有他独自躺在床上无法成眠，慢慢沉入似乎能吞噬一切的黑暗之中。他内心接近愈合的伤口再次裂开，血肉撕扯，疼痛难忍。他不得不承认自己和左依的世界迥异，她母亲说得对，他们连两条无法相交的平行线都算不上，他们不过是时间线轴上的两个点，一前一后，永不重叠，也无法并排相看。

他那个时候，并不真正明白爱情是什么，他知道，他心里的那束阳光即将消失，他会再次沉入黑暗和阴霾。他惧怕那样的沉沦和黑暗，可他找不到自救的方法。他在床上躺了三天不曾出门。她在书中夹的一张纸条摊开在桌上，上面写着：“黑暗终将过去，漫长和极致的黑暗之后，将会是无比灿烂的光明。”但他不知道，黑暗到底还有多远多长！

鲍雨竹来看他，在桌上发现了那张纸条，娟秀的字体让她心生妒忌。她一把抓过来撕成粉碎扔在地上，嘲笑他说：“你和我一样，都是陷入泥沼中的腐烂树根，却妄想雪山顶上的青松，痴人说梦。她是白天鹅，你就是癞蛤蟆。你以为癞蛤蟆真能追上白天鹅，那是童话，童话故事只能哄骗三岁的小孩，你都这么大了，你还在自欺欺人地相信它，你简直太可笑了！”

他从鲍雨竹手中抢到一块碎片，分裂的字体，看不清写的什么。他暴躁发狂，失去理智，将鲍雨竹推倒在地。鲍雨竹咬牙切齿望着他狰狞变形的脸，突然仰天狂笑，笑中带泪。他被她的笑声镇住，怔怔地看着她。

居高临下，他能看见鲍雨竹板寸头发下青白的头皮，她的脸部肌肉僵硬，眼眶发红，嘴角颤抖。他突然就心软了。他把鲍雨竹从地上拉起来。鲍雨竹顺势扑在他怀里，双手紧紧环住他的腰，头抵在他胸口哭着说：“加诺，忘了左依吧，我们重新开始，我们才是一路人。”

二十七

她这一个月来都难以安睡，以至于眼眶发黑，心浮气躁，精神不济，心思恍惚。她有一个月未曾见到他。约好的时间他没有来，平时也见不到他的身影。她去图书馆买资料的时候，顺便买了一本莎士比亚的戏剧。他不喜欢戏剧，嫌那些对话啰嗦晦涩。她却故意让他看，在里面夹了一张纸条，写下：“在悲剧中发现喜剧，在喜剧中看到悲剧，这才是完整的人生。”

但他一直没有出现。她在夜里辗转难眠，听着外面的动静。每一次有脚步声或者自行车的轱辘声，便以为是他。一次次带着希望去看，又一次次带着失望重新躺回床上，这样折腾几次，直到精神紧张筋疲力尽，才能最终睡下。但她睡不安稳，总是容易惊醒。醒后去窗外看一眼，再睡着需要好长时间。

因为睡眠不好，她无法集中精神，上课走神，作业出错，且对老师的批评置若罔闻。她日复一日地憔悴下去，她的父母看在眼里，却不动声色。他们都是优秀的教育者，懂得以退为进，也明白时间治愈一切的道理。他们觉得她需要一个过程来适应。适应的过程如同治病，病去如抽丝，不能急不能燥。但他们也绝不给她任何死灰复燃的机会。

上下学接送，总有一个人在她身边陪伴，出行都有严格的时间表。她被严加看管。她不知道母亲去找他的事，她也不会那样去想。她自认和加诺之间两小无猜襟怀坦荡，她父母总会明白这一切。

她曾经在街上瞥见过他的身影，如光影闪烁，一瞬即逝。她有很长一段时间不曾奔跑，脚步凝滞，反应迟钝。硕大沉重的书包在背上压着，让她提不起速度。母亲总是及时拉住她，眼神严厉，眉头紧蹙。

她希望母亲能放开她的胳膊，但母亲力量惊人，牢牢抓着，她无法挣脱。她哀求地看着母亲，无法抑制内心的失望和愤怒：“妈妈，加诺到底做了什么，让你们这么讨厌他？他是你看着长大的孩子，他像我一样有着善良的心地，为什么你们不肯给他机会？他只要有一点温暖，就可以焕发十倍的阳光。妈妈，我只想知道他到底出了什么事？他为什么不再去工地做工了？你就不能相信我一次吗？”

母亲目光坚定，毫不让步：“加诺已经成年，他有自己的生活，他会对自己的未来负责。你已经高中了，最是关键的时候，我不能让你分心。等你考上重点大学，你想怎么样都行，我也管不了你。到那个时候，我也不会再管你，你就可以自由了。”

她看着母亲，轻声说：“是不是我考上重点大学之后，你就不再管我？”

母亲眼中含着泪花，但依然坚定地点头：“左依，所有的自由都需要付出代价，这世上从没有不付出代价就可以轻易获得的自由。你的代价就是重点大学，只要你考上理想的重点大学，我就还你交往的自由。但到了那个时候，你或许也不会再需要这个自由了！”

那个夜晚，清风如许，明月流霜。她和母亲在一盏昏暗的路灯下对视，行人不多，稀疏归客脚步匆匆。她哭泣着对母亲大声道：“我答应你，我一定会考上重点大学，我会让你如愿。”

她喊完，转身头也不回往家里跑去。一路风声呼呼作响，后面有母亲老式自行车急促的轱辘声，嘎吱嘎吱，混着嘶哑的嗓音：“左依，你慢点，等等我！”

但她充耳不闻，一口气冲回房间，将身体重重地扔在床上，睁着眼睛望着灰白斑驳的天花板，眼泪顺着耳朵流下，滴落在枕头之上，一片濡湿的冰凉。她感觉惘然，日落黄昏的无助，内心空洞无依。往事历历，外婆的音容笑貌在天花板上晃动，缥缈虚幻。今夜之前，她还保留着青春的懵懂幼稚，但突然之间，就已经长大。她的青春，再也不回！

她所在的小县城，考取一般的高校不算太难，但要考上父母理想中的重点大学，并不容易。她答应了母亲，她是个守诺言的人，她下定决心，不会失去这个得到自由的机会。那夜之后，她比任何时候都要用功，几乎所有的业余时间，都在刷题中度过。她像个被设定的机器人，生活中除了读书做题，再无其他。

她有时候会默默地怀念记忆中的母亲，那个时候她还年幼。父母开朗而通达，给予她任何可能的培养。但是不知从何时开始，他们像变了一个人，严厉苛刻，不讲情面。他们不再鼓励那些无关升学的兴趣，眼中只有重点大学。似乎她若不能考上重点大学，人生便从此断裂。

有一次去舅舅家，她照例一个人去阁楼上默默怀念外婆。表哥上来看她，见她心思索然，便陪她坐了片刻。她和表哥一向彬彬有礼，从没有和加诺那样的亲密情感。表哥坐在阁楼小小的窗户下面，阴影浓重，看不清面上的表情。

表哥对她说：“左依，你要理解你的父母，他们并不是不讲道理的人。他们也不是像你想的那样，眼中只有重点大学。我偷偷听我的父母谈过，你的母亲很不容易，她全部身心都只在乎你。逼着你考重点大学，不过是权宜之计。她是被逼无奈，她不让你和王加诺接触，自然有她的理由和苦心，你现在不明白，以后会明白的。姑姑希望你通过考重点大学这条路，离开这个地方，她相信你有非常美好的未来，她只是想要保护你的未来不被毁灭。这也是奶奶的愿望。”

“外婆？”她抬起头，不相信外婆那么开明的人，会提出这样不近情理的要求。

表哥说：“是，奶奶去世那天晚上你失去了理智，可我没有。我清楚听见奶奶嘱咐姑姑，一定要照顾好你，不让你受伤害。左依，终有一天，你会理解姑姑的！”

表哥并未和她说太多，这个比她大八岁的男子，刚从一所比较不错的大学毕业，在繁华发达的上海寻得一份满意的工作，此时带着新交往的女朋友回来看望父母。他意气风发、踌躇满志、稳重睿智，脸上每一寸皮肤都闪耀着成功的光彩。她还记得，在多年之前，她还是个不谙世事的懵懂孩童，上初中的表哥却并不被大家看好。

表哥自称过来人，是因为他在初中的时候，也曾有过一段非常叛逆的顽劣历程。逃学、早恋、打架、抽烟，所有被大人们以为不该接触的事物，他都亲自经历一遍并乐此不疲。舅舅舅母为此没少麻烦她的母亲。因为母亲懂得讲道理，不会凶狠地呵斥，表哥没有那么排斥左依的母亲。好在表哥迷途知返，仅仅沉沦了两年。

两年之后的一天，舅母在寻找他的路途上摔倒，若不是及时被人发现并送医，后果不堪设想。表哥听闻消息后，疯狂跑去医院，站在病房外面，隔着透明玻璃呆呆地看着躺在床上输液、闭着眼疲倦沉睡的母亲，还有坐在旁边牢牢握着他母亲一只手、低垂着头的父亲，眼泪如泉水般涌了出来。那个时候，她正好和母亲来看舅母。母亲不动声色地过去，抬手在表哥的肩膀上轻轻地拍了拍，无言地叹了口气。她踮起脚，却够不着表哥的脸，便拉了拉他的衣袖，说：“表哥，你是不是也摔疼了！”

自那次事件之后，表哥突然就变了个人，不再顶撞、也不厌弃一切。乖巧顺从、读书用功，和早恋的女孩断绝关系，主动承担家务，他成为大家口中的三好学生，落后的成绩猛追直上，考上重点高中、重点大学，如今也有了心仪的女朋友，他的未来一片光明。

她缩在阁楼角落，听着楼下细碎杂乱的声音，突然一阵惶惑。表哥的话对她有触动，但她从不觉得自己和表哥有任何相似之处。她从未放纵过自己，从未偏离过一个孩子正常成长的轨迹。母亲突然的掌控欲望超出她的预期，她无所适从，却又深谙其理。她从未怨恨母亲，但她无法理解母亲的偏执和对她的极度不信任。她儿时记忆中的母亲，是个温柔明艳的开朗女性，从不强迫她做任何事。

她在阁楼深处，感觉惘然和无助，矛盾重重，心绪烦乱。黑暗降临，那些藏在角落里和记忆深处的魑魅魍魉开始蠢蠢欲动。她怕黑，自小如是。这个阁楼曾是她怕黑的起源，她在这里一夕长大，知晓自己的身世，更有了深入内心的恐惧。这么多年过去，她再不是那个八岁的小女孩，但她依然不能控制恐惧滋生，如同身体本能反应。她在这一刻，再次变成那个八岁的孱弱无助女孩。

那天晚上，母亲从阁楼中将她带下，牵着她的手，温暖踏实。她乖顺地跟从母亲的脚步，踏出黑暗，走入柔和的灯光之下，穿过外婆的房间，来到月朗星稀的街道。她坐在母亲的自行车后座上，风缓缓吹过，带来些微寒意。

老旧的自行车链条，随着母亲有力地蹬动，滑动出沉闷的吱嘎声。她望着母亲的后背，听到母亲粗重的喘息，突然一阵伤感，伸出手从后面环住了母亲的腰。母亲在这一刻，身体突然僵硬，然后向后靠了一下，让她的头贴得更加稳实。

回到家，父亲还守候在昏暗的饭厅，就着灯光批改作业。她和母亲抬着自行车进去，放在过道里。父亲抬头看了她们一眼，起身给母亲和她倒了一杯热水。她捧着水杯，愣愣地发呆。母亲洞悉一切的目光，却异常温和。

沉默良久之后，母亲对她说："时间会证明，你现在所在意的、以为比一切都重要，甚至一生都无法忘记的很多事，最终都会成为你不愿面对的过去。我们都是从青春少年走过来的，我们都沉溺其中并得到教训，我们不希望你也经历一遍，你可以直面坦途，不需要走弯路，不需要在未来的某一天回想青春的时候，因为年少无知所做出的许多决定、许多事而后悔。左依，我们希望你永远不会有后悔的时刻！"

她在母亲的眼中看到一些隐约的过往伤痛。她从未了解过母亲的青春时光，母亲也从不和她提及。但今天，她突然发现母亲坚强韧性、温婉灵慧外表下脆弱的一面。母亲欲言又止，似乎在斟酌如何与女儿就这个敏感话题对话。她犹豫许久，最终对她说："左依，母亲像你这么大的时候，也曾经犯过同样的错，如果不是外婆及时将我拉回，也许我就不是现在这样。我没有一次不为自己的过去感到后悔、自责。你要理解我，不愿意你重蹈覆辙，你现在可以恨我，可以怨我，可以不理我，但终有一天，你会明白我这么做，是为了你好！”

母亲说完这些话之后，便起身离开，不愿就此深谈。她呆呆坐着，不知如何自处。母亲的脸上明显暗沉，疲惫哀伤，显得心事重重。她深爱母亲，这个把她当亲生骨肉一般对待的女人，从没有现在这样的落寞时刻。她无法辩驳一个如此深爱自己的女人。

母亲的身影消失在房间之内，她父亲从外面的阴影处走出来，愣愣地看着她，半晌后才深深长叹一口气，对她说：“左依，你不应该违逆你的母亲，她比世上任何一个人都要爱你！”

二十八

去往雨崩村的一路，海拔有三千多米。雨量充沛、雪山环绕的特殊地理环境，造就了植物茂密奇异的生长态势，高大粗壮的树干上常寄生着许多其他植物。爬藤攀缘而上和层叠堆积的枝叶纠缠融合，血脉互通，成为罕见的自然奇观。加上厚实松软的地面植被、随处可见的葱茏灌木、冬天也会绽放的奇花异草，滋养着无数生灵。

他们在迅疾如泼的风雨中浑身湿透。雨水很快堆积在沟壑凹坑之中，形成一个又一个松软泥沼。茂盛的植被遮挡在上，他们已经找不到前人行进的任何印记，茫茫昏暗之下，辨不出哪里是路哪里是坑。她已经很多次陷入烂泥之中，泥水浸透了鞋面和裤腿，更加笨重难行。他前后挂着背包，一手用树枝做拐，一手横拿树枝牵引着她。她头发湿漉漉地贴在脸上，狼狈不堪。

她觉得心口冰凉，耳膜轰鸣。呼吸变得急促。他们不能说话，一张嘴雨水就会灌进口中。如天河倾泻般的密集雨点哗啦落下，在树叶和水坑中发出巨大轰响。他们也听不见彼此的声音，只能低头努力前行。她不断吐出灌进口中的雨水，擦去遮挡视线的水珠。她听见自己浓重的喘息。瘦弱的身躯被风雨冲击着有些不稳，深一脚浅一脚地艰难前行。

她只能牢牢握住牵引的树枝，跟随他的脚步。她怕自己一松手就会踏空落下，跌入一个无底的黑洞。她想过无数次的死亡方式，没有一次是如今这种情状。她不想就此消失，她还没有求得圆满。强烈的心理暗示给了她无穷力量，她的手使劲拽着树枝，感觉指甲深嵌，皮肉破裂。

仿佛一个世纪那么长，他们也才走了两公里多的路程。鞋子已经重得提不起来，他们停在一块巨大的岩石边稍做休息。左前方的树林中，似乎有隐隐的光亮闪烁，雨幕中反射着湿润流光。流光微弱却持久。他们对望之后，终于鼓起勇气朝着流光慢慢靠近。

他们在休息站擦肩而过的那几个藏族老乡在几棵大树之间搭了一个防水帐篷，里面点着几支蜡烛，还有两个手电筒照着。藏族老乡们围坐一起，神情肃穆，口中念念有词。看见他们两个湿漉漉地出现在帐篷外，很快让出两个位置，招呼他们坐下。他们脱掉雨衣，把背包放在背后角落。没有多余的空间和条件整理，只能挨着帐篷开口处简单处置，倒掉鞋子里面的泥水，拆掉绑腿拧干，放松一下僵硬的肌肉。

坐下之后，他们才看清楚围坐的藏族老乡中间，还躺着一个老阿妈。阿妈双目紧闭，面色安详慈和，身上穿着传统的藏族服饰，双手合十放在胸前。他们还未开口询问，一个年轻的藏族老乡用眼神和口型制止。他们只能默默坐着，任由湿透的衣服继续贴在身上，屏住呼吸听藏族老乡念他们听不懂的经文。

过了一会儿，藏族老乡们终于停止念经，微笑着让他们整理衣衫和头发。此时他们才知道，老阿妈早就身患疾病，朝拜雨崩神瀑和梅里雪山是她此生唯一夙愿。她一路坚持到此，最终在朝圣的路途中去世。同行的人并不觉得悲伤和遗憾，他们说这是神的旨意，是老阿妈生命应该终结的形式。能死在朝圣的路上，是老阿妈的虔诚感动所致，她在追寻内心平静的路途中获得了圆满。他们刚才已经为老阿妈念完了超度经文，准备将她包裹严实后带着继续前往，并送去天葬台，这是老阿妈最后的遗愿。

平静、自然、无悲无喜。她在失去亲人朋友的藏族老乡身上没有看到任何悲恸或不舍，仿佛这是再自然不过的事情。生命就是一场修行，死亡是修行的起点。藏族老乡们相信，只要心怀信仰和虔诚，一切为善，将肉体布施给自然，灵魂就能得到救赎和飞升。一切都是最好的安排，都是神的旨意。遵从内心，接受所有才能归于神。在虔诚的藏族群众心中，死亡不是结束，而是一切归零后的脱胎换骨，是关于灵魂升华的另外一种境界。在通往这个境界的遥遥旅途，生和死都被注定，唯有前行的过程可以掌控。

他们在此时才得以看清楚几个藏族老乡的年龄相貌：七十岁的贡布大爷和躺在地上的老阿妈是一家，相伴一生的人灵魂升天，他没有任何悲戚，沟壑纵横的脸上露出欣慰祥和的笑。一双经历岁月沧桑、粗糙如老树皮般的手轻轻摩挲着挚爱人的脸，将她的头发梳理整齐；四十多岁的旺堆和拉姆夫妻，带着他们刚满十八岁的小女儿卓玛。他们的大女儿和大儿子都已经成家立业，前年去了西藏冈仁波齐朝圣，今年他们便带着唯一没有出嫁的小女儿来梅里转山。卓玛青春靓丽，乌黑的大眼睛，不太鲜明的高原红，俏皮可爱。其他三人来自同村的三个家庭，他们结伴而来，目的相同。

他们在如注如泼的大雨中齐心协力，用厚实牦牛皮将老阿妈的遗体包裹起来，小心翼翼地用绳子绑紧，放置在一旁，然后静静等待雨停，无怨无悲。她在风雨中受了寒气，勉力支撑到现在，感觉全身火一样燃烧发烫，眼皮沉重，脑袋炸裂般疼痛。拉姆大姐伸手在她额头试了试，从包里翻出一个黑色的羊皮囊袋，倒出一些褐色的粉末，说这是藏族特有的草药，驱寒去烧效果非常显著。

李加诺半信半疑，犹豫着要不要将拉姆冲调好的半碗浑浊液体拿给她喝。她颤抖着从他手中抢过残损老旧的搪瓷杯一饮而下。液体有浓烈的腥气和泥土气息，呛得她一阵猛烈咳嗽。卓玛咯咯笑着，说："药很难喝吧？这是我阿妈的独门秘方，很管用，我从小到大只要感冒受寒，我阿妈就给我灌一碗。我阿妈是村里有名的土郎中，一些头疼脑热的药都随身携带。"

她被一股腥苦的味道顶住喉咙，无法说出话来，只能感激地笑笑。拉姆嗔怪地点了下卓玛的头，给她挪了一点位置。帐篷本就很小，此时挤了十个人更是没有丝毫空隙。旺堆不善言辞，表情木讷，听从拉姆的话给李加诺让出地方。拉姆说："你给她捂暖和点，把外面的湿衣服脱下来换干的，她靠着你睡会儿，这药起效果需要点时间，等她睡会儿就好了。"

李加诺顺从地点头，从背包里翻出她的干净外衣，帮助她换好，用干爽毛巾吸干头发上的水分。她头重脚轻，迷迷糊糊地任由他将自己的头拢过去靠在胸前。他的心脏跳动有力，双臂结实暖和，她在这样的怀抱中感觉熟悉和安全，眼皮也不听使唤地下沉。迷糊之中，听见贡布大爷喃喃自语，卓玛轻声翻译给李加诺：“贡布大爷说都是神的意思呢，老阿妈喜欢下雨，这不，神就给她下这么大的雨，这是神在指引老阿妈咯！”

她醒来的时候，天已经擦黑。外面的雨声渐小至无，帐篷里蒸腾着氤氲水汽，混合着人体的热量，一种暧昧且难言的感觉弥漫。里面飘散着淡淡的食物气味：酥油、奶酪、干肉……她的头脑清爽，有饱睡之后的餍足激奋，体热褪去，连带着胃部仅有的食物也一并消耗殆尽。饥肠辘辘地从他怀抱中挺直身体，她才惊觉他以那样的姿势应该很久没有动弹。她含着感激而歉意的笑，在众人的目视下轻轻抚平头发和衣衫。

他低头给她拿出药丸。她就着冰凉的矿泉水吞下。卓玛递给她一块青稞糍粑和风干牛肉，说她退了热，体力消耗之后，需要补充能量。她对藏族食物了解甚微，但大概听过高寒之地的藏族群众，喜欢把青稞洗净、晾干、炒熟后磨成粉保存，食用时用少量的酥油茶、奶渣、糖等搅拌均匀，用手捏成团即可。青稞糍粑味道浓郁、营养丰富，特别适合充饥御寒。牛羊肉是藏族同胞的主要食材之一，为了保存和携带，他们将肉切成细条，在雪地里晾晒风干，需要的时候直接食用即可。

这是非常费牙口的食物。她鼓着腮帮咀嚼，最终还是选择了自带的松软面包。李加诺早已将面包之类的食物拿出来与他们一起分享。中间的一张小塑料布上，陈列各种方便吃食。几个藏族老乡用餐的时候非常安静，没有一句多余的话，沉默细致地咀嚼。双手捧着递送食物，礼貌谦恭。

用完餐，大家一起把垃圾收拢在塑料袋中封好，没有乱扔一片纸屑。即便在深林之中，藏族老乡对于自然环境的敬畏和自身品德的修持也极为自性自觉。她和李加诺大为感慨，想到曾在许多风景区见过喧嚣之后的一地狼藉，不觉心生羞愧，在这些藏族老乡面前自惭形秽。

天黑不宜赶路，他们只得和这些藏族老乡一起，在帐篷里休息等待天明。蜡烛熄灭、手电筒也收了起来，四周一片黝黑。他们相互依偎，背靠在一个角落打盹。浓重呼吸和呼噜声沉闷结实，富有韵律感。极具地气的真实让帐篷外面显得更为寂静幽谧。

他们对面，老阿妈的遗体静静横卧，贡布大爷盘腿坐在旁边，闭目，安静。她的头靠在他肩头，不觉得害怕。她已经两次直面亲人死亡。外婆去世的时候很干脆利落，全无征兆，她的身体瞬间被掏空。父亲的死亡历经长时煎熬。她看着父亲从一个高大健壮的男人一点点虚弱瘦削，病痛不仅剥离了父亲的血肉，还有强大的精神力量。从坚强乐观到颓废消沉，从积极配合到暴躁抵抗，无法治愈的病灶，无休无止的疼痛折磨，丧失意志力的父亲绝望又不甘……

在父亲反复无常的情绪中，她最心疼的反而是母亲。对父亲情深义重的母亲，智慧且高傲的女人，不过五十出头，在半年的时间里头发全白。母亲日复一日地照顾父亲，忍受父亲因为疼痛、呕吐和绝望时的咒骂驱赶，还有爷爷奶奶随时的唠叨和指责。爷爷奶奶年逾古稀，本应享受天伦之乐，安度晚年，却被迫接受可能白发人送黑发人的残酷现实。无处发泄的悲痛情绪，让他们把所有罪责归咎于那个不能带来香火传承的女人。他们曾经极力阻止儿子与女人的结合，但最终失败。辛苦半生的大儿子罹患重病，无药可医，年迈的他们无能为力，需要将无助的绝望找到一个发泄口，这个人只能是母亲。她看着隐忍的母亲如何从悲痛强势变得麻木脆弱。她一直以为，死亡便是这样，不舍和留恋，绝望和麻木，一点点地蚕食、消弭，最终在爱恨纠缠中以泪收场。

她第一次知道，原来死亡可以如此平静如常。贡布大爷说，死亡便是舍得。舍了肉身，灵魂才能得到飞升，进入新的轮回，来世才有圆满。她看到面对生命终点的另外一种状态，真正的敬畏和舍得。生命最终的结果都是一样，何时、何地，以怎样的方式都不重要，迈向结局的过程，是否心安才值得追索。

二十九

一个月之后，高二的上学期。她表现良好，也不再烦躁。父母对她的看管稍有松懈。课业繁重，每天上完课还有永远做不完的各种练习题，只有五六个小时的睡眠时间。父母心疼她，开始给她补充营养品，她并不觉得自己需要，但从不拒绝，也不叫苦。

她话变得越来越少，练习题做得越来越多，每周一次的考试对她来说都是小试牛刀，她的成绩总是名列前茅。那些曾经围在她身边的社会少年，也不再纠缠她。生活就是这样，如潮水一般，来来去去都很平常和快速。一波谣言不会存留太长的时间，自有下一波替代。小城里的人们朴实而善于遗忘，他们乐于不断忘掉旧有的、追逐新奇的飞短流长，用于打发单调漫长的无聊时光。关于她的流言，不过是茶余饭后流水谈资的一个小插曲。她闷头学习，大街小巷再也看不见她奔跑追逐的身影，学校里的同学们也都有各自需要忙碌的眼前事，加上她确实太过优秀，有诸多同学需要她帮忙解答疑难问题。

不再有多少人记得之前的流言蜚语，也没人再因此而嘲笑她。毕竟是青春少年，谁心里都有一颗叛逆的种子，只是有的人埋入心底任其腐烂消亡，有的人浇水施肥让它发芽而已。同学之间最是纯粹和干净，他们不会永久抵制一个优秀并乐于助人的同学。

她表面无比平静，努力用功。但其实在内心，依然没有放弃。她有个要好的女同学安宁，情同姐妹，无话不谈。她和他之间纠葛不清的情感，安宁一清二楚。安宁是个循规蹈矩的乖乖女，从不做有违父母意愿的任何事。学习认真，一板一眼，和她一样，喜欢普希金的诗歌。安宁写诗，将自己内心情感一一用简短优美的词语编排，诗句充满了灵动的少女气息。

安宁不知道她的身世，无法了解她和他之间那种惺惺相惜的情感联系。但安宁相信她的话，愿意帮助她。她写下很多纸条，夹在书中，托安宁悄悄转给他。安宁历来口碑极好，父母对她很是信任，所以有更多自由。

但安宁带出去的那些书和纸条，无一例外原封不动地回来。他曾借的那些书，也都托安宁还了给她。她不知为何，写下长信问他缘由。安宁悄悄去了，一无所获地回来，在她的阁楼上，摇头叹气，对她说："左依，他无可救药，你还是放弃吧。无论你出于什么原因，都已经毫无意义。我们当前最重要的，是考上理想的大学，我们约定好要一起考上北京的大学，你不能分心，把我一个人扔在那么远的地方。"

在她最紧张忙碌的备战时分，关于他的各种信息有意无意、或清晰或模糊地断断续续传入耳中：依然在工地上短时打工，但经常迟到早退；混迹于那些复杂纷乱的娱乐场所，三天两头与人在街头斗殴，好在都不算大事，没到接受法律惩罚的程度；在深夜的街头醉酒狂歌，扰人清眠或吐得一地倒头就睡，他无奈且无助的姐姐王曦许多次穿梭于大街小巷寻找他，却无法带他回家；他为了一个叫鲍雨竹的女孩和人打架，头破血流仍不肯罢手；他因为无畏无惧的勇猛成为许多流失校外的孩子的王……

她东一句西一句地听着那些令人咂舌的传言，不肯相信自己的耳朵。但那些故事绘声绘色、细节明晰不容置疑。每个了解他们的人都对她说："放弃他吧，他已经坠入泥潭无可救药。"她心猿意马精力泛散，无法集中，连着两次小考成绩下滑，母亲看在眼中急在心里，对她的要求和看管更加严格。埋头题海之中的她，却总是在心中探究他突然回到过去那样的混沌生活到底为何？她想要知道答案，而这个答案必须是他面对面亲口告诉她。

她父母很喜欢安宁，对安宁毫无戒备。一个周末，她让安宁帮忙假借一起去图书馆查找考试资料，从而得到一个自由的机会。她提前让安宁带了信息，让他去图书馆等她们。安宁将话亲自带到，他告诉安宁说自己没空。但她不信，坚持在图书馆从早上等到天黑，他果然没有如约而来。

他不想见她。她百思不得其解，心情低落到了极点。安宁也开始相信她和他在早恋，因为没有一个女孩，会如此等待一个男孩。安宁将她拖回了家。

一个星期之后，春天已逝，初夏来临，气候开始变得燥热。那天下午，天气阴沉，乌云压顶，狂风呼啸，暴风雨来临前的滞闷压抑笼罩了整个城市。她在教室里听见了今年的第一声惊雷，响亮、穿透一切。惊雷之后，他们才在震惊中扭头看向窗外，一道闪电瞬间滑过，撕破半空，蓝光闪烁，云层裂开，半空一道伤口，撕开，又快速愈合。

母亲匆匆忙忙前来，叫出她的数学老师，低头耳语几句。她有种不祥的预兆，心里瞬间沉入冰点，手中握着的钢笔"啪"一声掉落桌上，几滴墨水溅落，摊开的数学课本上几点黑色污渍。她记得，外婆去世的那天，母亲也是这样把她带走。她第一反应想到了父亲，突然恐惧地扭头去看安宁。安宁惶惑地张着嘴，正发愣地看着她。

数学老师走过来，俯下身在她耳边轻声说："左依，你母亲找你有点急事，需要你回趟家，你快去吧！"

她听见老师招呼其他同学："没事没事，没什么事，你们继续看书，专心一点。"她在一片惊诧的眼光中惶然而过，脚步踉跄。走出教室，母亲拉着她的手，说："没事，左依，你跟我来！"

出了教学楼，她才知道，并非是父亲出了什么事，而是王加诺。母亲说，他的姐姐王曦刚才慌里慌张来找她，说他正拿着一把刀和人对峙，任谁都劝不了，他发了狂，放狠话要和那人白刀子进红刀子出。他父亲和他姐姐也没有办法让他放下刀来，王曦恳求母亲，说加诺只听母亲和她的话，求母亲无论如何也要帮忙，如果加诺真的杀了人，这一辈子就彻底完了。

母亲终究还是无法对自己看着长大的孩子坐视不理。她一边跟着母亲快步飞奔，一边想着到时如何才能劝解他。他这一个月来都对她避而不见，她不知道是不是他开始讨厌她，他或许并不想见到自己。想到这里，她突然有些胆怯，脚步也慢了下来。

母亲好奇地看了她一眼，说："左依，加诺现在在工地，也不知道他为何这样，但一个失去理智的人，是无法自控的，你过去看看，能劝阻就帮忙劝阻，如果不能，也不要强求，不要伤到你自己。希望他能听我们的话，不要走入极端，不要做下严重后果的事，杀人偿命，他要明白这个道理。"

她在母亲的催促中加快脚步，为自己突然生出的胆怯和迟疑感觉羞愧。闪电一遍遍撕破天空，狂风吹乱了她的头发和衣服，惊雷声声，却不见雨落。天色愈加暗沉，她和母亲没用多久就赶到了工地。

工地之中围了一圈人，还有警察。这是一个未完工的楼房，四面通达，没有遮挡，周围全是建筑用的水泥、砖块、钢筋等各种材料，杂乱无章，堆砌累叠。他和另外一个男子在三楼，相对而立，他手中一把菜刀，另外那人手中一根粗壮的断裂钢筋。没有外栏，身后只有几条绳索，退后几步便是边缘，落下来不死也是残废。那人显然有些慌乱和恐惧，不时回头望望身后。

他站在那人对面，似乎在说些什么，但还没有往前迈步，不幸之中的万幸。楼下警察在喊话，让他们各自冷静，并希望他能放下刀接受从宽处理。他们不敢逼得太紧，怕他一时冲动造成恶劣后果。

她和母亲赶到，看到这种情形倒抽了一口凉气。她环顾四周，看见王曦和他父亲在下面抖索着身体。鲍雨竹站在人群之中，仰起的头上，青白色头皮清晰可见。她没有任何思索，看见没有遮拦的楼梯后，一个箭步冲了过去，抬脚往楼上跑。母亲拉了一把，没拉住她。警察叫了一声"胡闹"，拖住了母亲欲跟上去的身体。

他在楼上听见下面围观人群发出一阵惊呼，握着刀的手顿了顿，伸头往下看了一眼，没发现什么，又转头对着那人。手臂上扬，刀刃反射白光，那人用钢筋挡了一下，硬物相碰，声音清脆，楼下又传来一阵惊呼。

那人是个二十多岁的年轻男子，细小的眼睛、厚实的嘴唇，脸上长满了褐色斑点。他位置不利，但幸好手中所持武器够长，能轻松挡开他手中短小锋利的菜刀。男子双手握着钢筋，肌肉僵硬，手背上有零星血迹。他的身上也有血迹，脸上挂着伤痕，看得出他们应该是在楼下就有交锋。男子斗不过他的狠辣，只能抵挡着逃跑，但他慌不择路间，闯到楼上，被他逼入死角无法脱身。

求生的欲望让男子在混乱中抓住了一根断裂的钢筋，以此对抗他的菜刀。他沉稳执着，毫无惧色。男子的钢筋一下又一下挑开他砍下去的刀刃，打在他的手和身上，他却浑然不觉，一步也不曾退缩。但他们都是街头上打架混名声的人，都有力道但又毫无章法。谁也没占到便宜，谁也不肯让步，就这样对峙良久。警察来了之后，男子有所让步，但他却没有任何通融让步的意思，也不急着攻击，似乎在演一场戏，一场没有输赢的戏。

看热闹的人，没有人知道他们刀棍相向的起因。零零星星的只言片语中，似乎是为了一件很小的事。而刀棍相向的两个人，在这之前，其实关系还不错，经常一起玩耍。

她认得那个人。在她十二岁那年，那条逼仄阴暗的小巷子里，那个男子调笑说让她做他女朋友；最近的一次，男子在街上堵住她的去路，说了同样的话，还说不会像王加诺一样对她。

她气喘吁吁地停在他们面前，看着他嘴角流下的几缕血迹，突然哭了。他停止攻击，愣愣地看着她，像看一个陌生人。他在这之前，想过无数次这个女孩的脸，怯弱的、勇敢的、阳光的、委屈的，但从没有像现在这样的。他说不清楚那是怎么样的一种表情，惊愕、愣怔、柔弱、失望、悲悯，复杂沉重，比黑夜里的深渊还要让他感觉窒息。

那个熟悉的面孔，刻在脑海中的身影，他自此之后也许再也不会相见，需要花费许多年、或许是一生去忘记的人。他深深地看着她的脸，害怕有朝一日会忘记，会变得陌生。他生命中唯一在乎过的一抹阳光，黑暗中裂开的缝隙，看不到尽头的苦难，他希望一次性全部遗忘，却又害怕遗忘。

她在他矛盾闪烁的目光中，撕心裂肺地哭泣。她肆无忌惮的哭声传至楼下，人群骚动，不知所谓。她母亲一时情急，甩开警察的手便往上冲去。两个警察紧随其后。

她也不知为何而哭，但涌动的情绪和汩汩而出的眼泪不听使唤。她一边哭一边用手擦着眼泪，哽咽断续地说："加诺，你到底要怎样？如何才能算完？为什么你总要把自己的人生弄到一塌糊涂无可挽救的地步？你考虑过后果吗？考虑过你姐姐王曦吗？她现在就在下面，她心力交瘁不知所措，你忍心让她看着你一步一步跌入深渊？加诺，你为什么要这样？你已经从泥沼中拔出了脚，只需要一步就可以上岸，为什么不能坚持？"

他漠然地看着她，表情没有什么变化，像个冷眼旁观的路人。他说："我从未觉得自己陷入泥沼，也从未感觉上岸。左依，你走吧，你不用管我的事，这是我的事，和你，和你们所有人都无关！"

她指着因为畏惧而瑟缩发抖的男子，说："你们曾经发过誓，是兄弟，就算和我无关，你要逃离我们的世界，那么他呢，他和你不是一路的人吗？今天你拼了他的命，明天就丢了自己的命，你们都忘记了自己当初的誓言，非要走到无法挽回的结局。加诺，不要这么做。"

男子咽了口唾沫，说："加诺，算了，我们不要打了！我说过的那些话，就当我放了个屁吧！"

他并不回头，对男子的话置若罔闻，冷冷地注视着她："左依，你看见了，我就是这样的人，我无可救药，我也不需要你来拯救。"

她说："我从没有抱着拯救的态度来对你，你我都是一样的人。你从不是他们口中的那个堕落的没有良知的人，你心地善良，你只是一时迷失，加诺，这就是你不肯见我的原因吗？你以为我在扮演救世主，想要拯救你的灵魂？"

他眉头跳动，表情依然冷漠，说："左依，太过束缚的生活，不是我想要的。我做不成你和王曦期望的那种人，我注定要孤独地过我自己的人生。我讨厌你加在我身上的那种预期，我的人生没有预期，我很累。你走吧，以后也不要相见！"

"不！"她狂烈喊叫，"我可以走，也可以不再相见，自我五岁那年，我们注定的情感交织，我可以都视而不见，但请你，请你再给自己一次机会，放下刀，好吗？你放下刀，我就走！”

她固执坚守毫不退步，他在她坚韧的目光下，终于缓缓垂下手臂，紧握的菜刀“哐当”掉在坚硬的水泥板上，发出震耳的钝响。人们都在这声钝响中稍微舒了口气。叹息、怜悯、愤怒、幸灾乐祸、遗憾……各种情绪复杂交织，看客的欲望未曾满足，意犹未尽的表情和言语尾音，纠缠在空中，随风飘扬。

警察伺机而动，扑上去控制住他和那个对峙的男子。他们在一片唏嘘和欢呼中被押解下楼。她跟在后面，被母亲及时拉住。母亲一言不发，表情凝重，拽着她的胳膊避开探究的好奇目光，穿过人群和杂乱的建筑工地，头也不回地走了。

她踉跄着跟随母亲，手臂被箍紧不得动弹，只能一步三回头张望他被按住脑袋塞入警车的情形。他似乎朝她这边看了一眼，但面无表情，没任何温度。他已经成年，必须为自己任性的行为承担后果，虽然没有造成恶性结局，但打架斗殴寻衅滋事的罪责不可避免。他丝毫没有悔意，冰凉的目光下，挂着一丝漠然的笑。跟在警车后面的，是鲍雨竹瘦弱细长的身影，还有回头瞥见她时的复杂目光。

她被母亲一路拽着回到家中，默默躺在床上，心情复杂。母亲站在她房间的门口，厉声对她说：“左依，以后不允许你和加诺见面，他的事和你没有丝毫关系，你只需要关注一件事，就是考上重点大学，离开这个城市，离开他所在的任何地方。他已经彻底堕落，毫无悔恨之心，他无可救药，你帮不了他，如果你还和他牵扯，他会毁了你的生活。”

她不愿反驳，默默流泪。她从未如此绝望和无依无助，如同溺亡的蚂蚁，抓不住一根稻草。她想到濒临死亡的外婆，睁着浑浊的眼睛，目光微弱，脸上浮现着生命最后的一缕光芒。那个时刻，她伏在外婆的胸口，听着外婆弱到虚无的心跳，同样绝望和无助。沉沦、坠落、暗黑无际，不知所处，不知所救。说到底，他们都不过是尘世的一粒芥子，卑微弱小，随风而来，随风而去。

她从安宁的口中得知，因为双方和解，他们并未受到更严厉的惩罚，各自拘留一个月，罚一笔钱了之。她庆幸之余，却也再不曾见到他，他从她的世界消失，如同一场突如其来的大雪，雪地里绽放的几朵梅花，艳丽之极，瞬间消逝，仿若不曾来过。她的生活归于平静，千篇一律、机械运转，两点一线。她的努力有目共睹，并很快有了结果，高考结束后一个月，她如愿以偿，收到了来自北京一所重点大学的录取通知书。

三十

3700米的南宗垭口正前方，近距离仰望梅里雪山，可以无比清晰地看见神女峰和五冠仁峰的峰顶，蓝天白云高远辽阔，干净澄澈一望无垠。皑皑白雪覆盖，柔和阳光穿透云层照耀峰顶，反射着灿烂不容亵渎的金色光芒。绵延舒展的山脉呈现青黛之色。下了半夜大雨，植物从内到外水洗过般地透明光亮。

昨夜收留他们的藏族老乡目的地不同，他们同行至南宗垭口之后便分道而行。老阿妈的遗体包裹严实，放置在树枝做成的简易框架之中。旺堆大哥身材健硕体力最好，负责背负即将开始的第一段旅途。他们站在垭口的玛尼堆旁相送，头顶上经幡迎风飞扬。风吹乱了她满头长发，但她不及打理，一直目送藏族老乡排列成行，慢慢消失在目光所及的山路尽头之后才默然回神。他们的行程也重新开始。

他说："只要人在旅途，总会遇到许多意想不到的奇迹，看到另外一种精神，感受以前不曾感受过的观念和思想。这就是旅游的妙趣和魅力所在。"

她说："宁愿在通往天堂的路上跌跌撞撞，也不愿在四角的天空飞翔；我要挣脱铸住我心灵的枷锁，自由流浪，死也要死在幸福的路上；就算前方风沙弥漫，就算永远走不进天堂，就算只剩下最后一口气息，也要在路上尽情地绽放。"

他说："你说得非常正确，为什么现在愿意出来旅行的人越来越多，跟团的人越来越少，就是因为我们被世俗烦琐困缚太久，急切想要冲破枷锁。偏安乐居熟悉的环境，被时间、金钱以及各种绳索阻挡脚步，顾虑重重，哪里知道天地之大，世界之广，我们不过是尘世间微不足道的粒子。曾经以为看见了所有的真相，以为熟悉的环境就是世界，我们自己本身就是世界的中心。我们被熟悉、安全、稳定等等世俗观念遮挡了目光，看不到远方。"

她说："我是一个安于现状不思变的人，胆小怯弱，对未知充满恐惧。但是他不一样，他曾经非常喜欢这首老歌，他总愿意在路上一直向前，不懂得退缩避让，即便撞得头破血流，即便是见到南山也不肯回头。不屈服命运给他的安排。以前一直以为我是那个勇敢的人，不惧世人眼光和流言，妄图将他从离经叛道的路上拉回正途。但其实是因为我软弱和恐惧，害怕他离开我越来越远，可我又不敢脱离现状和他一起，所以才拼命拽住他，他为了我停下脚步。他才是那个勇敢的人，努力抗争、不追随别人脚步。哪怕荆棘丛生鲜血淋漓，我才是那个拖后腿的人。我总是在逃离和回归之间模棱两可举棋不定，害怕改变又希望改变，放不下很多人很多事很多物质需求，拖泥带水最终一无所成。”

他说：“这就是真实人性。我们活在一个复杂世界，生命中不是非黑即白，也不是两条平行的直线，只要选定其一就万事大吉。每人都有太多牵扯纠缠——冗繁的血脉传承情感交流，亲情爱情友情各种人际关系，衣食住行等生存基础。我们或许可以不用在意，但我们身上还承载着父母亲人的希望和责任，不能摔门而去一走了之。你不是胆小怯弱，是有担当。有时候活着不全是因为自己，还有我们在意的人。”

大病初愈，本就带着病灶的身体无法彻底恢复体力，脸上呈现憔悴病色，掩藏在宽大厚实棉服下的躯体仿佛一夜间又消瘦了几分，单薄轻飘。但她张着嘴埋头疾步，不发出一丝一毫的疲惫呻吟。她奋力前行的步履近乎倔强，似乎只有这样才能卸下心里的沉重负担。

他沉稳的脚步紧随其后。翻过垭口，开始一段陡峭的下山之路。鲁迅先生说：地上本没有路，走的人多了，也便成了路。他们行走的这一段便是如此，泥土不算夯实，弹性松软，被行人踩踏多了后形成两道土路，平行蜿蜒，中间鼓起一条凸起脊梁，上面铺陈细碎石子，道路两边都是大大小小的灰色石块，多数是从山上滚落下来，随着时日益久深嵌于泥土之中，但不结实牢靠，非常容易被雨水撼动再次滑落至更深的悬崖。

行进时需要特别小心脚下，稍不留意便会踩上尖锐石块，疼痛还在其次，扭伤了脚无法走路才是关键。她沉默低头，专注脚下那些石块和随处可见的枯枝断树，没有深入附和他的话。她曾经有很多在意的人，外婆、父母和他……但他们大都相继离开。她身边唯剩母亲，独自居住在老家，各自活在一个内心世界，极少交流。她用了很长一段时间才肯承认，很多人很多事，越是在意越是容易失去。越是希望忘记，越是记忆深刻无法磨灭。

天亮出行的时候，还有柔和阳光。此刻下到山腰，水雾蒸腾、烟气氤氲，草叶间凝聚晶莹水滴，薄而透明。远处云雾缭绕，阳光被层云和林木遮挡，灰茫一片。清新空气中弥散着植物和泥土的混合味道，潮湿、黏腻、腥甜、腐烂，负离子充盈饱满且活跃，没有氧气稀薄导致的胸闷头晕。扑棱飞过的鸟弧线优美，声音清越。坑洼不平的陡峭山路弯曲狭长，前面隐约有清脆水声、软体动物爬过草丛的窣窣声。他们快速行走，穿过林木，来至一个空旷峡谷。潺潺水声来自一条蜿蜒穿过的清澈溪流，从不能望见源头的山林深处而来，在这里豁然明见四方的蓝天白云，他们继续沿着山谷而下，不知终点。没有沾染尘污的泉水，干净清冽，静而祥和。水底鹅卵石、青绿匍匐的水草、横斜穿插的枝丫一览无余。没有自在游弋的鱼，也没有蓝天白云和树木花草的倒影。水至清则无鱼。

她把背包扔在地上，在溪流旁边随意坐下，脱下鞋子放松僵硬发木的脚，用手轻轻揉搓。这种山路极为消耗脚力。她已经能明显感觉小腿肌肉紧绷，在绑带下有节奏地微微颤动，后腰酸胀，脖颈疼痛。他过来提醒她，这种潮湿森林的沼泽地带，很容易滋生肥大勇猛的吸血水蛭。它们躲在水草间隐秘蛰伏，一旦感知有新鲜肉体香甜的血液味道，就悄悄靠近，行动迅捷灵敏，出其不意附着在皮肤之上。它们对血有天生的激情和敏感，身体底部有力量强大的吸盘，有些会随着伤口钻入皮肤，贪婪吸吮，不知饱足。遇此情况不能强行拔除，要用火烫烤使其受痛收缩，再轻轻揭掉。

他开玩笑说："抽烟的好处就是会随身携带火种。对身体而言，抽烟百害而无一利。但你发现没有，很多表面看起来坏到极致的事情，往往也隐藏着希望。这就是所谓的否极泰来吧！"

没有风，静得只有水流和他们的呼吸声。她并不因为他的话感觉畏惧。身处自然，感觉超然脱离。尘嚣和身外一切，被专注前行和身体疲累的感知淡化。在旅途中，记忆和感官很容易产生错觉，自动过滤一切无关旅途的事情和人。曾经让她难以释怀的情感、身体病灶、疼痛，以及自小遵从的习惯，都弱化成久远的模糊影子。他们只想前行，坚持抵达目的地。

她以前对很多事物充满恐惧，不能席地而坐，无法忍受蠕动的软体动物，害怕高大强壮的狗，衣服上不能沾染一点污渍，吃饭之前一定要洗手、烫碗筷，无论多么忙碌，起床之后要把被褥叠放整齐……保持良好身材，精细的皮肤护理保养，怕紫外线照射……她延续多年的生活和心理习惯，没有让她更健康。确诊病情的那天开始，她突然发现以前坚持的许多事情都虚无缥缈微不足道，在即将消亡的生命面前，那些在意的东西显得幼稚可笑。

她说："所有事情都是正反两方面矛盾的综合体。你看这里的风光，美得不真实，没有一点尘寰俗气。因为现在这里还属于未曾开发的原生态地带，偏僻、陡峭、植物茂盛，阻挡了外界的纷扰和破坏，同时也阻挡了文明的脚步。等有一天这里的人多了，大家看到了它的经济价值，蜂拥而入的资本，络绎不绝的游客，这些风光都会不复存在，留下的是被砍伐过后的残迹，还有遍地垃圾废物。"

他说："这就是现实，是无法更改的。社会总要进步和发展，文明不应该只在城市，这里也应该有，迟早而已。不过在发展的过程中，我们如何兼顾生态和环境的保护，也是非常重要的。其实在加拿大，这方面就做得比较好，不会有大肆破坏环境去开发旅游赚钱的行为。这里的风景这么美，值得任何人观看赏玩，但这里的路太难行，适当修建一下，倒是很有必要。"

她说："很多人怕危险和困难，所以这样危险的山路和森林，才能保护这里的景色。"

他拿出相机拍照，记录此处风光和她不拘小节的形象。他说："凡事要往好的方向想，也许没有那么糟糕，不过我们既然来了，做了先行客，就应该留下点纪念。"

她极不配合地完成他的记录，低头缓慢而仔细地重新把绑腿缠上。听见沉稳的脚步声，她抬头看见五个排成一队的健硕男子，各自背着超过头顶的硕大竹筐。他们从缓坡处下来，在河边停下，放下背筐，坐下来休息。他们是送货的背夫，从西当来，为雨崩村和方圆百里散落雪山脚下的村落提供外界才有的生活必需品。她看见背筐里面装满了货物，肉类、零食、衣物……有些包裹严实，有些直露在外，一律用粗糙麻绳绑缚紧实。他们说每个背筐足有百十斤重，一次可以提供给附近几个村庄。以前没有他们这个职业，村人隔段时间自己出行，花费一天的时间去相隔几十公里的集镇购买。后来游人增加，本地或来自外界的人开设了一些小型客栈，对生活品的需求量增大，一些有体力的男子便开始了送货的工作，赚取路费或者差价。

他们皮肤经受风吹日晒显得粗糙，头发蓬乱。长年奔波行走锻炼得肌肉紧实，手上磨出厚而坚硬的老茧。近年来越来越多的人慕名前来，他们见惯了形形色色的游客，还有转山的朝圣者。背着百十斤重量的货物行走半日之久，他们没有感觉太过疲累，脸上没有过多表情。

他对背夫的兴趣表现得更为浓厚，拿着相机凑过去套近乎，打听他们的日常和即将要去的地方。他们一一沉着应答，对他的好奇见怪不怪。他希望能给他们拍几张照片留存，他们也非常乐于配合，扭头对着镜头，依然表情不太丰富。一个二十左右的年轻小伙，听说他来自加拿大，终于有所改变，流露出向往的表情。他说自己在雪山脚下出生，长这么大还没去看过外面的世界，最远也只到过西当。

他现在努力送货，就是为了赚去外面世界的费用。他非常渴望未知的山外，电视里面繁花似锦的世界。但他父母只有他这么一个独子，他们也没有去过更远的地方，常年在偏僻的地方生活，对外界的花花绿绿充满恐惧和排斥。他们不愿意自己的孩子离开太远太久，怕他遇到危险，没有自救的能力。小伙坚定的信念中有些许犹疑，但告诉他们说不会放弃自己的想法。他年轻的、皴裂的脸上绽开笑容，留下了他的联系方式，希望他能把照片发给他。他说他赚够钱第一个要去的地方是北京，他只在电视上看过天安门，他要去看升旗仪式。他以为她在北京生活工作，每天都可以看见升旗，可以去长城、故宫……

她不知如何回答这个单纯如一张白纸的年轻人。她在北京生活居住超过十年，却只在大学时候去看过一次升旗仪式。平时工作忙碌，偶有闲暇的时候，早上都赖在床上不肯起来。升旗仪式都是凌晨五六点，她所住的地方相隔甚远，需要凌晨四点半就要出发，她从不曾为了这个理由把自己从睡梦中叫醒。这是人的天性，对习以为常的环境或人视而不见，没有感知，缺乏热情和参与度。人们常看不见身边的人，总是向往难以到达的更远的山外——谁都是站在这山望着那山的人！但如果没有对远方的向往和追求，我们又如何挨过日复一日的忙碌和烦琐？

重新启程之后，她望着小伙的背影感叹天下的父母都是一样，不肯相信自己的孩子迟早会成长，会羽翼丰满，不需要他们的保护，会离开他们去追求属于自己的远方。她说："父母都习惯安排好一切，不容许任何偏离轨道的旁枝斜逸，就像插入花瓶的花，或者盆景，修剪精细，按照既定的未来发展，他们认为不需要的细枝末节一律剪掉。像老母鸡护小鸡一样，害怕孩子受到伤害，为了他们认为的安全，宁愿不让孩子张开翅膀。"

他说："我也曾经和那孩子一样，拼命挣扎，想要逃离规划好的人生。为了和父母掌控的命运撇清界限，我反对他们所说的一切，无论什么情况，只要是他们让做的，就算心里明知正确，也绝不承认。后来叛逆成为一种习惯，最终我甚至都不知道反抗的是什么，也不知道自己得到的到底是不是想要的！人就是这样奇怪，当我的父母彻底放弃我之后，我却又开始怀念他们的掌控和安排。"

她说："我的父母在很多事情上都很开明，就一件事无比坚决。为了让我死心，母亲不惜以死相逼。我母亲在这件事上遇到过挫折，就断定我也一样，她从不给我机会解释，也从不听任何理由！母亲认为犯过一次错误，就会不断犯错，没有例外，也没回头的路，她不容许我犯错！但我母亲从来没想过，我们本就是在不断犯错中成长、坚强，谁的人生没有犯过错？没有犯过错的人生，不是完整的人生！"

他说："或许你母亲不是怕你犯错，而是怕你没有纠错的能力。每个人在成长中都会犯错，可你母亲没有错，有些错误一生也不能有，它有不可逆转的后果，没有后悔和纠错的机会！"

她自然明白父母的良苦用心，但她在那个年少的时代无法认同。真正的成长需要无数的经历和挫折，需要在各种事情中明辨是非。成长是一个漫长的过程，无法一蹴而就。但天下的父母似乎都很健忘，总是想不起来自己如何在青春的道路上跌跌撞撞、懵懂迷茫。他们站在自己的高点上指点儿女的生活，忽略了孩子天生喜欢自我探索和认知的特性。

接下来的行程显得顺畅，她的情绪一直处于饱满高涨的状态。自徒步以来，她不知不觉产生了一些对前路的热情，这种热情激励和支撑着她。前段时间的压抑、沮丧和空洞，在连日奔波劳累中得到释放。也或者是每日早起、不间断赶路、累得精疲力竭的时候才到达目的地休息，她也没有闲暇和剩余的精力去回想那些缠绕心头的事情。她得以卸下负重，心情也好了很多。

走在泥土小路之上，坎坷不平的石子路不时硌着柔嫩的脚底传来刺痛，她反而为此感觉兴奋。爱是希望的源头，痛是让自己清醒的唯一方式。她不惧怕疼痛。但这两日身体显然没给她清醒提示，反而是路途中那些不起眼的小石子和弯曲陡峭的山路，还有山路上旁枝斜逸灌木和尖锐枝丫，让他们的腿和手臂留下不少细细的伤痕，但都无关紧要。一路向前，只有这个念头在脑中回旋。

下坡的时候她注意到草丛中有窸窣响动，一只灰色野兔倏忽闪过的身影引起了她的注意。她正好感觉疲累，绑缚扎实的小腿僵硬麻木，大腿肌肉因为长久用力而酸胀疼痛。他们已经许久未曾休息。只要她不喊停下，他便不会主动要求停歇，即便自己的思想和肉体博弈得厉害，他也紧咬牙关跟随其后。这是一场耐力的赛跑，她在和自己较劲，仿佛有个声音在心底细细游说，告诉她只有抵达身体的极限，才能证明自己未曾被健康、体力和一切在乎的事物所抛弃。

但她憋足劲忍耐半天之后，终于还是产生了退缩的念头，可又不甘示弱。一只隐没草丛的野兔给了她最完美的借口。她的目光移过去的时候，脚步不自觉地停了下来，他在她身后两三步距离的地方也停了下来。

她蹲下来，轻轻拨开路边草丛，说："刚才好像看见一只野兔，在草丛里跳了几下就不见了！"

他也蹲下来，饶有兴致地顺着她手指的方向伸长脖子探看："这种清寒的高原地区，灰兔不太能存活，但可能会有雪兔。魁北克的森林里，冬天就会有雪兔出来觅食，雪白的毛发，警觉的耳朵，敏捷迅疾。你看清了吗？是不是雪兔？"

她原本只是恍眼一看，并不太确定，听见他这么说，便更不敢断言。她在脑中回想，随着声音转头的那一刻，是否瞥见了一抹雪白。想了半晌，她最终还是不自信地摇了摇头。但此时她的思想已不再纠结于野兔的身上，她的目光被不远处一丛碧草和灌木掩映的野花吸引。那是一朵四色的花，四个花瓣分别呈现红、紫、黄、橙的颜色，根茎细长清瘦，孤高直立，独自开放。

她眯着眼觑了许久，然后脚步试着往下探了探。花开在斜坡之上，虽然不算陡峭，但昨天那场至深夜的暴雨，让土壤松动、草根酥软、泥石深陷，看起来随时有坍塌的危险。她的脚刚踩下去，便陷入其中，沾了一脚的污泥。他一把拉住她的胳膊，抬高了声音对她说道："你这样下去太危险了，这些土壤都被水泡得稀软疏松，根本承受不了你的重量。"

因了他的提醒，她才惊觉自己考虑不周，缩回脚后对他淡然一笑："突然看见那朵四色花，脑子里便想起了依米花。你还记得你问我，想要寻找依米花，为何不去沙漠而来高原。其实我并没有答案，或许是因为胆怯和懦弱，不敢去自己完全陌生的荒蛮地带。我不知道一个人要如何在黄沙漫天的沙漠里行走。我以为自己是个执着的人，但其实非常善变。我害怕陌生，害怕改变，也不能轻易尝试，这是一个致命的性格缺陷！"

他一边斜身去查看是否有相对结实稳固的落脚地方，一边不以为然地回答："一朵花而已，没必要如此深刻联想。我们都有胆怯的时候，胆怯有时候并非是坏事，可能会让我们失去一些探索和获得的机会，但也有好处。知道害怕，才有所敬畏，这是保护我们的方式，是本能选择。谁都如此，并不是某个人才有的特性，是人的共性！"

他说话的当口，已经确认了可以下坡的路径。她突然对细小生命所产生出的浓厚兴趣，让他感觉欢喜。但她此刻注意到，这段缓坡并不那么简单，与他们所站立的地方落差足有十几米，且野草蔓生杂乱纠葛，浓密的草丛底下，不知是否存在塌陷或者空洞的危险。除了手中一根略显纤细的当作拐杖的树枝，没有任何能牵缚他的东西。她沉声叫他停下，不要为了一朵花去冒险。

但他指着下面一个几乎不可辨认的点对她说："我不是去摘那朵花，你的眼神很好，那里真的好像有只雪兔！"

顺着看过去，她才发现在坡下一丛灌木遮掩的地方，一团小小的白点蜷缩下面，那小东西明显听见了他们的动静，却并不急着远离。她说："生活在野外的兔子，对人类有天生的警觉和防备，你不要去了，等你下去它早跑了。"

但他说他有多年在野外生活的经验，从雪兔目前的表现来看，它不是受了伤就是被什么东西缠住，不然不会长久暴露于他们的视线之内。听他这么一分析，她就不再说什么，但总不甘心做个默默等待的柔弱女子，于是也跟着他身体低伏，缓慢往下。经了雨的泥土松软滑腻，有一种使不上劲的感觉，她只能一点一点地试探，身体也伏得更低。

短短的距离，他们用了好几分钟才到达。匍匐蜷缩在灌木丛下面的果然是只雪白兔子，红亮机敏的眼睛、竖直微颤的耳朵、茸茸松软的雪白毛发、胖胖的身体柔软可爱，看见他们靠近胆怯地缩了缩身体，似乎想要逃离，但也只是挪动了几下而已。

她小心翼翼地将它抱起来，果然如他所言，它的两条后腿毛上沾了许多血迹，扒开毛便能看见深深的两个伤痕。但她不能确定这是什么伤痕。她自小便偏离了孩童的天真轨迹，花费太多时间在追逐和学习之上，没有养过任何活物，也从无养宠物的想法。面对雪兔的伤势，她基本无从下手。

或许是求生的欲望太过强烈，雪兔并不挣扎和排斥陌生的他们，乖巧顺从地任凭他轻轻抬起它的后腿查看。他在加拿大的时候，经常去深山里面狩猎或小住，野外经验丰富，从伤口形状和出血点一眼就判断出并非是折断或者被锯齿类植物割伤。

他低头查看了下周围，对她说：“这是被蛇咬了！你刚才听见的响动，应该是条蛇在活动，这只兔子刚好撞上就被咬了。不过还好，从伤口颜色和出血点来看，应该是无毒的。这只兔子命大，如果不是我们停下来惊吓了那条蛇，它就没命了。”

她讶然抬头，有些不敢相信：“这个季节天这么冷，怎么会有蛇，蛇不是应该冬眠了吗？”

他点头，说：“嗯，深秋的时候，高原上本就冷，一般来说蛇肯定冬眠了，不过不排除有个别还没来得及进入冬眠的，入眠之前，蛇需要大量进食积蓄能量。你看下面灌木丛里有条小河沟，昨夜大雨让水涨了不少。说不定是条水蛇，不知从哪里顺着流水过来，又爬了上来。”

她对他的分析深信不疑，非常佩服他的见识和经验。儿时父母带她去动物园，隔着透明玻璃，看见过颜色各异体型不一的软体动物在人工搭建的洞穴和石缝中若隐若现，或者干脆在泥土上裸露，脑袋无一例外耷拉着毫无神采，也不会像影视中看到的那样嘶嘶吐着蛇信子。它们被人工圈养和困缚，失去了天然的野性和活力，逐渐沦为观赏品。

她对动物园有天然的抵制和抗拒，稍微大一点后便再也没有去过。有时候她回想自己几十年的人生，发觉过得单调乏味，在一个小县城里出生、长大，大部分的时间都在学校和家中，偶尔的出游也不过是城郊或者公园。大学去了繁华热闹的都市，可依然过着重复的生活。她对生活在野外的动植物知之甚少，仅有的知识来源于书本和影视。社会发展太快，人类足迹遍布各个角落，水泥钢筋侵占了动物们的生存地界，人们常常忘记了其实这个地球上还有许多应该和人类平等获得资源的生命。

她叹了口气，说："是我们的到来占据了它们的地盘，食物减少，蛇也不能安静地找地方冬眠。"

他低头在草丛中摸索寻找，很快便抓了一些不知名的细嫩草叶，说："很多植物都有不同的效用，动物受了伤会自己去寻找疗伤的药草，不过我不认识。看这些草鲜嫩多汁，一会嚼碎了混点消炎药给它抹上，管不管用我可不能保证。"他像突然想到了什么，笑了起来："这要是以前，我们会觉得是运气，天上掉下来的野味，架个火堆烤熟了，撒上佐料，一顿丰盛又美味的晚餐就成了。"

他们开始顺着来路回去。上山容易下山难，当他们回去的时候，才发现下过雨没有高大树木的泥坡，其实是下山容易上山难。下午的时候连滚带滑，很快就到了底，上去的时候却完全用不上劲，泥石湿滑，草根一带就离了地，他们需要手脚并用，深一脚浅一脚，鞋子陷入泥中行进困难。走一步退滑两步，还要随时小心不要一脚踏空或者一滑到底，后面是水量暴涨的河沟，还有底下莫测的草丛，看着不起眼的一段斜坡，反而比暴露于前的悬崖石壁更加暗藏风险。

她一手托着兔子，一手配合双脚爬行上了路面，接近的时候，听见他在后面压着嗓子叫了一声，回头去看时，他表情平静对她挥了挥手，她便不以为意。到了路面后，他从背包里翻出携带的消炎药片，就地找了个光滑的石头，垫上一块白色纱布碾碎。混着消炎药粉的绿色汁液被均匀地涂抹在兔子伤口上之后，他抬起自己的手腕，把剩下的那点抹在一个伤口上。伤口不大，但明显是刚刚才出现的。

她抓过他的手，看出来和兔子身上的伤口相差不大，不觉有些焦急："是那条蛇吗？有没有毒？刚才不是已经走了吗？怎么给咬了呢？"

他淡然地摇了摇头，很不以为意地说："没事，我看清了，是无毒的水蛇，很小，它蜷在草丛下面，我抓的时候惊动了它，它害怕了，咬了一下就游走了。其实它遇到人，恐惧更甚于我们。是我们闯入了它的地界，它感觉到危险才会攻击人。一般蛇是不会随便攻击人的，毕竟对于它们来说，人类算是庞然大物了。"

她深为自己的好奇而害得他被蛇咬感到内疚，不断给他道歉，担忧伤口是否处理妥当，也担心是否有毒。但过了几分钟后他的脸色没有任何变化。伤口未曾发黑，也没有红肿和扩散的迹象，她终于在他的安慰下放下心来，但依然无法释怀。

她说："我太好奇又不计后果，其实现在想想觉得刚才下去也是非常危险的事。我自己倒无所谓，但如果你因为我的冲动而出了什么事，我真的不知该如何面对了。一路以来，我们结伴而行，你已经照顾我太多，真的是不知如何才能表达我的歉意。"

他一边整理背包，一边对他说："这和你一点关系都没有，你这么自责，我反而觉得内心不安。再说本就是小事，和我以前遇到的事相比，真的是不值一提。我们能看到并救了这只兔子，也是做了好事。它和我们有缘分。"

她知道他说的并非表面敷衍或者安慰的话。他这几天断断续续也和她提了一些自己在加拿大的成长经历，他曾经混迹于各种危险之中。他认识一个来自中国的男子，他们每年都会花费大把的时间去深山密林、雪原高地探险、徒步或狩猎。他们在林中遇到过凶猛肥硕的黑熊，那个同伴曾被熊的爪子拍断过手臂；他们被一群饿极了的森林灰狼追赶，爬上高大粗壮枝叶茂盛的树木后待了一天一夜才等到狼群无望散去。他说他们都是不怕死亡的人，但真的面对死亡的时候，求生的欲望却不由自主，捡回一条命后的强烈欣喜和大彻大悟，没有任何事能与之相较；他说他曾独自面对过一条两米长的蟒蛇，昂头吐舌，因为他的冷峻淡定，长久对峙后那蛇转身离去；他还提到他们如何在一条风吹日晒日渐腐朽的木桥中间突然跌落湍急的河流……

他零零散散和她说的那些传奇经历，她活了几十年一件也没有遇到。她羡艳他的丰富人生，几乎含着强烈的嫉妒之情，她觉得自己的生活太过平淡，如同风平浪静下的一潭古井，日复一日，没有一点涟漪。她有很多时候，在他的讲述中幻想自己也拥有那般波澜壮阔的快意人生，经历过大风大浪，才能拥有更多的勇气。如果那样，她和他，会不会有所不同。但那样的幻象不过是昙花一现，时间只能向前，人生不能后退，她终究还是那个她而已。

她把敷完了药的兔子又轻轻放入坡下的草丛，看着它一瘸一拐慢慢隐没，脸上流露出黯然神色。

她说：“任何生命都值得尊重，虽然自然界就是那么残酷，我们处于食物链的顶端，为了生存无法避免消灭其他生命。但不代表我们就应该不尊重，这是两码事。虽然它只是一只兔子，你今天救了它，你是个懂得尊重生命的人。我们不能带着它行走，后面的路，它依然得靠自己，这就是命运！”

他已经把背包整理好，重新背在背上，赞许且理解地看着她的举动。时间过去了许久，他们还有一段艰苦的路程需要完成。重新启程的时候，他对她说：“左依，尊重生命，更应该珍惜生命。你对一只兔子的生命尚且怜惜，更应该明白我们来到这世上一遭多么不容易。我们更应该懂得珍惜！”

第三卷　菩提无声

三十一

他曾经梦见过母亲的死亡，不止一次！走过一条暗黑无际的通道，在以为快要绝望的时候，突然看见一束光！向着光明走去，是一片广袤田野，绿意盎然生机勃勃！他站在一片绿野之中，茫然四顾不知所措！此时有个女人，看不清面容，但他心里清楚，那就是母亲，给予他生命的女人，在野地里飘然而起，粗糙的衣服发出簌簌的声音。女人就那样慢慢飘远，向着高空而去！他飞奔过去，想要抓住她，让她别走，但他力量微弱，只抓住她一片衣角，很快，衣角也从手中滑落！他想说让她别走，但喉咙哽咽，声音阻塞，发不出任何一个字眼！母亲低下头对他粲然一笑，突然就消失了！然后又从半空跌落，直挺挺躺在他脚下，圆睁双眼，死不瞑目的样子。

他在梦中吓醒，不明白为何做这样的梦！他没有得到过母亲的任何消息，他相信母亲还好好地活在某处。但梦却无法掌控！他痛恨自己做这样的梦，感觉内心恐惧而龌龊！清醒的时候，他自动屏蔽、抵触母亲的一切消息，但其实言不由衷。他渴望一个温柔的母亲，在他脆弱的时候，会将他抱在怀中，轻轻地拍打他的背部，抚摸他的头发。

但他无法获悉母亲的任何行踪，就算外公外婆，因为父亲的关系，很少见面，也从不提及母亲去向。外公外婆对这个曾经的女婿心有余悸，恐惧无法消除，为了保护女儿，他们抛弃了女儿的孩子。他痛恨父亲，因为他酗酒、家暴，法院判决强制离婚后一度对母亲无休止地纠缠和搜寻。父亲让他和姐姐变成没有母亲的孩子，但母亲因为对父亲的畏惧，也畏惧自己的一双儿女。

他认为自己做这样的梦，是潜意识中渴盼母亲的死亡。只有这样，他才能彻底死心，彻底遗忘。这种爱恨纠缠的复杂情感，让他深感内疚，无法控制的恐惧和因此衍生出的羞耻，像屋外断墙上面攀爬的繁复藤蔓，顽强滋生，四季不枯。

他和她有太多不同，曾经不愿意承认，但事实就是事实，不容辩驳。他深谙她的恐惧，来源于对自身身世的茫然和不自知、被遗弃的自卑感。她一方面假装不在意，一方面却不断深入探寻，给自己找各种理由，假设亲生父母已经死亡或其他迫不得已的原因，或嫌弃自己是个女孩，女孩被遗弃的可能性远远大于男孩……她在持续的推翻和论证中为自己寻回一点自信。

他从开始就明了自身的血脉传承，但他却无比厌弃。他宁愿无父无母，是个野地里成长的孤儿，血管里流淌着全然不知的血液，这样他还可以有无数种假设。但命运多不给人选择余地，他只能接受，不能反叛，也无从背离。他曾经以为和她一样，他们都是被命运遗忘的人，但后来，他发现他们之间隔着千山万水，沟壑纵深难以逾越。他比她成熟得早，经历得多，情感较早明确，他喜欢她，属于青葱少年的早期情感，但这种情感不容于世，他们注定分道扬镳各归其途。

她离开家乡去大学报到的那天，大雨。他去送她，但没让她发现。他藏在一个暗深隐蔽的角落，偷偷看她拖着硕大旅行箱，在父母的保护和帮助下上了火车。她表情淡定，温和甜美，不露喜乐。和父母一一告别，和送行的同学点头致意，眼中没有一般女孩第一次单独离开熟悉地方的胆怯和不安，她有超越同龄人的成熟坚定。她曾环顾四周，眼神闪烁。他不确定她是不是在寻找他，他屏住呼吸不敢上前，他没有和她告别。他的脚下也放着一个旅行包，他也要开始远行，去她的城市，却没有买和她同一趟列车。他还记得自己的承诺，他不打算违背诺言。

她从未想过鲍雨竹会来送她。从她十二岁开始，鲍雨竹就对她满怀敌意和愤恨，她比任何人都希望她落魄而没有光明未来。她如愿获得大学入学资格，鲍雨竹应当在心中诅咒她千次万次。

鲍雨竹站在雨中，身影朦胧。她的脸上流淌着雨水，面部模糊。宽大的T恤衫贴在身上，显现出因为营养不良而没有多少性别特征的身体轮廓。她的双眼依然充满敌意和怨恨，她在雨中大声喊叫："左依，走了就不要再回来。我诅咒你，你这一生都不会得到幸福。你不配得到幸福。"

她在车窗后无奈地看着她，无法理解她这么多年都消弭不了的仇恨。但她不想和她计较，她轻轻摇头，从窗口探出头来：“鲍雨竹，虽然我不知道你为什么恨我，但我依然祝福你得到幸福。你回去吧，这么大的雨，你会生病的！”

鲍雨竹愣愣地看着她，突然笑了，笑着笑着一脸哭相，她说：“我恨你，就是恨你自以为是的宽容大度。我这么对你，你凭什么不恨我？你越不恨我，我越讨厌你！左依，你以为你是白天鹅，可你知道你能做白天鹅，都是因为王加诺。你知道他为什么打架进少管所，是因为那个人骂你；你十四岁那年，他打破那个男孩的头，是因为那个男孩说要把你办了，做他的女朋友；你以为他为什么打架去坐牢，是因为你母亲去找他，说他不配和你在一起，他是故意找碴打架，就是让你觉得他无可救药，你就可以安心地去过你的美好未来。左依，你就是个自私的混蛋。你考上大学又如何，我看不起你！”

她突然僵住，火车徐徐开动，她却浑然不觉。鲍雨竹慢慢退后的身体蜷缩着蹲在地上，她听见鲍雨竹最后几句自言自语：“我那么喜欢他，我才是那个真心对他好的人，可他为什么就看不到，为什么就不明白？”

雨越下越大，父母站在月台上目送火车启动、缓缓前行越来越快。她打开车窗，半个脑袋伸出窗外，看见父母渐渐变小的身影融入人群，消失不见。她想说点什么，喉咙里却发不出一个字。这时她突然看见一个熟悉的影子，随着火车前行的方向，迅疾奔跑，如同她许多年前在城市的大街小巷奔跑的姿势，跳跃、快速、气喘吁吁，最终无望，她曾经追不上他的脚步，此时，他也追不上火车的速度。

加诺，我们都曾在懵懂的青春中犯下错误，我们心里都有自己的纠缠和恐惧，这是我们一生的背负，彼此孤立，不能抱团取暖，注定要独自面对、各归各途。她默默地缩回身体，双手掩面，泣不成声。面前的小桌板上，一本摊开的《普希金诗选》上面，是他最后一次还书的时候，在一张纸条上写的诗歌《春的种子》：

当第一缕风拂过 / 那些深埋地下的种子 / 争先恐后

发芽 / 吐绿 / 它们来自冬天 / 它们是雪的使者 / 却带来春的消息

当第二缕风拂过 / 那些早早发芽吐绿的种子 / 开始凋谢

它们来得最早 / 却见不到秋的果实

三十二

大一是她长这么大最平静的一年，内心祥和、无所欲求。她比所有的同学都要努力，匆匆行走在上课和图书馆的路上，总是埋头苦读。不合群，但也不特立独行。不苟言笑，温文尔雅，秀丽端庄的脸上总是带着清孤的表情，这反而让她与众不同。她就像一只白孔雀，在众多五彩斑斓的芳丽中脱颖而出，卓尔不群。她表现出的一切都无比自然毫不做作，她的优秀有目共睹，没有任何假装的痕迹。她的身后，跟着无数仰慕者！

那些仰慕她的优秀男子，有些并不出于真实深切的喜爱，雄性荷尔蒙的原始本能、潜在的征服欲。他们私下议论她的过往、家庭，猜测她苦读的缘由。男孩子们用尽一切办法吸引她的眼球，她成为显示男性魅力的标志。

她深谙其理，不为所动。但也从不鄙视和嫌弃，自然而然地拉开和他们的距离，无一例外。她的眼中没有风光，波澜不惊、悲喜难知。同宿舍的女孩评论她的时候，都是爱恨相加。她不同于那些因自身美貌或者家庭优渥而表现得极为高傲的女孩。她沉定在自我的世界，不为外界纷扰所动，用现在的流行语言，是个很佛系的女孩。

她对关系稍微亲近的宿舍同学说，她有一双要求甚高的父母，她须带着他们的期望不断前进不能后退。同宿舍的女孩们都很感慨，她们所在的学校，已经是全国一流的大学，她们都是付出了别人的双倍甚至几倍的努力才进来的。她们都是父母高期望下的自律孩子。

安宁与她在同一个城市，但学校不如她的。周末安宁来看她，听了同宿舍女孩对她的评价，不免叹息一笑。晚上挤在一张床上，安宁对她说："你总是把自己逼入退无可退的地步，你的内心潜藏巨大的黑洞，比欲望还要可怕。如果你不释放自己，就会被它吞噬。左依，你不必背着过往的沉重前行，那些事不是你的错。"

安宁从不知道也无法理解，她在那个小城市自小到大的固执和坚持。安宁从不相信那些谣言，她只是不明白，为什么这个众人瞩目的女孩，会为了一个不学无术的男孩如此坚守。她说："左依，他本可以有很多正确的选择，但他自己放弃，你已经尽力了。不管你为了什么，你都不应该再纠结那些早已过去的事情。他应该学着自己长大，他需要对自己的人生负责。"

她静静地躺在床上，紧闭双眼，一滴泪从眼角滑落，黑夜里悄然无声。她的眼前浮现那个倔强不屈的男孩身影，苦痛的人生经历，她曾经风一样奔跑的脚步，最终都定格在那个雪地，一树梅花绽放，如血鲜艳。五岁那年的下雨天，她第一次给他送饭，他说："小黄毛丫头，我的事不用你管！"她在梦里犹然清晰记得，她倔强地昂着头，对他说："我不是小黄毛丫头，我就管你！"

她取得了优异的高考成绩，说不清是听从父母的意见，还是遵从了自己的内心，最终选取了离家最远的学校。她从父母离别的悲伤中看到了不舍却忍痛断腕的决绝，矛盾交织的复杂情绪，她都懂得。她理解父母的心意，也同样告诫自己，这是她也想要的结果。她需要斩断过去，需要离别，需要在一个异常繁华人流密集的大都市自我湮没和忘记。她不想再重复那些永无止境的奔跑岁月，她的心如同绘画中的留白，白底之下，是无边无际的空洞，需要新的事物新的人来填满空洞，这个需要清晰可见，需要陌生的环境和源源不断的知识。

初入大学的男女，第一次脱离家长的掌控，对外界充满了热情积极的探索精神，热衷于各种人际交往、社团活动。她安于人群之外，若即若离，保持一定的距离，却并不远遁，站在边缘远近皆宜的位置，作为一个旁观者，洞悉一切，理智而克制。大学是个很好的场所，每个人都有各自关注和忙碌的事情。没有太过亲近的欲望，不好奇你的过去和经历，也不会长久探询别人的内心，她乐于如此，可以自由自在地保持自我。

大一下学期，宿舍同学借她的笔记，无意间发现她夹在笔记本中的一篇散文，关于一片雪地一树梅花，文笔细腻优美，读来自有丘壑，含着淡淡的忧伤。同学被这篇文章惊艳，才发觉班级里深藏着一个卓尔不群的文学天才。可天才太过低调，从不显山露水。同学决定让她的才华有用武之地，便悄悄将这篇文章投稿到校广播站的信箱。

文章投去的第二天傍晚，她们正好吃过晚饭，慢慢散步往图书馆的方向去。那是一条绿树成荫的小道，和风习习，吹落几片碧绿的叶子，翻舞如蝶。广播站准点开播，主持人是个略带磁性嗓音的男子，她们都没见过其人，但喜欢他略带沙哑厚重的深情播报。

她照例心无旁骛，一边漫步，一边静静地听同学说某个社团的奇闻逸事。同学说那个社团的团长有点小胖，心思活络，聪明机灵，口才极好，言语诙谐幽默，是她们的学长，属于颇有文学才华的男子。外语系一个颇有姿色的女生，不知为何就看上了这个外貌并不特别出众的学长。但那学长似乎并不以为意，一副不理不睬的模样。自信满满的女生，自有不服输的性格，她从别人那里知道学长喜欢文学，便专门找了人指教，写下九首表达心意的爱情诗，找了个自认天时地利的夜晚，在宿舍楼下将学长截住。学长从她手中接过几页书写娟秀并用彩笔勾描的华丽纸张，看了一眼，突然做出惊人之举，他当着所有人的面，大声朗读，然后轻描淡写地对女生说："当你能自己写的时候，再来找我吧！"

女生当即愣住。她没有想到，这个学校里能写出这个水平的诗歌的人并不多，她找来指导的那个人，其实就是学长诗社的成员。昨天晚上他们诗社聚会，那个人喝了几口酒，便扬扬自得地把此事说了出来。那个人根本不知道女生求他帮忙写的诗，是给他们诗社社长的。她同学笑得上气不接下气，说："假如那个同学知道是写给他的，肯定不会说，所以这世上的事，都是一个巧字相连，没有人能逃脱命运的安排。"

她并未如同学那般嘲笑为了追求所爱而请人代笔的女生，反而充满了同情。她觉得学长才是虚伪的那个人，不喜欢可以拒绝，可以私下告知，但大庭广众地羞辱，不过是小人行径，满足自我虚荣，以胜利者的姿态睥睨他人。自卑的心态才能导致对自信的强烈需求，她看不起这样的人。

同学笑完，平息一下情绪说：你听，广播里就是那个学长的声音。她侧耳聆听，广播里磁性声音断断续续地传入耳中。走着走着，她突然停住脚步，仰头望着头顶上那个细小的扩音器，表情迷惘而疑惑。

"当第一缕雪花飘落，那树梅开始绽放第一朵花，红艳如血，艳而不妖。清孤的性格注定她开在野外，那片茫茫的田野，残桥、野草……我是梅树的孩子，在雪的怀抱，自由如深林的精灵。但我不想成为精灵，我是个凡人的女儿，食尽人间烟火……"

学长的声音感性、磁力、略带沙哑，低沉地演绎，适于她的内心世界。同学雀跃兴奋，说她在书中看见她的稿件，如何喜欢如何偷偷投稿，果然播放了，这才是文学魅力。她冷冷注视，在人来人往的校园感觉被扒光一样无所遁形，赤裸地行走，难掩羞耻。她转身狂奔，一路冲上1号楼高层的广播站，旁若无人地撞开门，但此时，朗读已经结束，一缕优雅的小提琴音环绕未绝。

学长转身，看着这个跑得气喘吁吁脸色潮红的长发女孩。她那天穿着白色的套头毛衣，及脚踝的灰色粗布长裙，白色球鞋，没有其他女孩喜欢的洞洞牛仔和花花绿绿的衣衫，她干净清爽，像个从书中故事里走出来的人物。

她不记得如何被说服，但最终，她拿回了自己的文章，也被迫加入了广播站。但她并不觉得这会对自己的生活有多大影响，她依然我行我素，依然旁若无人，依然埋头苦读。不过是一个星期有两个晚上耽误两个小时而已，她从未放在心上。

大二开始，陆续有男孩有事没事过来找她，借书、请教、邀请……各种理由，她安然处之，一一拒绝，友好而礼貌，不伤人也不给人希望。学长叫秦仁，最喜欢拉她去诗社串门，鼓动她加入诗社或其他社团。她总是轻轻摇头，说好多书没看，转身而去。有时候在图书馆看见学长，抱着一摞厚厚的书籍，从她身边走过，然后惊讶地表示真巧，坐在她对面或者旁边的位置，各自静静地翻书，不说话也不分神，离开的时候一前一后。

她在深夜跑步，穿过校园里那些静谧的小道，脚步轻盈，速度迅疾，不觉疲累。秦仁说需要减肥，打算参加学校和市里组织的马拉松长跑，常常过来和她取经，跟着她一起跑。灯光昏暗，并排拖曳两个长长的影子，双臂摆动，跳跃灵动。

大二的第二个学期，春末夏初，百花盛开，温暖宜人。周末的时候她一个人去市里闲逛，华灯初上才回到学校。回宿舍的路有条便捷小道，她小跑着从那里穿过。灯光昏暗，将她的影子投在地上。她低头，看着自己的影子分裂，然后停住脚步，转身，他来不及躲藏，猝不及防地站住。

夜色中看不清他的表情，感觉他又高了一些，壮了一些，怀中抱着一个塑料袋，发出窸窣的摩擦声。他们就那样静静地凝望，谁也不开口。许久之后，他慢慢走过去，走到她身边，将手中的袋子放在她脚边，然后转身，往出口处走去。她愣了半晌，弯腰拎起袋子，回到宿舍。袋子里是她曾经喜欢的一些零食，还有一个信封：两千块钱，一封信。

信里第一句话：“我说过，等我赚了钱，带你去大理！”后面接着写道：“左依，你终于拥有了理想的生活，我很高兴。这几天，我在你的学校闲逛，感受它的面貌，文化和历史沉淀回响，厚重而朴实。到处都可以看见读书的身影，求学的人脚步匆匆，忙碌充实，平静坦然。我突然不知如何自处。凌晨六点的时候，我曾在湖边散步，看见围绕湖岸早读的男女。晨风清冽，湖水如此平静，闭着眼能听见叶落的声音，那声从耳朵里慢慢滑过，深入内心。我曾无数次预想过你的学校，但没想到它这么美，美得让我不敢靠近。

“请原谅我，左依。我在你的城市已经一年有余，但我没有勇气来见你，我知道，你努力在心中埋葬那些幼稚的少年时代，忘记过去，我是你过往的一个伤口，需要连根拔除。我不知道为什么会来这个城市，也许只是想和你呼吸同一片天空的氧气，也许，还有我不可原谅的曾经驱使。我在这个城市辗转流连，动荡不安，换了许多工作，服务员、房产中介、保险销售员……租住在拥挤潮湿的地下室，阴暗的灯光和发霉的味道，虽苦但我感觉踏实。我再也没有回过建筑工地，那是我永远无法回去的地方，我害怕它，如同害怕见到你一样。

“左依，我曾经无比痛恨我的过往和无法摆脱的身世，我鄙视自己，羞于示人，从不直面内心的恐惧和自卑。我像一只鸵鸟，把头深埋沙土，假装一切都不存在。为了逃离，我不断挣扎，为了掩饰内心怯弱，我不断粉饰强大。我鄙视一切情感依恋，假装自己从未得到过爱，将自己裹在刺猬的坚硬外壳之内，抵御一切伤害，也把爱和善意挡在了外面。我痛恨抛弃我独自求生的母亲，痛恨惩罚儿女来彰显强大的失败父亲，甚至痛恨软弱无力自保苟且偷安的姐姐。我在仇恨中成长，信奉仇恨的力量，靠着这股力量得以活着，以至于失去了除恨之外的一切情感能力。

“但是左依，我不想骗你，曾经有那么一段时间，我以为我可以改变，我以为我找到了另外一个支撑我前行的力量。我在你的情感世界，看到了另外一个我。我真的很想抓着那个我，从泥沼中拔腿而出。可后来我发现，我沉沦太久，我的罪太过沉重，当我拔除的时候，会拉着你一起沉陷。对不起，左依，我是个软弱自私的人，我没有能力自我救赎。我唯一可做的，就是送你上岸，让你回到你的世界，不被我所累，我的罪和罚，我必须自我承担……

“我在这里很好，今年开始给一家金融公司做业务代表，这是一个极具挑战性的工作，需要走街串巷接触大量的不同人群。很多人对我们都持反感态度，这也不怪他们，这个行业的很多人都太过钻营，频繁打扰，我也不喜欢这样的人。所以我态度诚恳，不轻易介绍业务，与他们交朋友，帮他们解决难题，我已经开始走上正轨，掌握了一套业务推销的良好方法。

“我现在的生活忙碌充实，每天都要保持头脑清醒，心态积极，态度谦恭，我努力学着控制情绪，再也不像以前那样暴躁易怒。我掌握业务知识的速度远超他人，口碑良好。虽然我现在还不够强大，但已经开始了第一笔业务。我住在一个十几平米的地下室，和公司其他几个业务员合租，个人空间狭小，只容得下一张床和半张桌子。不过我依然保持良好的卫生习惯，每天早上起床都会把被子叠得方正整齐，不像他们总是一团杂乱。我从不觉得苦，现在的我反而感觉轻快，充满活力。因为单身汉的脏乱差，我无法请你来做客，对不起！不过我也不打算请你来，我希望你远离我，忘了我这个已经愈合的伤口。

“左依，请原谅我曾经的懵懂无知。谢谢你那些年所做的一切，这是我第一次给你写信，也是最后一次。钱不多，已是我目前所有，请你一定收下，这是我作为男人最后的尊严和承诺！”

宿舍已经断电，所有人都在床上沉睡，周围静谧祥和，夜凉如水。她坐在楼道的夜灯下，冰凉的台阶上，借着微弱昏黄的灯光，一个字一个字地读他的来信。他的字迹工整，一笔一画，规矩却毫无章法。他的字一向写得不好，歪歪扭扭如同蚂蚁爬动。但这封信，却是用心而作，看得出已经尽了最大的努力。

看完信，她已经泪流满面。站起身走到楼道狭小的窗口，抱着手臂看向外面深幽的夜色，树影婆娑，路灯如豆。宿舍楼外一盏高悬的路灯之下，一个孤单的身影踯躅徘徊，偶尔抬头仰望。她将身影掩藏窗后，一手捏着信纸，一手掩着嘴唇，努力不让自己压抑的哭泣传至窗外。

此时，有风拂过，有花飘落……

三十三

大三上学期，她父母从遥远的南方来学校看她，带了大包小包她喜爱的吃食，一样样分给宿舍同学，拜托她们担待她的特立独行和不喜言谈，并请她们多多照顾。宿舍同学对父母教导出她这么优秀努力的孩子大加赞扬，她们谈及她的时候，都提到了她如何摒弃杂念一心钻研课业的吃苦耐劳精神。她在父母的眼中看到了如释重负。

极少参与社团活动、单调的人际交往、难以被外部环境感染的封闭心态，她的生活除了学习几乎一片空白。父母对她的状态颇感忧虑，鼓励她敞开心扉，多结识优秀同学。一个舍友偶然提及学长秦仁，母亲骤然来了兴趣，张罗着要见上一面。她极力解释自己和秦仁是普通关系，不希望母亲贸然打扰，增加误会反而让两人以后无法坦然相见。在她的坚持下，父母只得作罢。

周末她带着父母去游览著名景点。这个北方大都市，正是春意盎然的时刻，万物复苏，绿而光鲜，熙攘的人群和车流，拥挤的地铁，无一不彰显高度发达的文明和经济活力。他们在人流中穿梭，慢慢欣赏残留历史痕迹的街巷。

商业覆盖了历史，现代文明掩饰下的物欲膨胀，重点保护也无法留住的古老传奇。古人遗留下的东西，除了风格之外，一无所有。大学两年多，她第一次这么细致和近距离接触这个城市的市井和城市千年沧桑变幻。她在南锣鼓巷中迷失，突然忘记了来意。

母亲说："这就是历史，在不断忘记和更替中发展，推陈出新。前进的脚步谁也无法阻挡。只有总结过去，我们才有勇气开始，也才有开始的空间和时间。"

父亲说："记得历史，是为了从中获得经验教训，但如果死守历史，就没有未来。"

她比谁都明白父母的用意，却并未反驳。她带着父母进入一家小而精致的咖啡馆，坐在靠窗的位置，点了咖啡和糕点，看着来来往往的行人，心思索然。她谦恭、顺从，态度温和，乖巧美丽。但父母感觉疏离，他们坐在对面，看着这个眼神飘离的女儿，突然悲从中来。他们有种努力挥拳却陷入棉花的无力感。

她曾经无比依恋父母的怀抱，温暖而安全。但此刻，她竟然无法给父母一个简单的拥抱，一句绵软的话语。但她爱自己的父母，这点从未改变。她努力想要表现出更多代表爱的肢体动作和语言，但最终失败，她陷入深深的自责和愧疚。她的母亲，抿着咖啡的嘴唇微微颤抖，单薄衣衫不耐北方春末的一缕寒气。

她问服务员要了一杯滚烫的水，透明玻璃杯传导着暖和的温度。她把杯子推给母亲，说："北方的春末，依然会有点凉，你捂着这个杯子暖和一下。"母亲抓着杯子的手瞬间暖热。她略皱皱眉，又说："你穿得太少，一会儿去买件外套。"

母亲顺从点头，微微浅笑，眼中泛出泪光。她独自在外，从未因为任何生活琐事或人际关系和母亲探讨。外婆去世后，她瞬间成长，并在随后几年里个性独立，自有一套处世方式，不容许父母插手。以前他们为了让她少犯错，横加干涉，让年少不可脱离掌控的她得以顺利成长，考上理想大学。他们自认为对得起她，对得起良心，也对得起过世的外婆。但他们并未预料到付出所爱，却让他们和她逐年陌生。

母亲对此尤为心痛，她半生心血都倾注于这个女儿，她没有一丝一毫的私心，虽然她不是自己亲生，但她给予了她比那些亲生父母对待孩子还要多的情感。她不想失去这个女儿，就算只是情感上的距离，她也难以接受。但母亲深知，女儿大了，她已经失去了掌控能力，她再也不是那个强悍得可以命令并严苛执行的母亲。

那天他们逛了很久，大街小巷，穿梭在这座城市的沧桑变幻和文明发达相互交织的时间轴线之上，走得腿脚酸胀才打道回府。父母住在学校外面的一家快捷酒店，与学校大门不过五分钟路程。他们坚持要看着她进入学校之后才肯放心。他们沿着校园那条深邃的道路走向她的宿舍楼，路灯不太明亮，树影婆娑。他们的影子长长地印在地上，缓慢移动。

此时学生陆续回来，宿舍楼门前人来人往，学生们低声说话、脚步匆忙，在温馨的生活气息中，他们站定。父母订了第二日一早的火车票，她上午有课，来不及送他们去车站，便在这里告别。这一去便要暑假才能相见，父母千叮咛万嘱咐，让她注意身体、注意安全。母亲欲言又止，最终还是放弃劝告她考虑和秦仁学长交往的提议。

转角昏暗处，一个孤独站立的男子，沉默隐忍。他们转身的时候，都瞥见了那个熟悉的身影。父母瞠目结舌无法相信自己的眼睛，他们快速回头，但她已经大步离开，消失在宿舍楼里面。他们再次回头的时候，那个身影所在的位置空空荡荡，只余一股清甜的风，裹着花香缭绕而来。他们都以为眼花看错了人，相互对望一眼后慢慢离开。

她躲在宿舍窗口后面，看着父母的身影隐没于远处，不觉有些伤感。其实她早看见了他，但假装不知。往事已去，烟花即逝，她不知还有没有勇气面对。结痂的伤口已经愈合，她不敢撕裂，不是因为他，是因为自己。

寒假之前，下了第一场雪。她去做广播节目，秦仁已经开始实习，极少来站中。那天他来，告诉她说帮她选定了主题，叫作“初雪”，他从众多的来稿中筛选出一篇文章，作为今天的开场阅读。

她缓慢地打开那张散发墨香的纸张，声音甜美地读道：“初雪过后，天地一片雪白，阳光无比干净和纯粹，照耀在雪地上，没有热度的温暖，更容易捕获我们的心。我在这样的时刻，认识了一个女孩。在她的雪地里，有梅花绽放。她的雪和梅，灿烂在一张薄薄的纸上，灵动跃然，我不用见，也可以想象她的容貌……”

她强忍眼泪做完节目，拉开广播站房门，看见秦仁手捧一束鲜花站在那里，脸上闪耀着温暖和煦的光芒。他对这个女孩的情感，从第一次读她的文章便无法抑制，深埋于心。他从她游离在群体之外的眼神、荒于交往的人际、忧郁深邃的情感，洞悉她与众不同的内心孤独。在他看来，她坚强的外表之下，其实有更脆弱的灵魂，如同一件高贵的青花瓷，卓尔不群，却容易破碎。

他无比小心地呵护着这份情感，和她保持着不远不近的距离。他以为时间可以做给他一个人情，会慢慢感化她难以融化的内心。但他发现自己想错了，毕业临近，分别在即，她尊他为学长，彬彬有礼，但对他有意无意的情感表达始终视而不见。他不知如何自处，更不知如何才能与她顺利沟通并让她接受自己。

这些日子秦仁承受着巨大压力，毕业、工作、分别……不知所措，彷徨无依。他整夜无法安睡，独自去操场跑步，在二十四小时图书馆中心烦意乱。他在深夜里写下对她的情感独白，交由她来朗读，用这样的方式告诉她，他希望能成为她的一把伞，一棵树，一个依靠……他不想错失最后的机会。他说：“生命是一个渐至虚无的过程，没有前生和来世，我们终将回归尘土，我们不知它的意义所在，我们活着唯一的意义就是寻找，寻找的过程就是意义，不断追寻才能证明我们活着。希望在追寻的过程中，我们都不要彼此孤立，我们可以携手并进，我会成为你的照明灯，手杖，火焰或者任何所需。左依，不要一个人承担，不要一个人前行，让我和你一起，我不会让你受到伤害！”

她表情漠然，却泪流满面。她从一开始就知晓他的心意，但从不为所动。她的情感是一朵过早绽放的梅花，注定也要提早凋谢。在还没准备好的年纪，她已经消耗殆尽，精疲力竭。那些过往的岁月，追逐的脚步，从未离开过她的内心，无数次在梦里出现。如同漂浮在茫茫大海，她在梦里抓不住任何东西，只能沉陷。无论她如何挣扎，如何努力，最终都会放手，她看不到方向，不敢面对。她害怕失去，更害怕得到。她最终还是拒绝了秦仁，留下他独自在暗夜中失望而去。

她在夜里狂奔，没有方向没有目的。恐惧如冰凉的寒风，纠缠不休，绵绵不绝。她心里的愧疚和自责，一遍又一遍撕裂那些已经结痂的伤痕，痛而彻骨。她发现自己恐惧的不是失去接受的能力，而是接受本身，她怕自己会软弱，因为软弱而答应秦仁，对他对自己，都是不公平的事。

华灯初上，树叶凋零，空气中裹着清冷的泥土气味，宛转飘飞的树叶在灯光下翻舞如蝶。夜自习或者出去玩乐后归来的人们，嬉笑着从她身边走过。每个人都热情而快乐，对生活充满探索和享受的积极情绪。相比之下，她独自迅疾奔跑的身影显得突兀、不合时宜。但他们看着这个套头毛衣、及踝长裙、及腰长发的清丽女孩走过时，都不免发出赞叹。

她是朴素和静雅的女孩。在大城市的高等学府，守着心中一方天地，不肯改变。她这样的女孩，很容易从人群中辨别出来。他在熙攘的人流中，一眼就看到了她。猝不及防、无法躲藏。他们在一片华丽明亮的灯光下遽然相逢。

他们彼此注视，在对方的眼中看到各自的过往和渴求，太过了解仿若赤身裸体无所遁形。他们就像对方的镜子，照见自己的软弱和缺点。她曾经以为的那些深埋于心底、早已湮灭的情感，突如其来防不胜防。直到这时她才知道，无法释怀的遗忘不是遗忘，是沉默的火山，即便沉寂千年，也终有爆发的一日。

他在灯光下的身影模糊不清，但她一眼看透。他说：“我不知道为什么要来，但我不能不来。我试图改变，试图忘记，试图拔除掉潜藏内心的无望情感，我知道我们已经分属不同的世界，彼此并不需要，但那些年养成的习惯，让我无法改变，就像吸毒的人看见毒品、酗酒的人看见酒，明知道沉陷有多么可怕，却不能戒除心里的瘾。左依，我在你的追逐中才能真实活着，才能成长并顽强抗争，我不再是那个跪在冰凉地板上忍受饥饿和疼痛的孩子。”

她说：“也许你我都是同一瓷器的残缺部分，需要彼此关怀才能黏合成完整的一块，我们是同样的人。我在追逐你的过程中得到成长，感觉自己是被需要的，我们都过早地看清彼此，过早托付情感，跳跃了童年和少年的幼稚童真，这是我们犯下的错，我们需要彼此承担。”

年少时他无比渴求情感，但又因为害怕失去而将所有情感拒之门外。所有人都说他叛逆、堕落、无可救药，毫无自控力且不知悔改，打骂对他不起任何作用。但只有她真的了解他，他比任何一个人都有更强的自我控制，他压制真实情感，深藏不露，用冷漠表情和刻薄语言掩饰内心。没有人看得清楚他的情感真相，但她除外。

在她面前，他总是不自然流露出内心脆弱，情感渴求，善良行为从不伪装。但他不愿意让人看见自己的软弱和不安，他只能逃遁，远离她的世界，在她的追逐中无可奈何地扮演凶狠无情的蹩脚角色。他们彼此了悟，各自看穿彼此伪装。他们在各自逃离的路上遍体鳞伤。

她说：“我们注定无法分离，不能独善其身，加诺，我们不要再逃避内心，不要强迫自己去遗忘过去，正视才是我们救赎的唯一途径。”

华灯璀璨，流光如水。秦仁抱着一束鲜艳的玫瑰，远远注视着相拥而泣、彼此倾诉的一对男女，目光中含着深切的无奈和失落。但他并不心生妒忌和愤怒，反而觉得释然。不知为何，他觉得她离他更近。以前看她总如雾里看花，水中望月，如今在他眼中，她仿若满月，豁然明朗起来。

三十四

夹竹桃
脱离了竹和桃的生态
以相拥的方式睥睨
你我的结合
注定有毒
这是竹的自私
还是桃的堕落

明知是盛宴上的烟花一瞬
火焰的温度
燃烧毁灭无一例外
夹竹桃式的悲剧
是你我放逐的真相
如果可以，请让我们回去
在相反的角落
以竹和桃的形式
独立分离

三十五

大四那年秋天，她在实习之前有一段空档期。他们一起去大理。这是他的承诺，几年来一直未曾实现，他给她的两千块钱，她也一直存放在银行卡上分文未动。这个时候他们已经正式在一起，自少年时代纯粹友谊升华为男女之情，真心相爱、真诚相待。他们瞒着所有人，尤其是双方父母。他姐姐王曦曾有一次因不放心他，特地从遥远的地方来这个城市看他，凑巧发现了他们的秘密。王曦从一开始就不赞成，但她深知他的脾气，只能选择默许，并帮他们隐瞒真相。那个时候王曦已经成家，在他们成长的小县城，与一个普通工人育有一个女儿。他离开家之后，王曦较少回去。

他们的身份看起来极不合衬，她出自高等学府，成绩优秀，每年都拿奖学金；他初中毕业，没有任何拿得出手的荣耀和特长，在一家金融公司做最底层的业务员。但他们并不因为这些而感觉束缚，他们明白彼此内心，了悟彼此最真实的一面，这才是他们真正吸引对方的所在。在一起的时候，他们无需任何伪装，彼此怜悯，肆意表现脆弱和内心恐惧。

大理之行，让他们爱上旅行。虽然当时他们没有太充裕的钱财，只能计算着花费，经济适用的出行方式、价廉物美的当地饮食、干净简洁的家庭客栈，但这些丝毫没有影响心情。他们像一对久在樊笼的鸟儿，在陌生而广阔的天地间陡然张开翅膀，开心得连每根汗毛都浸润着甜蜜的味道。

苍山雪、洱海月、上关花、下关风。每到一个地方他们便去租当地一种经济耐用的山地自行车，循着前人的足迹一一探寻，深入了解。在洱海边上，仰望苍山雪顶，顶着变幻莫测的狂风沙尘，她使劲踩着自行车追逐他，仿若回到少年时代。她最喜欢蝴蝶泉，去之前翻看了无数相关介绍和万千蝴蝶倒挂的精美图册。初秋时节，大理的天气依然暖和，但蝴蝶却不是很多，稀稀落落地飞舞。没有看到最壮观的画面，她围着那棵绿树葱郁、浓荫如盖的蝴蝶古树转了三圈，感觉遗憾。

他看出她的失望，自责没有在五月盛宴之时带她来。她却摇摇头，说万事不能求全，缺一才能长久。每一段旅途留一些遗憾，才能有动力期望未来。心有余味，这才是旅行的真谛。他们没有完成预定的旅行路程，在前往香格里拉的时候，最终在半道上遭遇困境，风雨交加，找不到宿脚的地方。他脱下外衣强行穿在她的衣服外面。她在奔跑中跌倒伤了脚踝，他背着她行走了足足五公里。走走停停、断断续续地冒雨前行，浑身湿透，像从水中捞出来一般沉重的衣服鞋子。他们睁不开眼睛，辨不清方向。

后来他们遇到一户农家才得以躲避暴雨。好心的农户收留了他们。农户家夫妻并一双十岁左右的儿女，善良热情，给他们腾出一张暖和厚实的床。大姐帮她脱下湿透的衣服，拿了自己的衣服给她穿上，裹上厚厚的被子。他也换了农家大哥的衣服。

因为淋雨受寒，她感冒了，高烧不退胡言乱语。他一直握着她的手，紧紧抱着她，如同外婆去世的那天在雪地抱着她一样。雨太大，无法去请医生，农户大姐用土方法给她退烧。她头疼欲裂，被灌下一大碗热辣姜汤。大姐让他不停揉搓她裸露的双脚，说感冒发烧的时候，一定要进行足部保暖。

他将她从怀中放平躺在床上，双手先在自己身上捂暖和，再从被子底下伸进去，握着她冰凉颤抖的双脚，仔细轻柔地来回摩擦，一遍又一遍，不厌其烦。她过了许久才有一点知觉，思绪混乱，脸色绯红。她颤抖着牙齿迷糊地叫："不要……不要扔下我……妈妈……"

他眼眶湿润，俯下身贴着她的脸，轻轻地说："不要怕，左依，我在这里，我永远不会丢下你一个人。"她喉咙发出低微的咕噜声，喘着气哭泣："我没有病，我都好了，妈妈，我的病都好了……"他点头，嘴唇贴在她额头上，突然就哭了。

农户大姐进来，看见他泪流满面，安慰他说：“小伙子，不要着急，妹子就是感冒发烧，捂着睡一觉就好了，我给熬了驱寒的草药，你给她灌一点进去，你不要担心，很快就会好的！”

他哽咽着点头，将她的头扶起来，一勺一勺喂着，耐心细致。喝了药，她昏昏沉沉地睡了过去。那天晚上，他和衣而眠，躺在她的身侧，一直紧紧地抱着她。她的头深埋在他臂弯，听着他强有力的心跳，睡得很踏实。她两天后清醒过来的时候已经日上三竿，风雨过后的高原景色辽阔靓丽，青翠欲滴。阳光明媚，她有种饱睡之后的满足，但因为出汗太多，身体虚弱无力。

听着农户大姐给她叨咕他如何担心如何帮她降温的事，她心中滑过一丝甜蜜。他们并排站在房子外面的草地上，遥望美得令人窒息的秋日风光，双手紧握。她说：“加诺，已经忘了病中的事了，我是不是做噩梦胡说八道了。我有时候会说梦话，会磨牙，是不是很难看？”

他笑起来很甜，说：“没有，你睡觉的样子很好看！”

她感激他了然但沉寂于心的体贴。她说：“我从未告诉过你，我亲生父母为什么要将我丢弃。外婆说我生下来不到五斤，体弱多病，母亲费了很大努力才将我养成个健康的女孩。我一岁多的时候做过疝气手术，我先天不足。我猜想我的父母应该是看我有病无法养活，所以才将我丢弃。我天生带着病灶，我的身体里有无法愈合的缺陷。”

他转头看着她，认真地说：“左依，你说的那些是很多新生儿都会有的病，并不是什么不得了的缺陷。你很健康，你是个完美且漂亮的女孩。你不要自我诋毁，也不要介意。他们不知道你存在的意义，那是他们的损失。他们不爱我们，我们也不需要他们的爱。左依，你会有美好的人生和未来，我不会让任何人毁了你的未来！我会给你最好的生活，你相信我，我会努力，等我成功了，我要娶你！”

她说：“我不需要你成功才娶我，我只需要你在我身边，不要伤害自己，不要离开我！我们心中都有阳光照不进的地方，我们只能彼此照亮，共同前行。加诺，我们永远都不要背弃对方！”

他拉着她的左手伸向天空，两只斑头雁从头顶飞过，拖曳出一双剪影。他指着斑头雁大声喊着：“左依，你是我的女人，我此生、来世，永远不会违背誓言，我……王加诺，只爱左依一个，就算我死了，也要永远保护她！”

他们唯一一次共同出游，在去往香格里拉的半道上被迫停下脚步。突然袭来的一场暴雨，她脆弱的身体感染风寒，在农户家中休养三天之后，往返车票即将到期，兜里没有剩下多少余钱，他们只能中途折返。但他们并不感觉遗憾，唯有意犹未尽的自由飞扬。一路高歌猛进欢笑回归。车上、路上，他们无论何时都双手紧握，脱离了熟悉的生活场景，融入完全陌生的人海之中，青春就像饱蘸了太阳色彩的马良神笔，可以任意挥洒涂抹，金子般灿烂光辉。

到北京下了火车，他送她回学校。她坚持不让他进校门，背着旅行包独自踏入。他站在学校高大敦实的大门之外，目送她一路雀跃前行，直到看不见她的身影后才转身离开。她明知背后目光锁定追随，却没有停下脚步，没有回头。秋天的北方校园有些萧瑟，树叶翻转零落，笔直清净的道路铺着薄薄一层落叶，走过时发出沙沙之声，犹如清脆裂帛。

她转过小道，确信他的目光已经远离，才慢慢停下脚步，转身回望来往行人，熟悉场景反而陌生得不太真实，仿佛那段短暂的旅途才是她本应该存在的地方，那才是踏实的心之所在。她在这一刻心中突然觉得空茫，不知身处何方。她在旅途中还坦然相信，他们可以有无限类似经历，在美丽的异途他乡获得情感归属。他们都爱上陌生且漫长的旅途，没有任何相熟之人，没有谁了解他们的过去，也无人打听。他们可以真实地坦露心迹，无惧世俗，过他们真正想要的生活。即便那样的生活掩耳盗铃、华而不实，虚幻又困窘。

这样的满足让她心生恐惧。她比任何人都要明白，不被认同的情感道路总是荆棘坎坷，脆弱易夭。虽然母亲曾说过，只要她考上重点大学就不干涉她的未来选择。但她依然恐慌，心惊胆战，害怕见光。她在自己身上看见少年时候的鲍雨竹，固执顽强，内心卑微脆弱，害怕失去而拼命获得。把自己和那个曾让她不屑一顾的女孩联系起来，她感觉相同的贪婪，一种堕入谷底的冰凉。她瞬间没来由地落下泪来。

接下来的日子忙乱无暇。毕业论文、临别聚会、社团扩招、新人培训、实习。她在实习单位和学校之间每日奔波往返，很早起来挤公交、辗转地铁，华灯初上之后再以相同方式回到宿舍，总是累得筋疲力尽、倒头就睡。因为成绩优良，老师将她推荐去了一家知名外企，那里制度森严，业务繁忙。她大多时候是给部门领导打杂：倒咖啡、预定并提前准备会议室、复印资料、起草文件、与其他部门同事协调……诸多杂事完成之后，她几乎没有停顿下来思考自己工作方向的时间，也常常被部门领导批评。

她加班的时间越来越长，咖啡喝得越来越多、越来越苦，以至于再也没有时间和精力顾及广播社团的校稿工作。她把社团工作全部移交，专心工作和准备毕业论文。在别人都下班之后，她总是一个人伏案疾书或对着电脑写材料。办公室在北京繁华地段的高档写字楼中，即便深夜时分，窗外依然璀璨光明，灯光流离。她的工作区域在十九楼，走廊里灯光昏暗，其他人走后都关了所在区域的灯光，最终只剩下她桌前顶上一盏，黑暗中一束明显的亮白，她的身影显得孤单瘦弱。

临近毕业，宿舍里总是充满告别的悲伤和对未来的迷茫气息，同宿舍女孩们花枝招展袒露真实。一边肆意挥霍大学阶段的最后一点自由时光，一边高谈阔论人生、理想，感慨时下的社会风气。为了顺利得到理想工作，或能留在北京，她们开始绞尽脑汁想一切可以的办法。考上理想的大学，是为了得到理想的工作，获取理想的回报，得到想要的生活。但好工作并不是人人都能轻易获得，踏出校门的那一刻，她们就面临高昂的房租、出行、衣食费用及各种开销。生活是物质的，此时此刻，她们恨不能把所有精神层面的东西都折算成实实在在的物质。

同学都羡慕她。因为那个时候她们已经知道，那个看起来有点微胖的广播社团才子秦仁，原来有非常殷实的家境。他的父母经营着一家收益不错的公司，底下有两百多号员工，最重要的是，他对她还那么情意深重。她们相信，只要她点头，不用付出太多努力，也不用像她们一样拼死累活去赚取合租房子的资本。她们需要异常努力才能获得的东西，秦仁都能轻易提供。就连高中同学安宁，也觉得这是一件天大的好事。

安宁运气不如她，自己找了一家私营公司实习，留下来的可能性很小。即便这家公司愿意让她转正，她也嫌弃薪资不高，工作地点不在繁华地段。安宁最近在寻觅更好的工作机会，但一直不太理想，简历投了几百份，回复反馈的几乎没有。安宁在一连串的打击中显得颓丧。周末的时候，安宁来找她，叹气说好歹自己爹妈在老家还有点关系，她最终可能是回老家的省城寻个工作。来北京上学之后，最终要回省城，安宁心有不甘。

安宁仰面躺在学校草地上，望着顶上那片灰蒙蒙的天空，说："左依，你就答应秦仁吧，他是真的喜欢你，我觉得他挺好的，家世也好，现在工作也不错。他有潜力，学历知识又高，将来肯定能自己开个公司，你和他在一起，你爸妈也会很高兴的。"

她坐着，手中紧握着一本书，半晌才说："秦仁和我不是一个世界的人，他是个好人，但我们注定不能彼此走近，我无法坦然面对我的内心。"

安宁说："世事难料，谁知道以后会怎么样。你没有试着把内心坦然给他看，你怎么知道他不能理解，你又怎么知道你内心所求是否真的是你所求。你把自己封闭起来，沉湎于那段伤痕累累的过去，怎么看得到其他人的光辉。我就不明白，王加诺到底有什么魔力，让你一味迷失沉浸，不肯自拔。左依，我实在理解不了你！"

她沉默以对，不知如何告诉安宁自我纠缠的卑弱情结。她不期望安宁理解，也不期望任何人明白她自小到大的挣扎。但她心里明白，她对王加诺的情感绝不仅仅源于少年时代未曾实现的幻象迷惑。他有缺陷，不是大众世俗口中的出色男子，在社会底层挣扎，朝不保夕。但他从未放弃，如同他少年时代的自我放逐，他总是在深陷的泥潭中努力攀爬追寻真性。他熟知她所有不安和恐惧，他才是她需要的那个人。

秦仁的工作已经走上正轨，有了较多的自由时间。他的工作地点与她临近，走路也不过十五分钟的路程。他常在中午时给她电话，约她共进午餐。她大多数拒绝，不是故意矫情，是真的很忙。她的午饭几乎都在匆忙中随意解决，一个面包或者一碗方便面，有时候甚至一杯咖啡而已。她手头总有做不完的琐事，即便她很用心很科学地加以排序和整理，但临时加进来的诸多并非该她做的事实在多而频繁。领导似乎特别偏爱于她，任何事都习惯顺手给她，而她也确实完成得很让领导满意和放心。她深谙一个实习生的职责和身份，态度随和、认真细致，从不抱怨。办公室总会有这样那样的斗争，她从不参与，身在其外，没有传过任何人的闲言碎语。

她的努力和成绩有目共睹。三个月后，领导把她叫进去，微笑着递给她一张薄薄的纸。她以为又是一份新的任务，表情平静地接过来一看，上面写着"转正通知书"五个醒目黑字，一时没反应过来，茫然地抬头。领导眨了眨眼，耸了耸肩，手上端着她进去时帮忙泡好的咖啡，说："左依，恭喜你通过实习，如果你愿意的话，今天就可以转正了！”

她知道自己实习的时间是六个月，这家公司能通过实习转正的学子并不多。这是领导给她特别申请的机会，但她不知道为什么领导要如此厚爱关照于她。她看着身后玻璃门外等着给她祝贺的部门同事，不知所措。领导笑着对她说：“左依，你是通过自己能力获得的特别机会。上周你给我做的方案报给客户，客户非常满意，我如实告诉总经理这是你的思路和文案。人力部门作评估的时候，部门同事对你的评价都很高，这是你自己努力争取来的，难道你不高兴吗？”

她当然高兴，她需要这份工作和薪水来支撑北京高昂的生活成本。她无法回到那拼命逃离的小城。她喜欢北京，喜欢这个城市的容量和繁华，只有在人海中沉淀为一颗碎小的石子，她才能心安理得，活得踏实。他在公司的薪水不高，合租在地下室，他们想要有自己的未来，必须有足够的收入。她的父母虽是教师，收入足够一家人的生活开销，但不足以支撑以后她在北京安家的梦想。况且现在父母年迈，父亲近年来身体欠佳，需要更多的金钱以备不时之需。她不可能再要他们的钱。

她终于在北京占得一席之地，开始了简单的生活，与人合租了一套两居室的房子。从学校搬离的那天上午，他来帮忙。不知他从哪里借来一辆三轮板车，将她的所有东西一股脑搬上去。她坐在满满当当的行李之上，扶着板车与驾驶位相连的横条，迎着同学不解的目光，高傲地仰着头，风吹乱了发丝。他穿着薄薄的绛紫色高领毛衣，前面领口拉链滑至锁骨，露出光洁的古铜色皮肤。

他使劲蹬着板车，背脊挺拔，肩膀宽厚。她凝望他的背影泪光模糊。北京的春天绿意盎然，百花齐放，她以胜利者的姿态出了校园，走向车水马龙的繁华街道。秦仁在头一天曾打来电话询问她搬家的日期，她以尚未确定为由拒绝帮忙。东西不多，她不想麻烦秦仁。她甚至想以后和秦仁之间要少些来往，既然没有相交的可能，又何必让彼此心生牵绊。

搬进新家之后，他们度过了一段忙乱且快乐的时光。他依然做着最底层的业务员，但已经获得公司和客户的认可，有稳定业务。下班之后，他在一个酒吧兼职，每日工作到凌晨。他像个上满发条的机器，有条不紊无畏疲倦，努力赚钱期望早日能在北京有稳定容身之所，这样才可以让她父母改变对他的看法，放心把她交给他照顾。

转正之后，她的工作任务也越来越多，很多时候需要她独当一面完成。初出茅庐经验不多，但同事之间相互独立，每个人都有自己的职责，没有人有时间和义务去相助他人。这就是职场，不努力拿出成果就会被替代和淘汰，谁都不会轻易交付经验培植一个竞争者，只能自己摸索着前行。她在几次碰壁之后，对此理解深刻。学校的理论知识不足以支撑实战工作，她要在这个收入不错但竞争压力巨大的外资公司获得稳定发展，必须不断学习。

她买了许多工作相关的书籍，报了口语班，花费更多的时间完成自我提升，有时对自己近乎苛刻。她虽然没有兼第二份工作，但和他一样没有多少空闲时光。他们都在各自的路上努力奔跑，像黑暗中迎着一线曙光，气喘吁吁脚步迅疾，但心怀希望，目标明确，累而快乐，不愿停下休息。

三十六

天色渐黑的时候，他们终于到达雨崩村。青藏高原横断山脉地带，四面雪山环绕的一处狭小的空旷平地，田园青葱碧绿，草木茂盛，十几户白墙黑瓦间杂原生木头的房子，牛羊四处悠闲吃草，几条田园犬来回奔跑低吠，嬉戏着一群惊慌失措的鸡鸭。雨崩村分上雨崩和下雨崩，一条溪流和十几米深的断裂带割裂开的两个台地，上下相望遥遥呼应。芳草鲜美、落英缤纷，空气潮湿清冽，仿若陶渊明笔下的世外桃源，没有一丝尘埃。正是晚归之时，几个农人背筐扛锄从田园中慢悠悠回家，村中几户人家的房顶上冒出缕缕白色炊烟。

他们运气很好，在村口遇到一位五十左右的大哥，他的家中尚有一间空房。房子在靠山台地之上，与地面落差一米左右，搭着一块宽大木板。只有一个房间，他们只能同住一室。房间不大，两边靠墙各安放一张坚硬的木板床，红底碎花的被褥颜色鲜亮。两张床正中间上方墙面，挂着一张藏族特色的五彩针织画布，祥云之中托着昂头展翅的雄鹰，周边缤纷花色环绕。两床之间安放一个小巧的床头柜，原生木色，柜面有一圈一圈的清晰纹路和残损污渍。

他们放下行李进行简单整理。她解开绑腿、换下已经穿了三天的脏衣服，随便抹了把脸，用毛巾擦掉头发上的尘土。夜晚寒凉，她只带了一身厚实外套，挂起来拍打拍打，重新又套在了身上。她整理梳洗的时候，他便去门外房檐下站着看风景。等她收拾妥当，满怀歉意地出来，他才进去。他是男人，简单粗糙，随意抹了下头发拍打两下就算完成。

大哥家中有妻子卓亚和一个十多岁的小女儿，他们的大儿子已经成年，在香格里拉市一家家具店工作，购有房产，并已结婚生子。相隔两百多公里的路程，一年也只回家一次。谈及离开家在外闯荡的儿子，卓亚脸上绽放出骄傲的红光。大哥却不以为然，他沉声怪责都是因为卓亚的放纵才导致儿子去那么远的地方，他说城市不比雨崩村，他希望一家人都能守候在这个祖辈所在的地方，这里有神灵眷顾，雪山之神会保护他们死后升天。离开家的人，得不到卡瓦格博的祝福。

与他们一起住在大哥家中的还有来自昆明的一对年轻情侣，朝气蓬勃，对一切都充满好奇，亲切地叫大哥和卓亚“叔叔、阿姨”。晚饭都是自种蔬菜：清炒萝卜、炝锅青菜、干豆腐炒腊肉，外加一个鸡蛋汤。地道的农家饭，简单却味道鲜美。她吃得很香甜。许久以来，吃不过是为了维持生存，她几乎没有认真地感受过食物真正的味道。年轻情侣比他们早一个小时到达，已洗漱整理完毕，衣着干净。一日连续的徒步消耗，两个年轻人早已饥肠辘辘。他们狼吞虎咽吃完饭，抹把嘴两人就携手出门领略风光。

他们在门廊下多坐了一会儿，喝了一大杯热水之后，找木盆装满温水，脱下鞋子烫了烫脚。她感觉脚底火热灼痛，褪下袜子之后才发现被尖锐石块磨出几个晶莹透亮的大泡。她从地上捡起一根细长枯枝，折断之后用尖锐的一头将泡挑破，里面流出黏稠透明液体。她专注平静，没有丝毫抱怨和委屈。他默默凝视，没有坚持去帮她处理，看她用水轻轻揩拭干净，换上干净袜子，穿上鞋，一瘸一拐去接了水使劲揉搓换下的脏袜。他从她身上看见一股强大的耐受力，倔强隐忍，沉默无声。

夜色完全笼罩之后，各家都点亮灯火。虽然这里地处偏僻的大山深处，现代社会的文明气息不浓，但家家都用上了电灯，有彩色电视机。但电视信号极不稳定，也没有太多节目可以选择。他们沿着峡谷散步，从星星灯火的村落、黝黑暗淡的田野、泛着白光的泥土小道慢慢行走。没有月亮，星星还未全部露头。脚下的路在晃动的手电光源下一团清凉的白，光圈之外是神秘未知的黑。

站在雨崩上村的村口，可以一望下村全景。但在夜色中无法分辨，目光所及只是一片模糊的昏暗。他们决定沿着溪谷往下。下坡的路不算陡，但嶙石林立野草漫生，加之天黑看不清楚，并不那么好走。走在坡地上，能听见坡下沟壑中泉水缓缓流动的潺潺声。脚下是十多米的深沟，行走的道路狭窄滑溜，稍不留意便会顺坡滑下去。视野狭窄模糊，空气中弥漫着无法言说的新鲜香甜，还有泥土和腐烂植物的潮腥。走出五六百米之后，他们上了一座小桥。小桥用木头和砖石混合了泥土砌成，轻微耸立着脊梁，两边长满绿色藤蔓和灌木，手电照耀下一片灰白的莹绿反光。白色光柱直射桥下，沟壑深不见底，从巴乌八蒙雪峰流下的河水哗哗流淌，隐隐可见两边巨大的杉树，排列整齐紧密茂盛，仿若地下森林般深幽神秘。

过了桥，地势陡然增高，但不长，很快过去便是缓坡地带，下雨崩村近在咫尺，静谧、安宁。下雨崩村地势更为平坦，住户相对集中，灯火点点，金子般干净的光，像一颗明亮且耀眼的宝石，匍匐在缅茨姆峰的脚下。从陡坡通往下雨崩村的道路弯弯曲曲，浓郁新鲜的青稞味道扑面而来。她用手电晃了晃，黑压压整齐的一片，即将收割的青稞穗，沉甸饱满。

他们停在坡地上休息，地上冰凉潮湿。仰头看去，繁星满天。她从未在北京见过如此繁密明亮的星星，密密麻麻。卡瓦格博和缅茨姆峰的峰顶闪烁着银质光芒，庄严肃穆。它们和天空如此接近，仿佛一伸手就可以摘取闪亮的星和灰蓝的云。遥望雪山，雪山似乎也正凝目回望，不启唇而自然有语。神思相交，灵魂升华。她抬起手掌，缓缓伸向天空，五指之间浮动着雪山和繁星的光影，四周一片静寂。

她说："我很小的时候曾见过这样的天空，这么多的星星。在我们老家，夏天的夜晚，从外婆家走出去，郊外的田野上有一棵硕大的梅花树。八岁以前我无比希望那棵梅花树能变成一棵梧桐，夫鹓雏，发于南海而飞于北海，非梧桐不止。外婆常常给我讲神仙的故事，她说千年的梧桐能引来凤凰，一种向死而生的鸟，涅槃重生，美丽勇敢！我希望那里能长出一棵梧桐，有一天能引来栖巢的凤凰。"

他看着她在微弱天光下的侧影、娇俏的五官，轻声说："那么后来呢？八岁以后你就不期待梧桐引凤了么？"

她淡淡地笑了笑，说："后来……后来我突然明白，外婆说的那些都是童话，世上根本就没有凤凰，而我……觉得梅花很好，我后来很喜欢那棵梅花树。我们那里的人喜欢种植桃树、梨树或者核桃橘子树，花期美丽，能结出丰硕果实。农村房屋四周，还有密密麻麻的竹林，挡风，可以用作建房和器具的原材料，竹笋还可以吃。我出生在一个小县城，城市很小，几条街道而已，周边都是农舍田园和丘陵山坡，春天的时候，到处都是绿油油一片，开满了各种鲜花，但那棵梅花树却光秃秃地矗立其中，显得极不协调。小时候老家的冬天很冷，会下雪，连耐寒的菊花也不剩一朵，那株梅花显示出独特的魅力，满树点缀着红却不妖的艳，卓尔不群，傲然独立。外婆说那是一棵有灵气的树。我喜欢在下雪的时候去那里玩，坐在树下，接住飞落的花瓣。”

他沉默半晌，说：“我在加拿大遇到的那个男子，曾和我提起在国内的恋人，那是一个美丽单纯却倔强孤傲的善良女孩，在他最无助最孤苦无依的少年时代，给了他所有关于美和善、友谊，爱情的想象！他因为那个女孩，才发现了生命的本质！他说那个女孩也喜欢梅花，喜欢下雪的季节在野外疯跑。那个女孩对生命充满想象，从不畏惧生活中遇到的困难，她的体内隐藏着一股巨大的能量，从来不放弃！”

她说：“少年天真，都不懂得妥协。人都是这样，只有被生活磨掉所有棱角，看清楚生活的真相，才会明白，有时候妥协未必是坏事。”

他说：“那么，你为什么来香格里拉？是妥协的结果还是坚持的结果？为什么来雨崩村？放弃城市优渥的条件、舒服的享受，来这里徒步，穿过危险的林地、沼泽，你想寻找什么？心的平静还是神的指引？”

她说：“不知道。我常常感觉无力和为难，不知如何是好，沉湎于过去那些割裂和疼痛的少年旧事。希望有机会重新选择，却又害怕那样的反思。怕自己无论经历多少次，依然做出同样的选择。躺在病床上的父亲需要救治，捉襟见肘的生活，医院无休无止的催款单，日渐沦陷的自尊和情感。那个时候我还年轻，刚参加工作没有多久，无力面对这一切，却又不得不承担。母亲说不愿意拖累我，要和我决裂，我不知道该怎么办。我最终做出选择，但不是违心的，我是心甘情愿放弃心中坚守的空洞无力的情感。父亲去世后，我嫁给了一个真心对我好的男人，但我内心卑微，羞耻自己不过利用他的真心做了交换。他越好我越无法面对，最终失去了他。我辜负了少年时代的男子，也辜负了后来助我脱离困境的丈夫。我背负着双重的罪孽，即便花费余下的所有日子，也无法洗涤干净。”

他侧身，慢慢握住她的手。她的手冰凉，掌心浸出微微的黏腻的汗水。他听见自己吞咽口水的声音，沉闷空洞。他心口隐隐作痛，像蛰伏太久的蝉蛹即将破壳而出，穿透血脉的痛。

他说：“你已经做得很好了，在那种情况下，没有人能比你做得更好！这不是你的错，生活本就需要取舍，你没有伤害任何人，你只是为了救治父亲，这不是罪孽，是人性！”

她说：“他曾经为我写了很多诗，他说，我们曾经经受了多少，就会施予多少；生命以什么样的状态来到，就会以什么样的状态离开；终有一天，我们能打破、抛开背负于身的枷锁，像鹰一样飞翔，像凤凰一样涅槃，向死而生。他说是我带着他逃离了烂泥的青春，苦痛的生活，在黑暗的时候还能看见一线曙光，寒冷的白雪之中还能寻到一朵梅花的香……我们本可以一起走下去，彼此看见慢慢变老的容颜……但我从不记得那些话，那些承诺。他为了我伤人入狱，但我选择遗忘，我有很多年都不记得他，梦里都不允许他进入。我给自己套上坚硬的外壳，躲在其中，从不给他机会靠近。我甚至一次都没去看过他。”

她开始流泪，抓着他的手捂住眼睛，泪水顺着他的手背滑下。她说：“有一次我回老家，遇见那个深爱他的女人，她有个好听的名字，叫鲍雨竹。那个时候她已经成家，嫁给了一个酒鬼。她自小苦难，没有父亲，卑微无助的母亲将她和弟弟拉扯长大。她敌视了我很多年，追逐他很多年。直到我们双双离开杳无音信。但她从未真的放下过他。过去了那么多年，即便我们都已经老去，两鬓长出星星白发，她依然恨我。站在街道对面，她充满恨意的眼神，我永远无法忘记。她说她去监狱看过他，可我却把他彻底遗忘了。她说我是最无情无义的女人，势利、自私、残忍……她用尽世上最恶毒的语言骂我，我却无力反驳，因为她说的一切都是真的。她说他恨我，恨不得喝我的血吃我的肉，将我研磨成粉，扔在风中飘散。”

她的声音低沉下去，头伏在他手背上，说：“他应该恨我，我毁了他的一生。当我得知身患绝症的时候，我觉得理所应当，反而感觉是解脱。可他姐姐王曦却给了我一本日记，说他交代过一定要给我看。我无法坦然面对他的恨意，我不敢翻看那本日记，我怕淹没在黑暗之中。但我希望他恨我，这让我感觉好过一些，心里的疼痛消弭身体的疼痛，我才能熬过病灶所带来的折磨。可他的日记里却没有一个恨字，他说他不恨我。这才是最可怕的报复，我经受不住这样的报复，我情愿他恨我！”

他安抚她的背部，说：“他不恨你，从来没恨过。你陪他度过人生起伏，你不欠他，他也不欠你。有些人只能相陪一段，不能走到最后，但并不是背叛。左依，你并不是一无所有，你还有爱！我想他把日记给你，最终是想告诉你，你还拥有他的爱，你有责任带着这份爱好好活着，而不是带着这份爱沉沦至虚无。”

她重重地吁了口气，望着远处星星点点的光，说：“我想他记录下我们所有的过去，就是在提醒我的背叛和自私。提醒我不要忘记，我曾把那些点滴事情当作平常埋入记忆深处，从不觉得有什么重要可言，但他一点一滴记录清楚，逼迫我再次面对，愈合的伤口再次撕裂，干透的血痂重新流出血液。这才是他真实的内心诉求。”

他说：“不是的。他想要告诉你，无论我们经历过的是什么，都值得珍惜。只有直面过去，才能看到未来。”

她说：“但我的未来已无可能。无论他告诉我什么，想要得到什么，对我来说，都是一样的，毫无可能性，也毫无意义！”

她站起来，身体微微颤抖，说：“我们回去吧，我累了！”

三十七

工作一年多以后，他们抽出一个周末的时间去郊外踏青。四月初，天气晴和，阳光饱满充沛，碧草绿树，沿途开满了紫色野花。他们去的地方是凤凰岭，西北五环之外，山高林密，半山腰有千年古刹龙泉寺。住持是一位高僧，有许多名牌大学的天之骄子来此剃度出家或修行，现代化的管理方式，清净祥和的灵地所在。他们早就听闻其名，但一直不曾有缘前来。

他从不信佛，说那都是世人无法改变自身命运、又期待圆满的心理暗示、自我催眠，以来世轮回和因果报应来逃避现实的无奈。但她相信。外婆是虔诚的佛教徒，一生与人为善、恪守自持。她在外婆潜移默化之下，也相信命运和因果。她说两个毫无关联的人，因何在茫茫人海中获得一线之缘，这便是前世修来的因缘。如果他们都相信善，相信修持可以让他们得到圆满，那他们就一定可以得到！

他从不反驳她，相信她所相信的。于是他们顺道去了龙泉寺。这座始建于辽代应历初年，距今已有一千多年历史的古刹没有其他寺庙的金碧辉煌，幽宁、古朴，房屋简洁整齐，香火清净。山门前两株六百多年的翠柏劲健苍虬，寺内两棵银杏和两株古柏都已千年树龄，粗壮挺拔、枝叶繁茂，撒下一地阴凉。有很多志愿者穿梭其中，井然有序引导不同目的的游人香客各行其道各去其地。

她虔诚地上香、跪拜。他站在旁边默默地看。他自小的成长经历，过早失去母亲的呵护，在父亲的醉酒和鞭打中，用最反叛的方式对抗，他从不觉得神佛在侧。在不谙世事的年纪，他没有任何过错，但他需要承担不应该承担的恶劣后果。他以旁观者的姿势，仰望观音佛像，不觉得她的跪拜有何意义。但他绝口不提，尊重她的信仰。

她看出他的心态，不愿意勉强他接受。离开龙泉寺后，他们沿着庙宇后面那条曲折小道上山。这个周末天气不错，来此踏春爬山的人不少，三三两两结伴从他们身边走过。他们曾经有一段奔跑岁月，因此体魄良好，身轻脚健，不断超越其他行者，引得诸多人侧目赞叹。一口气上得山顶，他们站在悬崖边沿，有一览众山小的疏阔。

旁边有一老者，盘腿坐在一块灰白石头之上，长发挽髻，一身道袍，脸颊凹瘦双目炯炯，气定神闲地凝视远方。凤凰岭虽然不算高大险峻，主峰只有一千多米，但山体笔直，山路陡峭，大部分来此野游的人只到半路便开始折返。能一口气爬上山顶的人并不多。龙泉寺住着许多剃度僧人。近年来龙泉寺住持弘扬佛法声名于外，来此出家的僧人中不乏北大清华的大学毕业生，加上异于其他佛寺的科学管理手段，吸引了不少慕名前来的香客，还有全国各地云游而来的僧人。在这里随处可见面目慈善的僧侣，但绝少有道人。

他们在这里见到道人也觉得新奇。背包里有水。一瓶喝过一瓶还未开启。她将新的那瓶递给道人表达善意。道人依然盘腿而坐，毫不客气地接过矿泉水仰脖喝了半瓶，然后微笑着招呼他们也坐下，一同欣赏远处风光。这里可以看见大半个北京的建筑：高楼林立、气势恢宏、庄严厚重。近处林木茂盛粗壮，杂草葱茏，零星野花迎风摇曳。峰顶之上，人声隐约，幽宁安静。淡淡的青草香、泥土味、风中夹裹而来的芳菲之气，混合成一股独特的清流扑面而来，令人心生舒畅。

和煦阳光之下，他们与道人席地而坐，从简单目之所及的具象延伸至磅礴虚无的抽象，天文、地理、佛家、道家，乃至人生哲理，涉及面广博杂乱。道人并非普通的道人，学识渊博见解独到，思想深刻却云淡风清。她自小爱读书，腹有才华，自小思想成熟视角独具，看问题不同寻常。超然世外无关纷扰，远离喧嚣人群和车水马龙，跳出职场和熟悉环境，她仿若再次踏入旅程，放松且自由。她和道长相谈甚欢，日渐黄昏。

他在这一刻突然意识到自我的浅薄和疏陋。他试着猜测是否因为太过渴求而被幻觉引诱，跌入自我编织的美好故事而不自知。他深陷于密集纠缠的网，自我催眠渐次沉溺。就像少年时期无数次只有在梦中才能看见的海市蜃景，炽烈燃烧，灼而光明，但他宁愿如飞蛾扑火般冲上前去，粉身碎骨化为灰烬也在所不惜。但那是他一个人的阵地，他不确定浴火涅槃的故事是否真实。他突然心生恐惧，害怕失去，害怕昙花一现的烟火灿烂。

他问道长："什么才是佛道的圆满？"

道长说："佛家讲菩提，菩提是什么？菩提是圆满，世人都想证得一个圆满。什么才是圆满？十全十美，获得心中满足，达成所愿，无所遗憾。这是圆满吗？这是你们世俗人以为的圆满。不是真的圆满。这世上本就没有十全十美的事，缺一方能得正果。我们讲道，道是什么？道是各安其所、各归其途。天地万物自有其运转之理，这个理就是道。任何强行违背逆转的理，都必不能长久，会带来不好的后果。所以，不要强求，不要逆转自然规律，这就是道。"

远山夕阳渐沉，层峦开始模糊，高楼大厦之间，星星点点的灯火渐次明亮。道长给他们留下最后一段话之后，起身掸掸衣衫，捋须微笑着飘然下山，脚步轻盈，很快消失于林木山道之中。她起身相送，怔怔间不知如何表达此刻心境。她虽然信佛，却不迷信，相信自身修持、努力争取并不矛盾。自她幼年便与他冥冥一线，这便是她此刻信奉的道和理。

但世事总以一种悖逆心理预期的方向发展。凤凰岭偶遇道长之后的两个月，他们如常一样奋斗在这个城市，日子没有特别的变化。他们心安其所，憧憬越来越稳定越来越触手可及的未来。

两个月后的一天，她的父母被秦仁带至租住之地。她父亲半年来身体状况越来越差，为了不让她担心，父母一直瞒着。一个午后，父亲从午休中惊醒，突然想念远在他乡的女儿，一番商议之后，他们决定前往北京看望一下她，顺便也了解下她的公司和住所。她的手机二十四小时待机，联系方便，父母没有提前告知要来北京的事。她那天和领导去客户公司敲定最后方案，工作繁忙，手机一直静音状态。父母下了火车之后，联系不上她，又不知她的工作单位地点和租住地，实在没有办法，就给安宁去了电话，打听是否可以有其他方法联系她，或者安宁告诉他们女儿目前的地址。安宁正在开会，顺手把秦仁的号码给了她父母。

秦仁先去了她单位，被告知她今天不回公司，打她电话同样未接。秦仁去火车站接了她父母，驱车直接送到她租住的房子。那时候已经是华灯初上，他在厨房给她准备晚饭，然后去酒吧上班。她拖着疲惫的身躯进入房门的时间，只比父母早二十分钟，冲了个热水澡，换上家居服，还没来得及看一眼手机，听见门铃响的时候，她以为是合租那个女孩又一次忘了钥匙。

他们和父母猝不及防相见。父母跨进门看见他的那一刻，突然怔住，半晌没有反应过来。秦仁不明就里，帮助拖着行李箱进屋，以校友身份招呼她父母落座。她手忙脚乱，放置行李、倒水，嗔怪父母未曾提前告知。父母全程黑着脸，握着水杯不发一言。秦仁代替父母回答，说她的手机联系不上。她急忙去卧室包里拿出手机，果然有三十几个未接来电，全是父母和秦仁的号码。

她尴尬且内疚，低垂着头给父母道歉，并对秦仁表示感谢。他已经做好晚饭，解下围裙，来至客厅站立一旁，小心询问是否开饭。当着秦仁的面，她父母没有表露什么，只略微点头不置可否。她知晓父母心中震惊，碍于秦仁在侧，加之父母长久坐火车显得疲惫，尤其是父亲的脸色暗淡精神萎靡。她将他推出去上班，留秦仁一起用晚餐。

令人滞闷的晚餐过后，秦仁告辞而去，房中只有她和父母三人。同住的女孩还未归来，他们坐在客厅里喝茶。父母只字未提她和他的事，似乎并不打算开口问询他为何出现在这里且熟悉如家。她挺直腰背，双膝并拢双手紧握，捻住上衣一角在掌心揉搓。嗫嚅半天之后，她终于低声把他们的现状告诉父母，期望父母给予理解和支持。

母亲沉默良久，对她说："你高考之前，我曾对你说过，只要你考上重点大学便不干涉你的情感选择。如今你学业已成，工作稳定，在北京有自食其力的能力，你再不是那个需要对父母唯诺的年少孩子。你的翅膀早已丰满，足够支撑你独自飞翔。我们不知道能做些什么，也无法强迫你放弃选择。你长大了，早脱离了我们的掌控，我们远在南方，你无须征求我们的意见。但是作为你的父母，我们也有坚持自己观点的自由。如果你坚持要和王加诺来往，我们无话可说，也不会收回当时的话，只当我们没有你这个女儿，你自己选择的路，自己好自为之！”

她深知母亲心中压抑的怒火和痛惜，不敢开口反驳，只能转头求助父亲。父亲以前总会在她和母亲之间权衡关系加以调节，但这次父亲仰靠在沙发上，闭目长叹，显得心事重重，并没有为她多说一句。她告诉父母，他现在的努力和进步，他如何在残酷竞争中拼命奋斗并已取得初步成果，他思维活络、沉着真诚，具有无限潜力，她相信他在不久的将来一定能出人头地，获得成功。

但她的解释在父母看来苍白无力。母亲虽然不曾因为他的过去和学历而心生厌弃，但无法从内心接受，不能将自己一手带大的掌上明珠轻易交付给一个不放心的人，她坚信他撑不起女儿的未来。她的女儿聪慧美丽，受过良好的教育、拥有名牌大学文凭，他们普通的家境无法给她足够支持，她已然站在高山，不应该在脚踝拴上拖拉后腿的沉重包袱。

她自作主张不听规劝的决绝让他们痛彻心扉。父母心痛气急之下，连夜离开她的住地，选择去宾馆住宿。她知道父母心意坚定，不可能短期改变。思来想去，秦仁是唯一可以求助的人。斟酌再三之后，她给秦仁打电话，约他在公司附近的咖啡馆见面。

秦仁如约前来。她独自坐在咖啡馆角落，神情落寞，孤单又无助的模样让秦仁心生怜惜。她终于把自己和他的成长经历告诉秦仁。他们之间的纠葛牵扯一度在小县城疯狂传播，大半个城市的人无不知晓。离开家乡以后，她从未与秦仁之外的任何人谈及。

她说：“在我不谙世事的童年时代，我与他的命运莫名纠缠。我和他都有各自的情感缺口，都经历过恐惧和黑暗，只有我们自己相互舐舔伤口。我们对于情感需索异于常人，却无法从他人身上获得。这是我和他艰难前行的依托。但我的父母无法理解，他们觉得人生来便已分类，没有跨越鸿沟的桥梁。但我不想找一座桥，不想把自我情感附带上各种身外之物。我只需要一个并肩同行的人，前进所需的一切工具和路径，我都可以自己获得。”

秦仁静静听完，认真剖析，说：“也许你并没看清内心，你只是固执寻找填补少年缺憾而已。你和他从未相似，你成长过程中从不缺乏努力上进、积极乐观、善良真诚的优秀品质。但是你太执着，不肯服输。你在成长的过程中跨过所有的坎坷和曲折沟壑，努力攀登峰顶。你想通过你的善良和关心拯救他迷失堕落的灵魂，但他滑得太深，你无能为力。这不是爱情，只是你不肯认输的情感牺牲。你不允许人生有任何缺憾和空缺，但是谁的人生十全十美？谁都有无能为力的时候，你父母看到了实质，他们不可能看着你迷失其中而不制止。当你发现这一切不过是对童年、少年时代的填补的时候，你会后悔现在没有听他们的话！”

她说：“有些事你不懂得，我知道他们是为了我好，但他们不知道我内心所想，不理解我对他的情感是如何慢慢养成和强大。他也不是你们所看到的那样，那是表象。他狂傲不羁的外表之下，有着一颗真诚热情的心，追求美好，积极乐观，他比很多人都要坚强。他真的不是我父母所了解的那样，我有自己的判断和辨析能力，我不是三岁的孩子，容易被表象所迷惑！我只需要父母给他一个机会，一个公平表现的机会！”

秦仁同情而心痛地看着她，说：“就算这一切都是事实，你父母也没有错。这世上本就没有公平二字，人生来就有分属区别，原生家庭各有不同，我们无法选择出生，但我们可以选择如何生存。要获得好的生存条件和机会，需要有所舍弃。你们不是一个世界的人，差距太大，没有同行的可能。你以为你母亲用承诺逼你考重点大学的真正目的为何？你努力读书跳出小县城来到北京的那一刻，就已经选择和你父母站在一起。你和他早就分道扬镳各安其所，你早就跳出了他的世界，只是你蒙着眼睛装作不知，不愿面对现实。”

她说：“你和我父母一样，用身外之物包裹情感，以至于失去纯粹。你们才是那个看不透的人。我一直循着他的脚步奔跑，他在泥沼一样的环境中从不认输，叛逆抗拒、涅槃重生，火一样燃烧的生命充满激情。我以前不明白，以为是我在将他拉回，但我后来知道，真正站在悬崖边上的那个人，是我，他才是那个一直拉着不让我跌入崖底的勇士。他用他的方式保护我不被别人伤害，也不被自己伤害。我总是在不同的黑暗汪洋中沉浮，把他当作垫脚的石子和救命稻草，但每次过河之后就不再珍惜，自我暗示是我在做他过河的桥，我们之间的情感，我无法让父母和你理解，但我自己内心比谁都明白，我现在比任何时候都要清醒！”

她执着坚定，眼中激迸出明亮火花。秦仁认为那不过是她对过去无法释怀的补救方式，飞蛾扑火，却看不到危险。但他深知陷入情感迷局的人，如同梦魇难以自拔，不够理智和清醒。秦仁无法劝服，最后答应帮她劝慰父母。

他说：“我可以帮你去劝服，试着让他们理解你的选择。但是我依然认为你现在不够清醒和明智，你需要冷静思考，明白真正所求所需。你不要急着答复和辩驳，当局者迷，你应该跳出你们两个人的世界重新审视。说爱一个人很容易，但要相伴一生需要莫大勇气和担当。生活不是你们两个人而已，你们的世界之外还有世俗。如果他真的爱你，就应该放眼你的未来，想明白他是否能托起你的那片天空。虽然你有能力过好自己的生活，但两个人在一起就需要平均，平均之后你是否还能如此坚定。这不是束缚的名利枷锁，不是物质和势利，抛却这些，精神世界依然如此！”

三十八

沿着原路返回，村落已经归于沉寂，大部分的灯火都已熄灭，只有一两户的屋檐下，还留着一盏昏暗发黄的白炽灯，给晚归的人照亮。回到家的时候，卓亚还没有入睡，独自坐在堂屋桌旁，就着一盏暗淡的灯光低头织补衣物，面前堆放着针头线脑一堆零碎。听见他们推门的声音，卓亚抬头露出憨厚温和的笑容。他们走过去在旁边坐下。她脚底的水泡因为被挑破后露出新鲜血肉，此刻来回走路摩擦后更加疼痛，一瘸一拐姿态怪异。

卓亚从桌上拿起一个看着有些发黄的小碗，里面墨绿一团黏糊软腻的不明物质。卓亚说：“这是一种当地野草，生长在树林深处，虽然看着不太好看，但对于创口愈合非常管用。你把它涂抹在脚上，包上一夜，明天起来就好了，不然你没办法走到神瀑，更不可能去转山。”

她一直知道，在藏族地区，很多人天生懂得辨识各类植物的不同用途，他们自有传承几百年甚至上千年的古老秘方，用自然界孕育出来的原生植物混合捣烂医治病痛。山坡野地或者雪山脚下不起眼的野草野花、腐烂根茎、浆果、树叶藤蔓等等，方便廉价，效果却显著。

她闻了下那碗黑乎乎的糊稠物体，浓烈的草腥味中夹杂着淡淡的清凉。她向卓亚道谢，抬起脚脱下鞋袜，用手指蘸着涂抹，感觉脚底丝丝幽凉，不觉抽了口气。卓亚给他一块长条旧布，让他帮忙裹在外面，防止药膏脏了袜子和被子。她本不想让他帮忙，但碰上卓亚透亮豁朗的笑，意识到自己的拘谨在这里显得很不协调。她便不再坚持，任由他帮助仔细裹好。

卓亚说："你们这些大城市来的人，太缺乏锻炼，走路也没有技巧，容易磨出水泡。还有你们的鞋，看起来金贵漂亮，但中看不中用，不如我们自己做的毡鞋或布鞋，轻便柔软耐磨，还不伤脚，可以长久行走。我们去转山的时候，都穿自己做的鞋，不关心是否好看。"

她说："上班的时候，极少穿运动或休闲鞋，也没多少时间走路，所以没有经验。进村的路不太好走，石子太多。"

卓亚说："熟能生巧，多走走就好了。你在我们这住上一年半载，天天和我一起下地干活，每个月都去转山朝圣，脚上磨出一层厚厚老茧，就再也不会起泡了。"

她看他一眼，用手轻轻拨弄桌上的线头和碎布，说："是的，卓亚大姐，我打算留下来，在这里住上一段时间。我正想找你和大哥商量长期居住的条件，我很希望您能让我参与到你们之中，什么活都可以！"

卓亚抬头看他，说："这倒不是问题，你们两个都要留下来吗？"

她替他回答："不，他两天后离开，我自己一个人留下，就住我现在住的房间即可。"

卓亚点点头，说："我们这里偏僻，以前没有多少人知晓。后来有一些游客出于探险和猎奇偶然发现了这里，喜欢上了我们这里的自然风光和安静。我也不知道他们为什么那么喜欢这里，这里如此偏僻，也不富裕，没有什么值钱的特产。但他们说这里风景优美，原生态，没有污染，我没去过大城市，不知道他们指的污染是什么。后来人来得比以前多，家家户户都开始接待游客，我们家也不例外。他们一拨一拨地来，一拨一拨地走，少则一天，多则一个星期，很少有真的能长久留下来的。毕竟我们这里不比外面大城市，没有什么娱乐和好吃的。很多年以前，进出的路比现在要困难陡峭得多，曾经也有一个小伙子，独自一人前来，在我们家里住了一年多后才离开。他来的时候看起来很是憔悴，不苟言笑，对什么都失去兴趣。但后来小伙子很有意思，非要在我们这里种梅花。雨崩村四面都是高大雪山，顶上常年积雪，海拔又高，寒冷的季节太长，根本不适合梅花的生长。他很坚持，我们也随他去。他种的树苗无一存活。一年多以后，有两个女人前来把他带走，他种下的那些树苗也被孩他爸全部拔除，种了一地的莲花白，别说，那白菜长势可比梅花好多了。妹子，你可不要想着种那些养不活的东西啊！”

他坐在旁边的凳子上，昏暗的灯光下，只能看见她微微颔首的侧影，他从未在这个角度这种光线下注视过她的侧影，第一次发现她的眉头异常饱满，挺直的鼻梁一条优美硬朗的弧线，有种男性的刚强。虽然卓亚没有提到那个人的名字，甚至也没有描述任何关于那个男子的容貌或情感，但不知为何，他们的心中都固执地坚信，卓亚口中的那个男子就是他们日夜谈及的人。他以为她会伤感，会流露出更多情绪，但她的脸色似乎没有变化，依然保持着那个微微颔首的姿势。屋内一时静极，彼此的呼吸清晰可闻，外面隐隐传来几声狗吠，又很快安静下来。

卓亚给一件黑色棉衣钉好脱落的纽扣之后，拿起来抖了抖，又利落地折叠起来。他们认出那是大叔白天穿的那件，袖口处有淡淡的污渍。卓亚轻声吁了口气，说：“一定是阿雅家的大黑，那条狗每天晚上的这个时候，有事没事就喜欢叫几声。它在告诉它的主人，有它在可以安心了呢！”

她终于抬起头，目光穿过卓亚的头顶，落在一处空洞的地方，说：“卓亚大姐，反正现在也没有困意，您和我们说说那个小伙子的故事吧，那个来自城市却能安然在这里住下的男人，他在这里是怎么生活的？”

卓亚侧头，脸上露出回忆的神情，说：“这几年来这里旅游的人开始多起来，大多是住一个两个晚上就走，白天都出去逛了，晚上回来睡觉，我们也基本没啥太多印象，那个小伙子和他们都不一样，住了很长时间，虽然过去了这么几年，我对他的印象还蛮深的。”卓亚突然咯咯笑了起来：“就刚才狗叫的那家的阿雅，和他比较熟悉，当初还想嫁给他呢。哈哈，那傻姑娘，人家城市来的小伙子，根本就不属于这里，住多久迟早也是要回去的呢！”

卓亚说他来的那天，刚好是那年的初雪。雨崩村一下雪就开始封路，直到次年三月雪化，漫长的冬季是这里最安静最寒冷的时节，游客也不会再来。因为下雪，很多地方的路和桥梁都模糊不可辨认，他在离村子一里多的地方迷了路，衣着单薄饥肠辘辘，还发着高烧，躺在一棵云南松下的雪地里。那天阿雅的母亲大寿，家里来了不少亲戚，她去雪地里寻找新鲜野菌炖汤，弯腰搜索的时候，听见他微弱的喘息。阿雅将他带回了村子。因为家中客人太多，便送到了卓亚的家中，这一住就是一年。

他有强健的体魄和勤劳善良的品格，从不与人发生冲突，待人谦恭有礼。身体恢复元气之后，他跟着大哥去地里干活，看得出他从未在农村生活，对农事一窍不通，分不清青稞苗和麦苗，也叫不出那些蔬菜种子的名字。但他学得很快，锄头把手掌磨出了血泡，他却从不叫苦。每日早早起来，夜晚坐在屋檐下仰望星空和雪山直至深夜才去休息，皮肤晒得黝黑发亮、脸上浮现皴裂般的高原红。极少笑，笑的时候也蕴含淡然忧伤，他满腹心事的模样让人心生怜惜。没有人知道他来自哪里，有什么样的过去，他从不提及任何村外的事情，他像白雪覆盖的山峦一样，蕴藏巨大力量却沉默平静。

村中很多成年女子都嫁去外地或者在城市里面生活，留下来还未成婚的女子不多，阿雅是其中一个。阿雅长相俊美，开朗可爱。她总是喜欢叫上这个让人捉摸不透的男子一起去山中砍柴、捡拾野生菌类、搜寻值钱的药材，或者去几里地远的河里抓鲜活的鱼回来做美食；有时候阿雅强迫他一起去西当或者其他集镇，采购大量的生活用品和食物……

他不擅农事，却做得一手好菜，把最平常简单的食材加上不同的佐料，做出精致的盘中美味。游客来的时候，他帮卓亚下厨，做的食物味道和当地的有些不同，却能融合得恰到好处，总是赢得不少赞美和惊叹。他比当地人还要像当地人，熟练地引导游客去各处参观，带着形形色色的人们去神瀑、雪山，不收取任何费用。

当地人都曾听说过一些在外面世界经历过故事和苦痛的人，会来到雪山脚下净化心灵，忘记过去，但他们大多很快离去鲜有留下。这个谜一样的男子，曾让卓亚他们产生错觉，以为他也许是不同的那个，他会留下来，娶一个像阿雅那样的女孩，生一对可爱的儿女，斩断过往，归于简单平凡的生活。当那日大雪压断河面的简易木桥，雪水涨过堤岸，阿雅不小心跌入冰凉刺骨的水中，他奋不顾身跳下去救起阿雅的时候，他们更是坚定了这个想法。他是个知恩图报的人，一点小小的恩惠，却愿意用生命回报。

但他那样的人，又怎么可能永远属于这个偏僻宁静的雪山小村。他对阿雅的情感恰到好处，他的世界依然如缅茨姆峰的山顶，覆盖在皑皑白雪之下，不曾表露半分。当一年以后，一老一少两个女人来找他的时候，卓亚知道，那是他终将离开的时候。

卓亚后来得知，那是他的母亲和姐姐，辗转打听到他在这里，舟车劳顿几日几夜赶了过来。他们在房间里交谈许久，期间伴随低声争吵，但最终他还是败下阵来。他和卓亚告别，和阿雅告别，在一个阳光明媚的早晨随她们离开了。他离开之后不久，阿雅便嫁了人，现在已经有了一个活泼可爱的儿子。

许多年来，卓亚偶尔会想起他来，想着他有一天或许会再次回来这里，一身黝黑的皮肤，深邃浅淡的笑容，体力充沛、身材壮硕。但他就像被阳光融化的雪花、消逝在风中的落叶，再也没有传来任何消息。

卓亚说："你认识他？他现在过得好吗？"

她不知如何回答卓亚的问题，她知晓他的现状，却对他从这里离开以后的生活一无所知。她摇了摇头，没有回答卓亚的话。

和卓亚道了晚安，他们轻手轻脚地进了房间，各自躺在床上不再说话，脊背相对准备睡觉。没有拉窗帘，暗黄的玻璃窗映入一些暗淡的阴影，阿雅家的那条狗又低低叫了两声，倏忽又归于平静。屋里一片黑。

他在夜色中睁着双眼，听见她耸动肩膀的轻微动静、压抑吸溜鼻子的声音，但他默默躺着不动，不发出一点响声，呼吸均匀。这是属于她的伤口，需要她自己慢慢愈合。他无能为力，只能这样静静守候，保持距离，陪伴在她身边。他故意敞开窗帘，希望明天一早，她从梦中醒来，第一眼便能看见窗外的阳光。

黎明的时候，他被外面的脚步声和说话声吵醒。睁开眼睛，看见她穿戴梳洗整齐，坐在两床中间的桌子边，双手放在桌上，头趴着手臂，凝望窗户一言不发。他翻身起来，随着她的眼光望过去，不觉也突然呆住。他面前的玻璃窗户外面，结满了棱形的霜冻冰花，晶莹、雪白、透明。窗户外的远处，卡瓦格博雪山清晰地印入眼帘。主峰顶上覆盖皑皑白雪，看不见一丝杂尘。太阳已经升起，蔚蓝的天空澄澈如洗，远处云雾缭绕，山顶却没有云朵，阳光赤裸裸地直射下来，雪顶反射着耀眼的金光，金光荡漾一圈一圈的涟漪，五彩斑斓恍如仙境。

她说："这是佛光，日照金山。我们在飞来寺看得不真切，这里看得这样清楚。你看这些霜花，只有一夜的绽放，可还是要迎着阳光展示生命的奇迹。有时候植物比我们人类更懂得生命的意义，更坚韧并且简单。"

他点点头，说："我们思想太复杂，情感太丰富，欲望、要求也多，总是在做某件事之前先赋予一定的目的、意义，在未可知的情况下，总是踽踽不前。没有回报的事，我们都不愿意付出。其实很多事情并非那么简单，长久的积累才能换得质变。"

她笑了，说："我们都是胆怯的人，有趋利避害的天性，希望维持长期稳定的关系，害怕失败所以不敢尝试。害怕被人嘲笑而不敢迈开脚步，害怕跌落而不敢张开翅膀。我小的时候认识一个女孩，她自小失去父亲，母亲良善卑微，胆小怯弱，独自撑起一个家庭，日子过得艰辛穷困。她其实很聪明，热情奔放，骨子里不乏善良和同情，但她总是活在自卑之中，不愿面对和正视自己的家庭，强烈的自尊让她恐惧，害怕被人瞧不起，害怕被人欺负，选择欺负更加弱小的人来彰显强大，获得自尊满足。她在这样的思想中日渐沉沦麻木，用假想的强大麻醉自己，不相信美好的生活会降临，所以从不肯尝试。她其实可以飞得更高，只要她愿意张开翅膀，可她在她母亲的身上看得太过透彻，她把一切不如意都归结为他人和社会的不公。一个可怜而又可恨的女孩，最终也没明白真正的强者不是在欺负他人中彰显，而是在乐于助人的体验中获得认同。她一生也未能跳出她母亲的命运。"

她喘口气，继续说："我曾在她面前表现出强烈的优越感，站在高处俯视她的可怜可悲。我以为自己和她不同，会在注定的坎坷和沉浮中获得荆棘王冠，所以一路高歌欢欣鼓舞，但是最终，不过是一夜绽放的霜花，黎明到来便消融得不留一丝痕迹。一场虚无的盛宴。"

他说："你不要这么悲观。霜花的生命本就短暂，一夜即为一生。人的生命不一样，注定在不断追寻的失败和成功中拥有更长久的时光。你应该看远处，看卡瓦格博雪山，它静静地存在万年，守护这一方土地。你来这里为了什么？不仅仅是为了一览风光，是因为希望。左依，你来这里，是因为你潜意识里面还有希望的种子，你期待种子发芽，开花，结果，有圆满的结局。你和那个女孩不一样，你天生带着勇气和希望的火花，你从来没有放弃过，现在也不应该轻易放弃。”

她苦笑：“不放弃又能如何？生命无常本就注定。没有人能逃出命运的手掌。我罹患不治之症，那点微弱的希望之火毫无意义。我不怕死，我只是害怕不能归于平静。近来我更频繁地做梦，梦里回到少年时代，在那些永远也绕不出来的大街小巷快速奔跑，无法停止，找不到出口。他的背影就在我前面不远的地方，但我总是追不上他的脚步，他也从不回头。有时候梦中惊醒，心里感觉空茫，发现想不起来他的模样，不知道他后来有什么变化。有一次我梦见和他在老家最有名的小吃店吃一种叫作“筒糕”的食物。那是我们那里很著名的美食，除了那个小县城哪里都吃不到。我离开家乡以后再也没有吃过。把糯米泡软之后磨成米浆，腊肉切丁、花生碎末、熟黄豆碎、咸菜末等，再配上特制酱料。制作的器具也是特制的，上好的竹筒保留底部，上面切开，做成一个个开口的样子，接上手柄，然后在炭火上烤制，把米浆倒进去，依次放入其他材料，烤得外焦里嫩，咸香扑鼻。那是我们最喜欢的小吃。”

她仰望外面金光闪耀的雪峰，眼前浮现那些关于家乡的记忆片段。春天的时候，外婆家附近的山坡上，野草葱郁，开满了荠菜、天空蓝、紫云英、蒲公英、风信子等等野花，五颜六色千姿百态。她最喜欢蒲公英，圆球一样的白色花瓣，轻盈绵软，轻轻一吹就四散飘扬……夏天，坡地的草丛中隐藏着一种暗红色的浆果，拇指大小，掰开后有细密的褐色碎籽，可以吃，果子随意在衣服上擦一擦，咬一口汁水四溢，软绵绵的甜；萤火虫在野地里闪烁如天空中的繁星，拿透明玻璃瓶装满之后，能在夜色中照亮；城乡接合部的田园中果实丰硕：黄瓜、西红柿、青绿辣椒……桃子、苹果、柑橘，散发出诱人的香气；秋天是沉甸饱满的麦穗和水稻，山坡上星星点点的黄色和白色野菊，他一束一束地采回来，用废弃的玻璃瓶装上，放在她窗台之外；她最喜欢下雪的时候，白茫茫一片，冰凉晶莹的雪花漫天飞舞，四野笼罩在空茫之中，有种荡气回肠的干净透亮，百花凋敝，这个时候梅花开始绽放，一朵一朵，渐次缀满苍老遒劲的枝头，花朵上覆着一层白雪，红白相间，艳而醒目……

那个时候的四季交替异常明显。快乐也来得无比简单。偷摘的一根黄瓜、田间的一束野花、山坡上一个自由散漫的午后、甚至大街小巷中一次成功将他带回的经历，她都觉得无比满足。但她所有关于家乡的记忆都定格在幼年时代，十五岁之后的家乡在脑海中模糊成混沌的苍白印象。似乎成长夺去了童年，也夺去了真实。给母亲打电话问候的时候，她偶尔会问到当时的天气和环境，县城的变化，母亲说盖了许多高楼、拓宽了马路、拆了很多房子，也增加了休闲的花园，但是外婆家后面那座山和那片田野依然如故，没有任何改变。母亲一一给她描述那些景物，她却感觉异常陌生。她的记忆一片空白。

母亲叫她有空回家看看，说外婆家后面的那片田地过几年也是保不住的，现在正在规划成新区，到时候外婆家的房子也是要拆掉的。她的过去将被彻底抹掉，留不下一丝痕迹。她不愿意回去。她害怕回去后什么也不认识。她总是一遍一遍地劝服母亲去北京和她一起生活，每年都让母亲不远千里去北京过年。但母亲却不愿意离开，总是独自住在老房子里面。母亲说人总是要叶落归根的，无论如何变化，那片土地依然是那片土地，记忆中的东西依然还在。

阳光开始变得强烈，霜花消融成一片淡淡的水渍，然后干透，玻璃上拖曳着一道道一块块的污痕。卓亚让脸色黑红的小女儿来唤他们吃早饭。一条大黄狗从门前跑过。他们听见隔壁房间很早就出门的那对情侣快乐归来的嬉笑声。远处隐隐传来招呼和谈话声，鸡鸭聒噪和鸟儿的鸣唱……这个与世隔绝的雪山之村，在明朗的阳光下和卡瓦博格注视下，醒了过来。

三十九

自从那次父母在秦仁的劝说下，在北京待了两天才离开之后，她的生活再次恢复平静。频繁出差、连夜加班变成一种常态。她以为日子会一直这样如流水般过去。很多年以后，她一直在自责，那天晚上为什么要去看他兼职的地方？她自小循规蹈矩，从不去那些娱乐场所，因此不会去他兼职的酒吧。但那天晚上，她加班到很晚，抬头发现已经夜里十二点。从办公室出来，她突然心血来潮，打车去了他兼职的酒吧。

酒吧在三里屯，一个不会打烊的繁华所在。下了出租车，沿着灯红酒绿的街道寻找他所说的酒吧名字，打扮时髦的男女，奔跑追逐或悠闲漫步，不时有醉酒的人倚在灯柱、垃圾桶或某个建筑的角落弯腰呕吐，店铺五彩缤纷光影绚烂；欢歌笑语繁华盛景，这样的北京她第一次亲临。

她没有迈入酒吧大门，在对面街道上给他打电话，但他没接。嘈杂音乐震耳欲聋；嘶哑喉咙里发出的摇滚唱腔颤抖拖曳，仿佛随时都会戛然而止断裂无声；隔着街道也能感受到的声色犬马。她上班之后也极少有时间娱乐，偶尔出去吃饭、看电影、逛街，不曾去过酒吧。胆怯、无所适从，她站在亮如白昼的街道之上不知是进去还是转身回家。

两个醉意醺醺的男人从里面出来，蹲在路边呕吐。他们抬头看见了对面新绿套头衫、米白色长裙的女孩，清纯秀丽，长发及腰。在鼎沸音乐的鼓噪中，他们的理智暂时退化，以为她和那些流连酒吧深夜买醉的女孩一样，便趔趄着向她走来。

他从客人口中知晓外面发生喧闹，本想着看看热闹。路边挤满了围观者，他一眼看见了被两个高大男人纠缠撕扯的她。她缩着身体，拼命用手抵挡两个男人的拉扯，尖声怒斥，委屈落泪。围观的人怕殃及自身，无人上前制止。他奋力拨开人群，将她护在身后。

周围响起此起彼伏的口哨和起哄声，两个醉酒男人面对孤身一人的他，举拳围攻。他历来以打架勇猛敢于拼命闻名，自然不会示弱，何况他们欺负的，是他心中唯一珍视的女人。

事态朝着谁也无法控制的地步发展。无论她如何尖叫、呼喊、抓扯，都没能将他的理智唤回。警察来的时候，他用一双拳头将其中一人打晕在地，另外一人满脸是血倒地痛苦呻吟。他被当场铐走。虽然她拼命跟警察解释事出有因，那两人仗着酒醉挑事在先，但后果太过严重，且这样的环境这样的时间，她出现在这里本就让人心生疑惑。还算清醒的那人诋毁说是她勾引在先，她的解释显得苍白无力。他必然要为此承担法律后果。

她独自回到家中已是凌晨五点，用冰凉的水略微清醒一下，她抱着被子拼命搜索可以寻求帮助的人。但她努力半天之后，发现在偌大的北京，有能力且愿意帮助她的人，只有秦仁一个。她试着拨通了秦仁的电话，在他睡眼惺忪的状态中简要叙述经过，哭着请求秦仁帮她想想办法。秦仁在一个小时后驱车前来，给她带来热腾香甜的早餐，帮她请假、想办法疏通关节。

结果出来，赔偿人家医药费，他入狱两年。得知结果的那天，她的心情跌入谷底。她神思恍惚，坐在办公楼底下花坛边沿，一遍遍回想他们之间的牵扯纠葛。他们认识二十年，看起来近在咫尺，却像电池的正负两极，永远无法靠近。她想起凤凰岭上那个道长的话，感觉茫然和空洞。

他被送去服刑的那天，去见他一面之后，她再也没有去看望过他。送他那天，下雨。她站在雨中看他被带走。他没给她道别的机会。临上车的时候，他突然目露凶光，对着她大喊："左依，我再也不想见到你，以后我们各归其途，不要来看我，不要和我联系！"

她目送他被警察推搡着上车，隐没在车窗之内并渐渐远去。她在这时接到母亲的电话。母亲说父亲确诊恶性肿瘤已经有一段时间，在老家治疗不见好转，为了不让她担心，父亲坚持不告诉她，但是现在情况紧急，母亲决定带着父亲来北京寻家好的医院接受治疗。母亲给她电话的时候已经快到火车站，她挂了电话疯了一般冲向雨中。

接下来的一段时间，她都很忙碌，无暇分神胡思乱想，也抽不出身去监狱看他。预定医院、挂号、安排入住、沟通会诊，和母亲一起带着父亲做各种检查，焦急等待结果。她在浑浑噩噩中熬过无数个日日夜夜，最终等来早就没有悬念的结果。她的心瞬间被掏空，感觉灵魂脱离身体般漂浮无依。

昂贵的医药费、因为床位紧张而需要打通的人脉关系、需要人手护理几乎不能自理的病榻上的父亲，还有总是暗自哭泣的母亲需要安慰，这些无一不是压在她肩头的沉重巨石，让她应接不暇不能分身。部门领导和同事尽可能给予她关照，但职场不是慈善机构，公司也不可能为她分担更多。她深知其理，所以并不因此觉得特殊。她依然忙碌，认真处理工作任务，和其他同事一样加班到深夜，然后拖着疲惫的身体赶往医院。

她很累，但不能辞职，她需要这份薪水。父亲的医保在老家，无法保障在北京的就医费用，况且这个病需要的很多药都不在医保范围之内，价格还相当昂贵。父母的积蓄早已花完，连带亲戚朋友支持的那些，眼见着也要见底了。母亲在很长的一段时间里浑浑噩噩日渐消沉，精神恍惚不能集中思绪。她常常在医院大门外徘徊，不知找谁商量。

她已经很久没有安稳入睡，睡着了也容易惊醒。不断梦见死去的外公外婆，经常在梦中哭醒。有时候她在梦里见到一对男女，面目模糊，隐没在茫茫雪地的那株梅花树下，冷淡倨傲。她心中明了那是抛弃她的亲生父母，恐惧如黑洞将她包围，并拽着她的身体快速下坠。她拼命挣扎，抓不住任何东西。她被噩梦惊醒，汗湿衣背，头发湿漉漉地贴在脸上，没有人帮她擦拭。

她偶尔会想到他，不知他在牢狱过得如何？但很多时候她强迫自己不去想与他相关的一切过往，不让自己心生渴望和依靠需求。她知道，就算他即刻来到自己身边，也没有能力解决目前困窘。她突然对金钱有了强烈渴求，这种渴求让她心生羞耻。可越是压抑，越无法自控。她甚至偷偷去买彩票，去庙中虔诚上香，乞求菩萨保佑父亲的病快速好转，保佑她能中大奖。她一面为自己沦落到期望不劳而获的境遇羞愧痛恨，一面为焦头烂额无法改变的现实心力交瘁。

经济压力并不成为压垮她的稻草，她最无法忍受且痛彻心扉的还是父亲所要承受的痛苦。化疗带来的苦痛日渐吞噬和摧毁着父亲的强大意志。开始的时候，父亲还很乐观积极配合治疗，不断反过来安慰她和母亲，独自忍受疼痛，笑着开解她们。但不久之后，强烈的副作用开始显现：深入骨髓的痛、无法入睡、喝水也会呕吐痉挛、头发大把脱落，身体快速消瘦、皮肤溃烂。莫名急躁、情绪崩溃，父亲的脾气变得不稳定，突然爆发、摔打东西并驱赶咒骂她和母亲，以头撞墙，绝食，意志消沉绝望。

她每次看见父亲手上插着输液管、抱着垃圾桶不断呕吐的场景，心里就有沉陷的绝望感觉。生命以不可逆转的强烈态势让人绝望，无论她如何乞求、如何悲伤也无能为力。她第一次深切感受到生命的脆弱和无情，人类在它的流逝面前不值一提。她总是偷偷躲在门外或者楼梯转角，将手塞进嘴里压抑地哭泣。哭完之后擦干眼泪，故作轻松回到病房。她曾无数次在后楼梯的阴暗处看见母亲。母亲佝偻着身体默默靠在墙上，仰头望着一处虚无的空洞，无声流泪、强忍悲伤。她从不去打扰母亲，她知道母亲之所以躲在这里独自流泪，便是不想让她看见自己的软弱，不想她也跌入这种无望的情绪。

秦仁常来看她和父亲，帮助联系会诊医生、沟通病情进展。购买吃食和生活用品，在她无暇顾及的时候帮助替换母亲，偷偷缴纳医药费。她对秦仁的帮助深深感激，但不想欠他太多，多次拒绝秦仁好意。缴纳的医药费也如数归还。她告诉秦仁，她不能依靠别人，她必须自己承担和处理这些事，这是她的责任，秦仁没有义务，但非常感谢秦仁的支持和鼓励。

秦仁没有强求，但依然定期前来。母亲看见秦仁的时候心情会好转，她看在眼里便也不再坚持。半年后的一个周末，她早早起床赶去医院，买了母亲喜欢的小米粥和青菜包子。路过护士站的时候被叫住，她父亲账上余额不多，需要及时预缴费用。她诺诺点头，走到病房的时候，听见母亲的哭泣，她心里一怔，快速冲进房中。

父亲穿戴整齐斜靠在床头，母亲正在将一些零杂使劲塞进硕大旅行袋中。她怔然站在门口，看见母亲消瘦背影和花白头发，还有父亲虚弱枯瘦的身体，脸上泛起的病态红晕，望向她时浑浊呆滞的目光，心里突然痛得难以自持。这两个与她没有任何血缘关系的人，曾经那般青春靓丽、高傲儒雅。他们都曾站在台上神采四溢，传授知识，培育了无数精英学子。但现在他们仅仅是两个日渐苍老且被病痛和金钱折磨得心力交瘁的无助老人。

见到她后，母亲停止收拾，招呼她坐下。她不明就里，心中猜测定然是护士已经先行一步告知母亲医疗费用的事情，他们心中焦急想要出院。母亲说："这段时间我因为压力过大而变得稀里糊涂明辨不清，没有思虑周全。昨天夜里我和你父亲斟酌再三，达成一致，我们决定回到老家保守治疗。北京医疗条件虽好，但费用昂贵，自费项目太多，能报销的部分还不能及时拿到，需要将凭证单据寄回老家托人办理，周期太长。你工作时间不长，本没有多少积蓄，还要租房，我们在这里给你的压力太大。你父亲和我都想明白了，生死有命富贵在天，人终有一死，我们决定不再执着一念。治疗过程的痛苦程度你也清楚了解。这是一种无望的疾病，在痛苦中坚持毫无意义。你父亲不想在陌生的地方死去，他希望真的有那一天，可以回到生他养他的地方。我尊重你父亲的决定。"

她有种坠入谷底的悲凉，哭着对父母说："老家医疗条件无法和北京的比，这里是最好的医院，爸爸的病有很大希望是可以治好的，为什么要回去老家？你们说的那一天根本不可能到来，你们之所以做出这个决定，只是因为费用问题，这个你们完全不用操心，我会想办法解决。你们只管安心治疗就是，其他一切都有我！我不同意你们的决定，爸爸必须在这里接受最好的医疗！"

父亲大口喘气、咳嗽，声音微弱颤抖，说："我们知道你的心意，我已经想得很清楚，不能因为我这个病，将你们母女二人拖得这么苦累。再说我这个病我自己清楚，在哪里治疗都是一样，昨天你母亲和我咨询过医生，回家保守治疗也是一样的。你不用担心！”

母亲有些冷淡，说：“作为女儿，你已经尽到了自己该尽的责任。这是我和你父亲共同做出的决定，你无须自责和内疚。其实有件事我们想了很久，现在也觉得应该让你知晓，这是你的权利……”

她腾地起身，暴躁打断母亲的话：“你们担心和焦急的事，我已经解决好了。你们现在所有的担忧都是多余的。你们一直不肯接受秦仁过多的帮助，是因为觉得他是外人，不想欠下太大人情，不想我的未来背负这么大的人情债。其实你们想多了，我决定和秦仁结婚，他是你们的女婿，帮助你们也是应该的。虽然我觉得作为女婿付出太多也不好，但我以后会尽力弥补，我会用一生的时间赚钱、做个贤惠妻子报答他。之所以没有告诉你们，是因为爸爸在病中，我提这个事情不太合适，而且这个决定也是我前几天刚做出来的，还没找到机会告诉你们。正好今天告诉你们，你们也好放心！”

父母听了这话，都震惊地呆住，不敢相信她所言是真。母亲想要告诉她的那个真相，最终没有出口。她也没有做好和父母一起正视的心理准备。有些事心里明白，只要不开口说出便可以假装一切不存在，她的内心早已千疮百孔，害怕父母突然撇清和她的关系，她不想孤独一人。

母亲说：“你不必为了我们而仓促做出决定，我们以后也不会逼你，你自可以选择你认为幸福的事，只要你自己以后不会后悔，我们作为父母也就了无遗憾。死的时候能瞑目，在地下见到你外婆的时候，我们也可以心安理得地告诉她，你过得很好！”

她说：“我不是为了你们才做出这个决定，是为了我自己。你们都是为了我好，我都明白。这段时间我想得很清楚。秦仁是个好人，值得我依靠托付终身。这也是我自己的真实想法。以前我悬在半空不肯脚踏实地，现在我终于明白，什么才是我应该回归的真实。我觉得挺好，我和秦仁是校友，认识多年知根知底彼此了解，爸爸妈妈，我会过得幸福，也会承担爸爸的一切，这是我作为女儿唯一应该做的事情！我很开心，也很愿意！”

父母终于相信她所说的话，由衷替她高兴，如释重负般轻松许多，父亲的脸色也变得明朗起来。但他们了解此事之后，更觉得不能留在北京拖累于她，她终于有了好的归属，他们不想因为父亲生病这个无底洞让秦仁的家人看轻。

她说："秦仁作为你们的准女婿，也有权利发表意见，等我和秦仁商量之后，你们再做决定吧。"父母细想之后也觉得有理，便也不再坚持。母亲悉数拿出收拾好的物品。父亲心情舒畅之后，自我感觉好了许多，喝下一小碗白粥，闭目沉睡。

她帮助父亲躺好，看着护士来给父亲输液。隔壁床的大哥突然胃部反应剧烈，侧身大口呕吐，陪伴的家人来不及递盆，污秽恶臭的黄色液体混杂着不曾消化掉的黏稠食物喷溅而出，撒在床沿和地板上，散发出令人窒息的腥浓气味。大哥与她父亲得的同一种病，遭受同样的折磨，一样的憔悴瘦削，肚子却因为化疗反应鼓胀如球，剧烈疼痛让他苦不堪言。她无法直视那种痛苦，只能快步掩面离开病房。

医院人满为患，走廊里也摆满了狭窄简陋的床铺，不同症状的男女老少，躺在病床上，病痛写在他们脸上，旁边陪坐着内心压抑的家人。她低头侧目小心避让穿过，耳中充斥着金属撞击和或高或低的说话声、脚步声……杂乱忙碌的身影在她眼前交错，模糊缥缈。这是生和死的通道，生与死的挣扎，生命的脆弱和顽强在这里表现得淋漓尽致。

她如芒在背般逃离，一路跌跌撞撞拨开来往人群，跑下楼梯，冲出医院大门，直站到车水马龙阳光炽热的大街上才猛然停住脚步。她欺骗了父母，关于秦仁的那些话全是谎言。说那些话的时候，她已在心中做好打算，再次去请求秦仁帮她欺瞒父母，只要能让父亲留下来继续治疗，她怎么样都好。她做好了四处借钱的心理准备，拉好的名单里也有秦仁。她再也不能拒绝任何人的好意。

一阵尖厉刺耳的汽车喇叭声，混着一个男人不耐烦的叫骂声，她从茫然中回过神来。有人拉着她的胳膊移动。她抬头看见秦仁。秦仁皱眉说："你站在马路中间做什么？多危险啊！"

她定定地看着秦仁，对他说："正好你来了，我想求你帮我一个忙！"

她拉着秦仁走到墙角僻静的地方，把自己刚才和父母说的话告诉了他，说："对不起把你扯到里面，但我父母太过倔强，如果我不这么说，他们今天就要办理出院手续买票回老家。我不能让他们这样回去，我爸在这里治疗了这么久，回去怎么办？我不能失去这个工作，可我如果不跟着一起回去，我怕我爸放弃治疗。真的对不起，我只能撒谎，请你原谅我的自私。我不会让你为难，你只需要在我父母面前承认我说的是真的就可以，以后还是一样，不会有任何改变，也不会给你带来任何麻烦，真的，我保证！”

秦仁认真地看着她，说：“左依，我很高兴你这么和他们说。如果我告诉你，我希望你说的是真的，你愿意嫁给我吗？”

她愣了片刻，摇摇头说：“不，我不能！不是你不好，你很好，可我父亲现在这个样子，我不能拖你和我一起承担，这不公平！”

秦仁说：“你真的不需要独自强撑，不需要在我面前假装坚强和骄傲！我愿意和你一起承担和面对，我是真心的，我希望能陪你一起渡过难关。我真的希望你嫁给我，但我不是在逼你答应，不是因为你父亲的事，无论有没有你父亲的事，我都愿意和你共度人生。你不用有压力，我不会乘人之危，我会帮你，一会儿我会去和你父母说，但我说的是真话，不是骗他们的谎言。我会等你静下来考虑清楚，无论你以后愿意不愿意，我都愿意等！”

她突然泪流满面，说：“如果你不觉得我是为了钱，如果你不嫌弃我此刻的自私，我愿意！”

四十

她和秦仁的婚礼略显仓促。因为父亲想要亲自挽着她的手臂送她出嫁，他们快速结婚。婚后半年，父亲病势沉重。他们都深知回天无力。那个时候，父亲躺在床上几乎整日昏迷，身上插满各种管子，但呼吸依然艰难，每吸一口气便浑身抽痛胸口剧烈起伏。父亲偶尔清醒过来，目光总是追随母亲的身影，她知道父亲放心不下母亲。她常伏在父亲耳边轻声说些让他放心，她会永远陪伴孝顺母亲的话。

再后来，父亲坚持要回老家。她和母亲了解父亲叶落归根的想法，病得太久，母亲早已有了心理准备。爷爷奶奶年事已高，也不可能来北京看父亲最后一眼。他们经过慎重考虑之后，决定带父亲回老家。秦仁花费了不少钱包了车辆，配备医疗设备和护士，千里迢迢驱车回去。父亲最终坚持着回到小城的医院。秦仁和她们一起回去，轮流照顾父亲。

父亲去世的那天晚上，只有她和母亲两人守候在侧。她缩在病房外那张冰凉坚硬的长椅上，将头深埋臂弯，坠入黑洞的恐惧和无力感让她不敢睁眼。病房门虚掩着，她可以清晰地听见父亲喉咙里艰涩的咕噜和呼吸，撞击呼吸器的沙沙回响，母亲压抑且黯哑的啜泣。其他病房传出痛苦的呻吟、缓慢轻微的脚步声、金属撞击的低微脆响……

她在长椅上以一个姿势渐至失去知觉，并在混沌空洞的恍惚中再次见到了外婆。外婆依然那般瘦小、矍铄，从走廊的尽头颤巍巍地向她走来。她在震惊和欣喜中不知所措，像个溺水的孩子骤然抓住了一根树桩，有束希望的光将外婆照耀得明亮鲜润。她向外婆伸出手去，泪流满面。但是外婆并未向她伸手过来，只是对她慈眉一笑，转而离去。她浑身发冷，从长椅上一头栽倒在地。抬头的时候，看见母亲正伸手拉她起来。

母亲的背有些驼，夜晚昏暗的灯光下，两鬓白发也极为明显。母亲说："左依，你进去，爸爸要和你说话……"

这一刻，她突然失聪，耳膜轰鸣，听不见外界任何声音。她紧攥着拳头被母亲推搡进去，麻木茫然。站在病床前低头看着那个浑身插满管子、戴着呼吸器的苍老男子，她觉得陌生。曾经儒雅高大的父亲，宽厚健壮如山的身体瘦成一线竹竿，脸颊凹陷瘦削，颧骨尖锐凸起，眼睛紧闭。呼吸器下的呼吸声浑浊浓重，伴随着痰水回响。这不是她认识的那个父亲。

她俯下身去，将头轻轻靠在父亲的脸颊旁边。父亲缓缓睁开眼睛，努力抬了抬手。她一把握住父亲骨瘦如柴的手，泪水滑落，哽咽着无法说出话来。听见父亲微弱却急促的呼吸，她抬起头，明白父亲希望她拿开呼吸器。她扭头看了下站在后面的母亲。母亲捂着嘴，轻轻点头。她小心翼翼地取下呼吸器，将耳朵贴在父亲嘴边，听见父亲断断续续的微弱声音："小……依，对不起……别怪我们……照顾好……母亲和……自己……"

她不确定父亲最后一个尾音是否是"爱"，但固执地认为，父亲弥留的最后一刻，或许是想告诉她一些隐藏多年的真相，并希望她和母亲能回到亲密无间的岁月。外婆走了，父亲也走了，于这世上，只剩下她和母亲相依为命。那个走入她生命并与之共度此生的男人，此刻还没来得及彻底走入她心之内。她没有告诉秦仁父亲已是弥留时刻，所以秦仁一无所知地在家中休息，等着第二日一早过来帮忙。她和母亲相拥而泣，一起握着父亲的手至最后一刻。曾经无比坚强的母亲，此时脆弱无依，但强忍着没有让渐至微弱虚无的父亲听见她悲痛压抑的哭声。母亲的牙齿紧咬嘴唇，下唇上一排鲜红印记。她将母亲的头搂在胸前，看着蒙着白布的父亲被护士推出病房，心口悸痛却坚持着没让自己倒下。

父亲出殡的那天，她在旁观的人群中看见了王曦，怀抱几岁的女童，远远地凝望。她茫然麻木地坐在去火葬场的灵车上，从车窗里面感受到王曦冰冷的目光，刀子一样从她心尖上划过。她突然想起他来，一年过去了，她从未关心和询问过他的近况。她很想下车去问问王曦，但目光越过母亲的时候，母亲暗暗摇头。她惊觉身在何处，前往何方，与父亲出殡下葬无关的任何事，都不应该在此刻想起。而她最终，也没有再遇到王曦，没有得到关于他的任何消息。因为秦仁公司业务繁忙，父亲下葬后头七未过，他们便不得已回了北京。

父亲走后，母亲孤身一人，独自住在老家。原来的房子已经拆掉。因为拆迁赔偿的房子还有两年才能建好，母亲突然无家可归。舅舅舅母那时已经离开老城，去上海与儿子住在一起。他们心疼这个孤傲半生的妹妹，不同意她在外租房，便让母亲搬进了他们的老房子。她曾经回去看望母亲，每次走到院落门口的时候便会驻足。过去很多年之后，她依然惧怕回到那里，因为跨进门槛的一刹那，已看不见坐在摇椅上的外婆对她微笑。

和秦仁结婚第五年的那年春节，母亲死活不肯去北京和他们团聚，于是他们决定回老家去陪母亲过年。自她高考结束之后到现在，她很少回老城。她不知道为何抵触，也不明白为何惧怕。仿佛那是个吃人的黑洞，进去之后就再也无法出来。她只要在心中想到老城的大街小巷，便会有一种深陷其中无法自拔的绝望和疼痛。心碎成齑，随风飘散。

秦仁觉得她的惧怕毫无道理，也不明白她为什么不肯直面自己出生的地方。但他心中明了，她的退缩和恐惧，定然是和那个总是出现在大学校园的男子有关。他见过几次那个身材高大、古铜色皮肤的浓眉男孩，固执、沉默、深邃、不羁，散发着玩世不恭的气息。他在路灯下看见他们相拥而泣，在心中默默祝福。毕业之后，他再也没有见过他。她和她的家人对此闭口不谈，讳莫如深。他尊重她的过去，从不逼问。

秦仁对她说："我们都有无法触碰的人，无法靠近的心。人和人之间的缘分，总有一些不是太早就是太迟，找不到对的地点。你在那里出生，你不应该惧怕那个容纳了你整个童年少年的城市。左依，不要逃避，只有面对才能治愈你的恐惧。"

她无法告诉秦仁心中真正的恐惧是什么，她承认秦仁是个好人，对她爱护有加，但秦仁不懂她的内心伤口。秦仁是个理智且现实的男人，他头脑睿智，且努力勤奋。毕业之后的短短几年，他已经拥有了自己的公司和几十名员工。虽然由于应酬太多，他本就微胖的身材更加丰硕，脸也大了一圈，但这丝毫不削弱他在外的吸引力。她知道他在外面有多个仰慕者。秦仁将她们一一拒绝，不屑一顾。他对她极尽宠爱，但他们的心始终无法靠得更近。

她深知自己出于何种目的才答应嫁给秦仁，因此对他心怀愧疚，同时对自己也充满鄙夷。她从不居高临下或者站在道德制高点上轻视或鄙夷那些女人，从某个角度来讲，她觉得自己和她们没有区别。基于这个因素，她从不主动讨好秦仁，也从不拘束他，甚至从不过问他的行踪和交往人群。她给予他最大的空间和自由。

下飞机后，她和秦仁拎着大包小包辗转火车汽车，终于在黄昏时候站在老房子的门口。半人高的暗红砖墙上面插满了锋利的尖形玻璃碎片，森然冰凉。墙里几棵粗壮小叶榕在冬日依然枝叶繁茂，遮挡了大部分视线。深红色的斑驳木质院门洞开，熟悉亲切。她手中的包砰然落下，怔怔地站在门口一阵茫然。

母亲坐在外婆常坐的那张摇椅上，腿上摆着一个铝制水盆，低头专心地理着青菜。听见响声，母亲抬头张望，看见他们两个人影之后愣住，腿上的盆滑下，响亮地摔在地上。母亲以外婆的姿势出现在她眼中，让她一时恍惚。

他们随着母亲向屋里走去。一路听着母亲略微惊跳的声音："你们要回来，怎么也没和我说一声，我还以为你们在北京过年不回来了，看我都没准备。还好我做了点烟熏肉，不然你们回来过个年都不像样。你们住里面那间房吧，我前天刚收拾过，干净，被褥都有现成的，一会儿换上就好了。晚饭还没吃吧？你们放了东西先歇息下，我去做饭，本来我晚上准备做个青菜羹，再炒个西红柿鸡蛋，秦仁不吃辣，我做个蒜蓉娃娃菜，明天去买鱼，左依喜欢吃酸菜鱼，我明天早起买个大的，给你们做酸菜鱼。"

她在母亲的唠叨中泪流满面。秦仁放下行李，对母亲说："妈，您别忙了，一会儿我来帮您做饭。我们回来过年，是减轻您的负担，不是给您增加劳动量的。我现在也学会了做酸菜鱼，明天我和您一起去买鱼，回来我主厨，您在边上看着指导就行，正好也看看我的手艺如何？”

母亲抬起手背擦眼睛，笑中带泪，说：“好好，我们一起做。左依自小被我们宠坏了，没做过一顿饭。她爸爸说，女孩子不要总和厨房打交道，会变得很世俗。所以我们左依养得不会做饭，秦仁啊，你别怪她啊，都是我这个当妈的不够格。明天让左依也来学学，不会做饭哪成，你平时上班忙，也不能老在外面吃饭，没营养还不好吃！”

秦仁笑着搂过她的肩膀，说：“听见没，明天开始学做饭。这下好了，我有妈撑腰，看你还敢说我做的饭不好吃不？”

她默笑不语，倚在厨房门口，看着母亲和秦仁在厨房忙碌。秦仁认真仔细地洗菜择菜，母亲熟练地拍打蒜瓣，剥掉外层的皮；锅里油热，下料放菜，秦仁的手法娴熟老道，翻炒姿势堪比专业厨师，颇得母亲表扬赞叹。秦仁忙碌间隙，不时扭头看向站在门口观望的她，脸上俱是得意和骄傲。他的眼神表情似乎在告诉她，他是个出得厅堂下得厨房的优质爱人，值得她发自内心的仰慕和爱恋。

她从未如此专注地凝视过秦仁，也从未如此认真地审视过他们的关系。在北京的时候，因为工作繁忙，秦仁大多时候都在外应酬，她一个人吃饭常常应付了事。有时候秦仁在家，他们也是出去寻觅吃食。兴致高的时候，秦仁也喜欢亲自下厨，但她从未一旁观看，不是窝在沙发里抱着咖啡杯发呆等待，就是坐在书房里默默翻书。饭做好之后，秦仁叫她，她出去，两个人相对无言，沉默地扒拉完碗里的饭，她会主动收拾碗筷去洗，但秦仁大多时候都不让她动手。她也没有认真品尝评价过秦仁的手艺。但她从不觉得自己心不在焉，她并没有让思绪游离飘散得不可捉摸。她只是反应冷淡而已。也许是不觉得厨房之事有何可值得大肆渲染极力追捧。

但是今夜，她突然发现认真娴熟忙碌于厨房的秦仁，有一种她不曾发现过的光辉和魅力。明亮的灯光之下，他脸色红润饱满，眉头微锁，专注且游刃有余地操作，流程一气呵成。他不是一个养尊处优的富家子弟，也不是那个干脆历练铿锵有力的成功男子，他是个沉淀于烟火之中的居家男人，踏实且真实。抛物线一般流畅的锅铲飞扬，色泽鲜亮散发诱人香气的菜肴，让她心生涟漪，情感荡漾，她患得患失，思绪迷离，突然不知所措地掉了眼泪。

晚上，她和秦仁打着手电去郊外散步。现在的南方一年比一年暖和，冬天极少下雪，更难得一见茫茫的洁白田野。没有雪的冬夜，干冷的风吹面生疼。他们一前一后，在手电筒聚焦的光束下，沿着反射蓝色与银质光芒的青石板道，穿行在低矮老旧的红墙黑瓦间，一点点深入夜的腹地，最后来到郊外。月如帘钩，挑着一角深蓝云帷。远眺过去的墨色层峦，高低起伏的丘陵隐隐幢幢，树影参差，道路暗黑，寂静无声。

蜡梅绽放着零星花朵，幽香暗浮，光泽反射。她摩挲着树干慢慢坐下，将自己的身体蜷缩成一团，双手抱住膝盖，有种真实的疼痛传来。秦仁背对着她，仰望那轮弯月。他夜色中的声音显得不太真实："许多年来，我一直想探询你的内心，找到你最初的情感源地，但我总是无能为力，你内心包裹着太厚的壳，我不知如何自处？第一次读到你写的文章，茫茫雪域中一株独立的傲骨之梅，让我以为那只是你的内心影射，而不是真实存在。直到现在，我才知道，原来你心中的风景来自这里。但我不明白，你无法摆脱的情感恐惧到底是什么？"

她仰望秦仁夜色中显得模糊的身影，始终无法开口告知他心中秘密。她心中巨大沟壑，黑色伤口无法示众，不能分享，秦仁不是那个可以与她分担这些痛苦的人。她将秦仁排斥在外，只留给他一片锦绣繁华和清凉境界，那些暗夜中涌动的不安意识，如同X光片下才能看清晰的病态斑点，是她需要独自承受的卑微伤痕，只能自我舐舔愈合。秦仁家世清白，有相亲相爱的姊妹和一双能力突出顾爱有加的父母，他原生的干净让她抵触自我剖白，对自身血脉一无所知的羞耻和罪恶感，阻止了她将自己赤裸裸展示于秦仁面前的心思。他们近距离相对，却感觉无比遥远，各自凝望隐约绵亘的远山、城市边缘脆弱昏暗的灯光、一团剪影的深色花瓣，静而默然。

小县城与她同龄的人，大多离家打工分散全国各地。她这些年变化颇大，几乎寻不见多少少年时候的影子。县城变化也大，许多老房子均已拆迁，不是变成高楼大厦就是繁华商场。她曾经无数次踏足过的一个狭窄河道不复当年，被拓展开阔成一个绿树碧草成荫的花园……时间将一切抹平了。

一路行来都是陌生的环境和陌生的人，无人记得那个曾在风中奔跑的左家女孩。偶有人谈及，也只记得她如何凭借优异成绩跳出樊笼。她的命运从未被改变，依然循规蹈矩地活在既定轨道之内。上进、努力、优秀、听话，她从来就是人们口中的那个别人家的孩子。没有人记得她的少年青春和她沉浮的追逐过往，他们只看见如今的她，学业有成，工作安稳，所嫁之人完全能匹配自身优秀，在竞争巨大且节奏快速的大城市依然可以过得幸福。小县城的孩子，理所当然就该努力活成她的样子。她是许多家庭教育孩子的榜样，尤其是家中有女的父母，无不希望自己的孩子能长成她那样。她是小城人的骄傲，带着甜美笑容的大头照高高挂在高中母校的光荣榜上。

秦仁说："我从来不是优秀学子，凭着一股小聪明摇摇晃晃考上大学。我父母常说，以我的聪明头脑如果能再多努力勤奋一些，肯定能考得更好。连我自己都觉得，考上这所全国著名的大学完全就是意外。我的努力程度和高考成绩不成正比，我只是运气好而已。你能从这个偏僻的小县城里考上这所大学，实在非常优秀。你值得他们学习。"

她说："我拼命学习努力考一所重点大学，并非他们口中说的单纯是听话和自我追求，我最早的目的源于我母亲的一个承诺，想要摆脱这里的一切。她说只要我考上重点大学，就再也不会约束我做任何事。我曾经拼命想要摆脱父母的掌控和约束，我并不是一个历来乖顺的孩子。"

他笑着说："事实证明，听从父母的话也是正确的选择。无论是激将法还是鼓励法，最后你成功了，有了更广阔的天地，因为这所大学的教育经历，你的未来才有无限可能。其实每个孩子都有一段想要摆脱父母掌控的时光，我也有。可能是家庭原因，我父母对我的要求相对较低。但是大部分家庭的孩子，都得靠读书摆脱原生家庭的穷困，过上更好的生活，父母要求严厉也是无奈之举。"

她说："都说知识改变命运，但知识未必全部来自课堂和高等学府。许多成功人士知识渊博、经验丰富，都来自成长期的周边社会、家庭，他们不一定有更高的学历。再则，一个人生活是否富足和幸福，要看权衡标准是什么，物质不代表一切。"

秦仁怪异地看着她，说："左依，能带来幸福生活的，的确不仅仅是物质，还有精神。但是你有没有想过，精神生活的富足来源于什么，来源于知识。知识让我们眼界更高远，胸襟更宽广，思想更深邃睿智，内心丰富不空虚才能幸福。一切精神文明的基础都建立在物质基础之上，这是千百年来无法辩驳和更改的事实。我们得尊重事实。"

她说："也许正是知识太多，我们想要的也更多。有时候知识贫瘠也是一种幸福，欲望更少，要求更低，简单实际，平凡快乐，随心选择，不在意荣誉、别人眼光，遵从自身不是也很好吗？"

秦仁叹了口气，说："左依，你还是受过高等教育的人哦，你今天的观点让我无法苟同。人类是群居动物，需要活在群体之中。我们的天性就是在群体中活出不同的特质。没有谁可以什么都不在乎，我们需要群体认同，得到群体认同的唯一途径就是比一般人优秀。"

她哑着嗓音说："只有读书才能彰显优秀，得到群体认同？"

秦仁说："我说的是知识，在人类群体中，绝大部分人都是普通的、不能自觉获得知识的人，读书是我们获取知识最重要最直接的途径。虽然我没有拼命读书，但我认同读书的途径。学历是证明读书结果的判定标准。不然我们如何知道一个人获取知识的结果和优劣？"

那个时候，他们正好从母校出来，走到主街和一条巷道的连接处。那条巷道两边是五六层的老式旧楼，年久失修，白色石灰结成干硬的薄薄硬壳。一部分皮子脱落，裸露出里面略微发白的深红色砖，缝隙里有暗色污渍，向下延伸至坑洼不平的水泥道上。巷道深处，两个十五六岁的男孩，倚靠在残破的墙壁之上，手中的香烟明灭闪烁，眼神迷茫呆滞，挑衅地看着他们。

她呆呆地凝视，神情恍惚。秦仁只是轻轻瞟了一眼，拉着她的手加快脚步离开。他在一个健康且不缺乏爱和物质的家庭长大，从未有过这样自我放逐离经叛道的少年时光。他无法理解那些不谙世事少年老成的孩子，他认为无论何种原因，都不是他们自甘堕落的借口。他把这些孩子都归为自甘堕落的一群，认为原生家庭越是贫瘠，越应该加倍努力摆脱所处的困顿。

她在秦仁的拉扯下磕磕绊绊，踉跄着跟上脚步。微昂的后脑勺，强而有力的手掌，她凝视着面前这个相伴几年的男人背影，突然感觉无比陌生。这许多年来，她也曾无数次午夜梦醒，侧身凝望枕边酣眠的男人，不知身处何方。她试图融入的生活场景，一次次被无情打破。她不了解他，走不进他的精神世界，他也不了解她，停驻在她的内心之外。他们注定是无法相融的两滴血液，短暂靠拢，瞬即分离。他们只能相望相守，不能彼此交融。

四十一

他们站在进出雨崩村的垭口告别。他本想劝她一起离开，或者留下来陪她一起。但她态度坚决，说心中早已做好打算，她要在这里住下，没有离开的时间计划。他看得出她的固执，知道她不可能回转心意。他们告别的地方，可以非常清晰地仰望雪山之顶，雪山连绵不绝，渐次朦胧的起伏层峦，勾勒出浓淡不一的硬朗线条，像是天际的分界线。天堂和凡间，在分界线的两端。他即将踏上的路程，便是连接的桥梁。总有那么一些人，可以自由来往。

他带走了那本日记。他说："总有一些事，需要你自己去想明白。我给你留了封信，放在你背包的外层口袋里了。不用着急，不用强迫，等你有一天想明白了一些事，一些道理，你觉得想看的时候，再拿出来看！"

但她一直没有去看他留下的那封信。她把一切雨崩村之外的人和事摒弃在外，不关注不在意不回想。她在雨崩村安静地住下，和卓亚一起劳作，和村里人去神瀑参拜，独自去卡瓦格博转山朝圣。她有一搭没一搭地服用药物，却并未感觉身体太多不适，一股强烈的欲望和信念支撑着她的精神和肉体。她很明确那强烈的感觉不是求生的欲望，而是放弃。她不惧怕死亡，也无所谓身体病灶是否恶化，淡然处之、随心所欲，也许正是这种放空的心态反而让绷紧的身体和灵魂都得到休憩。休养生息地彻底放弃，抑制了精神复苏和生活热情，同样也抑制了病痛发展的空间。

后来她开始给雨崩村的孩子们讲故事。每天上午下午各三个小时，凡是没有去外面上学且愿意来的孩子，都来卓亚家中听她讲课。她从不拘教授什么内容，历史、上古神话、安徒生童话、北京的建筑和繁华景象、男孩女孩们的少年天真……在大理买的葫芦丝，她花费一个月时间学会了两首简单曲调，也拿来教孩子们学习……上下村的孩子们都喜欢来听她说话，从两三岁到十几岁，围着她叽叽喳喳问个不停。她很有耐心，一一回答不厌其烦。她亲切待人，温和谦恭，雨崩上下村的人很快都熟知并喜欢上她。她在两个村落之间来往，如果恰巧是吃饭时间，可以随意走近任何一家坐下用餐。用当地人习惯的发黄竹筷，粗制碗具，捧着脑袋大小的碗快速响亮吃喝，她感受胃部饱足，毫不隐讳地打嗝，用衣袖擦嘴……这样的日子让她感觉真实，不用矫饰伪装，无须做作，活得透亮。

她和当地妇女一样，裹着头巾，挽着裤腿下地，用镰刀割下金黄饱满的青稞穗，一捆一捆地扎好背回，搓下穗粒晾晒；去山上采割新鲜的野菜、菌菇，辨别蘑菇有无毒性；一个人徒步去更远的森林，她能分辨出五十年以上的松树，在松树周边的植被上寻找野生松茸。松茸的生长周期只有七天，成熟两天之内就会快速衰老，非常难以获得。她有良好心态，不在意是否有足够的收获，反而更能发现那些躲藏在藤蔓和植被深处的果实。运气最好的一次，她采摘到二十几根肥大鲜嫩的野生松茸。为了这些松茸，卓亚杀了一只鸡细火慢炖，满屋都是挟裹鸡肉和清新蘑菇的浓郁香气。

她来的时候没带一点防晒或者护肤的东西。她毫不畏惧地暴露在阳光之下，脸上晒出零星斑点，浮现健康红晕。双手皮肤变得粗糙，饭量增加，腰部胖了一圈。脚掌磨出坚硬老茧。没有确切的时间概念，没有星期和周末。那条叫大黑的田园犬闹钟一样准时，每天早上过来挠门狂叫她起床。晚饭过后没有娱乐，从北京带来的两本书是她唯一的消遣。有时候坐在院子里，仰望满天繁星或者一轮明月，看卡瓦格博和缅茨姆峰山顶静静流淌着幽蓝的光泽。风缓缓吹过，凉意森森。下雪的日子很快开始到来，农事都告一段落，更多的时候是窝在房中，就着一炉炭火默默发呆，没有任何情绪，脑子一片空白。困意袭来便爬上床去，裹着被子很快入睡，深沉香甜，很少做梦。

她在这样的日子中变得迟钝，外界的一切和曾经执着的事情都变得模糊遥远，仿佛那是上辈子的事。她的药所剩无几，但没想过吃完之后如何解决。疼痛较少发作，隐隐不适也显得无关紧要。一段时间以后，她慢慢忘记自己罹患重病的事实，也不记得为何来此，甚至淡忘掉来此之前熟知的一切。手机常常没电，卓亚十岁的女儿总是自告奋勇帮她充满，闲暇的时候充作游戏机器。如果那个远在加拿大的男子不给她电话，她都要忘记自己还有一个手机。

临近过年的时候，雨崩村已经被雪完全覆盖，入目全是白茫茫一片。她喜欢裹着厚厚的衣服倚靠在门廊上看雪。来的时候没带太厚的衣服，卓亚给了她一件半新的大红棉袄。卓亚比她壮实高大，她穿着棉袄臃肿成一团，在雪地里异常耀眼醒目。

他给她打电话，询问她的近况。她在电话里给他描述现在的生活和雨崩村的景象，只字不提那本日记。他也没问她是否看过那封留下的信。药瓶剩下最后一粒药丸的时候，她接到母亲的电话。母亲在电话里异常沉痛，说：“你离婚的事我已经知晓，我给秦仁打电话，他告诉我的。你不愿意告诉我，总有你的理由，我不怪你！但是我还是你的母亲，你是我这个世上唯一牵挂的亲人。你父亲走了这么多年，我也老了，不知道哪天就去找你的父亲了。我没有别的要求，就希望你什么时候回来让我看看，等我去见了你父亲，他若问起来，我也好知道如何回答。”

母亲话到最后的时候，突然哭了起来，“我知道你一向倔强，做什么事都有自己的主见，人前人后也自尊好强。就算在我这个母亲面前，你也不肯表现软弱。你辞去了工作，离开熟悉环境，躲在陌生的地方并不解决任何问题。该面对的总要面对，没有什么坎是跨不过去的。在外面走累了，就回来吧！”

她默默放下手机，有种回归真实的强烈痛感。目光所及，屋子中的简陋陈设发出阴暗的绿色荧光。很久不去触动的记忆慢慢回归，心灰意冷的倦怠和沉重。最初的想法已经改变，她甚至都不知原因为何。但不管怎样，既然还活着，就要面对活着的问题。她决定先离开雨崩村。

她没想好要去哪里，日记还没读完，她有好长的时间不去面对。为她读日记的人，她也不想和他再有除读日记之外的任何瓜葛。他们的相识开始于旅途，她希望也结束在旅途终点。无所牵挂，完全置身于他人之外，是她目前最想要的生活状态。只有这样她才有勇气面对自我的伤痛，有勇气肆无忌惮，在深夜里彻底忘记不用回想。

他也有要去处理和面对的人情世故，暂时回了加拿大。他们约好在电话里听读日记的后面内容。他坚持一次只给她读一段，认为太过沉重的往事和情感，需要慢慢释放才能感觉到它的内在力量，也才能自我消化。他让她学会了等待，在日益平复的心境中面对。他身上有种熟悉的感觉，但她又不知到底哪里熟悉。她不喜欢这种熟悉和亲切。熟悉最容易被打磨成镜子，可以照见自身所有的软弱。她不喜欢被人窥探，不愿意暴露内心隐秘。陌生和距离才能让她感觉安全。

她最终还是决定回到北京。人流拥挤的城市，像陌生人一样躲避其中。飞机到达北京落地的一刹那，她听着空乘员播报已经到达和即时天气情况，心情复杂、神思恍惚。离开的时候，她一度以为再也没有归来之日，她将在一个遥远及陌生的地方，一个神灵眷顾的雪山之地永远停留。她做好了一切准备，面对内心、剥离伤口，以最谦卑的姿态结束。她没想过回来，所以也不曾有回来之后的计划。随着人流麻木起身、下机、出机场、坐上出租车，她还是没有想好可去之地。没有告诉任何人，自然也没有可联系的人。

后来她在一家快捷酒店门前下了车，预定了一个星期的房间，把为数不多的行李悉数搬进去，拿出洗漱用品，洗了个热水澡，然后环顾一圈，拉起洁白的被子钻进去，睡了一个长长的无梦的觉。她被服务员打扫房间的敲门声惊醒，已经是第二天的下午两点，她懵懂惶然地睁开眼看了下手表，才知道自己已经整整睡了二十四个小时，头昏脑涨饥肠辘辘。给服务员打开房门之后，她迫不及待地抓了一个面包啃下，又灌下半瓶矿泉水，这才发现床头手机上的绿色光点闪烁不停。

她有四十八个未接电话，两个陌生号码，其他都来自同一个手机。他在电话里显得异常紧张和焦急，说："从你飞机应该落地的时刻开始到现在，我一直给你打电话都没人接，你是不是身体不舒服了？还是有什么其他的事？没有你的消息我很担心，我去查了航空公司的信息，看有没有飞机事故的消息，他们和我说飞机整点到达。我又拜托北京的合作伙伴打听有没有出租车的事故。我真的担心坏了，不过你现在没事，我就放心了！但是你到底为什么这么久都不接电话呢？"

她在他絮絮叨叨的话语中开始回过神来，这才想起自己下飞机后忘了给他报个平安，因不喜欢被乱七八糟的广告电话骚扰，她把手机调了静音。她对自己的粗心大意感觉抱歉，说："真是很对不起，我回来后觉得太累了，洗个澡就睡着了，刚才醒来。我睡了二十四个小时，现在还觉得头昏脑涨！"

她听见他在电话那头长长地舒了口气，眼前浮现出他的脸，似乎能看见他常出现的那种浅淡的笑容。决定离开雨崩村的那天晚上，她犹豫了许久才给他电话，告诉他自己将要回到北京。他那个时候已经回了加拿大。他们在大理相识，然后一起结伴同行，到达雨崩村两天之后，她坚持要一个人留下。她将一切都安排妥当，感觉了无牵挂的轻松。她觉得这是天意。

她说："谢谢你遵照约定，给我读了那本日记。最后剩下的那部分，我知道是你不愿意这么快让我听完，我会听你的，我会等你想读的时候再读。我不会强迫你。”

晚上，她终于出门，沿着快捷酒店南北方向慢慢行走，毫无目的。北京的冬天，夜凉如水，西风籁籁，斑驳裸露的苍虬枝干上没有一片树叶，冷而干硬。依然是灯火辉煌、车流如梭。她行进的方向有个地铁站口，一拨一拨进出站台的人从她身边走过，行色匆匆。每个人看起来都很忙碌，有迫切需要到达的愿望催促着脚步。她的懒散和漫无目的，显得格格不入。

深吸一口气之后，她突然发觉自己像这个城市的过客，曾经羁旅牵绊，现在无所相依。她在这个城市曾经有一个家，现在只是冰冷的房子，无法勾起她回去的欲望。她甚至想不起来自己为何回到这里，即便在这里生活了十年，她依然觉得陌生，毫无归属感。从上学到工作，她没有真正了解过它。她只是留下脚印的人，没有留下思想和灵魂。她不知道身边匆匆而过、起早贪黑，为了支付高昂的衣食住行费用，在这个人人向往的大都市活下去而如陀螺一般连轴转的人们，是否也如她一样。在某一刻驻足，仰头凝望下这个城市的夜空、皎洁的月色、灰蒙的烟气，璀璨华灯，还有那些风中飘舞的落叶。

拐入街边一家小店，她点了碗热烫的面条。店中几乎都是年轻人，下班后来到这里，吃点家常的简单食物，然后回家。高节奏的生活，匀不出一顿慢条斯理精致打点的晚餐时间。很多年轻人合租或租住地下室，也没有方便的烹饪地点，他们一般都选择就地解决，随意扒拉一口就算交差。在这个城市中，很多人已经忽略了吃的意义，只讲究吃的功能和作用，填饱肚子即可，有比营养、美味更重要的事情需要他们费尽心力。

她就着辣椒和醋吃完面条，头上浸出细密的汗珠，手脚感觉暖和，这才心满意足地结账出来。沿着原路返回酒店的时候，她一度恍惚，以为自己还在旅途之中，刚经历了一场消耗体力的行走，一碗简单的热烫面条便觉得异常满足。

回到房间，已经是夜里九点。手机放在床头充电，绿色光点闪烁。她洗漱完毕，坐在椅子上，做好准备。他果然打来电话，询问她是否用过晚餐，是否按时服用药丸。他说：“你至少暂时应该保养好身体，等我读完这本日记。我不会看没有读的部分，我会和你保持同样的步伐。”

她手机开着免提，放置在桌上，整个身体窝进一把单人沙发上面，听着他的话语，感觉踏实。她不知为何，在芸芸众生之中，一串数字维系的微妙联系，反而比近在咫尺的人让她更觉安全。很多年来，她渴望得到内心的安全感，却又拒绝他人走近。若即若离的态度，让枕边人也无法忍受。她是个行事果决干净利索的人，离开北京之前，已经处理好一切过往烟云，再次回来，那些陪伴多年的人和事，仿佛与她毫无关系，甚至不如一个擦肩而过的路人，陌生得没有联系的欲望。

这样反而让她感觉舒适，她如同一个陌生游客，还行进在陌生而未知的路途中。陌生是她面对的唯一勇气，能鼓舞她勇敢踏足。她本不是个胆小怯懦的人，执着且无所畏惧，不忌讳他人目光。但现在，她宁愿背负沉重的外壳、戴着厚实的面具，也不愿意暴露残损的身体和破碎的情感。她无法在一双双深怀同情和悲悯的目光中苟延残喘，感怀行将枯朽的命运。相比死亡，明知死亡结果而无法自救的过程更为痛苦，她不想让别人背负这种可以预见的痛苦。更何况她无法自救的痛苦根源并非身体病痛，而是无法给自己的过往和青春年少一个满意的交代。都说世上没有后悔药，但她一直觉得，能发出如此感悟的人其实很幸运，至少还有感叹的机会，她连个机会也没有，因为他连给她说道歉的机会也没有。

四十二

她从柜子里拿出背包，突然想起分别时他说的那封信。他们从相遇开始到分别，一直都在一起，她完全不知道他是何时写的信。她暗自叹了口气，从背包里抽出一个黄色的牛皮信封，里面滑出一页薄薄的信纸和一张照片。照片上是两个男人，冷峻的面容、淡淡的笑意，微微抬起的下巴显出同样的倔强和不羁。她展开信纸，慢慢读他用工整的字迹写下的内容：

左依：

我原本的名字叫权鹏，我祖父母和父母都希望这个名字给我带来隐喻，可以不像他们那样辛苦就能鹏程万里。可我从来没有因为这个名字而给他们带来任何值得夸耀的事情。我曾经和你说过，我是个顽劣的不良少年，打架斗殴、吸食大麻、流连声色场所，叛逆而堕落。我的成长中并不缺乏金钱和舒适环境，家庭条件良好。父母很忙，无暇顾及我的生活和成长，我在保姆的照料中长大，直到祖父母移民来和我们团聚。

在我家的后面，是一片宽广的公园，修建整齐的碧绿草地、排列有序繁复盛开的各种鲜花：郁金香、蝴蝶兰、鸢尾花、玫瑰……鲜花簇拥着一棵棵粗壮直挺的糖枫，枝叶宽大繁茂，树势雄伟健硕，小的时候我需要使劲仰头才能望见它们的顶部。四月以后，伞房花序般的黄绿花朵缀满枝丫。我最喜欢公园的秋天，漫天漫地黄色、金黄以至橘红，色彩艳丽如血如阳。公园边界之外，是一片深幽树林，灌木丛生、荆棘和藤蔓纠缠错结。冬天的时候下很大的雪，覆盖层层洁白。不知道是不是比你老家的雪更大更厚。很冷，我却穿着单薄的衣服在林木间穿梭，追逐野兔和一些鸟类……

那就是我的整个童年，所有的快乐想象都来自那片自然环境，没有父母的身影。因为种族和肤色的缘故，一些同学瞧不起我。小的时候我生得瘦弱，被比我高大许多的同学堵在各条回家的路上，我不能还手，也无法自救。他们抢去我兜里所有的钱和零食，把我心爱的玩具弃在地上用脚踩踏……我曾经无比厌弃那段卑弱的岁月，父母和老师不能随时在我身边，他们帮不了我。为了不被人欺负，我选择用叛逆和凶狠武装自己，最终我把自己也变成了和他们一样的人。

十五岁那年，我被查出患有心脏畸形的疾病，成因不明，不能治愈，也不能安装支架。我不能剧烈运动，常备药丸，随时可能死去。命运对我的反叛和堕落做出审判，无期直至死亡。我有很多次和死神擦肩而过，躺在冰冷的地板或者长椅之上，望着头顶蓝得发亮的天空，感觉身体一点点地变得空洞虚无，灵魂游荡无依。面对一眼可见的未来，我更加放纵自身，伤害最亲的人、不珍惜任何情感，在大麻烟雾中麻醉沉沦，不期待任何阳光，每天都盼望一睡不醒，不用再经受那种无望的折磨和痛苦……

但不知为何，命运总是喜欢和我开玩笑，我越是不在乎，它却越不肯轻易让我如愿。我在这样的日子中过了很多年。认识了很多女孩，但最终都离我而去。她们都无法忍受我对情感的贪婪和渴求。

冷淡、孤僻、不动声色的外表之下隐藏着暴戾敏感的易怒情绪。我不知如何与人正常相处，感觉身体里面住着无数个不同的灵魂，争斗纠缠，撕裂和沉寂，常常梦中醒来不知身在何处，也不知是哪一个灵魂暂时领先占据我残损缺陷的身体。我不止一次疯狂想要放弃永远也无法得到救赎的生命，但每次都会在噩梦中醒来……

二十岁那年，我在街上游荡，纸醉金迷放浪不羁。也许是我可怜的愿望和祷告被上帝所听见，他终于给了我一线曙光。我认识了他，一个来自中国的男子。他像一头沉稳却霸道的凶猛兽类，强行侵入我的世界，我却心甘情愿，入魔一样敞开关闭许久的窗户。最初的时候我对他产生好奇，他有深邃眼神和忧郁面容，和我一样不动声色的表情下深藏沟壑，像一个无底的黑洞吸引着我，让我在临死之前突然想带走一些故事。我看到了荒芜已久的情感沙漠所强烈渴求的希望之光。

他收留了我，深入内心接近我的苍白和苦痛，我鲜血淋漓支离破碎的想象在他面前无所遁形。但我后来知道，为了治愈我的伤痛，他其实一点点割开了自己的伤口，重新检视剧痛。他包容我脆弱卑微却敏感易怒的性格脾气，是因为他曾经和我一样。但他比我幸运，他从童年开始就有一个深谙其心的灵魂旅伴。他告诉我他认识的那个女孩出类拔萃、卓尔不群，像一朵亭亭玉立于田田荷叶中的白色莲花，干净纯粹，笑起来有好看的酒窝，眼神明亮澄澈如夜空中闪烁的星星。女孩善良纯真，从不嫌弃他的出身和贫困家境。她不厌其烦地穿梭在他老家的大街小巷，就为了追逐他，带他回家。他们比任何人都要了解彼此，他们就是彼此。

我在嫉妒和羡艳的矛盾心情中憧憬和想象那个女孩的模样。我在他家中见到女孩的照片，站在一片绿得发蓝的透明海子边上，青翠草地衬托着她白色衣裙和红色围巾，无比鲜亮，她身后的海子里面倒映蓝天白云；苍鹰在头顶飞翔，远岸一群白色的牧马悠闲吃草。她的笑容比阳光还要灿烂，比冬日里第一片雪花还要干净清透。我从来没有见过那样的女孩，可以有那样的笑容。

我不明白他为什么独自在遥远的异国他乡寂寞生活，忍受思念和记忆的啃噬。如果是我，绝对不会离开女孩半步。但他心情平静，说女孩有更好的生活，她值得拥有那样的生活。他不会去打扰她。他们分属不同的世界，有不同的道路要走，遥遥相望却不能靠近。他说这个世上总有一些人一些情感无法靠近，但也无法遗忘；谁都是一边在夜色中奔跑，一边追逐黎明的曙光。

认识他以后，我开始给他打工。他做外贸生意，把带有中国传统元素的物品卖去加拿大：茶叶、布料、工艺品等等。我跟着他学习理解中国文化、礼仪和美德。学着谈判、制定生意规则。我很快上手，成为他的助手和伙伴。他非常聪明，有极强的领悟力。他成年之后才开始认真学习，填补以前的空白和无知。他自己裁制设计图案，蜡染、勾描、定色……喜欢艳丽的中国红和蓝底碎花。他安静认真，在机器旁一坐就是一天，从不急躁。我帮他打下手，完成一些简单的图案勾描。日落黄昏的时候，院里吹来清幽凉爽的风。他的院子里种了几株中国梅树，他费了很大努力从中国偷带过去的树苗，养了很多年，茁壮茂盛。但不知是不是水土不服，一直没有开花。

他帮助我学着理解父母，和他们和解，但我不肯回去接管家族生意。我更喜欢和他一起共事。不那么拼命，得失较为淡然。我们一起去森林中探险，寻找创作灵感。收集与众不同的花瓣和树叶、蝶类昆虫，还有各种自带纹路的石头，可以拿回家沾上染料直接在白布上压制图案，原始的美无与伦比。我们几天几夜在密林和山谷中露宿，关闭一切通信设备，砍柴生火取暖，用树枝和野草搭建帐篷，在河里摸鱼、林中狩猎野兔作为食物。远离城市和现代文明的束缚，心胸开阔、生活简单。

我们常常开怀畅饮，大醉高歌。他喝醉后变得唠叨，一遍一遍给我讲那个女孩，躺在地上流泪满面。他说他曾经和那个女孩说他恨她，再也不想见到她。女孩被他伤透了心，所以他真的再也没有见过她。但他不后悔，他从未放弃过关心她，从各种渠道得知她的近况。她嫁给一个爱她的男子，有稳定幸福的家庭、成功的事业。他只希望她过得好，他说他不能去打扰她的生活，如果他出现，她一定会乱了阵脚，会因为内疚而无法安稳生活。

我们成为最好的朋友和兄弟。他在中国的合作伙伴很多，都希望他亲自回国处理业务，但他从来不回中国。熟练以后，他让我来中国洽谈开拓业务。我曾经很想去看看那个女孩，约她吃顿饭，或者喝一杯茶。但他坚决不许，也不告诉我任何关于女孩的信息。

左依，我曾无数次在梦里见过那个女孩，很想告诉她，有个男人那么刻骨地想念她。问问她是否还记得那个男子。但我从来没有说出口，即便在梦里也是一样。一年以前，我和他开车去落基山脉，途经一个转弯的时候，因为速度过快而出了车祸。他为了救我，自己身受重伤。我比他的伤势轻微许多，救援队到来之前还保持清醒，他一直拉着我的手不停叫着那个女孩的名字，他说："我曾经说过要守护她一生，但再也做不到了。你帮我……"那个时候我才知道，他其实已经打算回国，因为他听说女孩离了婚，一个人在远离家乡的地方过得很孤独。他要回去找她，但命运没有给他这个机会。

等我从医院醒来的时候，已经是一个星期之后。我见到了他的母亲，一个瘦弱倔强的中国女性。她告诉我，他当天送到医院时脾脏全部破裂，没撑多久就离开了人世。临终前交代，他的心脏未曾受损，一定要捐献给我。怕我不肯接受，他要求医院在我昏迷的时候完成，醒来后再告诉我真相。她母亲和我说到他坎坷悲苦的童年，沉浮多舛的成长经历。她是个可怜的母亲，自责当年为了自保而抛弃一双儿女。她只能在他最后一次出狱之后苦苦哀求，征得他的同意后将他带到加拿大。她本以为他从此可以过上安稳平静的生活，但他还是先她而去，这是对她未尽母职的惩罚。她的孩子最后托付给她的，是一本需要交给别人的日记，没有给她留下只言片语。

我无法安慰这个可怜悲痛的母亲，只能带着他跳动的心脏替他完成心愿。我知道他想去见那个女孩，所以我带着他回到中国。他有个很好听的名字，叫作"王加诺"。我给自己改名加诺，是想替他好好活着。他心中最爱的那个女孩，叫左依。他说女孩将他带离黑暗，脱离自我堕落沉陷的泥沼地带。我与他在同一个躯体里面活着，我希望能带着他爱的女孩一起飞翔。

左依，我们都曾是蛰伏于茧中的蛹，或破壳而出振翅化蝶，或作茧自缚困守而亡。忍过所有的孤独寂寞，在漫长的黑暗中蛰伏，集聚力量。种子一样发芽，冲破束缚的土壤，获取光明的路上，疼痛在所难免。可以选择深埋地下腐烂，也可以选择面向阳光，无所畏惧地勇敢向前。

我知道你一直在追寻心中答案，满怀困惑。不必追问你为何来，也不必在意如何离开！不要被身外的幻象蒙蔽内心！相信真实，相信你来了，仅此而已！他让我把日记交给你，但我选择经由王曦之手。他留下日记的时候，并不知道你身患疾病。我要以陌生人的身份走近你的身边。左依，你的翅膀断裂，你需要自我愈合，别人无法替代你完成。相信这是他在冥冥中的指引，你把他的笔记重新交还我的手中！原谅自己，才能找到方向！他从未放弃，你也不应该放弃！

灯光昏暗，她站在窗前借了一点外面璀璨花灯的光亮，一字一字读得很慢。信很长，足足三页纸，在她手中发出脆响。她不知为何感觉手腕疲软无力，几页纸悠悠飘下，窣窣落在脚边。她抬起头望着窗外高楼大厦和流光溢彩的灯火辉煌，脸上湿漉漉的。她将头抵在玻璃上，仿佛那样可以听见某种声音，来自远处却又近在咫尺。她听过无数次的声音，沉稳、规律、有力。

四十三

定下手术日期之后，她给他打电话，告诉他自己已经入院，检查、输液，配合医生……完成了术前所有准备。医生说根据她目前的身体状况和病灶扩散范围，可以进行手术，并且也很有信心能彻底清除毒瘤。她说："虽然医生说毒瘤扩散不是很厉害，手术安全性很高，但我知道，这是宽慰我的话。这样的手术风险极高，很多人都未必能下得了手术台。我不怕死，但我想在手术之前见你一面，不知道你是否有时间来北京一趟。加诺的那本日记，你可以带回来给我吗？后面剩下的部分，我想自己读。我还想听一听加诺的心跳，如果你不介意的话！"

他在电话那头沉默了片刻，说："左依，这是你的权利，我当然不会介意。你能去医院接受治疗，我真的很高兴，你不要害怕，你一定不会有事的。我会去陪着你！"

等待手术和他到来的那两天，她总是静静地躺在床上，盯着天花板出神。身边走动的脚步声；护士推着医疗车叮叮当当进来叮嘱各床的人换药、打针、常规检查；其他两张床的陪护低声与病人交谈；走廊里传来孩童的嬉戏和清脆哭闹；隔壁病房疼痛的呻吟或压抑哭泣……到处都充斥着消毒药水的味道……一切都那么熟悉，她曾经长久浸泡在这样的环境之中，那时深觉无助和悲凉，此刻却反而坦然。生命于所有人，匆匆啼哭而来，须臾几十年而去，能留下和带走的，除了根植于心的情感寄托，一切都是虚妄。

她身边没有任何人，手臂上整天吊着输液管，不能自由活动，只能购买护士推过来的医院饭食，清淡寡味。同病房的其他两人都有亲人在侧，他们看她的眼神充满怜悯和同情。同为病友，她们显然比她感觉良好许多，至少还有关心陪伴的人。她表面安静，其实谁又知道是否在心里默默哭泣。毕竟生病的人更加脆弱，何况是住在肿瘤病房等待手术，不知结果、死亡随时出现，一个人的孤独和恐惧可想而知。他们都尽量照顾她，帮她做些递拿东西的小事。也曾询问她为何没有人陪，她都一笑而过，从不作答。

秦仁和母亲来的时候，她刚喝完一碗清粥，吃了小半个苹果。她曾请求隔壁床大姐的先生去楼下吃饭的时候，帮她带了几个苹果，有点酸，咬了几口后便放在床头。把床摇高适当位置后重新躺回去，她开始翻看那本被磨损得有些残旧的《摆渡人》。她很喜欢书里面的一句话："如果我真的存在，也是因为你需要我。"每个人的生命中，都会有自己的摆渡人，在人生海浪中沉浮无依的时候，递过来一根桨，助我们顺利上岸。

她正自叹息的时候，听见隔壁床对她"嘘嘘"两声。她顺着目光望过去，看见母亲在秦仁的搀扶下，立在病房门口的灯光暗影里，母亲的背有些佝偻。她有些茫然，进而开始手忙脚乱，碰翻了旁边的水杯，又扯到手背上的针头。秦仁微胖的身体快速移动，脚步迅疾，及时按住了她。

母亲穿着暗色衣服，脸色憔悴，头发白了一半。她双手使劲捻着摊开落在被子上的书页，纸张清脆作响。她生病的事没告诉任何熟悉的人，她不知道母亲和秦仁是如何得知。父亲生病住院的那段漫长日子，她和母亲一起经受最多的折磨来自内心情感的逐渐崩溃。那种看着至亲因为病痛折磨生不如死，生命如烟火一般慢慢挥散殆尽，绝望和无助每时每刻吞噬内心的感受，她不想让母亲再经历一次。所以她入院之前留下信件给他，若她不能挺过这关，请他代为转交母亲。母亲的突然到来，打乱了她原本的安排，这让她一下子有些不知所措。

母亲拖了一条凳子在她床边坐下，手在雪白棉被上面轻轻摩挲了两下，嘴唇颤抖却没发出一个字，似乎也不知道如何开口说第一个字。

她看着母亲，淡然地笑了笑，说：“医生说我的肿瘤还未扩散，只要做了手术切除就没事了，以后还是和健康人一样，你们不用担心！”

母亲见她身处如今这种状况，却还故作镇定坚强，反过来安慰她，不觉一下子落了泪，说：“小依，我知道你肯定不会有事，但是你为什么不告诉我，我是你的母亲。你和秦仁离婚，不告诉我，你生病了，也不告诉我。你一个女人，独自承受连串打击，而我却什么都不知道，你知道作为母亲，我的心有多痛？”

她轻轻说：“我就是知道你会这样，所以才不告诉你。本来也没什么事，病灶切除，好好吃药就可以恢复，你知道了不是徒增烦恼吗？是谁告诉你们我生病的事？”

母亲停止哭泣，看了看秦仁，说：“是我偶然遇到王曦，她告诉我的，她说加诺的一个朋友，给她通电话的时候告诉了她。她犹豫许久不知是否该和我说，后来觉得应该告诉我。她已经知道你离婚的事，怕你一个人在北京治病应付不过来。她还让我转告你一句话，说她曾经说过伤害你的话，都不是出自真心，希望你能原谅。王曦和你说什么话了？”

她摇摇头，说：“她没说什么不好的话，她只是告诉我，说加诺出了车祸。她说加诺走的时候，除了给我留下话，没给任何人留下一句话。他就那样安静地离开，好像从没来过一样。”

这些年母亲经历了生死离别，退休之后的日子过得清心寡欲宁静淡然，性子磨得平和许多，也想通看淡了很多事情。其实在母亲内心，从未觉得加诺是个坏人，也相信他对生活有着原始的激情和乐观精神。但世上好人很多，不是谁都适合与她心爱的女儿共同生活。她无法确定加诺能给女儿稳定和幸福的未来。得知加诺去世的消息时，她也曾在内心自责，当年说过那些不中听的话，但她到如今也从不后悔当初为女儿所做出的选择和决定。

她说：“小依，我知道你和加诺有自小的情谊，你们都在彼此艰难的时候付出努力和真心，这是人生中最为宝贵的财富。但世上之事无人可知、命运难测。你们注定走不到一路，这也是没有办法的事。加诺对你的好，关心和扶持，我都明白。如果他泉下有知，也希望你能好好地健康地活着。我知道你一直在怪我，这些年我也想通了，加诺是个好孩子，当年我对他太苛刻，我知道现在说什么也没有意义，小依，你原谅妈妈！”

自她和秦仁结婚以后，就再也没和母亲谈及过加诺。大家心照不宣闭口不提，以为可以随着时间的流逝而淡然远去，彼此都假装对方已经忘记。但她们内心无比清楚，加诺是长在血肉里面的骨头，是深埋地下的种子，不能触碰，一碰就会发芽，会疼。她们只能把曾经发生过的许多事都封闭在一个厚厚的茧中，藏在最深的角落。但很多事就是这么奇怪，越是隐藏至深越是刻骨铭心，越是希望忘记越是无法湮灭。她们越是小心翼翼，越是无法对话。

父亲去世之后，母亲独居相隔千里之外的老家，深居简出，安静度日。她的心态较之以前平和淡然许多，即便突然得知女儿也身患重病，依然还能把持自身不至于绝望崩溃。她从未后悔过当初的管束和决定。但当她真的面对病床上憔悴消瘦却强颜欢笑的女儿，那个曾经许诺过给女儿幸福的男子也成为一个相熟的外人之时，突然有些后悔。那个她以为无法带给女儿幸福和稳定未来的男孩，年纪轻轻就遭遇横祸，可他心中却从未放下过挚爱，他才是那个一诺长情的人。什么才是女儿需要的幸福？此刻，母亲心中突然感觉困惑。

她虽然和母亲交流得少，但毕竟是最了解母亲的人，从母亲的神情上看出其内心所想。她终于停止揉搓被褥表面，握住了母亲的手，慢慢将头靠过去，像小时候一样伏在母亲肩头，落下泪来，哽咽着说：“妈妈，你的心情我都明白，过去的那些事，没有谁对谁错，你不要这么自责。我从来没有怪过你，你是我唯一的亲人了，妈妈！”

母亲抱着她，抚摸着她的背，也默默掉泪。各自心情平复之后，母亲又仔细询问了她的病情和手术日期，包括目前的检查状况、医疗费用等等。她和母亲闲话的时候，秦仁一直站在一侧，没有说一句话。护士过来催促多余家属离开病房的时候，她拜托秦仁送母亲回她空着的房子休息，坚决不让母亲守护熬夜。秦仁此时才像突然出现一般，安慰母亲说他送她回去之后一定会回医院陪护，母亲可以白天过来换班。母亲年迈，长途奔波早就疲累不堪，为长远计同意了他的提议。

她趁秦仁帮她拉被子俯身的机会，在他耳边悄声叮嘱，让他不用再回来，要早早回家去陪伴妻儿。秦仁意味深长地看她一眼，没有说话，搀着她母亲的胳膊出了病房门。房间一下子安静下来，她侧身躺下，蜷缩着身体，感觉像回到八岁那年，她独自在外婆家的阁楼上面，四周一片静寂的黑和空洞。她用被子捂住了头。

她的床位靠窗，中间是那位已经动过手术的大姐，隔壁是一个四十二岁的大哥，和她一样的病症，但已经是三期。手术完成后据说不太理想，陪护他的是年迈的父母，妻子还需要上班承担医疗费和养活一双幼小儿女，长期加班，每周只有两天晚上有空可以前来探望。她住进来后就已经得知，他的状态不是很好，依靠药物和仪器勉力支撑。他不爱说话，总是安静地躺着，默默凝视天花板上一角，或者闭眼沉睡。他的父母都是老实巴交的农民，没有收入来源，只能尽力照顾好病中的孩子和孙子，平时也不爱说话。但他们看她独自一人，常会细声细气地问问她需要不需要帮忙。她们都是善良的人。但她一直沉浸于自我内心，极少关注他们。

她被一阵急促和忙乱的声音吵醒，迷迷糊糊中听见外面近乎凄惨尖厉的哭喊，在暗夜宁静的医院里发出脆裂回响，瘆人头皮的恐惧意味弥漫；走廊里来来往往的奔跑脚步，夹杂窃窃私语；有护士在高声叫喊让走出病房的人回到房中……她所在的病房却静寂一片。她心中猜想定然又是哪个病人没有扛过死神，在医院见得太多，她深知失去亲人的家属的绝望和痛苦。她翻过身想要起来，却被人一把按住，抬头看时，秦仁坐在床边，目光明亮地看着她。

她不知秦仁何时到来，但心中感觉温暖。她最终还是挣扎着坐了起来，秦仁却一把抱住了她。秦仁说："左依，不要去看，不要害怕，我在这里！"

隔壁床的大姐默然坐着，黑暗中一团模糊的影子。她的先生垂头靠在床沿，同样一言不发。大姐见她醒来，才幽幽地叹了口气。她这才知道，那几声凄惨的哭喊来自那对老夫妇。他们的儿子因为无法忍受永远看不到希望的病痛折磨，深觉得父母和妻儿因为他的病而长久拖累，妻子身心疲惫却咬牙坚持的艰辛让他内疚。看不到生的火花，他在这一夜留下遗书，趁着父母睡着的时候，拖着虚弱残损的身体爬上楼顶一跃而下。

二十九楼，他没有一丝犹豫，没打算给自己留一丝侥幸的机会。当场身亡。他已经熬过了无数次手术和化疗，忍过了常人无法忍受的蚀骨之痛，却突然之间彻底放弃，徒留下年迈无依的父母和妻儿。

她终于明白秦仁为何紧张和恐惧。他害怕她会因为这起事故而想到自身。她突然很感激秦仁不听她的叮嘱转身回来，这让她感觉不那么孤单。她在秦仁的怀中，凝视着那张空落落的床铺，觉得有些冷。但她没有说话，突然袭来深深疲惫和厌倦。她紧紧靠在秦仁的怀中，只想安然睡去。秦仁抱着她，感觉到她身体微微颤抖，怜惜和疼痛交织刺激着他的心脏。这个总是游离于人群之外的女子，清孤而骄傲，不曾显示脆弱。自他第一次与她相见到离婚后吃最后一餐饭，十几年的时间里面，他从未感觉如此靠近过她。他在她耳边低声啜泣，说："对不起左依，对不起！都是我不好，都是我的错！"

她将他轻轻推开，说："你从未对不起我，你不用自责。夜深了，你应该回家去，去陪伴你的家人！你还有幼小的孩子需要照顾！"

他给她倒了热水，看着她喝下去，才又坐下，说："你不用赶我走，我这个时候只想陪在你身边。左依，你不要总是一副拒人千里的模样，你可以不用那么坚强，适当地软弱一点，也没什么不好！"

她说："秦仁，你从来没有真正了解过我，从不知我内心所想。我其实是非常软弱自卑的人，只是太过倔强太过自尊，所以不敢轻易表现出来。我用坚硬的壳把软弱的一面包裹起来，害怕被人窥探，打听、割裂和触碰，所以保持距离。你是个好人，一个好男人、好朋友、好丈夫，只是我们彼此不能分担和靠近而已！"

他说："离婚以后我常常不自觉回到母校，在操场和林荫道独自一人快速跑步，消耗体力直至精疲力竭。坐在广播站外面的露台上，听缓慢传来的音乐和朗读。第一次读你的文章时，我流了泪，被他们嘲笑一个大男人却如此感性和脆弱。他们现在放的歌曲和读的文章，时髦新鲜，再也找不到当年的感觉。听说广播站也即将停止运行，我觉得有一种无力的忧伤。有时候走在路上，会突然觉得孤单。开车到十字路口，不知该转向何方。我在这个城市出生、长大，有自己的房子和公司，但我近来却觉得陌生。他们说当你开始怀念过去，就意味着你衰老的开始。我有时候会觉得恐惧，在暗夜中倚靠窗台，就是你以前常常倚靠的那个地方，看着外面灯火辉煌车水马龙，凌晨两三点的城市顽固不肯睡去的样子，我默默地问自己，我在做什么？我又做了什么？你从不问我玛丽和孩子的事情，我对你心生怨恨。你那么不在意我，轻蔑地连问一句的心情都没有。但我何尝不是如此，不敢剖开内心自省。我曾经当着你父母的面为你许下承诺，此一生不会伤害你，要给你幸福。可最终还是毁了你的幸福。离婚的时候你什么都不肯要，我强行给你的那套房子，你也空着不肯去住。我有一次回了那里，那是我们结婚时买的第一套房，所有的陈设你都没有动过，还是那个熟悉的样子。你没有换门锁，是怕我回去的时候打不开门，你把钥匙留给物业。我站在客厅中间，房子里冷而清寂，没有一点你的味道。那个时候我突然发觉，我们再也回不去了。我在房子里崩溃大哭，不知该如何自处。是我太过在意那些形式上的虚无表现，看不见你内心其实一直都给我留着位置，是我把你弄丢了。”

他话说到一半的时候喉咙开始哽咽，眼眶发红。这是她知道他外面那个女人的事情以来，他们说话最多的一次。她看得出来他是真心所言，他们其实从未辜负过彼此。

她说：“我以前一直觉得，因为父亲的病我需要钱的时候选择和你一起，我怕你觉得我在和你交易情感和婚姻。我在你面前有无法直视的自卑和羞耻感。你从未将我弄丢，也没有违背你的诺言，是我自己太过脆弱和自卑。我们无法属于彼此，这不是你的错。你现在有健全美满的家庭，有可爱的孩子，有新的开始，你应该忘了我们之间的一切。那些都过去了，不用再记得！”

他说：“我们即便不再是夫妻，可依然是亲人，是朋友。你不要拒绝我的关心，我会很伤心很难过。还有，你现在过得好不好？这些日子去了哪里？听你母亲说王加诺死了，我曾经见过那个男人，我以为你离开我以后会去找他。我曾经非常嫉妒和生气。对不起左依，我总是那么心胸狭小。但我还是想说，你和他的事也早已过去，你也不应该再记得！”

她说：“我知道！”

他又问：“听说你去了云南，独自一人，那边好吗？你去了哪些地方？喜欢吗？如果你喜欢，我下次再带你去！”

她淡然地看他一眼，回答：“云南挺好的，我去了大理，从大理租车去双廊，然后去香格里拉。去了松赞林寺和纳帕海，沿着高原山脉去飞来寺，从西当开始徒步，去了雨崩村，在那里住了几个月。和当地人一起劳作、生活，几乎没有开手机的习惯。在那个地方需要的东西不多，感觉踏实和平静。如果你有时间，可以带着家人去看看，很值得一去。”

他低头沉默一会儿，说：“听你这么说，我确实很憧憬，你方便的时候把照片发我一些看看。玛丽不喜欢山区和穷乡僻壤，不喜欢自然生态的地方。她喜欢热闹现代的大都市，香港、美国、欧洲、新马泰等等，凡是能购买到奢侈品的地方，都是她热衷的。以前我从不知道那些首饰和包包、名牌衣服有那么大的作用，能治愈一个女人内心的伤痛、填补情感的缺憾。你以前都不怎么喜欢那些东西，我偶尔给你买，你也表现不出更大的兴趣。她的世界很简单，一个包一个钻石就可以随便填满。但空的也很快。你和她完全不一样，无论多少名牌多少金银珠宝，都无法让你得到满足和快乐。我有时候看着熟睡在侧的她，卸下精致华丽的妆容，微微张嘴，喉咙发出轻轻的呼噜声，一张脸陌生到极点，感觉内心空洞沉陷没有止境。但有时候又觉得这样很好，她是真心实意的快乐和满足，让我活得脚踏实地。”

她说：“那才是真的生活，柴米油盐酱醋茶，烟火人生，五谷饮食，这是你应该有的生活。我真心替你高兴！”

他说：“我希望你也能获得这样的生活，如果有一个能让你心甘情愿柴米油盐的男人，我一定会祝你幸福！”

她此刻躺下身去，感觉他的声音越来越远越来越缥缈，困倦袭来。她没有听清他最后那句话，兀自梦呓般呻吟一声，向着窗户的方向侧过去，再也无话。他凝视着她不减清丽的病容和散在枕头上的乌黑发丝，许久都未曾移动身体。四周变得非常安静。跳楼身亡的那位病友的父母独自回来收拾衣物，然后离开，没有和他们告别。这是医院的日常，如同一滴落入大海的水花，翻不出什么风浪。生和死在这里显得稀松平常，除了至亲之人没有谁在意。斯人已去，活着的人还要继续。他们此刻必须压抑悲痛，通知亲眷和处理后事，尽快腾出空间。第二天那张空出来的床就会被分配出去，会有另外一个同样经受病痛的人进来，换一套床褥、撒浓得刺鼻的消毒药水。曾经在那里住过又死去的人，留不下一丝痕迹。

这就是人生。

四十四

左依：

那年冬天，我在雨崩村住了很久，远离城市和人群的喧嚣繁华、纷纷扰扰。听说老家气温逐年升高，这些年已经很少下雪。你生活在北方，真是很好，每年冬天都可以看见鹅毛飞絮般的茫茫大雪。但北京暖气太足，汽车太多，城市存不住雪，落地即融化于一片水渍之中。雨崩村的雪比北京的更好，干净清透。四面群山环抱，苍茫黛色山脚之下，一片厚实的白，雪白之上勾勒出一条条隐隐的墨色屋脊线，画境的美，宁静匍匐在卡瓦格博脚下。

抬头可以望到远处卡瓦格博和缅茨姆峰的洁白山顶，庄严肃穆，雄伟俊朗。冬季总是有很好的阳光，日照金山不再是难得的奇迹。很多人远道而来，却无缘得见卡瓦格博真容。我住在这里，经常可以瞥见它神圣的笑容，金光灿烂。

左依，我曾努力想在这里种上几株梅树，下雪的时候绽放满树的红色花朵。我知道梅树于你有着不同的象征意义，它最早为你撑开生命之伞。不知是不是这里的气候和水土问题，我没有成功。也许是我努力不够，但我没有太多机会和时间。我的母亲和王曦在那个冬季，顶着茫茫大雪来找我。王曦是唯一知道我行踪的人，我没办法面对她的眼泪。她自小担起一个母亲的责任，将我抚养长大，我最无法违拗的，除了你，便是她。

我最终原谅了我的母亲。她不过是为了自保不得已抛弃儿女的可怜女人。她这些年过得也很辛苦，离开我父亲以后，努力赚钱，干过很多最底层的工作。内心从未平静，在暗夜里思念一双儿女。现在她老了，反而比以前更加坚韧，不再惧怕我依然酗酒的父亲。然而最可笑的是，我的父亲现在除了酒精，已不记得任何人。母亲几年前曾善心救助了一个加拿大华裔，他突然昏迷倒在深夜的街头，来往许多人以为是酒鬼无一驻足，只有母亲离开后又返回，报警并将他送进医院，全程陪同。当时那人身无分文，母亲用为数不多的钱帮他垫付了医药费。后来他娶了母亲，带她去了加拿大。

母亲这几年日子开始好转，她这次回国便是想要带我离开。她和王曦都希望我能去陌生的地方重新开始。她们从不知道我需要什么，我没有一点想要忘记过去的打算。我不恨她，但也不想见她，更不想跟着她去遥远的地方。母亲徒步雪地的时候摔伤了脚，在雨崩村住了几天。她已经老去，两鬓白发，眼角皱纹明显。她说这些年一直活在内疚和痛悔之中，希望得到我和王曦的原谅。她在我面前泪流满面，恳求我和她一起离去。

左依，我曾经怨恨过她，恨她狠心将年幼的我们留给酗酒的父亲。在我孤苦无依的时候，跪在地板上感觉膝盖渐至麻木、在外被人欺负头破血流的时候，独自躺在少管所黝黑冰凉的木板床上因为恐惧整夜不能入睡的时候，我多么希望她能在我身边，即便只是温柔的一笑，浅浅的抚摸，我也觉得很好。但她没有一次在我的身边。现在我已经长大，她回到这里，希望履行一个母亲的职责，意图侵入我的内心……她垫着受伤的脚，身体有些不对称的歪斜，流着泪恳求我的时候，却只是一个开始老去的妇人。

我最终决定原谅她并与她同去，因为我知道你现在过得很好，有幸福的家庭和美好未来。我站在那里，看着卓亚一锄头一锄头翻动泥土，抖落粗大石块，将死去的梅树根茎扔向一旁，撒下白菜的种子……我知道，这是我该离开的时候了……

刚到加拿大的时候，语言不通，除了母亲没有一个熟悉的人。我在陌生的地方，没有办法审视过去、审视自身……审视人与人之间纯粹的情感，信任或者长久以来形成的固定关系。仿佛重新回到少年时代，看见八岁的童年支离破碎，跪在冰冷坚硬的水泥地板上，膝盖疼痛，肌肉和骨头相互作用的嘎嘣滑动；十二岁的少年，被身强力壮的男人拖拽，对未来充满恐惧，感觉被抛弃。我的父亲缩在屋子阴暗的角落，日光照不进去的一团黑影，目光冷漠……但我看得见你，从王曦那里得知你一切安好。我知道我并不孤单……

我学会描绘花样，从自然界中获取元素，一笔一画勾勒在草稿纸上，采用特殊方式压制于各种棉麻布料上，许多花色适合做成及踝长裙。加拿大的冬季漫长，白雪覆盖，树木依旧苍翠。没事的时候，我独自去树林野宿。林中偶尔能看见橡木小屋，透着风寒，里面有壁炉和小型床铺，还有一些简单的食物。这是给在森林中迷路的人准备的。茫茫大雪封闭了许多道路，处处都有可能出现深陷大坑，零下二十多度足以把人冻僵。这样的小屋能在关键的时刻救人一命。但用了里面的柴火和食物，最好能在方便的时候重新补足，方便下一个临时借住的人。我曾住过几次这样的小木屋，烧着通红旺盛的火，裹着棉被躺在因为破旧咯吱作响的床上，外面风声呼啸，雪花钻过木头墙壁的缝隙飘进来，瞬间融化。大部分时候我自带帐篷，在邻近水源的地方搭建，月光照耀下来的时候，可以看见水面反射的银色流霜。早上被鸟叫声吵醒，软体动物在帐篷外游走。他们说森林深处有黑色大熊，凶猛暴躁，力大惊人，但我一次也没有遇到。

左依，这些年我过得很平静，独自一人，但不觉得孤单。在母亲和一些朋友的撮合下，认识了一些女孩。她们都不了解我的过去，看见的是光鲜亮丽沉稳内敛的男子。她们都像花一样明媚灿烂。但无一与我相处长久。她们说我是个肉体与灵魂相互隔离的人，思想也从不同步于躯壳，快慢没有规律，总是突然而至又突然消失。我是一个发条松动的时钟，老而残损，过不起活色生香的日子。母亲不止一次表示，希望能有个孙子。她行将老去的岁月，突然期冀血脉的延续。我知道她对于母亲一职的缺失始终心怀愧疚和遗憾，希望在隔代传承的时候能够弥补。但我从来不为所动，我不愿意仅仅因为生命繁衍和血脉传承而将就一段人生和情感。我也无法确认自己是否能给一个孩子稳定和安全的生活。我内心有巨大的缺陷和伤口，无法给任何人饱负安全感的未来。

左依，我认识了一个男孩。我在他身上看到了过去的自己。那天深夜，他醉倒在街头，冷漠且玩世不恭的表情，让我一下子就想到了你。我看见自己变成了你，扎着马尾辫，倔强的脸上闪烁着光芒，听见你清脆的呼喊“加诺，跟我回去”。我是那个在风中奔跑的少女，追逐一串忙而纷乱的脚步，永不停息。我将他带回了家……

左依，十年来我无法爱上任何人，组建不了正常家庭。住在远离城市的郊区，每个月见一次母亲。写不出一首完整的诗，只言片语的句子时断时续，表达不了内心所想。生意时好时坏，但不是特别在意。努力让自己睡得安稳和深沉，努力不在半夜从梦中醒来。

会想起我对你说的最后一句话，我说：“我恨你，不想再见到你！”你愕然绝望的眼神太过清晰深刻。可我不后悔说过那样的话，我希望你彻底将我遗忘。

我托人从国内带过去几棵梅树幼苗，和田野上那株梅树一样的品种，种在房子后面。这是我们老家特有的红骨冬梅，比一般的梅树耐寒性好。加拿大的冬天太冷，几乎见不到梅花的影子。我试了很多次，上网购买与梅树种植和护理有关的书籍仔细阅读，去植物园请教专业师傅，经过漫长的试验，终于成活了三棵。刚开始那两年它们极为娇弱，下雪的时候需要在根部进行保暖防护。我最常用的方法是在根部垒上几十厘米高的厚实泥土，铺上两层松软干草树叶，再覆盖一层透明的保鲜膜。在异国他乡，它们的习性和外观都有些微改变，身材矮小，枝条发散，没有老家梅树的清隽和孤高。不知是不是水土不服还是其他原因，这些年它们从未开花。

我决定要回到中国。在外面生活太久，我发现自己和这几棵梅树一样，逐渐改变，习惯、性格、饮食口味。有时候坐在梅树下面，感觉体内血液、肌肉和骨骼轻微错响，基因似乎也和它们一样悄然转化。我害怕这样的变化，怕有一天从睡梦中醒来，突然不认识自己。左依，这些年我明白了一些道理，我知道，即便生命短暂，在时光河流中，我们有限的光阴比一粒沙尘还要微不足道，那些我们希望的圆满也无法伴随其身。总有一些人会离你而去，总有一些情感只能藏在心底。总有一些让我们感觉遗憾的过去和选择。但不要因此闭上眼睛，流连在曾经的岁月里自责懊悔。我们掌控不了所有，已经选择的不能改变，但只要还有选择的机会，就要勇敢面对。只要你不忘记，就是圆满。左依，我不会忘记，我要回去找你！

手术前一天，他从加拿大回来，风尘仆仆脸色暗黄，显得很是憔悴。她输完液，状态还算好。他捧着一枝梅花站在病房门口，一片艳丽的红，晃得她有些迷惘。她下床来，找了许久只找到一个输液之后的空瓶。他去洗漱间洗刷干净，盛上大半瓶清水，插上梅枝，放在她的床头。因了那一枝不同于白和蓝的颜色，还有淡淡的暗香浮动，死气沉沉的病房里陡然显出生机。那天有很好的阳光，住院部楼下的狭小花园里没有盛开的花，凋敝裸露的树干上面，跳动着点点金色光芒。他们去楼下散步，依然觉得冷。

他说："对不起，比我预期的时间晚了两天。本来早就订好了机票，不过中途出了点问题，我不得已耽搁了。你还好吗？身体感觉如何？看起来气色还很不错，明天手术一定会很成功！"

她问他："是不是遇到什么麻烦事了？你看起来脸色不太好。其实我虽然很希望你回来，在我手术前见上一面，但如果你有要紧的事，也不必赶过来。希望没有耽误你的事情。"

他笑笑，说："没有什么特别的事，就是前两天突然觉得心脏疼，以为出现排异，去医院检查之后，休息了一天，所以才耽搁了行程。"

她有些着急，慌乱地转过身，眼睛落到他的心口处，说："怎么会这样？现在如何了？检查结果怎么说？是产生排异了吗？我查过一些资料，说有些人做完器官移植手术之后，会因为身体或者别的原因出现排异，这是很危险的事。"

他说："已经没事了，而且我也过了排异期很长时间，是我自己胡思乱想，和排异没有关系。检查结果说一切都好，医生也查不出什么别的原因，我现在很好。"

她低头，喃喃自语："那怎么就突然一下子疼呢？"

他沉默一会儿，轻轻说道："左依，有件事我一直没机会告诉你。加诺临走的时候，把他那套房子留给了你。他知道你不会轻易接受，所以先委托给了我，让我找机会再说服你，希望你能接受。那天我想起他种的那几棵梅树，今年冬天还没做好保暖防护。我有房子的钥匙，就想回去看看。房子久不住人显得有些冷清。落了一些灰尘。我大致收拾了一下。左依，你不会相信，加诺种的那几棵梅树几年来从未开花，但是今年，开了。虽然只开了一朵，而且还很小，含苞待放的骨朵，颜色却很是纯正艳丽。我看着那朵含苞待放的花，想加诺一定会很高兴。这个时候我的心就开始疼。我曾经查阅过很多资料，都有关于器官移植后还能在别人体内残留一些旧主人的气息和能量。也许加诺看见那花，也能感受到。"

她凝视前方，脑海里浮现一些隐约画面。她未曾见过却无比清晰的木头房子，种满绿植的院子，没有院墙和篱笆，甬道一直延伸向远处，没入深邃幽谧的原始树林。身材健壮的中年男子，全身散发着饱经岁月的笃定和沧桑意味。古铜色皮肤闪耀着健康的光泽。洁白的雪花缓缓飘下，落在他的头发和肩头上。干瘦的梅树枝条之上，一朵鲜艳的红……

她说："昨天秦仁来看我，说很希望回到过去。但人生总是这么无奈，无论我们如何强大、富有，时间都不能倒流。有时候我也在想，如果有机会回到过去，是不是一切会不一样。"

他说："你是不是担心明天的手术？"

她摇摇头，说："十年前我父亲罹患绝症，总共做了三次大的手术。每次手术的前一天晚上，他躺在床上都无法入睡。母亲总是低着头，轻言细语地安慰他，让他不要担心。父亲自从病了之后，话就越来越少，但那个时候他的话会变得很多，唠唠叨叨不肯停下。眼神空洞，脸上的肌肉抽搐扭曲。喜欢回忆过去，老家的房子，挂在墙上的一幅字画，我小的时候全家一起出游……凡是他能记忆起来的，都会细细叙说一遍。我知道，他是害怕，害怕第二天在手术台上不会再醒来，他总是提前和我们告别，安排后事。父亲最后那段时间变得很虚弱，瘦成皮包骨。给他擦澡的时候，凸起的肋骨在手掌上滑过。他的脸凹陷下去，脱了像，眼球鼓胀，眼窝松垮，一层皮……他随时在疼，可手连按压的力气也没有，张着嘴，撕心裂肺的叫嚷，咒骂……我无法直视，无能为力。他是个好父亲，温和亲切，从不打骂我。可还没等到我好好孝顺他。我很害怕，独自去庙里求菩萨，跪在菩萨脚下恳求，希望能让父亲度过病痛难关。一次、两次、三次……父亲都顽强地挺过来。我想也许是菩萨听到了我的乞求，让我有机会弥补对父亲的愧疚。父亲虽然一次一次从手术台上苏醒过来，病痛却丝毫未减。直到有一天，父亲需要再次手术之前，他对我和母亲说：'让我走吧，我想回家了！'父亲最终如愿，死在家乡，他熟悉的地方。我突然意识到，无论我如何做，都改变不了什么。就算时光会倒流，我们获得第二次机会，我们所经历的，依然不会改变。时间把机会还给我们，过去的一切同样如数奉还。加诺说：'坦然面对死亡，但也不放弃任何活着的希望'。我相信，我们的人生自有安排。"

他说："左依，我会在你身边。无论结果如何，我都会陪着你。"他从包里摸出那本黑缎日记本递给她。她翻开最后两页，是加诺写下的最后一封信。信中说：他已经处理好一切事，买了回国的机票，单程。

她仰起头看着他的眼睛，身体靠得近一些，说："你可不可以抱抱我？我想听听加诺的心跳！”

他伸出手臂，将她慢慢搂在怀中。她的头靠在他胸口，耳朵贴紧，缓慢呼吸。她听见他胸腔里面传来心脏的跳动声，扑通……扑通……规律沉稳、强而有力。她长久贪婪地听着这动人的回响，忘记了时间流逝。冬日的阳光洒在他们身上，光芒反射。

他们都没有说话！